T0278261

Las latitudes
del deseo

NEFELIBATA

SHUBHANGI SWARUP

Las latitudes del deseo

Traducción de Begoña Prats

Duomo ediciones
Barcelona, 2021

Título original: *Latitudes* of *Longing*

© Shubhangi Swarup, 2018

Publicado gracias al acuerdo con Pontas Literay & Film Agency.

© de la traducción, Begoña Prats, 2021

© de esta edición, 2021 por Antonio Vallardi Editore S.u.r.l., Milán
Todos los derechos reservados

Primera edición: abril de 2021

Duomo ediciones es un sello de Antonio Vallardi Editore S.u.r.l.
Av. de la Riera de Cassoles, 20. 3.º B. Barcelona, 08012 (España)
www.duomoediciones.com

Gruppo Editoriale Mauri Spagnol S.p.A.
www.maurispagnol.it

ISBN: 978-84-17761-53-0
Código IBIC: FA
DL B 5.683-2021

Composición:
Grafime

Impresión:
Grafica Veneta S.p.A. di Trebaseleghe (PD)
Impreso en Italia

A mis padres, Sunanda y Govind,
al valor de las palabras y a la sabiduría del silencio

ISLAS

E l silencio en una isla tropical es el sonido incesante del agua. Las olas, como tu propia respiración, nunca te abandonan. Hace ya dos semanas que el borboteo y el estruendo de las nubes ha ahogado el de las olas. La lluvia martillea sobre el tejado y resbala por el borde hasta deshacerse entre chapoteos. Hierve a fuego lento, azota, repiquetea y se desliza. El sol ha muerto, te dice. En los sonidos anida un silencio elemental. La quietud de la neblina y la calma del hielo.

Los recién casados Girija Prasad y Chanda Devi se han resignado a su suerte: extraños en un dormitorio húmedo de deseo e inundado por sus sueños incipientes. Y estos días Girija Pasad sueña con furia. Porque las lluvias son propicias a las fantasías, una verdad no científica.

Una noche el aguacero se detiene de pronto y eso lo despierta. Su oído se ha ajustado a la cacofonía tropical como el de un cónyuge al ronquido de su pareja. Girija se despierta de un sueño húmedo y se pregunta qué ha ocurrido. ¿Quién ha salido de la habitación?

Se asoma por el borde de su cama de matrimonio y echa un vistazo al colchón del suelo en el que Chanda Devi duerme de cara a la ventana, no hacia él. Excitado, contempla las curvas de su silueta en la oscuridad. Cuando los unieron para varias reencarnaciones dando siete vueltas alrededor del fuego sagrado durante su ceremonia nupcial, ella siguió sus pasos dócilmente, con la firme convicción de que el destino había vuelto a unirlos en una nueva encarnación. Aunque en esta, él tendría que volver a hacerse un hueco en su corazón.

—Hasta entonces —le informó la primera noche—, yo colocaré mi cama sobre el suelo.

Chanda Devi está totalmente despierta, angustiada por los gritos procedentes del más allá. Es el fantasma de una cabra. El fantasma ha escapado de incontables reinos para acabar vagando sobre su tejado. Y ahora sus inquietas pezuñas han descendido hasta quedar debajo de la ventana abierta, llenando de culpa la habitación y la conciencia de Chanda Devi.

—¿La oyes? —pregunta. Nota los ojos de él en la espalda.

—¿Si oigo el qué?

—La cabra que bala ahí afuera.

La desesperada erección de Girija Prasad desaparece. Ahora está atento a Chanda Devi y al dilema que le plantea.

—No hay ninguna cabra vagando por nuestra casa —replica exasperado.

Ella se sienta. El balido se oye ahora más alto, como para indicarle que le diga a su marido soñoliento: «Me has quitado la vida, ¡pero no puedes quitarme mi vida en el más allá, carnívoro pecador!».

—Está justo debajo de nuestra ventana —le dice.

—¿Te asusta?

—No.

—¿Te está amenazando?

—No.

—Entonces tal vez podrías ignorarla y volver a dormirte.

Lo que Girija Prasad ha querido decir es que debería hacerlo, no que podría, pero le falta valor para mostrarse severo. Se ha dado cuenta de que su mujer no responde bien ni a la dialéctica ni a la coacción. En realidad, no responde bien a la mayoría de las cosas. Si fuera menos atractiva, él habría podido ignorarla y retomar el sueño.

–¿Cómo puedes dormir? –pregunta ella–. Le diste un hachazo a esa criatura inocente, la convertiste en carne picada, la freíste con cebollas y ajo y luego te la comiste. ¡Y ahora su alma inquieta acecha nuestra casa!

Si las almas de los muy diversos animales que él ha consumido regresaran para acecharlo, su casa sería una combinación de zoo y establo en la que no habría espacio para moverse, y mucho menos para dormir. Pero el afable Girija Prasad no puede decir algo así. Han pasado dos meses desde su boda y ya se ha resignado a la fértil imaginación de su mujer. El hecho de atribuir su comportamiento a su imaginación y no a un trastorno mental es un acto deliberado de esperanza. Por el bien de los hijos que aún no han tenido y de las décadas que van a permanecer unidos, anuncia:

–Si eso te ayuda a dormir, dejaré de comer carne.

Así es como el carnívoro Girija Prasad se hace vegano, con gran sorpresa tanto de él como de su esposa. Por el bien de unas cuantas horas de descanso, dice adiós para siempre a los huevos revueltos, al *biryani** de cordero y a los bistecs.

Con la primera luz del alba, ella se levanta de la cama. Entra en la cocina para preparar un elaborado desayuno. Hay en sus movimientos una nueva vida, y una sonrisa revolotea en su silencio. Ahora que se han acabado los asesinatos, es el momento de levantar una bandera blanca en forma de *aloo parathas*, pan indio relleno de patatas. Dos horas después, se lo sirve a Girija Prasad y le pregunta:

–¿Cómo están?

Él no puede evitar sentirse intranquilo, por las razones equivocadas. El sol por fin ha salido. Su mujer, que le ha preparado

---

* Plato de arroz basmati con especias y carne o vegetales.

el desayuno por primera vez, ha sido lo bastante audaz como para colocarle una servilleta en el regazo, rozarle los pantalones, derramar su cálido aliento sobre su piel. Girija Prasad ansía el consuelo de la grasa mezclada con carne, pero no la encuentra en su plato.

–¿Cómo están? –vuelve a preguntar ella.

–¿Quiénes? –dice él, desconcertado.

–Los *parathas*.

–Perfectos.

Ella sonríe y le sirve una segunda taza de té.

Chanda Devi, la clarividente. Le dan lástima los fantasmas y disfruta de la lacónica compañía de los árboles. Puede sentirlos, percibir sus anhelos no expresados. Pero sabe que él estará mejor si renuncia a la carne. El reino de la carne es tan efímero como inestable, sobre todo comparado con el reino de las plantas. Chanda Devi lo ha visto todo, incluso los ríos de sangre que manarán un día de su cuerpo. Eso, ese conocimiento, la vuelve obstinada. La vuelve una esposa exigente.

Cuando Girija Prasad fue a Oxford, era la primera vez que abandonaba solo su hogar en Allahabad. Tras un viaje de cuatro días en coches de caballos, ferris y tren, al sentarse por fin en el barco que lo llevaría a Inglaterra, había dejado atrás tarros de encurtidos, *ghee parathas** capaces de sobrevivir a los seres humanos, imágenes de un repertorio de dioses y también de su familia, incluido un retrato de su madre que había pintado él mismo.

Aunque le aliviaba dejar atrás a los dioses –en especial a Rama, el hijo obediente que abandonó a su mujer sin motivo, y al *baba* de la orilla, que no era un dios sino un hombre senil y hambriento–, le había parecido imposible deshacerse del re-

* Pan hecho con ghee, una especie de mantequilla clarificada.

trato de su madre sin derrumbarse. Pero también lo era mirar su rostro, a océanos de distancia. Para afrontar la separación, debía empezar una nueva vida. Una vida radicalmente distinta, cuyo mero pensamiento lo abrumaba. Perdido en un océano sin fin, se hundió en un caparazón de silencio. Las lágrimas que no derramaba se manifestaban en forma de tozudo estreñimiento. Diligente documentalista del reino vegetal, Girija Prasad llevaba consigo kilos de cáscara de isagbol a tal fin. También llevaba tulsi seco, nim, jengibre, cúrcuma en polvo, corteza de canela y pimiento molido para contrarrestar otras dolencias físicas. Al llegar a Dover, los agentes de aduanas lo tomaron por un contrabandista de especias.

Un día después de su llegada al Blimey College, en Oxford, Girija Prasad Varma se convirtió en Varma, que fue como lo bautizaron sus tutores, poco habituados a los nombres hindúes. En su primera noche probó el alcohol por primera vez y también rompió el tabú, que se remontaba a numerosas generaciones atrás, de consumir productos *jhootha*, es decir, contaminados por la boca de otra persona. Cuando los estudiantes de primer año empezaron a pasarse la colosal jarra de cerveza, se enfrentó a dos opciones: aceptar incondicionalmente aquella cultura o consumirse para siempre en la encrucijada. En su escritorio no había retratos o deidades que pudieran reprenderle. A la mañana siguiente, probó los huevos por primera vez. Tanteó con el tenedor el salado globo amarillo y lo vio temblar, y no tardó en encontrarle el gusto a lo compleja e impredecible que podía ser la vida.

Girija Prasad Varma, el primer estudiante indio de la Commonwealth, regresó a casa al cabo de cinco años con una tesis doctoral que terminaba con dos palabras autóctonas: *Jai Hind*. «Por la victoria de la nación india», fue como se las tradujo a su director. A instancias del joven primer ministro de la India, le encargaron la organización del Servicio Forestal Nacional en el primer año de la independencia, 1948.

La mayoría de las conversaciones vespertinas entre los bebedores de té de Allahabad incluían descabelladas teorías que los relacionaban con el ilustre soltero. Pero ¿por qué habría elegido que lo destinaran a las islas Andamán, se preguntaban las tías, un lugar conocido tan solo por sus defensores de la libertad exiliados y las tribus desnudas? Se rumoreaba que no había ni una sola vaca en la isla y que la gente debía conformarse con beber té negro.

Una de las bebedoras de té, Chanda Devi, medallista de oro en matemáticas y sánscrito, se sentía aliviada. Sus medallas la tenían atrapada como un cinturón de castidad. Tan solo un hombre más cualificado se atrevería a casarse con una mujer inteligente. Si por ella fuera, se habría casado con un árbol. Hombres y mujeres le desagradaban por igual, los que comían carne aún más, y los que comían carne de vaca los que más. Pero en 1948, hasta los misántropos se casaban, aunque solo fuera para incrementar su tribu.

La tarea de unirlos se le encargó al baba encorvado y hambriento que se sentaba en la orilla del Sangam: la confluencia del Ganga, el Yamuna y el mítico Saraswati. Los bancos arenosos estaban siempre atestados de devotos que gemían, cantaban y oraban a voz en grito, despistando así a las ranas, que creían que la estación de apareamiento se alargaba todo el año.

La madre de Girija Prasad, vestida con un *ghunghat*,* visitó al baba y le ofreció plátanos y una guirnalda de caléndulas amarillas. Al tocarle los pies, todas sus preocupaciones manaron en cascada. Su hijo era excepcionalmente inteligente, estaba excepcionalmente cualificado y tenía un futuro excep-

---

* Pañuelo usado en el subcontinente indio por las mujeres casadas para cubrirse la cabeza.

cionalmente brillante. También era excepcionalmente guapo. Había heredado los rasgos de su madre y, de su padre, tan solo la barbilla.

Un devoto entrometido preguntó:

—Entonces, ¿qué problema hay con tu hijo, *behenji*?*

—¡No encuentro una mujer que esté a su altura!

—Pero ¿qué problema hay? —preguntó asimismo el baba. La madre de Girija Prasad estuvo a punto de repetir lo mismo, pero al ver la sonrisa del baba se contuvo. Los hombres sagrados tenían la costumbre de hablar con acertijos y palabras pronunciadas a medias. El hombre se comió medio plátano en silencio, cogió la guirnalda y la lanzó al aire. La guirnalda dio varias vueltas antes de caer sobre los hombros de una perpleja Chanda Devi, que hasta entonces había estado perdida en sus himnos. Y así fue como se concertó el matrimonio entre el hombre que estudiaba los árboles y la mujer que hablaba con ellos.

—Pero baba —ahora era el turno de lamentarse del padre de Chanda Devi—, mi hija no habla inglés y es una vegetariana estricta. Y este hombre al que has escogido ha hecho un doctorado sobre los nombres de las plantas en inglés y... y... ¡he oído que ha probado la carne de vaca!

El baba peló otro plátano.

—Hijo, tú solo ves el presente —dijo, y le tendió la piel al padre para que se enfrentara con ella a las verdades metafísicas.

Lo cierto es que fueron las islas las que los unieron. Chanda Devi soñaba con huir de un hogar asfixiante para vivir en compañía de los árboles. Para Girija Prasad, era un poco más complicado.

* Mujer que da preferencia a la ropa o la música tradicional por encima de la occidental.

Aunque las islas debían su nombre al mar de Andamán que las rodeaba, hasta ahí llegaba su sumisión. Allí las gallinas se comportaban como palomas y se posaban en las ramas de los mangos. Las mariposas que revoloteaban por el aire caían presas del sueño y flotaban hacia el suelo como hojas otoñales. Ascéticos cocodrilos meditaban en las riberas de los manglares. En las Andamán, las especies carecían de nombre. Durante muchísimo tiempo nadie pudo colonizarlas, pues la impenetrable espesura ocultaba algo más que historia natural: ocultaba tribus abandonadas por la migración litoral original a través del océano Índico. Gente que prefería leer la mente a las confusiones del lenguaje y que se vestía tan solo con una ira primitiva. Que tan solo disponía de arcos y flechas para ahuyentar la sífilis de la civilización. Su mundo era una enorme isla que se mantenía unida gracias a enredaderas gigantes, no a la gravedad.

En esta hebra anudada de islas, Girija Prasad esperaba vivir la vida que siempre había soñado: una vida de soledad. Soltero intrépido al tiempo que una sencilla criatura académica, se dirigía a todas las mujeres como si fuesen su hermana, su cuñada o una tía. Era incapaz de percibir que el atractivo de los bosques vírgenes no era tan solo el de lo inexplorado; también era el atractivo de la consumación. En aquel lugar, su mundo experimentó un terremoto. Los temblores le atravesaron el cuerpo durante una excursión por el bosque al ver un árbol que en realidad eran dos árboles entrelazados. Una higuera se había enroscado alrededor del tronco de un padauk de Andamán de dieciocho metros de altura. Por primera vez vio dos árboles adultos creciendo en posición coital y bloqueando el cielo con su abrazo. Las orquídeas parasitarias encontraban asidero en los árboles entrelazados. Un tumor cancerígeno en lo alto del tronco se entrometió en sus pensamientos con su aspecto casi humano, haciéndole creer que los árboles lo miraban. Unas raíces con aspecto de garras se arrastraban por el suelo como pálidas pitones. Notaba como se acercaban a él centímetro a centímetro y se detenían junto a los dedos de sus pies. Allí de pie, Girija Prasad se sintió como una hormiga, arrastrando los pies, tentado por lo imposible. Así que más tarde, cuando su madre comenzó a buscarle novia, no puso objeciones. La ciencia le había enseñado que toda creación requería de una inversión masculina y femenina. Y las islas lo seducían con la belleza de todo lo que albergaban.

Un mes después del comienzo de los monzones, las cuatro paredes y el techo que se supone que deben mantener seca a la pareja se han reducido a un mero gesto simbólico, un cálido pensamiento dejado atrás por los británicos. Porque las lluvias han calado hondo en su ser. Una pared invisible se ha desplomado y los ha llenado de curiosidades y preocupaciones de otros tiempos. La primera vez que Girija Prasad vino aquí, llegó creyendo en verdades a medias como que «ningún hombre es una isla». Ha tardado un año en darse cuenta de que ninguna isla es una isla, tampoco. Forma parte de un patrón geológico mayor que conecta todas las tierras y los océanos del mundo. A ochocientos metros de su casa ha encontrado una planta que solo se había visto con anterioridad en forma de fósil en Madagascar y África central.

El día que marcaría el final del aguacero y sus citas con los bistecs, Girija Prasad se pasó sus horas de trabajo investigando el antepasado de todos los continentes: Pangea. Un supercontinente, una única entidad que se fragmentó en todos los pedazos de tierra que existen; una posible explicación para la planta encontrada cerca de su casa, puesto que el subcontinente indio se desprendió de África y se desplazó hacia Asia. Estudió el mapa mundial que tenía extendido ante sí.

–Un rompecabezas imposible –dijo en voz alta.

Los esfuerzos del día se vieron recompensados en sus sueños nocturnos. El ombligo de Latinoamérica dormía plácidamente en el surco del África occidental. El rompecabezas encajaba con tanta precisión, que Pangea cobró vida. Lo que durante el día parecían retazos que se desprendían y flotaban, adoptaron en ese momento la forma de un ser vivo. Se sintió extasiado al ver cómo este extendía sus brazos desde Alaska hasta el extremo oriental de Rusia, al ver cómo alzaba la cabeza y se ponía en pie, dejando de lado los polos. Pangea cobraba vida con la gracia de una bailarina. Se emocionó. Pero cuando el aguacero se interrumpió de golpe, lo despertó. Allí rumiando medio dormido, se preguntó por qué los continentes se habían separado en un principio. El agua se colaba por las grietas, un hilillo se convertía en un arroyo, los arroyos se convertían en ríos. Y a partir de entonces no había vuelta atrás.

De la noche a la mañana, los ríos revelaron grietas que solo los océanos podían llenar. Forma parte de la naturaleza del agua absorber el vacío, dentado por hendiduras, picos y otras simetrías irregulares. Solo un estúpido consideraría que las orillas de los continentes, los bancos de arena y las tierras resecas son el final de una superficie ininterrumpida de agua. Como mucho, son obstáculos y pausas. O una cháchara absurda. Las islas son una cháchara absurda en un océano meditativo.

Se asomó desde su cama de matrimonio y contempló la silueta de su mujer. Se preguntó qué estarían pensando los continentes. Tal vez Pangea soñara con ser un millón de islas. Tal vez el millón de islas soñaba ahora con ser una sola. Igual que los marineros con sus ridículos atavíos a los que reinas locas enviaban al mar, tal vez los continentes también habían descubierto que el fin de un mundo no es más que el comienzo de otro.

Qué más daba, pensó. Aunque tuviéramos la respuesta, seguiríamos estando solos. Igual que la isla en la que vivía, se había adentrado demasiado en el océano para tomar otro camino. Solo Dios podía ayudarlo a soportar la soledad generada por sus camas separadas. Durante un breve instante, el ateo deseó creer en Dios.

Criado como un hindú devoto, el ateísmo de Girija Prasad no era un acto de rebeldía. Tan solo era una manera de extender su sistema de creencias, igual que Pangea extendía sus brazos. Todos los lánguidos viajes en barco que había hecho entre Inglaterra y la India, Calcuta y Port Blair, lo habían cambiado. «De pie en la cubierta de un barco, meditando sobre el azul verdoso, es lo más cerca que se puede estar del infinito – le había escrito a su hermano en una ocasión–. De pie ante el infinito, lo que te preocupa no son tus creencias sino aquello que has rechazado.»

Aquella noche no se acercarían más. Continentes separados por sus creencias, Dios era el precario istmo que los conectaba.

Y, en ese momento, el diablo era una cabra.

–¿Lo oyes? –preguntó ella–. ¿El balido?

Y Girija Prasad dijo adiós a su erección, la número noventa y uno en sus dos primeros meses de matrimonio.

No es que Girija Prasad llevara la cuenta de todas sus erecciones desperdiciadas, pero el fenómeno se había convertido rápidamente en un símbolo de nerviosismo y amor no consumado, del mismo modo que las rosas son una celebración del amor que anuncia ese algo invisible e íntimo que comparten dos personas.

De adulto, Girija Prasad nunca había vivido con una mujer y tan solo podía imaginar la arremetida que generaría el hecho de tener una en su vida. Vació la mitad de su armario y le dejó a ella los estantes y los colgadores más altos. Pero tras observar a las esposas de otros oficiales, se dio cuenta de que era posible que su mujer también tuviera un sari distinto para cada ocasión, con brazaletes y sandalias a juego. Así que mandó construir un nuevo armario con madera de teca birmana. Embriagado por la belleza de un rostro que aún no había visto, hizo colocar un espejo de cuerpo entero en la puerta del armario. Estaba también el problema de las cortinas. Él no tenía ninguna. La privacidad era un asunto femenino y, más importante aún, Girija Prasad no tenía vecinos de los que esconderse. Así que colgó sus *lungis*,* la única prenda adecuada de la que disponía, de las ventanas.

---

* Tipo de *sarong* utilizado en regiones donde la humedad y el calor hacen muy incómodo el uso del pantalón.

Antes de lanzarse al difícil y esperanzador viaje que emprenden la mayoría de los animales en busca de un compañero, pensó en ella. Aunque había preparado su guarida de antemano, ¿cómo podía mostrarle su gratitud? Shakespeare y los románticos le habían enseñado que a las mujeres les encantaban las rosas o, al menos, que las compararan con ellas. Así que encargó una caja con las más hermosas que él había visto nunca, halladas en las distantes colinas azules de Kalimpong. Un mes después, cuando llegaron tras un arduo viaje a través de puertos de montaña y mar, solo una había sobrevivido. Abrió la caja y se enfrentó a las plántulas destrozadas y los capullos marchitos de lo que deberían haber sido rosas gigantes de color fucsia. Se lo tomó como una señal, un signo de mal agüero. Estaba decidido a cuidar la única plántula que había sobrevivido. La pondría en su despacho para protegerla del intenso sol –solo recibiría los suaves rayos del amanecer y del anochecer– y utilizaría un gotero para regarla. Un estudio reciente publicado en *The Oxford Journal of Applied Aesthetics* demostraba que a las plantas les gustaba la música clásica, sobre todo la de Mozart, así que llevó el gramófono a su despacho y provocó una y otra vez a su símbolo de amor para revivirlo.

Cuando regresó con su esposa, Girija Prasad se sintió eufórico al encontrar una rosa solitaria que se bamboleaba con el viento, ofreciéndole diversas tonalidades de rosa. Al fin, el bungaló era verdaderamente lo bastante bueno para su amada.

Conocida popularmente en las islas como Bungaló Goodenough, la residencia de Girija Prasad se había construido en los años treinta para hospedar a lord Goodenough en uno de sus viajes. Como ocurría con la mayoría de visitas de dignatarios, nadie sabía con certeza el propósito que se escondía tras sus expediciones a los rincones más alejados del Imperio, en especial a un inminente asentamiento penal como las islas Andamán.

Tras años de intentos fallidos y cambios de lugar, la cárcel y sus oficinas por fin estaban terminadas. Dos de cada tres obreros, en su mayor parte prisioneros, habían muerto –debido a flechas tribales, picadas de escolopendra, ataques de cocodrilos, ahorcamientos, tortura y la vieja y conocida añoranza– durante la construcción de la cárcel, y el resto fallecería entre sus muros de piedra. Su muerte no supondría una pérdida para el Imperio.

El aislamiento del archipiélago espoleaba la imaginación de los colonizadores para crear elaborados métodos de tortura, dedicando islas enteras a métodos específicos. También inspiró a lord Goodenough para hacer algo más que inspeccionar los trabajos de albañilería y bailar con los nativos. Un deseo secreto lo empujaba a visitar las más recientes adquisiciones del Raj. Era el deseo de poner nombre a las cosas. Su propio nombre lo había obligado a desarrollar a muy temprana edad su sentido del humor, y llevaba toda la vida esperando a descargarlo sobre criaturas, objetos y tierras desprevenidos. Desde la aburrida comodidad de su mansión ancestral, el lord vigilaba de cerca los acontecimientos del océano Índico, plagado de islas apenas garabateadas. Las islas, en un sentido intuitivo, eran el lienzo perfecto para practicar el arte de la nomenclatura. El elevado aislamiento convertiría las especies en endémicas y antes o después habría que darles un nombre propio. Las únicas excepciones a esta regla eran los propios británicos. Estos habían roto la mayoría de las leyes de la naturaleza dejando que su isla se multiplicara en otras sin perder ninguna de sus características originales, tan solo sus mármoles.

Lord Goodenough creía que un nombre adecuado debía unir las lenguas en matrimonio, igual que la colonización obligaba a hacerlo a culturas diversas. Al llegar a una bahía desconocida mientras tomaba su desayuno en un lujoso barco, la bautizó como bahía Desayuno, y a los lugares de aterrizaje cercanos los llamó Mermeladaganj, Beiconabad y Bollopur. El lord pasó una semana en la casa en la que ahora vivía Girija Prasad. Edificada sobre el formidable pico de una montaña, la ubicación era un lugar de paso muy popular para los miembros de las tribus que iban de oeste a este, hasta que se obligó a los prisioneros políticos a tronchar los matorrales bajo el amenazador sonido de las pistolas que disparaban al aire. El bungaló estaba erigido sobre pilares para sobrevivir a las intensas lluvias y los terremotos. También se había construido una plataforma elevada de bambú, a tres pisos de altura. Era desde este fantástico pináculo desde donde el lord espiaba aquello por lo que pasaría a la historia por espiar.

A través de los prismáticos, vio un grupo de mujeres de la tribu desnudas, con pechos y nalgas significativamente más grandes que los de cualquier otro grupo documentado. Distraído por sus enormes atributos, pasó por alto el pulgar extra que todas poseían. Lord Goodenough se pasaría semanas buscando el nombre perfecto para ellas, un nombre que fuera sencillo y que aun así reflejara la gloria de esas nalgas y esos pechos.

El nombre se le ocurrió mucho después, en el viaje de vuelta a casa, mientras estaba sentado en el comedor del barco cortando su beicon en seis partes iguales, un ritual matutino que le resultaba terapéutico en medio del aburrimiento en alta mar. Atrapado como estaba en sus infantiles intentos de jugar a ser Dios, el nombre lo acercó a Dios. Y así fue como la tribu con seis dedos más peligrosa de la India fue bautizada como los Nanga Divinos, o los Desnudos Divinos, como lo tradujo más tarde el *Oxford Dictionary*.

Cinco años después de la visita de Lord Goodenough a las Andamán, un terremoto se mofaría de todas sus construcciones coloniales, partiendo en dos la isla en la que se levantaban las oficinas británicas. También el bungaló de Goodenough se derrumbó y la plataforma se deslizó por la montaña como si descansara sobre una piel de plátano. El terremoto fue un presagio de catástrofes mayores, en particular la Segunda Guerra Mundial.

Durante la guerra, las islas Andamán fueron las primeras en reclamar la independencia de los británicos, tan solo para ser capturadas por los japoneses. Mientras que los blancos comían con tenedores, cuchillos y cucharas, aquellas personas bajitas utilizaban tan solo dos palillos. Esta simplicidad de pensamiento se reflejaba en sus métodos de tortura. ¿Para qué poner grilletes a alguien cuando se le podían retorcer piernas y manos hasta que se rompían? ¿Para qué ahorcar a alguien cuando se le podía decapitar con un eficiente tajo de espada? Y ¿para qué obligar a los nativos a desprenderse de sus productos agrícolas cuando se les podía ahogar en medio del océano y acabar así con la escasez de alimentos?

Mientras que los británicos consideraban que el bungaló destrozado era como una baraja de cartas esparcidas por los campos, los japoneses vieron en él una oportunidad. Igual que un tahúr profesional que reparte una nueva mano, lo volvieron a levantar y lo convirtieron en sus oficinas centrales, además de construir búnkeres en las colinas circundantes. Introdujeron en la isla el caracol gigante, una especie nativa de Malasia que constituía una gran fuente de proteínas. Cuando los barcos británicos rodearon las islas y bloquearon la llegada de suministros, el caracol se convirtió en su salvación, un tentempié listo para comer que ni siquiera necesitaba sal. Una década después, los decrépitos búnkeres serían el único recordatorio de los comedores de caracoles. El número de caracoles aumentó drásticamente y estos se convirtieron en una de las plagas de jardín más destructivas, tan solo por detrás del muntíaco de la India, introducido por los ingleses a modo de diversión.

En el momento en que el viento empezó a soplar a favor de las fuerzas aliadas, lord Goodenough fundó un nuevo comité en la Cámara de los Lores para devolver las islas al redil. Pero la dicha de la victoria en la Segunda Guerra Mundial tendría una vida tan corta como la de un amanecer. Porque en el Imperio británico, el sol se había puesto. Las islas Andamán pasarían a formar parte de una India independiente. Lord Goodenough no pudo evitar sentirse traicionado. A pesar de su posición como aristócrata influyente en la mayor potencia colonial que el mundo había conocido, no pudo regresar al lugar en el que tanto se había acercado a Dios.

Atrapada entre los famélicos comedores de caracoles y los *sahibs* en retirada, la isla se convirtió en una tierra de nadie durante casi dos años. En esa época, cuatro jóvenes *karen** borrachos –una comunidad que los británicos habían importado de Birmania para que trabajara en sus granjas– se declararon los jefes supremos de aquella tierra y convirtieron el bungaló Goodenough en su palacio. Se pasaban los anocheceres en el patio, dibujando bigotes sobre la imagen del rey Jorge en la rupia británica y diseñando banderas con manteles. Dedicaban horas enteras a debatir cuál sería el símbolo nacional de las islas libres. ¿Sería la feroz escolopendra de treinta centímetros de largo o el menudo y amable vencejo que construía su nido con su propia saliva? En 1948, el Departamento Forestal se convirtió en el único puesto avanzado de la nación recién fundada, como una bandera raída ondeando sobre un traicionero pico nevado.

Cuando Girija Prasad decidió instalarse en el bungaló Goodenough sin saber nada de todo esto, lo hizo por la misma razón

---

* Etnia de Birmania emigrada desde el sureste de China en época prehistórica.

por la que los Nanga Divinos, los británicos, los japoneses y los *karens* se habían visto atraídos hacia allí. Desde la cima se podía ver cómo el sol centelleaba sobre un mar engañosamente azul. Allí, uno se sentía como el rey del mundo.

Y mientras Girija Prasad pensaba en traer allí a su esposa, lord Goodenough pensaba en seguir adelante. En esta ocasión planificó un viaje por las islas del Pacífico. Al tiempo que la pareja pasaba su primer mes de matrimonio encerrada entre las furiosas capas de una tormenta, el lord reanudó su viaje hacia Dios. En su recorrido por el Pacífico, se dio cuenta de que todos los nombres, sin importar lo nuevos o únicos que fueran, eran en último término sinónimos de una verdad universal aunque esquiva. La naturaleza de la vida y la lucha por la supervivencia seguían siendo las mismas, no importaba cuántos dedos tuviera una criatura.

Poco después, murió.

Ella ponía nerviosos a todos aquellos que consideraban que el bungaló era su casa, tanto los vivos como los muertos. Igual que el licenciado Girija Prasad, el edificio se agitaba sobre sus pilares. La presencia de ella confundía a los fantasmas de los luchadores por la libertad, a los comedores de caracoles perpetuamente hambrientos y al propio lord Goodenough, que se arrastraba entre el Pacífico, las Andamán y la mansión de sus antepasados buscando las corrientes cálidas. La vida como fantasmas había supuesto una liberación, hasta que la mirada clarividente de Chanda Devi les recordó su aspecto harapiento y sus modales toscos.

—Es de mala educación entrar en el dormitorio de una señora —advirtió el lord al amotinado punyabí que tenía la costumbre de repantigarse en las camas como un perro—. Y tú, a ver si te consigues un uniforme nuevo. Por lo que sé, falleciste en una explosión que te voló los sesos y te destrozó la ropa, pero la señora se escandalizará si ve a un hombre desnudo vagando por su jardín, sobre todo a uno de dimensiones tan diminutas —le ordenó al soldado japonés.

Pero el hombre no entendía el inglés. Así que lord Goodenough se tomó la libertad de colocarle él mismo la bandera británica alrededor de la cintura.

El soldado se quedó desconcertado. Luego, se sintió agradecido.

El único momento en que se ven obligados a sentarse frente a frente es la hora del té. Porque Chanda Devi se queda sin cosas que servir y tiene que obligarse a permanecer quieta. Es ese un arte que el bungaló ha perfeccionado: ha resistido tormentas, terremotos y guerras limitándose a no moverse del pequeño pico desde el que se domina el océano. Sentada en el jardín, al contemplar un sol rojo como un hibisco ponerse en un archipiélago verde esmeralda, la pareja se siente inquieta. Es una situación que los obliga a bucear en su mundo solitario de pensamientos, preocupaciones y visiones. Aun así, no se sienten solos.

–Todo está aquí por una razón –dice él intentando romper el hechizo al tiempo que señala el jardín–. La hierba de limón con la que preparas el té –continúa, y da un sorbo a su taza–, la planté para sujetar la tierra suelta de la pendiente y evitar las riadas cuando llueve. –Ella sonríe. Él se siente animado a continuar–. Y el limón también... –prosigue–. Valorar el limón es valorar la sabiduría de toda la creación. En la selva, puedes exprimirlo sobre las sanguijuelas que están aferradas a la piel y estas se arrugan al instante. También puedes exprimirlo sobre las mordeduras y las heridas a modo de antiséptico. Y si estás deshidratado, nada te revive más que un limón entero, sobre todo la corteza.

Ella se ha sonrojado. Sus mejillas tienen un tono rosa fucsia, como el rosal que crece frente a ellos. Él está perplejo. ¿Cómo es posible que esta charla sobre hierba de limón y limones transforme a esta mujer voluble en una tímida novia? Se hace un silencio incómodo, así que él repite:

—Yo mismo planté todo lo que hay en el jardín. Todo está aquí por una razón.

—Gracias —le suelta ella—. Las rosas son hermosas. Si no fuera por tu empeño, no habrían sobrevivido.

Ahora es él quien se sonroja.

Es mucho más tarde, mientras pasa el rato en su despacho, cuando él se pregunta: ¿cómo lo ha sabido? Ella llegó después de que la rosa reviviera.

Los días dan a luz un cielo nuevo, que alberga tanto el sol como las lluvias. Bajo la luminosa mirada de las últimas horas de la mañana, una leve llovizna moja sin parar las islas, alimentando las setas y los hongos ahí donde cae, ya sea la corteza o la piel. Es uno de esos días en los que uno se descubre mirando el cielo con la esperanza de descubrir un arcoíris. El aire es pesado, y el corazón es aún más pesado.

Cuando el intenso sol y las gotas de lluvia caen como arena de colores en el mismo reloj de arena, al fenómeno se lo denomina «la hora de la boda». En distintas tradiciones, dependiendo de la longitud, la latitud, los sueños, el temperamento y los patrones alimentarios de quien lo cuente, criaturas diversas se ven empujadas a casarse: zorros, caracoles, monos, cuervos, leopardos, hienas, osos, incluso el demonio a veces. Porque el infierno, como todo lo demás, lo construyen aquellos que están domesticados. Es posible que sean los solteros quienes hacen que el mundo siga girando, pero son los casados quienes lo mantienen anclado al suelo.

En las islas, la hora del sol y las lluvias pertenece a otros seres. Lejos de las uniones folclóricas, pertenece a las escolopendras gigantes. Criaturas de treinta centímetros de largo con garras que pueden arrancar al hombre de la realidad y devolverlo al momento en que abandonó el útero de su madre, berreando como un recién nacido. Las escolopendras no tienen ningún interés en echar raíces, y mucho menos con los humanos. Los isleños lo saben, pues han recibido su mordisco.

Arrastrándose desde sus madrigueras subterráneas donde no entra el sol, lo único que ambicionan estos invertebrados es tomar el sol y darse un festín con el aluvión de insectos que bailan tras las primeras lluvias. Pero los seres humanos, obsesionados con las uniones míticas, son incapaces de entender un deseo tan simple. Cuando alguien se acerca demasiado, estos animales muerden debido al miedo. Y el cisma se acentúa. Los humanos: una vez mordidos, el doble de asustados. Las escolopendras: asustadas al principio, muerden dos veces.

Girija Prasad está sentado en los escalones de su porche, dedicado a la tarea de tomar el sol en los dedos de los pies. Los oficiales encuentran a menudo hongos que crecen entre sus dedos al quitarse las botas que usan para la selva. Es su peor pesadilla. Devoto académico, Girija Prasad teme convertirse él mismo en uno de esos especímenes. Pero esta mañana, el ritual es una excusa para sentarse fuera y contemplar a su mujer, ocupada en el jardín.

Chanda Devi está en el huerto, arrancando el menú del día bajo la llovizna. Es la viva imagen de la gracia y el equilibrio. En cuclillas, su centro de gravedad parece situarse en su voluptuoso trasero que cuelga en el aire, precario y sin sostén. Tiene sujeto un paraguas entre el hombro y la mejilla y utiliza ambas manos para abrirse paso entre los vegetales.

Coge tomates con la misma intensidad con la que se peina el pelo, le sirve las comidas y camina por las cuestas sin asfaltar de la isla. A él lo pone nervioso. Duda de la fuerza de su propia mano cuando se la tiende. Se cuestiona la virilidad de su apetito cuando no puede acabarse el quinto *roti* que ella le pone en el plato. Mientras la mira, el objeto de todos sus anhelos recibe un golpe. De pronto, Chanda Devi está en el suelo. Su mujer se ha caído en el barro. Se protege con el paraguas y se defiende de algo con las manos.

Él corre hacia ella, descalzo. Teme que ella haya visto una escolopendra o, peor aún, que le haya mordido una.

–¿Dónde está? –grita–. No tengas miedo, ¡la mataré!

–¿Matar el qué? –replica ella, desconcertada.

No le hace falta la mano de él para levantarse y sacudirse el barro húmedo de los codos.

–¡La escolopendra!

–¿Dónde?

–¿Dónde te ha mordido? –pregunta él, deseoso de llevarla al bungaló y exprimir un limón sobre la herida antes de que se desmaye por el dolor.

–Pero si no me ha mordido nada.

Y se pone a recoger tomates de nuevo, impertérrita. Por qué tiene él que hablar todo el rato de matar, se pregunta.

Girija Prasad se queda ahí de pie, sorprendido. Cuando ella se ha caído, daba la sensación de tener algún problema, está seguro. Es imposible que se lo haya imaginado, pues no ha dejado de mirarla. Regresa al porche, confundido. Renuncia a la idea de tomar el sol en los dedos de los pies y se mete en la casa. El barco que ha llegado esta mañana le ha traído correo importante: una revista que incluye el mapa de la hipotética Pangea, una aparición que se muere de ganas de ver.

Pero el maestro de la prestidigitación, el servicio postal indio, ha vuelto a hacer de las suyas. Sentado a su escritorio de padauk de Adamán, descubre que las páginas de la revista están pegadas entre sí, con una textura como de corteza. Se la lleva a la nariz para descubrir al responsable. Por lo visto, alguien ha derramado leche sobre su paquete. Una lata de leche condensada, para ser exactos. En una isla como esta, en la que no hay leche, esas latas valen su peso en oro. Con firmeza y armado con un abrecartas, Girija Prasad trata de separar las páginas una a una, una tarea tediosa y delicada que puede consumir toda su mañana.

Incluso en el inexplicable mundo de su mujer, lo que ha pasado fuera no tiene sentido. Tal vez a ella le avergüence mostrarle dónde le ha mordido, sospecha. A lo mejor ha sido tan solo un insecto, no una escolopendra. Quizás el trauma de recoger verduras, de asesinar lo que un día podría convertirse en una planta o un árbol la afecta a veces. No es algo de lo que deba preocuparse, se dice. La mayoría de las mujeres son hipersensibles, lo que convierte a su esposa en un fiel reflejo de su especie.

Cuanto más observa a la especie femenina desde la distancia, más crédito adquiere esta hipótesis. En Allahabad, cuando era adolescente, Girija Prasad percibía intensamente los momentos en los que el público sollozaba con más fuerza durante la recreación del *Ramayana* de Tulsidas. Los hombres se veían obligados a disimular sus lágrimas y fingir que estornudaban o sufrían alguna otra molestia, mientras que a las mujeres se las animaba a convertir sus lágrimas en una demostración teatral de fe, aunque él nunca entendió del todo la elección del momento. Si bien era de recibo sentirse abrumado cuando Sita se reencuentra con su marido Rama después de que Ravana, el rey de diez cabezas, la haya raptado caballerosamente, o cuando ese mismo marido la destierra del reino tan solo para demostrar una menudencia a una lavandera, lo cierto era que nada podía explicar el momento elegido para el mayor arrebato, que llegaba después de que se cerrara el libro y la narración del día terminara. Las mujeres no lloraban por un verso o una razón concreta.

Afuera, Chanda Devi se siente aliviada tras quedarse sola de nuevo. Ha faltado poco. Ha utilizado su paraguas para repeler a un fantasma demacrado envuelto en una bandera que la sigue por el huerto, señalando los caracoles y haciendo payasadas. Utilizando unas ramitas a modo de palillos, el fantasma le hace gestos para que rompa la concha y le extraiga la tierna carne, al tiempo que se frota el estómago con gesto enfático. El soldado había albergado la esperanza de que la muerte lo liberara de su hambre después de no haber comido durante una semana. En lugar de eso, el hambre lo acecha en el más allá. Aunque está rodeado de caracoles bien rellenos, el soldado japonés no puede romper una sola concha y sacar la carne con sus débiles miembros y sus uñas quebradizas, que parecen de cristal. Le implora a la señora Varma que lo ayude. Lo mismo hace el amotinado punyabí, que se sienta a la mesa del comedor junto a su marido e insiste en su derecho a que le sirva primero el *malpua** caliente, antes que al «traidor que se viste y habla como los británicos».

No es ella quien está loca. El lugar al que su marido la ha traído es un manicomio. Pero a Chanda Devi le da miedo compartir su aprieto con él. Los hombres no se sienten cómodos cuando sus mujeres interactúan con otros hombres, sobre todo si se trata de desconocidos desnudos y desesperados.

El tiempo que tarda Chanda Devi en recoger, lavar, cortar, cocinar y servir las verduras de la comida junto con los *rotis* recién hechos es el tiempo que tarda Girija Prasad en separar todas las páginas de la revista y enfrentarse a la nueva hipótesis de su existencia: Pangea, bajo los efectos de la leche y de los vientos cargados de sal, se ha convertido en un borrón gigante y multicolor que recuerda a unos genitales femeninos.

Chanda Devi sabe que lo distrae. Queda patente en la forma en que él va de un lado para otro en su presencia, en cómo agita la pierna, inquieto. Ella sabe que lo pone nervioso. Lo huele

* Crep servido como postre.

35

en su sudor, ya que aspira a diario el olor de su ropa sucia. Sus calcetines huelen a pezuña. Sus camisas desprenden una intensa fragancia a tierra, como la de las hojas, la hierba y los frutos que caen sobre el suelo oscuro debido al movimiento de los animales, a las lluvias y al viento. Ni siquiera en los olores de él percibe Chanda Devi una tregua. A pesar de que las noches son agradablemente frescas, las sábanas huelen a sudor nervioso mezclado con humedad tropical.

A la mezcla se añade hoy una nueva y letal fragancia que emana de una única gota de mango que le cayó a él en la manga la noche anterior. Un barco procedente del continente llegó con un embalaje de los mejores mangos para Chanda Devi, encargados por su marido desde el otro extremo de la India, las tierras rojizas de la costa occidental. La nación entera se llena de mangos en el mes de junio, desde el extremo más meridional hasta el borde las llanuras. Y Girija Prasad está deseoso de probar la variedad real de mangos, sobre todo después de que les hayan cambiado el nombre. Conocidos previamente como mangos de Alfonso en honor a un general portugués, los recién elegidos diputados de la nación libre los han rebautizado como mangos de Shivaji, el nombre el héroe regional que luchó con valentía para expulsar a los invasores. Chanda Devi está conmovida. Lava y seca los mangos y los dispone en cuencos de cristal como centros de mesa.

Observa como él se coloca una servilleta a modo de babero, se sube las mangas y se abalanza sobre el mango con un cuchillo y un tenedor, cortándolo con destreza en dados. Aun así, una gota errante se desliza por el tenedor hasta su meñique y le cae en la manga. Si hubiera estado sola, ella habría arrancado el tallo de un mordisco, habría pelado el mango con las manos y habría hundido los dientes en la fruta desnuda, sin mancharse el sari. Pero en presencia de él se siente cohibida, así que en lugar de eso coge los dados que su marido ha cortado.

LAS LATITUDES DEL DESEO

–La última vez que los comí, eran alfonsos. Ahora son shivajis –dice él–. Quién iba a pensar que hasta los mangos cambiarían de identidad tras la independencia.

Chanda Devi, educada en los principios llanos de la literatura sánscrita, no es consciente de la obsesión inglesa con el ingenio como forma suprema de inteligencia. Así que interpreta el comentario de su marido al pie de la letra.

–Nosotros somos los hijos de la tierra, pero ellos son su fruto –dice–. Son más sensibles. Los cambios de Gobierno y las ofensas a su fe los afectan profundamente, más incluso que a las langostas o las lombrices. –Percibe que él está sorprendido–. Cuando como verduras, frutas y legumbres hindúes, no me siento tan mal –continúa–. A diferencia de los musulmanes o los cristianos, que solo viven una vez.

–Pero todos los seres deben morir, con independencia de sus creencias religiosas –replica Girija Prasad–. Los mangos musulmanes pueden esperar la resurrección en el Día del Juicio, igual que los cristianos pueden anhelar el cielo. En todos los discursos teológicos, lo único que puede hacer el hombre es especular, nunca juzgar. Tan solo el sujeto del estudio, el Todopoderoso sin forma ni género, ostenta ese privilegio.

Al defender los mangos musulmanes, Girija Prasad está argumentando a favor de sí mismo, sobre todo en lo referente a los hábitos alimenticios que se ha visto obligado a abandonar.

Aunque permanece sentada sin inmutarse, una oleada de emociones embarga a Chanda Devi, una oleada que se niega a emerger a la superficie. Tal vez él no vea los fantasmas que se sientan a su lado, tal vez no recuerde las demás veces en que ambos han compartido un mango en sus otras vidas, pero también él ve cosas que ella no.

Ese mismo día, más tarde, cuando su marido la deja sola con los fantasmas del bungaló Goodenough, Chanda Devi cierra la puerta para disfrutar de intimidad. De modales anticuados, los fantasmas nunca entrarían en una habitación con la puerta cerrada, ni se asomarían a la ventana si las cortinas están echadas.

Una vez sola, saca la piel de mango que su marido ha cortado con tanto cuidado hace una hora. Le recuerda la pulpa de un naranja intenso que ambos han compartido, los pensamientos que han intercambiado. Acaricia la piel con los dedos, la frota y luego la olfatea. Fibrosa y húmeda en el interior; suave, reluciente y fragante en el exterior. «¿Será así la piel humana?», se pregunta.

A los ocho años, Chanda Devi preguntó en una ocasión a su madre:

—Mamá, ¿cómo nacen los bebés?

Su madre se puso roja. Regañó a su hija y le dijo que no volviera nunca a preguntarlo, y mucho menos a su padre.

Perdida y sola con sus preocupaciones, la madre de Chanda Devi fue a ver al baba de la ribera en busca de consejo. En aquella época todavía se lo consideraba joven; tan solo tenía ciento dos años de edad.

—Baba —dijo ella tras ofrecerle frutas y flores—, mi hija pequeña me hace preguntas chocantes. El otro día... ¿cómo podría decírtelo? Me da vergüenza incluso repetir su pregunta. —Se ajustó el sari para cubrirse el pelo y miró a su alrededor para asegurarse de que nadie los escuchaba a escondidas—. Cómo nacen los niños, eso es lo que me preguntó. Como madre, no puedo darme por vencida con ella. Pero ¿quién va a querer casarse con ella, baba, si sigue haciendo esas preguntas?

El baba estaba absorto ordenando las flores y las frutas por tamaño. Una caléndula resultó ser más grande que una manzana. Eso le hizo sonreír.

—Beti —contestó—, estamos en Kali Yuga, la era del mal y la inmoralidad. Todo lo que deben hacer hombres y mujeres es darse la mano para dar a luz a sus hijos, ¡tal es el poder cegador de Kama! Llegará un día –dijo, abriendo mucho los ojos mientras la voz le vibraba con la energía de la profecía– en el que niños y niñas se darán la mano antes de casarse. Les darán la mano a muchos niños y niñas a plena vista. ¡Y todo el mundo podrá verlo!

Aunque en realidad aquello no había mitigado su pesadumbre, la madre de Chanda Devi volvió a casa y ordenó a sus hijos que nunca jamás le dieran la mano a alguien del sexo opuesto antes de casarse.

Agotada por la tarea de criar a seis hijos, las palabras del baba la habían aliviado en secreto. Lo que más la había desconcertado de la pregunta de su hija era su propia ignorancia. Ni ella misma sabía cómo nacían los niños. Pero ahora había esperanza. A partir de entonces evitó coger la mano de su esposo, sobre todo cuando él se tendía sobre ella.

Aunque muchas cosas han cambiado en la vida de Chanda Devi desde que le planteó esa pregunta a su madre, todavía no ha encontrado la respuesta. Después de tres meses de matrimonio, sospecha que hay algo más aparte de cogerse de la mano. ¿Por qué si no ante la presencia de él se le pone la piel de gallina en todo el cuerpo, y no solo en las manos?

A su marido, un científico consumado, lo que le preocupa son las cuestiones mayores y no resueltas del tiempo. Aunque no hay pruebas que demuestren que el *Homo sapiens* tiene una época de apareamiento, tampoco las hay que indiquen su inexistencia. La falta de claridad en este asunto lo ha puesto en un brete. El clima tropical incrementa la ambigüedad. Incluso a los tigres, con sus rituales de apareamiento nítidamente diseñados que empiezan con el rugido de la hembra para atraer la atención y que a veces acaban con una pelea con la pareja, los confunde el calor tropical. Un estudio ha demostrado que, en las zonas templadas, la *Panthera tigris* se pone en celo de manera estacional, pero en las regiones de clima tropical está documentado que se aparean durante de todo el año.

Si los seres humanos se pusieran en celo como los demás mamíferos, con un comportamiento, unos colores o unos sonidos concretos que indicaran su disposición, Girija Prasad no tendría que pasarse los días mano sobre mano, pontificando sobre teología y mangos.

En la vida social terriblemente limitada de las islas, la presencia de la señora Varma ha desatado una tormenta. Es objeto popular de especulación en las reuniones, para alivio de los oficiales y sus esposas. Antes de su llegada, el mayor escándalo que asoló las islas tuvo lugar cuando el perro del secretario del servicio postal se escapó para perseguir al chucho del doctor. El secretario acusó al doctor de atraer a su hermoso labrador en un intento de hacerse con otra mascota, y el médico respondió acusándolo de torturar a la suya pues, ¿por qué si no iba a huir? Por muy procaz que fuera el episodio, con elementos de fuga, tortura, las cartas y un empate final, ¿durante cuánto tiempo podía alimentar sus noches de chismorreo?

La señora Varma es una bendición para sus aburridas vidas. Los tiene perplejos. No habrá ido a Oxford como su marido, pero a sus ojos es mucho más erudita. Ha estudiado sánscrito, la lengua de los dioses, y es una experta en escritura hindú. Su destreza divina es tal, aseguran, que puede calcular la posición astrológica de los planetas mientras compra comida en el mercado. Una vez, incluso pilló a un vendedor ambulante que quería cobrarle dos paisas de más.

—La luna en la casa de Cáncer vuelve vulnerables a las personas —dicen que comentó—, pero eso no significa que se la pueda engañar.

Su halo de convicción hace que algunos se sientan tentados

de inclinarse en su presencia y exclamar: «¡La diosa ha llegado!». Pero temen que ella los ahuyente como si fueran perros. La presencia de la pareja en los acontecimientos sociales se ve marcada por una entrada teatral, uno al lado del otro. Ella no se separa de él cuando se une a un grupo de hombres y discute sobre temas serios, como la inflación que afecta a las raciones subvencionadas de la isla o el tiempo. Él tampoco se separa de ella cuando comparte consejos culinarios con las señoras. De hecho, siempre tiene algo útil que añadir, como el nombre científico de la hierba de la que hablan y el mejor modo de cultivarla.

Si a Girija Prasad lo acusan de manifestar rasgos femeninos por sugerir ingredientes alternativos para las recetas, a su mujer la acusan de ser un hombre en virtud de sus conocimientos. Las singularidades de cada uno de ellos complementan las del otro. Si tan solo pudieran asomarse al hogar de los Varma para ver cómo un matrimonio de iguales prospera en un mundo de desigualdades... Por ahora deben contentarse con observarlos desde la distancia y preguntarse: cuando comen, ¿le sirve ella antes de sentarse o tienen tanto descaro como para servirse cada uno lo suyo? ¿Quién decide el menú? Se murmura que Girija Prasad se ha hecho vegetariano para complacer a su mujer. Aunque Girija Prasad es quien manda las cartas a sus familiares, ¿será Chanda Devi quien las escriba? Y ¿qué hay de las cortinas que han puesto hace poco? ¿Quién decidió el estampado y por qué están corridas? ¿Es para ocultar lo que la constitución india que pronto entrará en vigor denominará «actos sexuales antinaturales»? Fruto de generaciones entrelazadas en la postura del misionero, resulta imposible imaginar el sexo entre iguales.

La vida de una pareja de iguales en las latitudes del anhelo y las longitudes del temor ha sido hasta ahora un fenómeno extraño e indocumentado, como una ballena que diera a luz en la Antártida o el apareamiento de elefantes blancos en el sur de Asia. Tanto Girija Prasad como Chanda Devi no tardan en darse cuenta de que el término «enamorarse» es un eufemismo. El romance no es algo tan sencillo como sumergirse en el agua fría una tarde calurosa ni tan instintivo como aprender a caminar. No es un tesoro de superlativos como la poesía sánscrita o la «dulce aflicción» de la que hablaban los románticos. Los esfuerzos de una pareja de iguales no son tan solo objeto de la etnografía. Se trata de una cuestión multidisciplinar. La intimidad y la distancia operan como la marea: alta durante el día, con su punto álgido a la hora de las comidas. La luna es una taza de té; los lleva al cénit de su interacción. Las noches son secas. Una tierra sin conquistar separa sus camas.

Entre los pájaros, la comunicación se sustenta en gran medida en sonidos ininteligibles y movimientos de cabeza, despliegue del plumaje y actos como danzas o formaciones. Lo mismo ocurre con los intercambios entre los Varma. Él carraspea para anunciar su entrada en una habitación. Puesto que nunca pide nada, ella ha aprendido a adivinar sus deseos a través de sus acciones. Cuando contempla el horizonte con la mirada perdida, es que le apetece un té. Si tiene hambre, su estómago emite gruñidos como de cachorro. Si se le dibujan arrugas en la frente y frunce levemente el ceño, está sumergido en sus pensamientos. Si está cansado inclina la cabeza. Si tiene sueño, la ladea. Si está de pie o sentado con la espalda erguida, es que su atención se centra en lo que le rodea; tal vez observa la llamada de un pájaro, un cambio en los vientos o un olor creciente de clorofila. Un científico que estudia el medio ambiente se parece mucho a un animal en estado de alerta, atento a posibles depredadores y presas. Si pasa mucho rato en el retrete quiere decir que la comida que ella ha preparado era demasiado picante para su delicada constitución. Aunque

43

ella nunca lo ha visto dibujar, su marido a menudo regresa del trabajo con las uñas cubiertas de grafito y con virutas de lápiz en la ropa. Es el equivalente a un hombre que vuelve a casa de buen humor silbando para sí mismo.

Según ha descubierto su marido, Chanda Devi es un sujeto de estudio complejo que requiere las habilidades combinadas de un botánico, un ornitólogo y un astrónomo. Se desplaza de aquí para allá con su sari como las hojas que susurran en el viento. Su respiración es tan imperceptible como la de un árbol, su mirada es intensa, sin parpadeos. Con una simple inclinación de cabeza, pasa de los metálicos ojos azules de una mosca posada en su cintura a un tronco de padauk de Andamán que se desploma en algún lugar del archipiélago, y luego a un grupo de delfines que entra en la bahía. Aunque estén sentados en la misma habitación, Girija Pasad a menudo sospecha que ella se halla a constelaciones de distancia. Se pregunta si se siente sola en ese tiempo y ese universo distintos. Pero tiene esperanza. Un día, él también viajará en el tiempo para alcanzar el destino de la mirada de Chanda Devi.

No hay ni una sola línea recta en su ser, que es un paisaje sinuoso. En el trabajo, él trata de captarla en los márgenes de los informes. Sus curvas, sus ojos y la precisa división geométrica de los pliegues del sari que se despliegan en abanico desde su ombligo son imposibles de dibujar. En el incesante ejercicio de sacar punta al lápiz, dibujar, borrar y rehacer, Girija Prasad experimenta algo que ningún soneto u oda pueden expresar.

Solos los muertos pueden comprender la difícil situación de la pareja. Desde su llegada en el mes de las escolopendras, en la estación del monzón, los fantasmas del bungaló Goodenough han sido conscientes de sus apuros. Igual que los invertebrados, la pareja teme que sus deseos se malinterpreten.

A los fantasmas les resulta difícil limitarse a permanecer

sentados y mirar. Si los Varma se hallaran en su tierra natal en el norte de la India en lugar de estar en las Andamán, afirma el amotinado punyabí, a esas alturas Chanda Devi ya habría concebido. El soldado echa la culpa a los modales afeminados de Girija Prasad, fruto de su educación británica, sobre todo a la ropa de la época del Raj que lleva. Como una suegra preocupada, el amotinado aconseja a Chanda Devi que le sirva a Girija Prasad leche caliente con almendras antes de ir a dormir para potenciar su libido.

Lord Goodenough ha estudiado a fondo el amor, con una capacidad retrospectiva de la que solo disponen los fantasmas. Entre las poblaciones aisladas de las islas del Pacífico, ha dado por casualidad con un ritual antropófago en el que el amante doliente consume el corazón de su amado muerto, un acto de unión total. Pero con su propio corazón, el lord ha hecho uso de la típica contención victoriana. Él admiraba a su musa –su cuñado– desde la distancia. Tan solo podía acariciar el grabado en una urna griega con las yemas de los dedos: la imagen de un hombre mayor y con barba que penetraba a un adolescente. Si pudiera, le diría a la joven señora Varma que cuando algunos hombres están enamorados, dudan de sí mismos. Temen no ser lo bastante buenos.

En cuanto al soldado japonés, este prefiere colocar una mano en forma de túnel e introducir en él un el dedo para llamar la atención de Chanda Devi. No es que sea obsceno. Tan solo pretende mostrarle a Chanda Devi cómo se hace.

Pero el miedo triunfa allí donde los deseos no se arriesgan, como pronto descubrirán los habitantes del bungaló Goodenough.

Chanda Devi está sentada bajo una palmera, buscando a su marido entre la multitud. Él se da la vuelta de vez en cuando y la saluda con la cabeza. Todos los oficiales y sus familias se han reunido en la playa Sir Mowgli para un pícnic dominical. Los hombres se conforman con quedarse de pie entre la espuma de la orilla en lugar de nadar. Los niños, siempre dispuestos a recoger conchas, cogen crustáceos y se proclaman los nuevos reyes de la caracola. Las mujeres parlotean como cotorras mientras se desplazan siguiendo el curso de la sombra. A ellas también les encantaría retozar despreocupadamente entre la espuma y mirarse los dedos de los pies a través del agua cristalina. Pero hay un pequeño problema que se lo impide: preferirían ahogarse con vergüenza antes que salir del agua con la ropa mojada.

Girija Prasad, un torpe animal social, ha intentado en vano liberarse del grupo. Quiere ir a nadar con las gafas y el tubo que compró en Inglaterra, pero allí donde va sus artilugios se convierten en tema de conversación. Hay algunos colegas que incluso lo llaman Jules Varma.

Si ella pudiera reunirse con él... porque ella también es una nadadora experta. Sentada en una playa llena de mujeres que serían incapaces de flotar para salvar su vida, Chanda Devi considera su habilidad una bendición de la diosa misma. Creció cerca de un río temperamental, y su abuelo insistió en que todos los niños aprendieran a nadar. Su abuelo había sido concebido en un hogar que el río acabaría por tragarse y nació en la época de las inundaciones estacionales, medio sumergido. Así que cada año llevaba a los miembros de la familia, jóvenes y mayores, hombres y mujeres, a saltar desde un barco para visitar el templo del clan que ahora descansaba en el lecho del río. Si no lo hacían, el río volvería a cambiar su curso. Chanda Devi se tomaba muy en serio su papel. Buceaba más hondo que los demás y utilizaba la cúpula del templo para darse impulso y bajar aún más, hasta la puerta, y agarrarse luego a la campana del templo y mecerse como un alga.

Arrullada por la brisa y el parloteo incomprensible, Chanda Devi cierra los ojos. Girija Prasad ha abandonado el pícnic para nadar más allá de los corales. En su cabeza, Chanda Devi nada a su lado. El frío contacto del océano le provoca un estremecimiento en la piel, mientras el sol le calienta la espalda. Se sumerge mentalmente en el mundo de corales sobre los que nada su marido. Y mientras nada sobre los montículos de coral, Girija Prasad vuelve a estar soltero. Olvidado por el mundo, nada le impide seguir a las tortugas estrelladas hasta el borde del horizonte, mientras los peces le mordisquean los dedos de los pies.

En la orilla, Chanda Devi es arrancada abruptamente de su ensueño. Una punzada de miedo atraviesa su trance y la agarra del pelo. Una premonición ha emergido a la superficie, como una criatura prehistórica que sale nadando del abismo. Enseguida se da cuenta de que Girija Prasad no está solo en el agua.

En medio de los corales, Girija Prasad se da la vuelta para identificar el origen de las ondas que se acercan. Le complace descubrir a Chanda Devi, que le tira de la pierna. Está impresionado por sus brazadas y por el valor que demuestra al nadar con el sari. Pero tira de él con tanta urgencia que se ve obligado a seguirla. Se da cuenta de que ella no está allí para nadar con él, sino para llevarlo de nuevo a la orilla. Mientras se ponen a caminar por la parte poco profunda, ella grita por encima de las olas:

—Tenemos que irnos a casa de inmediato.

El resto de los asistentes al pícnic se sorprenden al verla con el sari mojado, pero Girija Prasad ni siquiera se da cuenta. No es capaz de ver nada más allá del pánico de ella.

—¿Alguien ha dicho o hecho algo que te haya molestado?

—No.

«¿Qué es lo que haría falta para que confiaras en mí?», siente deseos de preguntarle él. En lugar de eso, dice:

—Puedes confiar en mí. Soy tu marido.

–Yo soy tu esposa –replica ella–. Tú también puedes confiar en mí. Tenemos que marcharnos de aquí inmediatamente, eso es todo lo que sé.

Él se resigna a la futilidad de preguntar más, pues sabe que cuando ella decide encerrarse en sí misma, nadie puede sacarla de allí excepto ella misma. Girija Prasad le tiende el equipo de buceo al jefe de operaciones de tala para que experimente. El pícnic se ha terminado para su mujer y para él.

Durante el largo camino de vuelta a casa, Chanda Devi permanece sentada en el borde del asiento del coche, agarrada a la manecilla de la puerta, lista para abrirla y saltar en cualquier momento. Inquieta, temblando, sufriendo dentro de la jaula de sus huesos. Girija Prasad está angustiado. Siente deseos de detener el coche, mirarla a los ojos, cogerla de las manos y convencerla de que sea lo que sea lo que la ha asustado ya ha desaparecido, que ahora está con él. Igual que la distancia que separa sus camas, el terror en los ojos de ella le atraviesa el corazón.

De vuelta en el bungaló Goodenough, Girija Prasad contempla a Chanda Devi mientras ella deambula por el huerto, sin arrancar nada en concreto –o posiblemente, todo– para evitar su compañía.

Al cabo de un rato, un guarda forestal les trae la noticia: poco después de que se marcharan del pícnic, un cocodrilo de un pantano cercano ha huido nadando con el jefe de operaciones de tala entre las fauces. Intrigado por la nítida visión que le proporcionaban las gafas, el oficial se ha aventurado peligrosamente cerca de un riachuelo en el extremo de la playa.

Girija Prasad se pone de inmediato las botas, carga el rifle y se marcha sin mediar palabra. El terror en los ojos de su esposa ha inundado los suyos.

Cuando Girija Prasad subió por primera vez a bordo del barco con destino a las islas, llevaba consigo ocho elefantes que había elegido personalmente en una feria de animales en Bihar. En Calcuta, los subieron en manada por la rampa que llevaba a cubierta, como si fueran ganado. Pero en Port Blair, tuvieron que utilizar una grúa para bajarlos a tierra porque el muelle no era lo bastante resistente. Mientras colgaban sobre la bahía, la grúa cedió y el primer elefante se zambulló en las profundidades azul oscuro. Girija Prasad no pudo hacer nada para rescatar al elefante ahogado. Hasta el final de sus días, jamás olvidaría la cara del paquidermo, igual que nunca olvidaría los temerosos ojos del cocodrilo que encuentra mientras busca a su colega.

Las linternas y las antorchas de la partida de búsqueda alumbran la oscuridad y aterrorizan a la criatura de tres metros y medio que ha buscado refugio en los manglares. Cegado por la luz, el cocodrilo se esconde tras el cadáver, pero no lo abandona. Agachado tras el timón de la lancha, la mirada de Girija Prasad se cruza con la del cocodrilo.

El cadáver, al que le faltan una pierna, la pelvis y el abdomen, apenas parece humano, y se parece aún menos al oficial vivo. Resulta más aterrador para los hombres de la embarcación que el propio cocodrilo. Deciden regresar a la mañana siguiente con arpones y trampas.

Al llegar a casa a las indistinguibles horas de la noche, Girija Prasad encuentra a su esposa sentada en el porche, mirando el cielo con los ojos muy abiertos. Las lluvias han pintado de musgo los escalones. Girija Prasad se resbala pero mantiene el equilibrio. Agitado, se sienta en los peldaños. Mosquitos blancos y negros se dan un festín con su carne y le zumban cerca de los oídos, fijando el tono para los pensamientos que bucean por su cabeza. La luna está excepcionalmente baja; su mirada atraviesa la noche y lo observa directamente a los ojos.

Nunca antes había sentido tales náuseas, hasta el punto de hacerle vomitar en la marea baja en cuanto el bote alcanzó la orilla. El hedor de unas entrañas humanas, la visión de un intestino deslizándose por el agua como un cabo sin ancla han bastado para expulsar cualquier bocado indigesto y cualquier hecho indigerible. Cuando el elefante se sumergió en el puerto, no salió a la superficie ni una sola vez, como si hubiera entregado todos sus instintos al océano. En cuanto al cocodrilo, Girija Prasad ha visto miedo en sus ojos, aunque el animal haya visto también miedo en los suyos.

–Por favor, no matéis al cocodrilo –rompe el silencio Chanda Devi–. No podemos castigar a los seres por actuar de acuerdo con su naturaleza cuando nosotros somos los intrusos.

Girija Prasad intenta rescatar el último recuerdo real del hombre que ahora está muerto, pero no encuentra nada. Ni una última palabra ni una última impresión más allá del gesto habitual de darle las gracias por haberle prestado el equipo para bucear. Nada tiene sentido. La dicha de un baño lánguido, el pánico en los ojos de su mujer por algo que aún no había pasado, el cadáver destripado de un colega que ha acabado nadando hacia su muerte, un cocodrilo que come hombres.

–¿Sabes también cómo moriremos nosotros? –le pregunta a Chanda Devi.

Esa noche, Chanda Devi corre las cortinas y se mete en la cama de matrimonio.

Girija Prasad se siente desilusionado con todos los conocimientos que ha ido adquiriendo y acumulando durante toda la juventud, como una hormiga que se prepara para un largo verano de reflexión. La ciencia tal como él la conoce no deja espacio a las premoniciones. La proclama de Darwin –la supervivencia del más apto– le ha fallado. Si Darwin hubiera viajado a las Andamán en lugar de a las Galápagos, ¿se habría formado otra opinión? ¿Una opinión en la que el sacrificio fuera tan crucial como la supervivencia? Si Chanda Devi percibió el peligro en el agua, ¿por qué arriesgó su propia vida?

Girija Prasad se muestra inflexible en su idea de crear su propio mapa del archipiélago. Es un retrato creado con el mismo fervor que invierte al dibujar a su esposa. Es su compromiso con los recuerdos, las curiosidades y las emociones lo que evoca el paisaje. Puede que el retrato refleje las Andamán, pero es asimismo un autorretrato del artista.

La hoja de papel en blanco extendida sobre su mesa es el océano Índico. La punta de su lápiz es una fuerza de la naturaleza que talla islas de la nada. Un triángulo equilátero representa el monte Harriet, el pico más alto de las Andamán del sur. Una ensenada lo separa de las Andamán del Medio. Girija Prasad está convencido de que este pico es el punto más alto, pues ha contemplado numerosas puestas de sol desde allí y no hay nada más que le bloquee la visión. Junto al triángulo, dibuja un pequeño círculo lleno de trazos naranjas y morados. En la historia personal de Girija Prasad, el monte Harriet siempre será el lugar de las puestas de sol. Mientras estudiaba había leído ya acerca de aquel pico recóndito. Era el lugar en el que lord Mayo, por entonces virrey de la India, fue asesinado.

En una publicación navideña habían descrito la puesta de sol en el monte Harriet con un lenguaje tan vívido que lord Mayo se sintió intrigado. Tomó nota mental de ella. En una visita a las islas para inspeccionar la conocida colonia penitenciaria llamada Kala Pani («aguas negras»), se desvió del camino para tomar el té de la tarde. «Vaya, ¡qué hermoso! Es lo más encantador que he visto nunca», exclamó al contemplar cómo el cielo adquiría tonalidades carmesíes, doradas y violetas. Deseó que lady Mayo estuviera allí con él para disfrutar de aquella excepcional puesta de sol. Al morir dos horas después, apuñalado por un presidiario que se ocultaba entre los matorrales, abandonó el mundo obsesionado aún por la visión. Era una lástima: no tenía palabras para describir lo que había experimentado.

Solo otro lord habría podido empatizar con el sufrimiento de lord Mayo. Gracias a sus viajes, lord Goodenough había aprendido que inventar nuevos nombres no solucionaba por completo las dificultades de articulación de la lengua inglesa. Su lengua materna, sospechaba, era incapaz de expresar las complejidades latentes en un solo mundo. Por ejemplo, no podía describir la nieve del modo en que lo hacían los esquimales con sus decenas de sinónimos. El idioma inglés tampoco había experimentado las lluvias de la misma manera que los habitantes del estrecho de Malacca. La palabra que usaban para designar el cielo significaba «lluvia sublime», y el infierno era «la lluvia que generaba inundaciones». Toda la vida era un vaivén entre ambos. No existía una palabra –menos aún, la inocua «amor»– para describir la fuerza omnipotente y devoradora que lord Goodenough había encontrado en el Pacífico. No se trataba de mero canibalismo, el ritual de comerse el corazón del ser amado. Del mismo modo, lo que uno experimentaba en el monte Harriet no era soledad. En presencia de un sol violeta, la naturaleza de la propia soledad parecía expandirse hasta incluir todo lo que había en las islas, todas las formas de vida, las montañas, los ríos, las lagunas, las playas, los bosques, incluso el peñasco que se asomaba desde el pico del monte Harriet al abismo de la selva tropical. Era la soledad de un archipiélago. Separado de cualquier tierra por un océano mayor que cualquier continente. Sentado bajo un cielo mayor que todos los océanos y los continentes juntos. Tan vasta como el universo, la soledad se transformaba en las meditaciones del universo.

Girija Prasad y Chanda Devi están sentados en la roca que sobresale de la cima del monte Harriet y se transforman en un par de pájaros, ocultos del océano por las ramas más altas de los árboles más altos. Lo único que oyen es la cháchara de otros pájaros y el estruendo del agua. Es una sensación peculiar. Estar sentado en un lugar elevado envuelto por una niebla que evoca la del Himalaya. Y que, aun así, el sonido de las olas te arrulle.

–Si no fuera por la respiración de las olas –dice Chanda Devi–, creería que esto es una tarde en las montañas.

–Tal vez sea una posibilidad –contesta Girija Prasad–. Leí un artículo académico en el que se afirmaba que las islas volcánicas de Indonesia y el mar de Andamán son una continuación del Himalaya. Estamos sentados, por así decirlo, en la cima de una montaña que se yergue desde el lecho del océano. Me cuesta creerlo, aunque es posible.

Ella le sonríe. Él le devuelve la sonrisa.

La luz del sol se cuela entre las ramas y cae sobre Chanda Devi, dibujando formas geométricas sobre su piel. En el antebrazo, él distingue una cadena montañosa. En su pie, un río. Su garganta es una inquieta cascada creada por su pelo. Pronto el sol se desplazará aún más hacia el oeste y sumirá todos los ríos, cadenas, montañas y cascadas de su cuerpo en la oscuridad. La tarde llegará a su fin. La única manera de reconquistarla sería viajar en la dirección del sol y experimentar una y otra vez su puesta en las topografías de distintas longitudes y latitudes, en las estepas de Mongolia, los ventosos desfiladeros del Hindu Kush, las dunas de arena del Kalahari, las islas de Creta, la Selva Negra de Alemania y los fiordos noruegos. Para cuando Girija Prasad llega a las Tierras Altas de Escocia, un recuerdo lo distrae. En medio de la humedad del trópico, está soñando con nieve.

–¿Has visto alguna vez la nieve? –le pregunta a ella.

–No. ¿Cómo es?

Es imposible describir la nieve ahí sentado en las Andamán. La cacofonía de los monzones ahoga la silenciosa deriva de la nevada. Los pensamientos de Girija Prasad han regresado a un solitario paseo que dio por un parque cubierto de nieve mientras estudiaba en Oxford. Una capa del blanco más mullido había convertido lo ordinario en un sueño. Nada, ni el lago, ni el cielo, ni siquiera el sol permanecían intactos. El hielo se aferraba a las ramas de los árboles como si fuera musgo. La nieve pesaba sobre las hojas que quedaban, sus pasos resultaban lentos sobre la nieve. El aire vigorizante le arañaba los orificios nasales y le raspaba en la garganta. Suspendido en la cima más alta del archipiélago, atrapado justo entre el ecuador y el trópico de Cáncer, Girija Prasad anhela lo imposible. Anhela una puesta de sol parecida en un paisaje cubierto de nieve.

–No puedo describirte la nieve –le dice a su mujer–. Las criaturas tropicales somos incapaces de aprehender su belleza, ni siquiera con la imaginación. Pero sí puedo mostrarte una puesta de sol sobre la nieve. Podríamos ir de viaje a Cachemira en invierno.

–Estas islas... –dice ella–. Puede que nunca queramos abandonarlas.

–En ese caso, en otra vida.

Por fácil que le resulte a Girija Prasad considerarla una ridiculez, tiene que admitir que la teoría de la reencarnación posee un atractivo lírico; le permitiría disfrutar de otra puesta de sol en un lugar distinto con su esposa. Ella se sonroja. Él también. Girija Prasad le tiende la mano. Ella entrelaza sus dedos con los de él.

La isla entera está a la altura de las circunstancias. Los pájaros, los insectos, los árboles, las olas y el sol poniente desempeñan cada uno su papel en una sinfonía mayor, orquestada por los dedos unidos.

El romance de Girija Prasad con la nieve podría haber sido largo y satisfactorio si no hubiera sido por su interés científico en las selvas tropicales. Al percibir la fugacidad de la presencia de la nieve en su vida, había aprovechado cualquier oportunidad para observar su frágil existencia y su delicado temperamento, hasta que se le dormían los dedos y se le formaban témpanos en las pestañas.

Después de haber recordado la nieve, a Girija Prasad le cuesta dormir esa noche. Se pasa horas en la cama escarbando toda la nieve de su memoria y colocándola en la isla donde duerme. En su ensoñación, esta tierra cubierta de vegetación verde queda cegada por la nieve caída.

Las copas de los árboles se inclinan y derraman nieve sobre el húmedo suelo tropical. Los insectos se han convertido en fósiles atrapados en el hielo. Incapaces de abrirse camino, las lombrices, las escolopendras y las serpientes se ven obligadas a hibernar. A los cocodrilos de sangre fría les resulta difícil avanzar sobre los arroyos helados y patinan hacia un lado como cangrejos. Ahogados por el frío, los cucos cantan canciones con la garganta dolorida. Girija Prasad siente la tentación de pintar los vivos colores de las zanahorias y los martines pescadores de un radiante tono blanco, porque en los días nevados todo el mundo se vuelve blanco. El cielo nocturno brilla debido a su reflejo. La luna y las estrellas palidecen a su lado. Animadas por la extensión congelada, las palomas pasean sobre las charcas y los riachuelos y ponen huevos donde les apetece. La selva tropical se seca. Las hojas y los frutos se marchitan al instante. La playa es un mosaico de hielo, arena y nieve. Las olas turquesa descargan pedazos de hielo sobre la orilla. Las tribus desnudas se ven obligadas a retirarse al calor de las cuevas y las hogueras; en su rechazo a profanar su cuerpo con ropa se esconde una obstinada creencia. La nieve se fundirá tan misteriosamente como ha aparecido. Nada, ni siquiera las ensoñaciones de un insomne, puede durar en las islas.

La propia casa de Girija Prasad, el bungaló Goodenough, se parece a una casa de campo en los Alpes. Descansa cómodamente sobre pilares encima de un lecho de nieve. Una chimenea improvisada da calor a las macetas de helechos y flores. Para variar, el agua que fluye por los desagües cuelga congelada en el aire, reduciendo el tamborileo de los monzones al leve goteo del hielo fundido. Su cama es el único lugar cálido de las islas. Girija Prasad procede a cubrir de nieve a su mujer, que duerme a su lado. La piel se le vuelve rosa y se le pone de gallina. El ombligo se le hunde en el estómago mientras el pecho palpita por la impresión.

Al despertarse a la mañana siguiente, a Chanda Devi le duele la garganta y tiene la nariz tapada. Se molesta con su marido.

–La próxima vez que sueñes con la nieve –le dice–, sueña también con una manta.

Nueve años después de permanecer despierto toda la noche para adornar las islas y a su mujer con nieve, Girija Prasad se descubrirá de nuevo sumergido en la magia blanca, esta vez como padre. Mientras pasea con su hija por una playa, la cogerá de la mano para evitar que se meta en la marea, ya que es tan impredecible como su madre.

–¿Dónde me encontraste, papá? –preguntará ella, levemente molesta cuando él la agarra–. ¿Por qué me trajiste a casa?

Girija Prasad urdirá una historia con las ascuas del crepúsculo para tranquilizarla.

–En una playa como esta, en una noche como esta, tu madre y yo nos encontramos una botella vacía medio enterrada en la arena. La abrimos y encontramos una nota dentro: «Por favor, mete todos los ingredientes de tus sueños en esta botella y agítala con fuerza». Y eso hicimos. Con ayuda de un prisma, atrapé la luz del sol en la botella. La cerré con un corcho y la agité con fuerza durante horas. Luego, tu madre la abrió. Inspiró hondo y soltó el aire dentro de la botella. Ese fue tu primer aliento.

En cuanto a los ingredientes, Girija Prasad se inventará una fantástica lista para captar la sinuosa imaginación de su hija: arenas doradas de Rajastán y blancas de la isla Havelock; ramitas del nido de un vencejo y pétalos de una rosa fucsia; un trozo de corteza del padauk más viejo de las islas; ceniza bendecida por el baba de la orilla; un diente de cocodrilo, una pestaña de elefante y gotas de monzón mezcladas con nieve del Himalaya.

Al terminar la historia, padre e hija caminarán en silencio. El esfuerzo de ella para asimilar la historia será evidente. Él notará cómo los pensamientos de su hija vuelan con rapidez por todas partes, se balancean sobre la espuma de la marea, se hunden en la arena desigual, vagan perdidos entre las rocas que señalan el comienzo de la selva.

—¿En qué se diferencia la nieve fundida de las gotas de lluvia? —preguntará ella—. Papá, ¿qué aspecto tiene la nieve?

S i Chanda Devi puede ver fantasmas, convertir a su marido carnívoro en un vegetariano y predecir el ataque de un cocodrilo, sin duda puede hablar con Dios, piensan los isleños. Se rumorea que Girija Prasad está casado con una mujer-diosa que controla a los cocodrilos y a los elefantes igual que a su marido.

La gente se acerca a su puerta con frutas y guirnaldas a modo de ofrendas. Una suegra le lleva a su nuera embarazada. Decepcionada después de sus ocho nietas, le pide a Chanda Devi que utilice sus poderes divinos para darle un *kul deepak*, un hombre armado con una antorcha que salve su linaje.

Chanda Devi examina a la anciana de la barbilla a los pies y de oreja a oreja.

La suegra siente deseos de decir: «No soy yo la que está embarazada. Yo no soy el problema». Pero no lo hace. Nadie puede arriesgarse a sufrir la ira de las personas emparentadas con los dioses.

—La Devi os ha bendecido con sus nueve encarnaciones —dice Chanda Devi—. Si maltratáis a cualquiera de ellas, su cólera no conocerá límites.

—Pero ¿por qué tiene mi hijo que trabajar para alimentar a una familia sin hijos varones, sobre todo a esta vaca preñada?

—Puedes pensar en la respuesta en tu próxima vida, cuando nazcas como lombriz. Todas las lombrices son eunucos. Macho, hembra, eso no supone diferencia alguna para sus vidas. Por eso la diosa convierte en lombrices en su siguiente vida a todos los que maltratan a las mujeres. Esa noche, es la suegra la que prepara la cena para variar. Ella misma sirve a todas sus nietas y les lava los pies como penitencia. Les pide perdón. Ha decidido hacerlo al salir del porche de Chanda Devi y encontrarse una lombriz, arrugada y negra bajo el sol, en las zapatillas que había dejado fuera.

El Departamento Forestal también acude a Chanda Devi para que cure a una elefanta que ha aplastado a dos adiestradores en tres semanas. Aunque la elefanta está loca de remate, resulta más sencillo sustituir a un adiestrador que a un animal productivo. Enfrentados a un paquidermo psicótico, los empleados de Girija Prasad recurren a su mujer en busca de consejo.

—Yo solo hablo con espíritus libres —anuncia Chanda Devi antes de liberar a la elefanta de sus grilletes, lo cual asusta aún más a los oficiales.

Se pasa la tarde acariciando la trompa y la barriga del animal, dándole plátanos para comer y cubos llenos de agua para beber. Al salir, les dice que el primer adiestrador se había emborrachado con un licor del país y que el segundo había apagado un *bidi** en el pie de la elefanta.

—Si hay una tercera vez, vuestros grilletes no podrán detenerla.

Nadie vuelve a beber o fumar en el trabajo. Girija Prasad se ríe con incredulidad ante este nuevo desarrollo de los acontecimientos. Su mujer ha conseguido lo que él no ha podido en un año.

* Cigarrillo indio delgado hecho con hebras de tabaco envueltas en una hoja de *tendu*.

Chanda Devi descubre que su agenda está más llena que la de su marido. Por la mañana apacigua las almas de los hombres que se ahogaron en la playa Mollycoddle. Por la tarde inaugura una tienda de *mithai.* * Y a lo largo de todo el día se ve abordada por el solemne encanto de todos ellos. Los administradores de las islas temen que los fantasmas errantes de oficiales, generales, verdugos y clérigos británicos –en resumen, de todos los villanos del culebrón de la colonización– hayan lanzado un maleficio a su proyecto de construir una nueva nación. Esa sería la razón por la que todo sale mal: los expedientes se extravían misteriosamente y se implementan malas decisiones a pesar del alto nivel de los oficiales (hombres a los que les cuesta trabajar más de cuatro horas seguidas sin echarse una siesta). Quieren que Chanda Devi acuda a la isla de Ross, sede del antiguo cuartel general de los británicos y que ahora se está hundiendo, y encadene a los pérfidos y malhablados fantasmas, que no hacen más que comer pasteles y fumar puros.

La vida en el bungaló Goodenough ha entrenado a Chanda Devi en el arte de hacer caso omiso a fantasmas de todas las nacionalidades, del mismo modo que Girija Prasad ha aprendido a hacer caso omiso del excéntrico comportamiento de su esposa. Pero Chanda Devi no puede rechazar la petición de los administradores. Eso podría suscitar dudas sobre su patriotismo.

La isla de Ross es un diminuto pedazo de tierra repleto de piscinas, estanques, pastelerías, salas de cine para películas mudas, salones de baile e iglesias. Disponía incluso de un mercado donde las *memsahibs*** podían comprar frutas nativas además de levadura y bollos recién hechos.

* Nombre que se da a los pastelitos indios en general.
** Nombre utilizado par referirse a las mujeres blancas en la India.

Como ocurre con la mayoría de los planes ideales, también este fracasó. El terremoto que destruyó el bungaló de control de lord Goodenough en Port Blair también partió en dos la isla de Ross. Igual que un iceberg, la mayor parte de la isla se hundió y condenó el resto el olvido. Cuando los japoneses la bombardearon durante la Segunda Guerra Mundial, fue por el mero placer de apuntar con precisión a una diana pequeña, pues el lugar ya estaba devastado.

Es en esta pequeña mota bombardeada donde Chanda Devi se enfrenta a algunos de los fantasmas más pálidos de su vida, que continúan como si nada con sus rituales cotidianos. A diferencia de los invasivos fantasmas del bungaló Goodenough, estos son demasiado orgullosos para reconocer su presencia, lo que le permite el lujo de observarlos durante horas con los ojos muy abiertos. Lo que documentan no es el paso del tiempo, sino justo lo contrario. Llevan décadas practicando su rutina, desafiando acontecimientos como la muerte y la independencia de la India. Han aprendido a ignorar a los fantasmas del presente: los vivos.

Una pareja vestida con gran esmero le llama la atención. La mujer, con un vestido de terciopelo y guantes de encaje, sostiene un quitasol con una mano y se coge del brazo de su marido con la otra. El hombre va cubierto de pies a cabeza con sus mejores galas, complementadas con un bigote encerado.

–¡Con este calor! –exclama Chanda Devi.

La pareja sube por una escalera de caracol y fluye de un piso a otro con una facilidad fruto de varias vidas de práctica. Pero la escalera no lleva a ninguna parte. Se desgajó de la isla. El banquete al que debían acudir y para el que iban tan arreglados descansa ahora sobre el fondo del mar. Chanda Devi contempla boquiabierta cómo la pareja da un paso más allá del borde del acantilado y cae flotando hasta el mar, como hojas que empuja el viento. Los ve nadar de vuelta a la orilla y salir del agua con la ropa tan seca como su expresión.

En el jardín que hay junto al lago en miniatura, Chanda Devi ve a un hombre que quita el polvo imaginario de una silla. Luego se sube a ella y ata una soga a una rama que queda encima. Introduce la cabeza en la soga y da un golpe a la silla con los pies. Aunque Chanda Devi sabe que es un fantasma, la visión de su cuerpo balanceándose de la cuerda hace que un escalofrío le recorra la espalda. Poco a poco los párpados del hombre se relajan, la boca se cierra y las arrugas de la frente desaparecen. Al cabo de un rato, saca la cabeza de la soga y cae al suelo como un mono desgarbado. Se levanta, se sacude el polvo de los pantalones y coloca la silla. Vuelve a limpiar el asiento, ata de nuevo la soga y vuelve a colgarse. Morirse, por lo visto, es un pasatiempo para algunos.

Aunque otras almas se trasladaron a nuevas identidades y continentes, estas se aferran a sus rituales y momentos como niños que no quieren desprenderse de sus piruletas. Han experimentado la futilidad del cambio. Las vidas pueden cambiar, pero sus preocupaciones seguirían siendo las mismas.

Hay quien ha encontrado la soledad de cien nacimientos en uno solo.

Al regresar a casa, Chanda Devi se examina en el espejo. Con las yemas de los dedos, tira hacia abajo de la piel que hay bajo los ojos. El rosa viscoso que los rodea resulta reconfortante. Se pellizca con fuerza la carne y se siente aliviada al ver que le quedan marcas rojas. Todo ello son signos de vida.

Más tarde, esa noche, Girija Prasad sueña con pavos reales del tamaño de una ostra que corren por un desierto de arena y oro cuando, de pronto, aparecen unas manos enormes desde el cielo y cogen uno de los pavos. Se despierta sobresaltado y descubre a Chanda Devi abrazándolo con fuerza en sueños. Permanece tendido intentando descifrar los temblores del rostro de su mujer. Se pregunta cuáles serán las visiones que se ocultan tras sus párpados.

Chanda Levi vive en un cuadro, y cada día el artista añade un poco más de blanco a su cutis. El ritmo que nota en el vientre le resulta nuevo. Sigue la cadencia del latido del corazón del padre. Igual que el padre, ansía algo más pesado y fresco que la comida verde que ella consume. Crece sin parar; pide sin parar. Ella no puede seguirle el ritmo. Tan solo puede mirar al andrajoso soldado japonés y empatizar con él. Está siempre hambrienta.

En Port Blair hay un solo doctor, un caballero inglés mayor que sobrevivió a la guerra mundial y a la de independencia y siguió viviendo allí por una razón muy sencilla: era el único médico de las islas. Ante su insistencia, los japoneses habían desinfectado partes de la Cárcel Celular y la habían convertido en un hospital improvisado. Ante su insistencia, el Departamento Forestal va a traer a un veterinario del continente, puesto que él no puede encargarse de tratar tanto a humanos como a elefantes.

El doctor le pone nombre a la palidez de Chanda Devi: anemia.

–El agua de las islas reduce de algún modo la cantidad de hierro en la sangre –le explica al marido–. Esa era la razón por la que la mayoría de las mujeres y los niños morían en la isla de Ross, incluso algunos hombres. Fallecían debido a una afección misteriosa llamada «muerte por palidez», que más tarde abreviaron como «muerte pálida» para los telegramas. Se trataba tan solo de la vieja anemia.

–Mi mujer nunca había padecido anemia. Ha gozado de buena salud desde que llegó.

–El embarazo la ha vuelto vulnerable.

La palidez obliga a Chanda Devi a apoyarse en el reposabrazos para levantarse. A menudo siente mareos. Girija Prasad no le permite cocinar más y la ayuda a bañarse. Le da miedo dejarla sola, así que trabaja desde casa.

Aunque debería estar contentísimo, está asustado. La única persona a la que podría acudir en busca de seguridad es aquella por la que más preocupado está.

–¿Qué es lo que ves cuando te desmayas? –le pregunta a Chanda Devi.

–Veo rojo. Rojo carne. Cuando cierras los ojos bajo un sol intenso parece que tengas los párpados en llamas. Yo veo algo parecido.

El médico le aconseja que coma carne roja y sopa de pollo, pero ni siquiera Girija Prasad tiene en cuenta la indicación. En lugar de eso, recoge tomates, espinacas y remolacha para prepararle un zumo fresco dos veces al día. Le da una cucharada de semillas de sésamo negro. Cree que no hay nada en la naturaleza que la propia naturaleza no pueda curar.

Al llegar al cuarto mes de embarazo, ella está menos pálida, según observa Girija Prasad, que lleva un registro diario del color de su tez, de sus mareos, náuseas, peso y estado de ánimo. Chanda Devi consigue sentarse en cuclillas sobre el retrete de estilo indio sin desmayarse, pero su estado de ánimo aún es sombrío.

–Este color de piel te queda muy bien –intenta animarla él–. Podría presentar una solicitud a la diosa para que lo conservaras, pero me temo que no me haría caso. Mi pasado carnívoro no será muy bien acogido por las deidades hindúes.

Chanda Devi sonríe. Sabe que lo dice en broma, pero aun así lo ha dicho. Es consciente de que su marido está angustiado. Quiere rezar, pero no tiene fe.

Se sienta en la silla de bambú con las piernas ligeramente separadas para dejar espacio a la barriga. Aunque está sentada con firmeza, con la espalda apoyada en el cojín y los codos sobre los reposabrazos, nada puede atajar su mareo. El poder de atracción de la tierra es más fuerte que nunca. La obliga a dejarlo todo de lado y tenderse hasta que pierde la conciencia. Ha empezado a tener una extraña pesadilla: sentada en el jardín su cuerpo echa raíces, incapaz de desenredarse del suelo.

Quiere contestar al cumplido de Girija Prasad. Desea ser lo bastante ingeniosa como para dibujar una sonrisa en la cara de él y sembrar la fe en su corazón. Pero las palabras se le han escurrido de los pensamientos, igual que la energía que sangra desde su útero al suelo. Al sentarse, se hunde aún más. Los ojos se le llenan de lágrimas incluso cuando sonríe.

Girija Prasad se saca del bolsillo un pañuelo planchado y blanqueado. Se inclina hacia delante y le retira las lágrimas. La mira otra vez. Los ojos de ella se han vuelto a llenar de lágrimas. Las retira de nuevo. Esta vez, las lágrimas son tan grandes que dejan una mancha húmeda en la tela. Así que él utiliza otra esquina. Seca las lágrimas de su mujer con todas las esquinas del pañuelo hasta que no queda ninguna y las pestañas de ella quedan secas y rígidas como el heno. Él espera. Observa. Solo cuando Chanda Devi recupera la serenidad dobla el pañuelo en tres y lo devuelve a su bolsillo. Sale de la habitación y se va a recoger las verduras para el vaso de zumo de la tarde.

Extraer una remolacha entera sin dañar las plantas que crecen a su alrededor ni arrancar el tallo siempre supone un desafío. Hay que utilizar una hoz para desenterrar las raíces antes de usar la fuerza. Jardinero meticuloso y paciente, Girija Prasad está metido de lleno en la tarea. Aun así, no puede desprenderse de la aversión que le produce la incertidumbre que esa tarde lo embarga. Buscar la soledad tan solo para encontrarla en el valor de la compañía. Plantar semillas tan solo para arrancar la planta. Con anterioridad, Girija Prasad había creído que el propósito de la vida era ser decidido. Pero si Girija Prasad no puede reclamar que confíen en su papel como marido, ¿qué clase de padre será?

La paternidad, aunque esté a la vuelta de la esquina, aún le parece algo tan lejano, sin forma e incomprensible como la luna de una noche de comienzos de invierno. Existe a años luz de distancia en un espacio cósmico adonde no pueden ir los libros, la academia o la historia natural, tan solo trazos desnudos dibujados al carbón.

Girija Prasad ha comenzado a dibujar árboles imaginarios. Sus troncos son esbeltos como una cintura, con protuberancias en las partes nudosas. Las ramas, delicadas como dedos humanos, se elevan en todas direcciones; algunas se unen con el suelo para brotar de nuevo, otras se detienen al alcanzar las nubes. En un solo árbol es posible encontrar todo tipo de frutos y flores, desde narcisos y lotos hasta orquídeas, desde manzanas y sandías hasta humildes cocos. Cualquier cosa es posible, porque todo existe.

Al sostener a su hijo, Girija Prasad es incapaz de distinguir sus rasgos. La parte más grande es la cabeza, seguida por la barriga levemente hinchada. Los ojos son rendijas cosidas. Las manos y los pies, por su parte, son diminutos. Girija Prasad ha visto sépalos mayores en las flores. Los dos pies juntos le caben en la mano.

Su hijo es una uva pasa arrugada y pálida con la piel de un ser viejo. Un ser tan anciano que resulta difícil determinar si se halla al comienzo o al final de su vida. Girija Prasad coge entre sus manos la mano en miniatura de su hijo.

Girija Prasad estaba solo con Chanda Devi cuando esta rompió aguas con tan solo cinco meses y medio de embarazo. Se alarmó al ver una gotita de sangre en el colchón. La gotita se convirtió en una mancha ante sus ojos. La mancha se hizo más grande. La cama entera no tardó en empaparse de sangre. Girija Prasad levantó a su mujer y la depositó en la bañera llena de agua tibia. Le cogió la mano y no se la soltó en ningún momento, ni siquiera tras la llegada del médico. Una vez que todo hubo terminado, una vez que no cupo duda de que su frágil sueño se había evaporado, la dejó al cuidado del doctor. Tiró la ropa de cama y el colchón. Fregó la sangre que se había filtrado hasta manchar la estructura de madera. Llevó a Chanda Devi de vuelta a una cama limpia. En cuanto ella cerró los ojos y entró en un mundo en el que se aventuraba sola, Girija Prasad cogió al bebé y lo acunó.

Sujeta la mano de su hijo. Le cuenta los dedos de las manos y de los pies. Todos, los veinte. Por lo que se ve se ha desarrollado a la perfección.

—Los abortos son habituales. En estas islas, tan habituales como los nacimientos —les dice el médico—. Pero si no nos ocupamos de la pérdida de sangre, eso podría debilitarla aún más.

Girija Prasad prepara un zumo de verduras para su mujer, como cualquier otro día. La deja semiconsciente y coge el coche para subir al monte Harriet con su hijo en el regazo. Teme que cuando Chanda Devi se despierte lo obligue a incinerarlo siguiendo la tradición hindú. Como padre, le correspondería a él prender fuego a ese frágil cuerpo.

Solo, cava con sus manos desnudas una pequeña fosa cerca de la roca donde Chanda Devi y él se cogieron la mano por primera vez. Entierra a su hijo en un vientre de tierra húmeda y blanda, la clase de tierra que uno desea para plantar semillas. Lo cubre con una manta de tierra suelta.

Pero se ve incapaz de cubrirle el rostro ¿Y si abre los ojos y se echa a llorar, y se ahoga con la tierra?

La camisa de Girija Prasad está empapada de lágrimas. Lágrimas derramadas por todos y por todo lo que ha amado y amará.

Tras el aborto, Girija Prasad no vuelve al trabajo. En lugar de eso lleva su escritorio al dormitorio. Chanda Devi aún debe recuperar las fuerzas. El pelo se le cae como las hojas en otoño. No puede darse un baño sin acabar agotada. La conciencia la visita y la abandona, mientras ella tropieza con sombras que son a un tiempo tentadoras e intimidantes.

Hasta los fantasmas están preocupados por su salud. Lord Goodenough, su suegra inglesa, se sienta junto a la cama y la abanica en las tardes sofocantes, protegiéndola de los mosquitos. «La abstinencia es recomendable», es el único consejo que es capaz de darle.

El fantasma del revolucionario punyabí está ocupado en su papel de suegro de Girija Prasad, indiferente a la indiferencia de este hacia los fantasmas. «Solo cuatro de mis siete hijos sobrevivieron –lo alecciona–. El resto no llegó a la edad adulta. A uno lo mordió un escorpión de niño, otro murió de fiebres altas. Mi hija preferida se perdió en el Kumbh Mela. Recé a Dios para que se llevara a mi madre y me devolviera a mi hija. Pero no atendió mis plegarias, así que dejé de acudir a las celebraciones sagradas. Allí hay más gente que se pierde de la que encuentra a Dios.»

Concentrado en el informe que está leyendo, Girija Prasad no tiene nada que decir.

«Hijo, sé que tú apoyas a los británicos. Mírate, vistes como un carcelero. Pero en el fondo eres indio. Escucha a tus antepasados. Eres un hombre, no puedes darte por vencido. La única manera de asegurar tu legado es seguir concibiendo hijos. Si una esposa se cansa, ¡encuentra otra! No te quedes ahí sentado sobre las joyas de tu familia, ¡dales brillo y sácales partido!»

La habitación resulta claustrofóbica. Girija Prasad se levanta para abrir las ventanas. Se da cuenta de que Chanda Devi está despierta y se sienta a su lado. Pese a lo débil que se encuentra, ella puede ver que su marido es tan frágil como una muñeca de porcelana llena de grietas. A veces, al leer el periódico, a Girija Prasad le tiemblan los dedos en medio del silencio de su pesada respiración. A menudo ella distingue una mancha húmeda en la almohada por las mañanas.

Chanda Devi juega con los dedos de él. La carne de su marido es blanda, sus dedos son rechonchos como los de un niño. Se pregunta si los de su hijo eran también así, pero no recuerda sus manos.

—¿A quién se parecía? —le pregunta a Girija Prasad.

—A ti —contesta él.

Girija Prasad se seca las lágrimas con el pañuelo. No vuelve a trabajar en lo que queda de día.

Esa noche, Chanda Devi hace un esfuerzo por arreglarse. Cambia el camisón por un sari y se peina el pelo con aceite de jazmín. Por primera vez en dos meses entra en la cocina. Comparten una tetera en silencio. Poco antes de acabar el té, los dos han llegado a la misma conclusión. Ninguno de ellos conseguirá salir adelante solo.

Un mes más tarde, Girija Prasad se lleva a su mujer en un viaje oficial. La pareja zarpa desde su hogar en las Andamán del Sur hacia el grupo de islas cercano, las Andamán del Medio. Es allí donde la India independiente construirá su primer pueblo desde cero para atraer el desarrollo a la selva. Si los británicos consiguieron que los birmanos erigieran poblachos destartalados en esas islas, sin duda el nuevo Gobierno puede construir una ciudad. La idea es sencilla, pero el plan es más sencillo aún. El Gobierno indio ha arrendado las junglas cercanas, ricas en madera, a un empresario de Calcuta para que las explote sin condiciones. Lo único que quieren a cambio es un pueblo. Como todos los grandes visionarios, el orondo empresario bautiza el pueblo maderero con el nombre de su musa, su mujer Savitri, más oronda aún que él. El pueblo se llamará Savitri Nagar. Girija Prasad y Chanda Devi han de pasar un día entero resiguiendo la costa en su barco oficial, el *Ocean Whore*. Han de cruzar las turbulentas corrientes que se producen en la desembocadura del río División y evitar tropezarse con las tribus del mar de los Muertos para alcanzar Savitri Nagar, el único puerto de las Andamán del Medio.

El *Ocean Whore* es un barco robusto y sólido que dispone de sala, dormitorio, despacho, cocina, un cuarto para el capitán y cubiertas esmaltadas desde las que contemplar los peces voladores, los delfines y las tortugas. Son las oficinas marítimas de Girija Prasad. En sus expediciones a asentamientos distantes y aislados, el *Ocean Whore* es el único lugar en el que puede mantener reuniones acompañadas de té con leche, el rasgo fundamental de todas las oficinas gubernamentales.

Aunque llegarán a Savitri Nagar por la mañana, a Girija Prasad le resulta difícil quedarse en la cama. Las olas lo zarandean y le dan vueltas, recordándole una pérdida que para empezar no ha olvidado. Renuncia a dormir y decide ocuparse de su correspondencia.

Se sienta a su escritorio marítimo, esperando a que surjan las palabras.

«Apreciado hermano –empieza–. Te escribo para darte una terrible noticia. –¿O debería decir injusta? ¿Trágica?–. Tu sobrino nació muerto al quinto mes de embarazo de tu *bhabhi*.

Ahora ella está muy débil; no es la mujer animada que seguramente recuerdas.»

Girija Prasad no puede continuar. Sus lágrimas han convertido la carta en papel secante. Así que lo arruga y empieza en una hoja nueva.

«Querido hermano –escribe–. Enterré a tu sobrino en un jardín. Puede que mi mente haya aceptado su muerte, pero mi imaginación sigue aferrada a la pesadilla. Paso las noches despierto embargado por el miedo. ¿Y si abrió los ojos después de que lo cubriera de tierra? ¿Y si sus pulmones decidieron inhalar aire doce horas más tarde y se ahogó con la tierra? ¿Y si lo enterré vivo? ¿Fui yo el responsable de su muerte?»

Girija Prasad suelta un alarido. Interpretar el papel del hombre de la casa ha acabado por derrumbarlo. Jadea, solloza, se traga los sollozos. No puede dejar de llorar. No quiere secarse las lágrimas. Hace una bola con la carta y la tira al suelo, y en ese momento ve la sombra de Chanda Devi. Está de pie en la puerta, con el amanecer a la espalda.

Aunque ella lo ha visto llorar antes, siempre ha fingido no darse cuenta. Girija Prasad, como todos los hombres respetables, no debería llorar, ni en público ni en privado. Debería contener sus lágrimas. Él saca el pañuelo para secarse la cara, el cuello y el cuello de la camisa. Se aclara la garganta.

–No podía dormir, así que me he puesto con la correspondencia. Creo que el correo solo pasa por Savitri Nagar los lunes, dos horas después de que lleguemos.

Chanda Devi asiente. Su esposo, como los fantasmas que viven con ellos, está en su momento de máxima debilidad. No tiene sentido razonar con alguien en esa situación. Es una lección que ella ha aprendido una y otra vez.

Según los británicos, las Andamán del Sur y las Andamán del Medio están separadas por un río. De ahí que lo llamaran río División. Su brazo horizontal más largo se llama División larga y el tramo más corto que vira hacia el sur, División corta.

Si hubieran vivido desnudos, con los colores de la tierra como única vestimenta, e interactuado con su entorno de la misma forma en que interactuaban con sus amantes, habrían sabido que las Andamán del Medio es un mundo que nada tiene que ver con las Andamán del Sur. El río, como una serpiente sinuosa, tan solo duerme por casualidad entre ambos.

El suelo de las Andamán del Medio es uno de los mejores del océano Índico. Es un suelo sabio. Se muestra indiferente al ciclo de la vida y la muerte. Cuando los árboles o las plantas se sienten satisfechos con la existencia que han vivido en la isla, caen por voluntad propia y derraman sus hojas como alimento para los nuevos brotes. El aire es ligero, despojado de reproches y soledad. Aquí las gallinas vuelan igual que lo hacen los cuervos en el continente. Construyen sus nidos en las ramas de los mangos. Algunas incluso compiten con el vuelo de las águilas y cloquean desesperadas por volar más alto, más rápido. Se aturullan con facilidad, así que ponen sus huevos en pleno vuelo o colgadas de las ramas. Aquí las gallinas son aves ambiciosas, no meras aves de corral.

El reino vecino de Indonesia es una civilización que prospera y se alimenta a los pies de sus imponentes e irascibles gobernantes: los volcanes. Hasta el más mínimo rugido obliga a los isleños a inclinarse ante sus deseos y caprichos. En las Andamán del Medio, en cambio, la furia de los volcanes se reduce a un quejido. Estos permanecen ocultos en la selva, cubiertos de hormigueros y arbustos. El destino los ha tratado mal. Mientras que sus vecinos gobiernan como si fueran dioses e infunden miedo, fe y cualquier cosa imaginable, ellos son casi bonitos. Son volcanes bebé que apenas alcanzan los treinta centímetros, lo cual constituye una prueba de que incluso el creador pierde el interés en sus tareas a medio camino.

Durante muchísimo tiempo, las islas Andamán quedaron en la periferia del Imperio. Cuando al cabo llegaron los británicos, no era razonable esperar que trabajaran con los nativos: estos no hablaban inglés (todavía) y en Inglaterra los departamentos de Antropología no ofrecían asignaturas de lenguas litorales desconocidas (todavía). Pero igual que un cleptómano al que dejan sin vigilancia en una joyería, el impulso de tomar posesión de las cosas resultó ser demasiado fuerte para resistirse.

No tardaron en aparecer carteles en todos los rincones del Raj en los que se anunciaban tierras gratis, que se entregarían a cualquier comunidad que hiciera acto de presencia. Un sacerdote ambicioso, un *karen* de Birmania, aceptó el desafío. Ahogado por la jerarquía de la religión reglada, ansioso por quedarse a solas con su parroquia, aprovechó la ocasión. El Gobierno se quedó impresionado.

—En la isla vive una tribu sin civilizar —le informó un funcionario—. Esperamos que un pastor lo vea como una oportunidad para aumentar su grey.

En lugar de salvar sus almas, el sacerdote condenó a los miembros de la tribu a una eventual aniquilación a manos de los nuevos colonizadores, los indios, al bautizarlos como la Raza de los Muertos. Irónicamente, lo primero que vio de la tribu que vivía allí fueron los cadáveres flotando dentro de canoas con todas sus pertenencias. No tardó en darse de cuenta de que se trataba de un ritual que consistía en dejar a los heridos y los ancianos víveres limitados en las canoas para que murieran. Así que bautizó el mar que rodeaba la isla con el nombre de mar de los Muertos, como una advertencia explícita para evitarlo.

Si el sacerdote hubiera sido un aristócrata de un imperio colonial, quizá también él habría zarpado a otros lugares para perfeccionar ese don natural de poner nombre a las cosas, pero no lo era. A salvo de la mirada controladora de la Iglesia, en lugar de eso utilizó su creatividad para innovar en el campo de la fe. Al cabo de cuatro de meses de su llegada, su rebaño se había reducido a la mitad, consumido por el esfuerzo de talar la espesura, construir cabañas, cultivar, cazar y concebir hijos.

Para levantar su moral, creó un nuevo dogma que se mencionaba en una Biblia secreta que solo él poseía.

—El alma no muere —repetía cada vez que un animal mataba o se comía a alguien—. Sigue viviendo en el depredador.

Así fue como un lugareño *karen* acabó teniendo por cuñado a un tiburón. También era así como las criaturas malévolas se volvían benévolas, según creía el pastor. Si las alimentaban con sus familiares, se convertirían ellas mismas en parientes. Así fue como un granjero acabó siendo el padre de una escolopendra. La fe de la comunidad en el pastor no flaqueó ni siquiera después de que una mujer que creía que cierto cocodrilo era su madre acabara siendo devorada por este al ir a entregarle ofrendas. Y así fue como un anciano acabó tomando ese mismo cocodrilo por esposa e hija, y un hombre más joven, por esposa y suegra.

—Las dolencias son el resultado de las preocupaciones —anunció el pastor en el funeral de alguien que había muerto de una enfermedad—. Esta pobre alma estaba tan preocupada por acabar el pueblo, que eso la derrotó. Que su sacrificio no haya sido en vano.

Los pueblos acabaron construyéndose, aunque dos o tres aldeanos murieron durante su construcción. De manera muy parecida a los prisioneros que murieron construyendo la Cárcel Celular en el sur.

Los *karen* tardaron cinco años en edificar tres pueblos improvisados. El pastor acabó tan agotado que no le quedaron fuerzas para buscar nombres adecuados. Dos de los pueblos mantuvieron la denominación del lugar: Huevos Podridos y Nido de Saliva. Para el tercer y último pueblo, el pastor decidió celebrar una inauguración a la que no acudió nadie aparte de su mujer y sus hijos.

—Los invitados no han venido —se lamentó mientras partía el coco para bautizar el lugar, como era costumbre.

El lamento cuajó. El pueblo se llamaría Los Invitados No Han Venido.

Meses después de que su parroquia se estableciera y comenzara a disfrutar de los lujos de una vida aldeana normal, la mujer del pastor se enfrentó a él mientras dormían en hamacas al aire libre, rodeados de estrellas y mosquitos.

—Eres un hombre terco —le dijo—. Viste morir a miembros de tu parroquia y aun así no regresaste a Birmania.

—Soy un hombre enamorado.

—Eres un zopenco. Un zopenco terco.

Al día siguiente el pastor se llevó a su mujer a dar un paseo por un sendero ventoso que discurría bajo el intrincado manto de ramas y hojas, donde ni siquiera el sol era capaz de imponer su voluntad. Entre el sonido de las discusiones de los pájaros y los pasos que aplastaban las hojas, la mujer distinguió otro sonido.

Oyó el sonido de delicadas gotas de lluvia que se posaban sobre el laberinto de hojas de las copas, a pesar de que no caía agua y en la isla no llovía. El cielo era de un azul límpido.

—¿Cómo es posible? —preguntó—. ¿Lo estoy oyendo de verdad?

—Este lugar es mágico —repuso el pastor, y la acercó a él.

Entre los habitantes del lugar, el lugar pasó a conocerse como el Sendero de la Lluvia Eterna.

Al llegar a Savitri Nagar, Girija Prasad descubre que no existe. Eso o bien Savitri Nagar es el único pueblo de la India que con-

LAS LATITUDES DEL DESEO

siste en un cobertizo de trabajo, una pensión, una oficina de correos y una única carretera que lo conecta con tres pueblos. Aun así, al primer ministro se le humedecen los ojos de orgullo. Girija Prasad podría haberse enfurecido, pero las Andamán del Medio también le han dado razones para sentirse aliviado.

El aire de allí le sienta bien a Chanda Devi. Ahora está menos pálida. Nunca antes ha visto gallinas que vuelan más alto que los cuervos ni elefantes que bailan sobre dos patas como en el circo. Nunca ha visto a un hombre hablar con una escolopendra en el tono tierno de un padre. Aquí las papayas saben a ácana y los lotos huelen a magnolia. La propia Chanda Devi huele distinto. Su transpiración floral se ha visto engullida por el olor a tierra de Girija Prasad. Ello es motivo constante de excitación, sobre todo cuando por casualidad ve por el rabillo del ojo a elefantes o perros apareándose.

Como cualquier hombre orgulloso de estar enamorado, Girija Prasad quiere presentar a su esposa a sus amigos más íntimos, los que lo llenan de cariño y curiosidad, los que lo incitan a dedicar su vida a entender su comportamiento.

Empieza con las treinta y una cuevas escondidas en un acantilado que albergan colonias enteras de vencejos que construyen sus nidos con su propia saliva. En el reducido mundo del archipiélago, sus asentamientos le recuerdan una bulliciosa metrópolis: ruidosa, construida con el sudor, el esfuerzo y la saliva de sus habitantes. Todo para que hombres sin escrúpulos se arrastren hasta allí para robar y aprovecharse de ellos. Los nidos de vencejo son un ingrediente muy codiciado en las sopas orientales. Eso empujará a los pájaros a la extinción.

Girija Prasad también lleva a Chanda Devi a dar un paseo por un sendero que atraviesa la jungla y al que los lugareños llaman el Sendero de la Lluvia Eterna; en él, el sonido constante de las gotas al caer puede conseguir que a uno se le dispare el corazón como ocurre cuando sopla el monzón.

—Dime que esto también es una ilusión —le pide Chanda Devi—. Dime que el movimiento de tierras y continentes deja tras de sí el recuerdo de las gotas, aun cuando las propias lluvias ya se hayan marchado.

Girija Prasad se ríe, aunque por dentro está impresionado. Que la lluvia se convierta en un fósil que tan solo puede oírse, no verse, es un pensamiento interesante. Algo con lo que vale la pena soñar.

—Lamento decepcionarte —contesta—. La respuesta no se halla en el desplazamiento continental sino en lo contrario. En algo mucho más vulgar y corriente. Lo que confundes con una delicada lluvia es el sonido de mil orugas comiendo y defecando a la vez, minúsculas gotas de excrementos que caen sobre las hojas.

Le muestra una hoja caída en el suelo a modo de prueba. Está repleta de agujeros tan pequeños que parecen poros y cubierta de motas negras. Los dos se echan reír.

La pareja avanza a través de la espesura hasta llegar a un grupo de volcanes de lodo en miniatura, ocultos entre hormigueros y árboles.

—Si hubieran sido más grandes habrían creado sus propias islas —le explica Girija Prasad—. De esta forma, me hacen retroceder en el tiempo. Me hacen sentir poderoso y gigantesco. Como un dinosaurio.

A continuación se pone a pisotear con fuerza el suelo como si fuera uno de ellos y se asoma a los cráteres que arrojan burbujas y barro. Es T. Andamanus, la criatura más poderosa que haya caminado nunca sobre las islas, con una cola tan larga que podría unir dos islas durante la marea baja. Sus dientes pasarán a la prehistoria como fauces tan potentes que pueden partir el tronco de un padauk de Andamán de un solo bocado. El T. Andamanus, el único herbívoro feroz de su época, sigue constituyendo un misterio para los paleontólogos. Cómo van a saber ellos que la evolución de los reptiles, no solo la de los humanos, depende en la misma medida de su compañero que del clima o los recursos.

Girija Prasad mira a su alrededor pero Chanda Devi ha desaparecido. Al final la encuentra en la selva, no muy lejos, fascinada ante la imagen de una palmera marchita.

–Por lo que se ha documentado, esta variedad de palmera florece una sola vez en su vida y después muere. Las hojas amarillentas indican que el proceso de la muerte ha empezado –le explica él.

Chanda Devi se siente turbada.

–¿Por qué? –pregunta.

–Algunas plantas han evolucionado y han pasado de gastar un exceso de energía creando numerosas semillas con menos posibilidades de sobrevivir a reproducirse tan solo una vez, pero asegurándose de que las semillas disfrutan de la mejor de las oportunidades.

–¿Quiénes somos nosotros para arrebatarnos nuestra propia vida? ¿Cómo somos capaces?

–La inteligencia occidental, si lo analizara desde un punto de vista antropomórfico, lo consideraría un suicidio. Pero tú sabes mejor que yo que en nuestra cultura las almas más evolucionadas abandonan por propia voluntad su cuerpo al entrar en el *samadhi*. No es que yo sea una autoridad en moralidad o espiritualidad. Pero en el mundo de las plantas –Girija Prasad hace una pausa para pensar–, este fenómeno no puede calificarse de ninguna de las dos cosas. La palmera ha derivado todas sus enzimas de crecimiento y su alimento a las semillas. Eso agota la fuerza vital del árbol en cuanto florece. No hay más explicación que esa. No se puede juzgar el mundo natural mediante las leyes humanas.

La noche de Girija Prasad está salpicada de sueños. Empiezan temprano, cuando sus ronquidos suben tanto de volumen que se cuelan en su sueño. El resplandor no registrado que señala el comienzo del día lo lleva de vuelta al comienzo de los tiempos.

Girija Prasad es un reptil prehistórico que vaga por un paisaje abrasador y árido. Busca algo, pero es en vano. Atiborrado de hierba reseca y hojas de palma, busca carne. Carne viva y suculenta. Y entonces la ve. Una cabra sentada a la sombra de un árbol singular.

Para cuando Girija Prasad se da cuenta, ya es demasiado tarde. Excitado por el sueño, le ha mordido el brazo a Chanda Devi, que descansa sobre su pecho. Ella abre los ojos, alarmada. Aunque no estaba dormida, la insólita violencia la ha asustado.

—¡Lo siento! ¡Lo siento! —exclama él—. Estaba soñando y me he dejado llevar.

Ella no ha pegado ojo. Su encuentro casual con la palmera la ha perturbado. Aquel ser etéreo se estaba marchitando, y aun así Chanda Devi no percibió dolor ni tristeza al acariciar su corteza. El árbol respondió a su preocupación. Le habló.

«¿Sabes por qué hablas con los árboles?»

Chanda Devi no lo sabía.

«¿Sabes por qué me has buscado en mis últimos momentos?»

«No.»

«Somos iguales. Tú eres como nosotros.»

«¿Y él?»

«Él no. Pero lo has amado en muchas vidas. Algunos espíritus crean puentes entre diferentes mundos a través del amor. Eso nos mantiene unidos.»

Como soñador incesante e incoherente, Girija Prasad ha clasificado todos los estados de sueño que ha experimentado. Los que llegan cuando está profundamente dormido pueden ser gratificantes y llenan su yo pasivo de sorpresas y misterios. Si su sueño es ligero, los sueños pueden manipularse. Las influencias ambientales se filtran en ellos y por eso no son lo bastante auténticos. Pero lo que experimenta al regresar de las Andamán del Medio a bordo del *Ocean Whore* no es en absoluto un sueño. Si se viera obligado a calificarlo, diría que es una visión. Está despierto en una noche de luna llena cuando un anciano entra en su camarote. A través de la ventana, lo ha visto subirse a la cubierta desde una ola alta, como si el océano fuera tierra firme. A pesar del diestro movimiento, el hombre avanza encorvado y con paso inseguro; le iría bien llevar un bastón. Pero cada paso tiene un objetivo y un destino: el propio Girija Prasad. El hombre se sienta a su lado en la cama. Irradia un aura de calma, casi de dicha. En su presencia, Girija Prasad también la experimenta. No quiere cuestionar lo que está pasando porque desde el aborto ha olvidado lo que es la paz. El anciano alarga la mano y le acaricia suavemente la frente a Girija Prasad con sus manos frías y arrugadas. El centelleo de sus ojos es una señal de vida y no tiene nada que ver con los fantasmas. Girija Prasad se hunde en un profundo sopor sin sueños.

Girija Prasad quiere contárselo todo a Chanda Devi, la experta en visiones. Pero se contiene. No encuentra las palabras ni el momento adecuado. No sabe nada del otro mundo, no sabe dónde acaba este y empieza aquel, ni tampoco si se asientan el uno sobre el otro con firmeza, como si fueran capas de piel. Pero enseguida se ha dado cuenta de su santidad. Las visiones solo se les aparecen a aquellos a los que están destinadas.

Una semana después del regreso, Girija Prasad va al monte Harriet a colocar una lápida de piedra sobre la tumba de su hijo. En ella se lee: «Devi Prasad Varma, 1951». Habían decidido que, si era niña, se llamaría Devi. Y si era niño, se llamaría Devi Prasad. Tras pasarse meses dándole vueltas con un dolor atroz, Girija Prasad siguió adelante sin un epitafio. Una losa en blanco describe mejor una vida que podría haber sido pero no fue.

Chanda Devy conoció a Mary en uno de sus viajes a Savitri Nagar. La primera vez que vio a la joven *karen*, esta estaba sentada a la entrada de un campo de elefantes pelando un mango aún verde. En aquella zona del mundo era poco habitual ver chicas con vestidos largos, porque aunque los *karen* eran cristianos, no habían abandonado el tradicional atuendo consistente en un *longyi* birmano y una blusa. Su vestido tenía más agujeros zurcidos que botones, y estos estaban rotos. La muchacha tenía los pies manchados de sangre, probablemente después de haber caminado descalza por caminos infestados de sanguijuelas. A Chanda Devi le resultó extraño. Aunque las islas no estaban muy desarrolladas, nunca había visto a ningún pobre.

El último día que estuvo en Savitri Nagar, el pastor vino a la casa de huéspedes con Mary.

—Apenas tiene veinte años y su vida ha terminado —le contó a Chanda Devi.

Su marido, peón en Birmania, había muerto en un accidente. El pastor había pagado el entierro y había trasladado a su hijo de ocho meses de vuelta a Rangún, pues, ¿cómo iba a criar Mary sola a su hijo cuando ella misma era todavía una niña? Los padres de Mary la habían repudiado, igual que el resto de los habitantes del pueblo, por fugarse con un forastero budista. Pero el pastor sentía lástima. Al fin y al cabo,

Mary había sido la primera niña nacida en los asentamientos. No podía dejar desamparada a una chica a la que él mismo había bautizado.

Chanda Devi entendió lo que insinuaba el pastor.

—Hablaré con mi marido —dijo, y los acompañó fuera.

Temía que el pastor, un hombre muy locuaz, la entretuviera toda la mañana.

Esa misma tarde, Girija Prasad cuestionó la decisión de su mujer de quedarse con la chica.

—Nos necesita tanto como nosotros a ella —fue la respuesta de Chanda Devi.

—No solo es cristiana, sino que además su familia es originaria de Birmania. Puedo afirmar con toda seguridad que no es vegetariana —le dijo él.

Como señor de la casa, Girija Prasad se sentía engañado. Hasta las criadas despertaban más compasión que él.

Mary partió con ellos en el *Ocean Whore*. Nadie, ni siquiera el pastor, acudió a despedirla. En Port Blair, Chanda Devi se la llevó al mercado a primera hora de la mañana. A partir de entonces, Mary llevaría un *longyi* y una blusa como el resto de birmanos, pues Chanda Devi no podía arriesgarse a que alguien se paseara con las piernas desnudas por el bungaló Goodenough, sobre todo con su pelotón de fantasmas masculinos depravados. Una vez adquiridos todos los productos imprescindibles, le compró de regalo a la chica unos dulces de la tienda de *mithai* que había inaugurado.

—¿Algo más? —le preguntó Chanda Devi a Mary, que solo entendía el hindú básico.

Esta negó con la cabeza. A pesar de las sandalias, las heridas de los pies aún le sangraban. Estaba quemada por el sol. Los codos y las mejillas se le pelaban como una serpiente que muda de piel.

—¿Eres cristiana o budista?

Mary había asentido, confundida, y luego le había dedicado una sonrisa de disculpa.

–¿Crees en Dios?

Mary tenía lágrimas en los ojos. Se los cubrió con las palmas de las manos, aunque su sonrisa se ensanchó.

Esa noche, Chanda Devi le pidió a Girija Prasad que llevaran a casa una Biblia en inglés para Mary.

–¿Por qué? –preguntó él.

–Ha estudiado hasta quinto curso y sabe leer y escribir en inglés.

–¿Ella la quiere?

A esas alturas Girija Prasad sabía muy bien qué decisiones eran obra de su mujer.

–Lo ha perdido todo y a todos demasiado pronto –dijo Chanda Devi–. Sin Dios, no hay propósito que perder. Necesita la fe para empezar de cero.

–Pero la fe no es patrimonio de los devotos. A un virus no le hace falta Jesucristo para entender el valor de la adaptación y la supervivencia.

Por un momento Chanda Devi interrumpió sus incansables tareas de limpieza, el monótono ritual que anunciaba que era hora de retirarse. Miró a su esposo a través del espejo de encima de la cómoda.

–Somos seres humanos, no virus. Un virus no lloraría la pérdida de un hijo o la muerte de una esposa. Un virus no cuestionaría el giro que ha tomado una vida, privándote de toda las personas por las que vivías. –Se sentó en la banqueta y se echó a llorar.

Girija Prasad dejó el libro y se acercó a su armario para sacar su pañuelo.

Mary se instaló en la despensa con una única instrucción por parte de su señora:

–Nada de carne, de ratas ni de desconocidos.

De la noche a la mañana, la muchacha se adaptó al ritmo diario de la casa, tan silenciosa mientras realizaba su trabajo como lo estaba mientras dormía.

Sigue a su señora como una sombra, reproduciendo sus rutinas y preocupaciones: arranca constantemente las malas hierbas del jardín, mete margosa seca en los diversos rincones de la casa, seca obsesivamente la humedad. Cuando Chanda Devi se sienta a meditar, Mary se sienta con la Biblia. Cuando Chanda Devi se enfrasca en los problemas de las personas que acuden a ella, Mary se queda sentada en un rincón y observa. Nunca deja sola a su señora. Y Chanda Devi se ve obligada a mandarla a hacer recados para poder disfrutar de un momento de intimidad. Hasta tal punto está Mary en sintonía con su señora que sus ciclos menstruales se sincronizan. Como una sombra, Mary tiene forma humana y hace todo lo que hacen los humanos. Aun así, no muestra señales de vida. Su frente no luce arrugas del pasado ni preocupaciones por el futuro. Su expresión raramente varía, como tampoco lo hace su conducta.

Una tarde, Chanda Devi entra en la despensa y se encuentra a Mary dormida sobre el suelo con la cabeza apoyada en la pared. Distingue unas manchas húmedas en su blusa. Los ojos se le llenan de lágrimas. A ella también le gotearon los pechos durante meses después del aborto.

Veintitrés meses y diez días después de su boda, los Varma llevan juntos el tiempo suficiente como para experimentar una de las interacciones más sagradas que existen entre un hombre y una mujer. Ahora ella es una esposa gruñona y él, un marido negado.

–Mary, no te dejes engañar nunca por el matrimonio –le dice Chanda Devi una noche, sentada a la mesa del comedor mientras Mary les sirve *rotis*–. Los hombres solo pueden casarse con su trabajo.

A diferencia de los veteranos que son capaces de encontrar lirismo y filosofía en las quejas de sus esposas, a Girija Prasad le afecta el comentario. Es cierto que últimamente ha estado enfrascado en los viveros de teca. Al fin y el cabo, fue idea suya introducir especies foráneas en el excepcional suelo del archipiélago. Si tiene éxito, se convertirá en un genio comercial. Luego está siempre ese dolor de cabeza llamado Savitri Nagar, o más bien su ausencia. El sagaz empresario ha empezado a exportar cerillas de la isla pero ha incumplido míseramente su promesa. Como representante gubernamental de más experiencia de las Andamán, Girija Prasad se ve obligado a tomar medidas. Aunque no enseguida. Esta noche debe concentrarse en la diosa protectora de todas sus preocupaciones: su esposa.

En la cama trata de abrazarla, pero ella se da la vuelta.

–Ese rosal que hiciste traer desde Kalimpong... –le dice Chanda Devi con la mirada fija en la pared y no en el rostro de él–. Una de las hojas ha cogido hongos.

–Tiene dos años, ¿cómo es posible? Si fuera propenso, los hongos ya habrían consumido la planta.

Chanda Devi no tiene respuesta a eso. Últimamente, parece que las islas la agotan.

–¿Estás despierta? –pregunta él.

–No –contesta ella.

–¿Ya han pasado dos años?

–¿Cómo iba a saberlo? Tú trajiste la planta y me preguntas su edad.

–¿Hace dos años que nos casamos?

–Sí.

–Parece que haga más.

–Parece que haga menos.

Como consecuencia directa de las quejas de su esposa, Girija Prasad se lleva a Chanda Devi de pícnic al río División larga, un curso de agua que en su tramo más caudaloso serpentea entre la selva y desemboca por ambos extremos en el océano.

Los árboles del manglar escudriñan las ondas, protegiendo del sol comunidades enteras de peces. La marea baja deja al descubierto raíces más grandes que sus troncos, dotadas de cientos de pies y docenas de dedos que invaden el río. Aquí es donde prosperan los saltarines del fango, que caminan sobre muñones en lugar de sobre patas, arrastran un cuerpo con forma de pez y abandonan un agujero en la arena por otro igual que hicieron en su tiempo nuestros antepasados anfibios.

La tierra de los saltarines del fango es el lugar donde meditan los cocodrilos. Son los ascetas más antiguos de la creación y han contemplado cómo se desarrollaba la evolución. Han visto deambular dioses que disfrutaban del fruto de su propia creación antes de entregarlo. Han sido testigos de cómo llegaban y desaparecían los amonites, su tierna carne fundida con las piedras mientras las conchas se endurecían hasta convertirse en fósiles. Han visto cambiar de lugar mares y océanos, en ocasiones de manera obsesiva, como el juego de las sillas. «La evolución –les gustaría decirles a los saltarines del fango si estos estuvieran dispuestos a escucharlos– es tan solo una cuestión de tiempo.»

En las riberas del río, el agua salada ha corroído la piedra caliza, generando paisajes cuyo final nadie conoce. La roca ha adoptado las propiedades del agua, atrapada en ondas y corrientes. Las cuevas de piedra caliza son un museo viviente de estalactitas y estalagmitas que se alargan unas hacia otras.

En su excursión matutina a las cuevas, Chanda Devi encuentra los contornos de Shiva, una cadena de montañas y un martillo emboscado en los extraños relieves del interior. Girija Prasad no encuentra nada. Aquí dentro no hay nada que se parezca al mundo exterior, porque estas cuevas son las fosas nasales del gigante que creó las islas y ahora duerme. Son un destello de la mente del creador en plena faena.

Un chillido de dolor surge de la oscuridad de la cueva. Instintivamente, Girija Prasad se agarra a su mujer. Chanda Devi le coge la linterna de la mano y busca la fuente del sonido. La luz se posa sobre un cachorro de perro con el cuero cabelludo desgarrado que deja a la vista carne, sangre y el cráneo. Probablemente se esconde en la cueva de lo que sea que le ha ocasionado la herida.

La pareja contempla cómo el pequeño ser herido avanza con dificultad hacia la boca de la cueva, que ahora es una mancha de sol distante. De repente Chanda Devi se queda sin aliento. Se siente atrapada. Cae de rodillas y vomita.

Girija Prasad no sabía que su mujer padecía claustrofobia. Tras una larga siesta en la casa de huéspedes, intenta compensárselo. Les espera una velada vespertina en isla Papagayo. Girija Prasad toma nota mental. En su mapa, señalará la isla Papagayo como «el lugar donde nos cogimos de la mano durante más rato». Porque sospecha que estos recuerdos serán la dicha que les reportará envejecer juntos. Recordarse mutuamente cosas que hace mucho tiempo habían olvidado, y reírse.

En realidad no es una isla en sentido estricto, más bien una roca grande habitada por papagayos. Cinco mil veinte ejemplares, si han de creer a su guía *karen*. La corriente está amainando y balancea el barco a un ritmo tan suave como la respiración. También está relajando a su mujer, que se ha quitado la horquilla del pelo, las joyas y el calzado para sentarse con comodidad. En la intimidad del arroyo, permite que la brisa juegue con su pelo. Aunque Girija Prasad ha observado cada centímetro de su piel, cada mechón de su pelo y cada curva que conecta una parte de su cuerpo con otra, la vista de sus pies desnudos que asoman por debajo del sari, inconscientes de su esplendor, resulta fascinante. No importa el calor o la humedad que haga, Chanda Devi tiene la singular habilidad de mantener gélidas sus extremidades. Sus pies y sus manos son refrescantes, como olas del océano.

Girija Prasad experimenta un intenso deseo de dejar caer los remos, rodar hacia el otro lado y abrazar primero sus pies y luego sus manos. Si pierden los remos, tardarán horas en volver al mundo civilizado, si es que lo consiguen. Pero le da vergüenza. El día ha sido estresante y extenuante para él, y apesta a sudor. Además, aunque estén solos, son los años cincuenta y la distancia física entre hombres y mujeres no es algo que imponga tan solo la sociedad. Son los propios hombres y mujeres los que la crean. El cariño es privilegio exclusivo de las figuritas de piedra de los templos y las cuevas.

Una luna roja ha empezado a elevarse por encima de la isla Papagayo. A ambos lados del arroyo se yerguen árboles lo bastante altos como para unir la luna con el agua. Oculto en la selva, un papagayo lanza un sonoro grito que señala el final del día. Es una orden para que la luna se alce más alta en el cielo, el sol se ponga y todos los papagayos de la selva regresen. Varios papagayos se llaman unos a otros desde ambos lados del arroyo. Se unen en un círculo cada vez mayor. La cantidad de papagayos que sobrevuelan la isla se ha incrementado en cuestión de minutos.

Girija Prasad ya lleva casi dos años casado con Chanda Devi. Su madre le manda una carta cada mes, instándolos a mudarse más cerca de casa. Chanda Devi anhela la maternidad. Los superiores del departamento de Girija Prasad quieren ver beneficios, y sus subordinados, mejores destinos. Los elefantes de los campos madereros están agotados y las plántulas de teca del invernadero, desnutridas. Y sin embargo, Girija Prasad puede considerarlo un estado de dicha. Durante demasiado tiempo jugó con el ateísmo, rechazando la religión basándose en principios científicos. En este momento, sus razones están claras. Solo cuando uno experimenta un momento en su totalidad –como un mundo por derecho propio, con una forma y un eje únicos, un sol y una luna, leyes y filosofías–, solo cuando uno afronta todas las posibilidades de un momento con dicha, solo entonces se queda sin razones para rezar. Igual que los papagayos, se siente agradecido por regresar cada día a casa.

No es la falta de valor lo que le impide alargar la mano hacia su mujer, sino la gratitud por este momento repleto de anhelo y dicha. Chanda Devi se inclina para decirle algo pero sus palabras quedan ahogadas por la cacofonía de los pájaros.

–Mi señora –dice–, competís con más de cinco mil papagayos residentes en esta isla. Tenéis que hablar más alto.

–Estoy embarazada –repite ella.

Confundido por los pájaros y las palabras, él pregunta:

–¿Cómo lo sabes?

Aunque enseguida se da cuenta de que es una pregunta estúpida. Entre las pocas cosas que sabe de su mujer, es que ella sabe las cosas al instante.

–De menos de un mes.

Los papagayos voladores se han dividido en dos grandes grupos, con la apariencia de un yin y un yang que se persiguen por el cielo.

–Entonces deberíamos mudarnos a Calcuta –dice él–. Presentaré una denuncia contra el empresario y la resolveré en nombre del Departamento Forestal en el Tribunal Superior número tres.

–¿Por qué?

–Prometió un pueblo a cambio de los derechos exclusivos sobre la tala. Lo único que yo veo es un cobertizo de hojalata y una calle.

–Pero ¿por qué tenemos que mudarnos a Calcuta?

—Necesitas la mejor atención médica que pueda ofrecer este país, no la de un médico inglés jubilado que también trata elefantes. Le pediré a mi madre que se quede con nosotros. No puedes sufrir como la última vez.

—Nadie puede cambiar el destino.

—No puedo discutir contigo sobre metafísica. Mi intelecto no da para tanto. Pero lo que te ocurrió fue culpa mía. Debería haber sabido que los embarazos pueden complicarse en una isla sin infraestructuras, tan solo cárceles y colonias penitenciarias. ¿Sabes dónde habría nacido nuestro hijo si las cosas hubieran salido como estaban planeadas?

Chanda Devi había dado por hecho que daría a luz en casa.

—Tenía pensado desinfectar una de las celdas de la Cárcel Celular y transformarla en una clínica rudimentaria. Puesto que eres sensible a los fantasmas, elegí una en la que no hubiera muerto nadie. El prisionero era un poeta que consiguió regresar al continente. Fue un final feliz, por así decirlo, así que no había razones para que rondara por la celda.

La marea ha subido. El barco se bambolea como un columpio. Frente a ellos, los papagayos descienden en oleadas sobre la isla. Solo cuando una oleada se ha posado en las ramas desciende la siguiente. El cielo se ha despejado hasta del último papagayo antes de que Girija Prasad coja los remos.

En el embarcadero, Girija Prasad desembarca primero. Coge a su mujer de la mano y le rodea la cintura con la otra mientras esta baja del bote.

Muchos años después, diez para ser exactos, Girija Prasad se encontrará en el mismo lugar a la misma hora de la tarde, esta vez con su hija, que es lo bastante ligera como para cogerla en brazos y bajarla a la orilla desde el barco. Todavía es la tierra de los saltarines del fango y seguirá siéndolo durante muchos siglos. Como su padre, la niña es capaz de distinguir los renacuajos de los saltarines del fango y las salamandras, jugando con la idea de la evolución como si fuera un cuento.

–Papá –le pregunta en cuanto la deja en tierra–, después de centenares de generaciones, ¿los saltarines del fango evolucionarán en ranas o en peces? ¿Vivirán en el agua o en la tierra? ¿En qué dirección van?

–Hija, no puedo ver el futuro.

–¿Por qué no?

Ojalá pudiera.

En 1942, cinco años antes de que la India obtuviera su independencia, el Poeta con gafas entró en la Cárcel Celular de Port Blair. Entre los reclusos, fue motivo de celebración. Buscaban la redención al estar cerca de él, igual que los ladrones crucificados junto a Jesucristo. Porque él era el joven que había desplegado la bandera de la libertad dentro del Parlamento británico.

–Los criminales más peligrosos son aquellos que inspiran a los demás a cometer crímenes, mientras ellos se echan atrás y miran –había proclamado el juez.

El Poeta no llevaba una pistola, un palo o una bomba. Y aun así amenazó con derrocar al Imperio con sus pensamientos. Era él quien había redactado los eslóganes y los poemas más populares del movimiento.

Al oír la frase, el Poeta se había echado a reír. El juez había tomado nota de su respuesta. Todos y cada uno de sus veredictos eran una obra de arte dedicada a la causa de la justicia: el texto, la interpretación, la ensayada solemnidad. Como todos los artistas, también él era inseguro. La peluca lo acomplejaba.

Al principio, el Poeta dedicó su tiempo a meditar. Desterró todos los recuerdos y, con ellos, el anhelo de un mundo que le había regalado dichos recuerdos. Redujo su fuerza de voluntad al filo de un cuchillo, afilado y formidable. A punta de cuchillo, mantenía la locura a raya.

Se resguardó en la realidad de la Cárcel Celular. Pero lo único que veía era injusticia. Reclusos obligados a arar en lugar de los bueyes, reclusos en huelga de hambre que morían antes de que los alimentaran a la fuerza, grilletes que consistían en una única vara de hierro que iba del cuello a los pies e impedía a una persona hacer cualquier cosa que no fuera quedarse de pie, erguida. Al Poeta la inspiración le salía por las orejas, porque nada lo inspiraba más que la injusticia. Pero sin papel y bolígrafo no tenía nada que hacer. Ni siquiera tenía acceso a tiza y una pizarra: órdenes del tribunal.

Al ser detenido había traicionado a sus compatriotas. Había abandonado a sus padres en su vejez. Había defraudado a los perros que buscaban *rotis* de pan rancio en su calle. Habían castigado a muchas personas por ayudarlo, y él no había estado a la altura de sus sacrificios. Cuando el juez afirmó que era la mente más peligrosa de la India británica, él se había reído ante el halago. Pero ahora, tres meses y medio después de su sentencia, había defraudado incluso al juez.

Más que nada, sin embargo, el revolucionario se había defraudado a sí mismo. La locura que mantenía a raya de día empezó a entrar en su celda por la noche. Durante una huelga de hambre que duró cinco días, lo visitó un nuevo fenómeno. Sin importar si tenía los ojos abiertos o cerrados, frente a él se desplegaban unas visiones lúcidas. Las constelaciones caían en espirales desde la oscuridad absoluta del espacio hasta los cielos crepusculares. El Poeta contempló cómo el río de estrellas fluía por el pasillo de la cárcel, disolviendo las cadenas y los grilletes con su fulgor. Vio cómo las constelaciones se reinventaban para llenar el vacío de su interior. Las estrellas vivían y respiraban dentro de él. Reemplazaban a las células por dentro y por fuera. Porque era a él a quien buscaban.

Contempló el nacimiento del agua en forma de hielo, de pie en una de las lunas de Saturno, extasiado por las ventiscas.

Parpadeó con pestañas de hielo al ver el mundo a través de los ojos de ella. Como un recién nacido que lo percibe todo como un único ser, ella consideraba que las estrellas y las órbitas eran sus extremidades. El Poeta la siguió en su viaje a la Tierra, acoplada a las costillas de un meteorito. La vio convertirse en el océano más inmenso que hubiera visto nunca el planeta. De pie en el borde de un atolón, las olas cristalinas golpeaban al Poeta rítmicamente, empapaban sus pantorrillas, mojaban sus muslos y su cintura a medida que él se adentraba en el agua, hasta quedar totalmente sumergido en el cuento de ella. Ella alimentaba la vida en su útero, mientras los parásitos se entregaban a la blasfemia de la evolución: una separación incesante que nunca volvería a reagruparse.

Al despertarse, el calor sofocante de su celda disolvió la visión del Poeta en lágrimas. Sollozó, rodeado por fragancias desconocidas. Sangre teñida de especias, piel de naranja mezclada con sudor. El insoportable olor de la soledad.

En una de sus habituales rondas, una tarde el alcaide encontró algo garabateado en el polvo que rodeaba los grilletes. Por lo visto uno de los prisioneros había utilizado un objeto punzante sujeto entre los dedos de los pies para escribir algo en sánscrito. El alcaide llevaba más de una década empleado en la India como siervo de su majestad. Sus aptitudes lingüísticas lo hacían competente en hindú, un talento que utilizaba para supervisar toda la correspondencia y el material propagandístico dentro de la cárcel. El sánscrito era un pasatiempo, sobre todo el estudio de las escrituras y los textos. Conmocionado por su amor hacia la lengua antigua, el alcaide se preguntó si era posible que, en otra vida, hubiera sido un estudioso de sánscrito en las riberas del Ganges.

Al estar al mando de la prisión, se sintió tan preocupado como intrigado. Oculto entre los reclusos había un experto en poesía. Esa misma noche, el poema cobraría vida en sus sueños. También él se despertó entre lágrimas.

Totalmente despierto, el alcaide abandonó su bungaló y dio un paso en medio de la oscuridad sin luna, inquieto por el sonido de las olas y por las fragancias tropicales, abrumado por la visión de un océano que refulgía más que la luz de las estrellas. Acabó delante de la celda del Poeta poco antes del alba. Se quedó ahí de pie, observando los movimientos febriles debajo de los párpados. A la mañana siguiente, el alcaide volvió a localizar al Poeta mientras este podaba los geranios que bordeaban el cadalso.

–Lo llamamos Tetis –dijo–. A ese océano mítico.

Y así empezó entre ellos una relación que se alargaría toda la vida, deseosos ambos de consagrarse a la búsqueda de la poesía. Una mañana, al Poeta le pidieron que abandonara sus tareas y se presentara de inmediato ante el alcaide. Lo encontró en su jardín, derrumbado sobre una silla de mimbre, desaliñado y descalzo, y vestido tan solo con unos pantalones cortos de color caqui. Escrito con una ramita en un arriate podía leerse uno de los versos del Poeta, recompuesto para que fluyera mejor.

El alcaide comenzó a suscribirse a revistas científicas y a compartir las nuevas investigaciones con el Poeta. Lo que lo desconcertaba no eran los fósiles, sino los nombres.

–Aceptar el período Silúrico y el Ordovícico significa aceptar la autoridad del Imperio –señaló el Poeta–. ¿Quién gobierna el tiempo? ¿Por qué el meridiano pasa por Inglaterra, ninguneando sus colonias?

Había decidido llamar Kshirsagar al océano, inspirado en la mitología hindú.

Aunque el alcaide estaba en desacuerdo, comprendía la dificultad práctica de utilizar grandilocuentes nombres galeses en un trabajo destinado a los nativos. Eran impronunciables. Así que le dedicó cierto tiempo al problema. El interés humano en la prehistoria se limitaba a un puñado de épocas y periodos. En cuanto a los nombres, el alcaide no tenía que buscar más allá de las propias islas. Escogió los nombres de las primeras cinco tribus de las islas que le vinieron a la cabeza y reemplazó los términos galeses con ellos.

Con el tiempo, el poema se convirtió en una epopeya, con una estructura y una mitología propias.

Para el Poeta, Kshirsagar no era tan solo un océano. Era el cosmos entero, con una geografía distinta a cualquiera de las que se hallaban en las escrituras orientales u occidentales. El cosmos, en sus profundidades, era un océano constituido por varios reinos. En lo más alto estaba el Sagar Natraj, o el reino del pulpo. Un pulpo gigante hecho de energías sutiles mantenía en equilibrio las diversas islas, mares y cuerpos celestiales sobre cada tentáculo, en una danza etérea. El sol era la mente del pulpo, que alimentaba todas las formas de vida y los elementos con su resplandor. Este era también el reino de la existencia. En lo más profundo del océano había una cumbre de hielo que no alcanzaban la luz ni el tiempo. El Poeta la llamaba Sagar Meru. Para los hindúes, los budistas y los jainistas, el monte Meru era el centro físico y metafísico del universo. Era el punto más alto y quedaba más allá de la comprensión y la medida humanas.

–¡No el más bajo! –exclamó el alcaide, desconcertado por su elección.

El Poeta lo miró con ternura. Con una mirada bastó. El alcaide respondió su propia pregunta

–En el océano cósmico, lo más bajo es lo más alto y lo más alto es lo más bajo.

Aquella era una época impredecible, en la que la guerra brincaba como fuego por el mundo. La idea que había acarreado al revolucionario la cadena perpetua se había propagado como una

LAS LATITUDES DEL DESEO

epidemia. Se filtraron al continente informes que describían torturas y explotación en la Cárcel Celular. Debido a las presiones, se envió a un comité para que investigara. Puesto que dicho comité no pudo demostrar que las alegaciones eran falsas, recomendó la mejor alternativa: liberar a unos cuantos prisioneros para desviar la atención. El alcaide, en un gesto de bondad, puso el nombre del Poeta en el primer puesto de la lista.

«Tras cinco años incomunicado –se dijo que había escrito el alcaide en el informe del comité–, el caballero está al borde de la locura. Habla solo todo el tiempo y escribe galimatías en el suelo. Una mente en tal estado ya no supone un peligro. Está trastornada.»

Tras su muerte en el continente, el Poeta acudió a su propio funeral; se quedó de pie en una esquina con los brazos cruzados y decidió volver a las islas. El alcaide también había decidido permanecer en las islas en espíritu. Poco después de la partida del Poeta, un preso extremista lo empujó desde el tejado mientras supervisaba las tareas de reparación.

Liberados de las trabas de la corrección, se abrazaron por primera vez. Muchas cosas habían cambiado desde la última vez que se habían visto. Para empezar, ambos estaban muertos. Inglaterra había ganado la Segunda Guerra Mundial pero había perdido sus colonias.

–El baño de sangre no me sorprendió –dijo el alcaide acerca de la Partición–. Se veía venir.

Pasaban el tiempo paseando por los caminos de la selva cubiertos de vegetación y por las playas, e iban adonde los llevaba su corazón. Y ahora que la muerte les había proporcionado el tiempo necesario, el alcaide le planteó una propuesta literaria: quería traducir al inglés la obra del Poeta.

–¿De qué le sirven al mundo los poemas de un hombre muerto? –preguntó el Poeta.

–De nada. Y por eso puedo traducirlos con total libertad.

C handa Devi tiene una petición. Quiere ver la puesta de sol desde el monte Harriet antes de que se marchen de las islas. Puede que Girija Prasad disponga de tiempo para llevarlos en coche, pero le faltan las ganas de abandonar sus preocupaciones y quedarse quieto y sentado. Ha planeado y ha previsto la mayoría de las complicaciones que podrían surgir durante el viaje. Su madre y su hermano los esperan en Calcuta. Aun así, está nervioso.

Si fuera posible derribar el bungaló Goodenough y reconstruirlo como una tienda nómada tibetana, los Varma lo habrían hecho. En lugar de eso, deben arrancar cada recuerdo, cortar de cuajo todas las emociones a las que ha dado luz el bungaló y buscar ese jirón práctico e incompleto con el que decorar sus futuras habitaciones. Y ¿qué pasa con todos los sueños que aún no se han soñado? ¿Quién mantendrá a los fantasmas al corriente de los cambios que sucedan ahí fuera? ¿Quién regará el rosal?

De las nueve maletas que se llevarán, una pertenece a Girija Prasad y dos a Chanda Devi, mientras que Mary tan solo tiene un pequeño hatillo. El resto pertenece a las islas. Botellas de especias secas o en polvo, corales fosilizados, un intrincado tumor de un padauk de las Andamán, una réplica en miniatura del *Ocean Whore*, una caja de cristal con mariposas locales clavadas y enmarcadas, un mapa incompleto de las islas. Varias de ellas están aún a medio esbozar y desaparecen abruptamente en el océano. También hay un fragmento de sílex y una cáscara de coco que pertenecen a los Nangas Divinos, un jarrón francés roto encontrado en la isla de Ross y una urna de tierra de la tumba del monte Harriet.

Es su última noche en Port Blair. En la oscuridad, Girija Prasad deduce que su mujer está desvelada por la distancia que los separa. Cuando duerme profundamente, siempre se ve arrastrada a su antebrazo y lo empuja hacia el borde de la cama con sus deseos.

—¿Puedo hacerte una pregunta tonta? —dice él.

—Sí.

—¿Quiénes son los fantasmas? Nunca he visto a ninguno y mucho menos entiendo su genealogía. Tal vez por eso no esté muy dispuesto a creer en su existencia.

Chanda Devi sonríe. Las extrañas obsesiones de él y su lenguaje aún más extraño lo hacen todavía más entrañable.

—Son personas como tú y yo. Pero forman parte del pasado. Llevan ropa de otra época. Sus costumbres están pasadas de moda.

—¿Por qué no todos los muertos se convierten en fantasmas?

—La muerte... —Chanda Devi reflexiona sobre la palabra al tiempo que intervienen cigarras, ranas y moscas—. Los fantasmas no viven en el lugar donde murieron. Regresan al lugar donde se sintieron más vivos. Allí lucharon, vivieron y disfrutaron tanto que no pueden renunciar a ello.

—¿Quieres decir que nos convertimos en fantasmas mientras estamos vivos?

—Algunos.

—¿Cuál es el lugar más encantado en el que has estado?

—Este. Las islas. La isla de Ross.

—¿Por qué yo no puedo ver fantasmas?

«Tienes mucha suerte de no poder ver a los fantasmas que se sientan a tu lado cuando comes, de no poder ver a la muerte cuando te mira de frente», quiere decirle Chanda Devi a su esposo. Pero lo único que dice es:

–Tienes mucha suerte.

Un silencio larvario precede al alba. Es una pausa premeditada, una reflexión llena de esperanza y desasosiego. Ocultas entre los cloqueos y los siseos, el croar y la cháchara que se oyen al otro lado de la ventana, hay canciones de los extinguidos. La épica de la evolución, contada por bardos que murieron hace mucho. Ah, abandonar el caparazón laberíntico y mudar la antigua piel. Quedarse desnudo y vulnerable. Libre para nadar, correr y volar sin inhibiciones. Desaparecer sin dejar rastro para reaparecer como un rugido de apareamiento, igual que el sol se pone por el oeste y sale por el este... ¿Pueden los vivos escuchar sus historias y canciones?, se preguntan. ¿Reconocen su legado en los fósiles?

Absorto en las sinfonías de la noche, Girija Prasad dice:

–Tal vez regrese a esta casa como un fantasma. Tal vez oiga el fantasma de esa cabra que te atormentó durante tantas noches.

Ella ríe.

–Para entonces la cabra ya se habrá marchado a otro sitio, y yo también. ¿Para qué me ibas a hacer esperar en otra vida?

El cielo está excepcionalmente nítido. De un azul soleado con volutas blancas, como una caligrafía indescifrable. El mar también está excepcionalmente calmado. Un sudario centelleante extendido sobre la tumba de la tierra. La brisa se ha enfriado en una lluvia torrencial en algún punto por encima del mar de Andamán, incitando a las mariposas a aletear a lo largo de kilómetros mar adentro, como si fueran aves migratorias. Un pescador solitario se sorprende al descubrir que está acompañado de mariposas blanco marfil. Y además muy jóvenes: sus cuerpos están cubiertos de piel de oruga. Una se le ha quedado dormida sobre la rodilla. El pescador permanece allí después de recoger las redes. La insignificante compañía de unos pocos insectos basta para hacerlo sonreír.

Al cabo de un momento, cuando su cuerpo se desploma en el agua, la sonrisa sigue petrificada en su cara. La corriente es diabólica. Le azota el cuerpo como si fuera un canto rodado. Lo hace salir a la superficie a la misma velocidad que lo vuelve a arrastrar hacia el fondo, provocándole una explosión de aire en los oídos. No sabe qué es lo que ha hecho que el agua se agitara con tanta violencia y volcara su barco como un guijarro. Pero se siente aliviado al aspirar otra bocanada de aire. La última, antes de que el casco le golpee la cabeza y le parta el cráneo.

Una hora y media después, las mariposas flotan como hojas sobre el agua. El cadáver del pescador aparece y desaparece. Aunque en realidad no ha hecho falta más que un minuto. Un minuto para que el lecho oceánico se desmoronara y se elevara como un fénix.

En las islas nadie recuerda cómo se movió la tierra; un minuto durante el cual los fantasmas de la tierra y del océano sucumbieron al forcejeo. Sometido a la presión del suelo, el océano se deslizó aún más abajo, tan solo para rebotar con el doble de fuerza. En la vida de un planeta, que un conflicto en la corteza –el caparazón de su existencia– sacuda todo su ser se considera un momento excepcional. El terremoto de 1954 se considera el segundo más intenso registrado desde la invención del sismógrafo. En términos científicos, la falla que lo provocó fue la más larga que se haya observado nunca. Los investigadores atribuyeron temblores en regiones tan distantes como Siberia y otros terremotos y tsunamis relacionados con dicho acontecimiento.

Aquellos que sobrevivieron están atrapados para siempre en ese momento, un momento de pura vacuidad. No es que la entereza los haya traicionado. Ni que hayan perdido la memoria. Es falta de imaginación. Nadie podría haber imaginado que el suelo sólido que sostenía las islas, el océano, los arrecifes, los bosques y los ríos se desgarraría en menos de un minuto. Siglos de vida salvaje y civilización se vendrían abajo entre nubes de polvo, tan vulnerables como un hormiguero en el camino de un elefante poseído.

En algunos lugares, los acantilados se precipitaron al océano como los icebergs que se desprenden de los polos. Las ventanas vibraron en lugares tan distantes como el golfo Pérsico. En el Tíbet, las grullas abandonaron sus zonas de alimentación y echaron a volar sin rumbo por el cielo. En Indonesia, los volcanes expulsaron humo, obligando a los que cultivaban en sus laderas a arrodillarse a rezar. En las orillas, los barcos se arrugaron en el agua como si estuvieran hechos de papel. Macacos, pájaros, ciervos, elefantes y perros se unieron en una oleada de ruido. La voz humana permaneció inaudible.

En un minuto, el lecho oceánico había saltado hacia arriba, arrojando al aire capas de sedimentos, coral y arena. Las islas se ladearon unos cuantos metros, y bosques y granjas se hundieron en el agua. Campos de arroz que aún no se había cosechado se convertirían en los futuros campos de juego de manatíes, delfines, cocodrilos y rayas. Nadie volvería a encender la luz del faro de la cima del archipiélago, porque el océano lo había reclamado para sí. Los niños nacidos en el periodo posterior rechazarían las historias de sus padres y los mitos ancestrales como cuentos fantásticos fruto de la imaginación de un idiota; el mismo idiota capaz de construir un faro en un metro y medio de agua y salir a pescar sobre la tierra seca. La brecha entre generaciones se convertiría en un abismo entre personas que habitaban mapas distintos.

Para la mayoría de los que perecieron, la última imagen que se llevaron fue la de un cielo estival, un testigo indiferente. Tan indiferente al desplazamiento de los continentes como a la visión del cadáver de un pescador flotando en al agua, rodeado de mariposas.

En el trabajo, en Calcuta, Girija Prasad se oculta dentro de una fortaleza de ficheros, absorto en un ensayo sobre Paleo-Tetis, un océano hipotético contemporáneo de Pangea. Las trayectorias centrífugas de los continentes, afirma el autor suizo, bloquearon sus corrientes y remolinos oceánicos y eso llevó a su desaparición.

Ya sea por la influencia de su mujer, o por un presentimiento de padre, Girija Prasad comienza a preguntarse si también los elementos tienen alma. ¿Se preocupan ellos también de su legado? ¿Acechan sus fantasmas la tierra, como los *sahibs* de la isla de Ross? Si un ser humano no puede reducirse a huesos y sangre, ¿cómo puede reducirse un océano a su espacio geográfico, el elemento del agua o la forma que adopte? La vida es más que la suma de sus respiraciones y temblores.

Tan absorto está en sus pensamientos que tarda un rato en darse cuenta de que el terremoto es real. Girija Prasad se dirige a toda prisa a su casa en cuanto el temblor cesa. Abre la puerta con la llave y se encuentra la casa vacía. Busca en todas las habitaciones y le entra el pánico. Primero baja corriendo al jardín comunitario y luego sube a la azotea. Encuentra a Chanda Devi sollozando y sudando. La abraza hasta que se tranquiliza. Le seca las lágrimas y la sostiene mientras bajan la escalera. La sienta en un sillón y se dirige a la cocina. Husmea el aire para detectar si ha habido un escape de gas en la bombona y luego pone agua a hervir. Recorre la casa para evaluar los daños. El juego de té que Mary había dejado a secar sobre la mesa se ha caído y está hecho pedazos. El armario y la cama de su dormitorio se han desplazado varios centímetros. Dos cubos llenos a rebosar de agua se han derramado en el baño. Eso es todo.

Se siente aliviado. Sirve el té chai a su mujer con chips de plátano y se sienta frente a ella en el sofá. Se da cuenta de que una de las mariposas se ha desprendido de su alfiler en el marco de teca que lleva el título: «Mariposas de Nicobar». Está caída en la parte de abajo, convertida de nuevo en un cadáver.

–¿Por qué estabas en la azotea? –pregunta al tiempo que se desabrocha los puños de la camisa.

–Sabía que algo iba mal. Notaba cómo la tensión se elevaba desde el suelo mientras estaba en el jardín. Sabía que no se iba a aplacar con facilidad. Así que me he apresurado a subir. Me he acordado de lo que me habías dicho: que buscara árboles, paredes y objetos caídos cuando los temblores golpeaban las islas.

Girija Prasad se abanica vestido con la camiseta interior mientras bebe un sorbo de té. Aunque ella no ha mentido, la nariz rosada y los ojos hinchados le revelan lo que le oculta. Chanda Devi, por lo visto, lleva un buen rato llorando. Su angustia es anterior al terremoto. Su causa va más allá de este. Está embarazada de siete meses. Como la última vez, parece haberse sumergido en un laberinto de melancolía.

–Si lloras tanto –le dice–, nuestra hija será la más quejillosa del barrio.

Ella se acaricia la barriga tirante. Al comienzo del embarazo ya notó que era una niña. Ahora está descubriendo su naturaleza.

–Tienes práctica después de haber lidiado con mis lágrimas.

–Si es tan impredecible como su madre, la práctica no me bastará.

Su marido... siempre encuentra la forma de hacerla sonreír.

Girija Prasad recopila toda la información que logra encontrar y reconstruye mentalmente el terremoto. Por primera vez desde la Segunda Guerra Mundial, se envían aviones y helicópteros a las islas. El tendido eléctrico y el telefónico están destrozados. Hay preguntas que no puede plantear sin parecer frívolo. Porque ¿quién iría a comprobar un bungaló vacío y un rosal ante tamaña devastación? ¿Quién satisfaría su curiosidad por ver si los volcanes liliputienses expulsaban algo más que burbujas?

Cuando Girija Prasad se marchó de las Andamán, no tuvo tiempo de mirar atrás, a pesar de hallarse en cubierta. El viaje que les esperaba lo había puesto nervioso y se pasaba el rato asegurándose de que Chanda Devi se encontrara bien. Si hubiera sabido lo que iba a pasar... El viejo muelle se derrumbaría sobre el agua y se hundiría. Igual que el elefante que Girija Prasad había tratado de cargar en el ferri desde el continente, resultaría ser demasiado grande para recuperarlo. En su lugar se construiría uno nuevo. La carretera que subía en espiral desde el puerto hacia el terreno montañoso hasta alcanzar la cima y descender en todas direcciones resultó dañada en tantos tramos que el gobierno se vería obligado a empezar de cero para construir una carretera nueva sobre el esqueleto de la anterior.

Girija Prasad busca relatos de testigos presenciales, adjetivos que de alguna manera mitiguen el horror en la medida en que lo expresan. No encuentra ninguno. Su vida en el archipiélago le había proporcionado pistas pero no respuestas. En las islas la muerte era repentina; tan repentina como certera. Como un cocodrilo nadando en un manglar o un sol purpúreo hundiéndose en el olvido.

Dos meses después de que el terremoto asolara las Andamán, Devi nace a cientos de kilómetros del epicentro. Girija Prasad sujeta el fardo firmemente arropado mientras a la madre le dan puntos. Devi mira a su padre con unos radiantes ojos negros. Él afloja el arrullo para mirarle las extremidades. Ella se lleva la mano a la cara, fascinada por la imagen de sus dedos. Estos se mueven con vida propia, una vida que sorprende tanto al padre como a la hija.

Girija Prasad está tan hechizado con las manos y los ojos del bebé, con el milagro infinito que encierra el ombligo de un bebé anudado como un globo, que no percibe cómo la vida se apaga velozmente en los ojos de Chanda Devi. Mary, que sí lo nota, se pone a frotar con energía las manos y los pies de su señora, antes incluso de que el médico diagnostique la hemorragia interna. Para cuando lo hace, el proceso es ya irreversible.

Chanda Devi apenas habla, apenas parpadea. Abandona el mundo con los ojos abiertos, meditando sobre la imagen de padre e hija aferrados el uno al otro. Si Girija Prasad hubiera advertido las señales de alerta. Si hubiera mirado al fondo de los ojos de Chanda Devi. Tan al fondo como para ver lo que ella veía.

En su condición de marido, su deber es prender la pira funeraria, un lecho de troncos sobre el que ella duerme vestida de novia. Es una gran suerte para ella, le dice el gurú, haber muerto siendo una mujer casada y no una viuda.

Después incluso de que las llamas se lleven su carne, Girija Prasad se niega a creer lo que ha ocurrido. El trozo de tobillo con textura de porcelana que se niega a ser cremado le recuerda el pie descalzo de ella en el barco de la isla Papagayo. Si acaso, está más viva que nunca.

La descreencia, al final, resulta ser un tipo de creencia. Es un río que fluye en contra de las imperiosas corrientes del tiempo y la verdad para realizar el viaje opuesto. Aúna todos los misterios del océano y los devuelve a sus orígenes congelados. En forma de glaciar, mantiene bien alta su cabeza para mirar a Dios, que se esconde tras las neblinas del paraíso.

¿Qué sentido tiene creer si ni siquiera Dios puede devolver el mundo al estado en que uno lo veneraba?

El terremoto deja tras de sí una enorme grieta en el lugar donde se alza el bungaló Goodenough, que serpentea por el jardín y el terreno situado bajo los pilares como un arroyo estacional. La omnipresente vegetación se mete dentro, ocultando todo lo que la grieta pudiera haber dejado expuesto y convirtiéndola en un asentamiento permanente para babosas, escolopendras, caracoles, serpientes y otros visitantes esporádicos: gallinas, cerdos y patos.

El propio bungaló sobrevive gracias a que se ladea para alinearse con el eje de la tierra. El esqueleto de un rosal permanece en pie, intentando mantener su dignidad aunque solo queden muñones allí donde un día florecían rosas.

En cuanto su hija cumple un año, Girija Prasad se pelea con su madre para volver a las islas. Tan solo a Mary, la leal cuidadora, se le permite acompañarlos en tanto que niñera de Devi. A nadie más. Porque no había nadie más cuando Girija Prasad y Chanda Devi vivieron allí. ¿Para qué iba él a alterar los recuerdos? Como todos los fantasmas, Girija Prasad suspira por el lugar en el que se ha sentido más vivo.

En cuanto ve el abandono que se ha adueñado del bungaló Goodenough, Mary se planta. No pueden vivir allí. Sabe que como sirviente no tiene voz ni voto, pero su señor, como la casa, se mantiene en precario equilibrio sobre el vacío.

Como gesto de despedida, Girija Prasad deja en el porche

una pila de libros y periódicos nuevos. Alguien tiene que mantener al día a sus habitantes. Girija Prasad quiere creer en fantasmas, pero no es algo que le salga de manera natural.

Por sugerencia de Mary, se trasladan a la casa de huéspedes del monte Harriet.

Los británicos que construyeron la estructura se habían visto afectados por una particular vena nostálgica. Construyeron residencias de verano en las estaciones de montaña del Himalaya para recordar la campiña inglesa. Pero al construir una casa de huéspedes en las Andamán, lo hicieron en memoria del Himalaya. Repleta de ventanas francesas con vistas elevadas a la selva de debajo . Lo único que necesitaban eran tigres a los que disparar y el sueño del Raj británico se vería cumplido. En lugar de eso, tuvieron que contentarse con despegarse sanguijuelas de las botas. Una vez jubilados, cuando los oficiales paseaban por los parques de vuelta en Inglaterra, contemplando los cisnes deslizarse sobre el agua, maravillándose ante los diversos colores y flores que traía cada nueva estación, lo que buscaban eran caléndulas y lo que temían era encontrarse sanguijuelas en los calcetines. La nostalgia, por lo visto, era un ser con memoria a corto plazo. Anhelaba cosas que se alejaban con rapidez, pero rara vez el pasado lejano. Vivir en el pasado lejano –tal como demostraría el neurólogo alemán Alzheimer– era una señal de senilidad prematura.

El monte Harriet se eleva al otro lado de la bahía donde está el bungaló Goodenough, y un corto trayecto de ferri separa ambas orillas. El agua ha invadido los lugares que, antes del terremoto, las mareas más altas jamás lograron alcanzar, obligando a los granjeros a abandonar sus arrozales. Los techos de los búnkeres que los japoneses construyeron durante la Segunda Guerra Mundial han cedido. Pero la casa de huéspedes, una oda a la nostalgia, permanece intacta.

Girija Prasad se muda allí con un propósito. Desde allí contemplará la última puesta de sol de su vida. Porque es allí donde su mujer y él se cogieron de la mano por primera vez, rindiéndose ante aquella estrella que se hundía.

En la nueva casa, Mary se afana empujando cosas y volviendo a juntarlas, cuidando de la recién nacida y estando atenta al padre. Las cortinas y las sábanas que ha traído de Calcuta son todas azul añil, en marcado contraste con los interiores verdes y amarillos de la casa anterior. Si no empiezan de cero, es posible que no salgan adelante.

La vida le ha enseñado a Mary que el dolor es como el agua. En cuanto se cuela en una grieta, no hay manera de drenarlo. Pero la rutina, diaria y monótona, puede evitar que endurezca los días. A Girija Prasad se le sirve el té cada día a las seis de la mañana y Devi está bañada y lista a las ocho. Mary no se desvía nunca más de quince minutos del horario, pues incluso media hora perdida es tiempo que se endurece en forma de dolor.

En la casa del monte Harriet, Mary se convierte en el centro de gravedad. Ella es la razón por la que las cosas se mueven y por la que se quedan donde están. Girija Prasad y Devi sienten la manifestación más profunda de gratitud y amor: la dan por descontada.

Cuando Devi tiene ya cuatro años y comienza a orinar en el parterre en lugar de en el baño, es Mary quien corre a reprenderla, pero siempre se encuentra a Girija Prasad por ahí cerca.

–Es abono –murmura él en tono de disculpa, incluso cuando Devi trae a casa una serpiente muerta.

«Abono» es lo que dirá de nuevo mientras una tarde Devi defeca en una playa a plena vista. En ese momento tiene seis años. Para el mundo, ya es una jovencita. Para él, todavía una niña.

A los ocho años, Devi ha crecido sin conocer ningún tipo de inhibición. Al comer fruta, se quita el vestido para que no se le manche. Nada desnuda en el mar y conduce elefantes descalza. Tiene el pelo de un tono castaño tostado y la piel, rosada y escamosa. Cada noche, Mary le pone aloe vera en la piel y aceite en el pelo. Es su manera de llevar la cuenta de los arañazos y heridas diarios de Devi. Mary sabe cuándo Devi se salta las clases para explorar los senderos y las ruinas de la selva y acabar en la playa. Si Devi sale de la casa, Mary retira un ladrillo suelto de la pared de la cocina que da a la entrada, para tenerla vigilada. Si la niña juega en el jardín, Mary se sienta en el porche con la excusa de cortar verduras.

Una tarde, el jardinero coge veinte babosas con la intención de erradicarlas. Devi lo sigue hasta el campo donde va a matarlas, en medio de la espesura. Se queda cautivada al ver cómo las babosas se arrastran unas sobre otras, desesperadas por alcanzar el borde de la cesta. En lugar de eso quien las saca es una mano despiadada que aplasta con indiferencia a criaturas indefensas entre las rocas. Devi no sabe en qué momento esas manos se alejan de la cesta y se le meten por debajo del vestido para manosearle los muslos y el culo.

Esa misma tarde, el jardinero se para en seco al entrar en la cocina y se queda petrificado por la mirada glacial de Mary, cuyo propósito para el cuchillo que sostiene en la mano se adivina en la expresión de sus ojos.

–Si alguien la toca, lo cortaré a pedacitos –dice–. Lo sabes.

El jardinero no vuelve a ir a trabajar.

Es una casualidad la que hace que Devi descubra la verdad que se oculta detrás de Mary. Mientras pasa las hojas del cuaderno de viaje de un inglés, se topa con unas fotografías de Ajanta y Ellora, las cuevas budistas de dos mil años de antigüedad. Mary es una figura esculpida en la piedra de esas mismas cuevas. Igual que ella, las figuras tienen ojos orientales y huesos estrechos. Las han pintado con una cara reluciente y ropa descolorida. Pese a los cientos de años y las penurias que han soportado, sus expresiones siguen siendo serenas y sus movimientos, fluidos. Los antepasados de Mary, concluye Devi, son los cavernícolas que esculpieron a estos dioses a su imagen y semejanza.

Para celebrar el noveno cumpleaños de Devi, Girija Prasad se la lleva de excursión por las llanuras de sal de las Andamán del Medio. Se trata de un rito de paso, una lección que se transmite de una generación a la siguiente. Por lo que ella recuerda, su padre nunca ha perdido una oportunidad de educarla respecto al impacto del terremoto. Lo que ocurre cada cientos de años, ocurrió justo ayer y puede volver a suceder mañana.

Las conchas encastradas en los acantilados dan fe de la violencia que también crea montañas tan inmensas como las del Himalaya. Los destinos de especies enteras, no solo civilizaciones, pueden cambiar con el curso de un río y las mareas de un océano. El faro al que hay que llegar a nado se construyó, en su momento, en tierra firme. Ahora es un lugar de pícnic para dugongos y tortugas atraídos por la hierba que lo rodea. También las llanuras de sal fueron en su día parte del océano.

La mayor ambición de Girija Prasad, por lo visto, es documentar el pasado en toda su amplitud, rastreando sus raíces en el presente, que se desvanece continuamente, hasta la prehistoria no documentada. El alcance de su ambición lo obliga a vivir en el pasado. Si no hiciera eso, Girija Prasad, como todos los fantasmas insospechados, se vería atrapado en las arenas movedizas de un momento concreto.

—Papá —le pregunta Devi mientras se abren paso por un sendero de la selva hacia las llanuras de sal–, ¿por qué tenemos que estudiar los terremotos? ¿Por qué no podemos escuchar la radio o ir al cine?

Girija Prasad ha ilustrado la ruptura de Pangea, su trayectoria hasta los actuales continentes, y lo ha cosido en una especie de álbum de fotos para que Devi lo disfrute. Cada continente está lleno de sus propios personajes únicos e interesantes. Sabe que para un niño resulta difícil de entender el movimiento de los continentes, y es comprensible que así sea. Incluso a los más experimentados científicos les cuesta de entender. Porque el mundo, como Girija Prasad ha acabado comprendiendo, es una mentira. La tierra que él veneraba como tierra firme –permanente e inamovible– parece tener una naturaleza totalmente contraria. Los polos que han guiado barcos y marineros a lo largo de milenios tienen tendencia a vagar.

–¿Te parece que es un tema que no merece nuestra atención, pequeña?

–Le conté a una niña de mi clase que las islas son montañas y que todos los continentes son islas. No me creyó, así que le dije que mi papá lo había dicho. Ella me dijo: «Tu papá está loco, se volvió loco porque tu mamá se murió». No me la creí. Así que me contó que su madre decía lo mismo.

Está desconcertado.

–Ya sabes por qué las islas son una cadena montañosa y en último término todos los continentes son islas –le dice él.

–Lo sé –contesta ella–. Pero ¿es verdad que estás loco?

Han tardado casi dos horas en realizar el trayecto y ya casi han llegado. Una curva más y verán el primer destello de las llanuras de sal. Pero él no va a alterar su ritmo controlado y decidido. Debe perseverar por el bien de la niña.

–Cuando tu amiga utiliza la palabra «loco» –empieza–, ¿a qué se refiere exactamente? ¿A algún tipo de neurosis, como la ansiedad o la hipocondría? ¿O a una psicosis, como la esquizo-

frenia? ¿O tal vez a un trastorno degenerativo como el Alzhei-,
mer? Una mente científica es siempre específica. No usa términos y conceptos vagos. Busca la verdad cueste lo que cueste.

Devi sonríe satisfecha. Está orgullosa de su padre, una persona inteligente y científica, como ella. Prueba suficiente de
que las locas son su amiga y su madre, no ellos.

A lo lejos, las llanuras de sal relucen como nieve bajo el sol.
Elevándose por encima de un océano azul turquesa, ese es el
aspecto que deben de tener las regiones polares, conjeturan
padre e hija. Blanco puro e intenso azul inmaculados, sin el
verde y el marrón de los trópicos.

Antes del terremoto, las llanuras de sal habían formado
parte de una bahía donde se sabía que los peces voladores
podían hundir redes enteras poniendo huevos. El agua estaba tan serena que hasta las mariposas se sentían tentadas de
aventurarse muy lejos.

Devi baja corriendo el resto del camino entre los matorrales
y se dirige hacia las llanuras, a la parte donde más brillan. Es la
entrada al reino del sol. Aquí cada paso sin rumbo produce un
crujido y reduce la corteza blanca a polvo. Devi lo prueba. Está
más salado que la sal. Introduce los dedos a través del blanco
desmenuzado y alcanza la capa aceitosa de barro oscuro que
hay debajo. La aprieta con el pulgar y deja una huella nítida.

Horneada por el sol, la huella de su pulgar permanecerá
allí intacta y oculta. Hasta que una grulla aterrice allí mismo
al cabo de nueve años y el lugar comience a atraer a tribus de
pájaros migratorios en busca de un sitio seguro donde descansar, reponer fuerzas y compartir historias de lo que han visto
en sus viajes.

Aunque por el momento, Devi y su padre son los únicos
visitantes de las llanuras. Mientras hurga en el suelo con los
dedos, Devi topa con algo sólido. Retira con las manos la sal y
el barro para cogerlo. Es una rama, tan larga como sus dos bra-

LAS LATITUDES DEL DESEO

zos juntos. Hace fuerza para sacarla, inclinándose hacia atrás, como un dios antiguo que se esforzara por sacar un báculo y el poder que este le otorga. Pincha el suelo con ella, con la esperanza de que un manantial brote del suelo en medio de este desierto. Todas las religiones necesitan milagros, y ella busca el suyo. Pero lo que descubre es carne pálida. Criaturas del océano ciegas, desprovistas de color y con aspecto de camarones que el terremoto arrojó aquí, con la piel arrugada aunque intacta dentro de sus sepulcros de sal. En el mundo de Devi, este descubrimiento es más importante que un manantial en medio de desierto. Desearía tener más manos, o cuando menos un cubo, para llevarse a esas criaturas. Forcejea con la rama, que será un regalo para su padre. Mira a su alrededor, pero no lo ve por ninguna parte. Se queda petrificada.

–Papá –llama en voz alta. No hay respuesta.

En el mar de Andamán, cada isla es una persona y cada persona, una isla. Los temblores de tierra y los terremotos son habituales y están dispuestos a apoderarse de sus centímetros de tierra y su medio kilo de carne. Aquí todo, incluido el mar, pertenece al océano y será reclamado en su momento. Existe la posibilidad de que su padre se haya esfumado, como el mar, dejándola sola en esta llanura de sal.

–¡Papá! –chilla.

Una mota negra la saluda con los brazos desde el radiante horizonte de sal. Quizás el sol le esté gastando una broma, porque la silueta recuerda a la de un hombre encorvado por la edad. Abrumada por el deseo de correr a sus brazos, Devi deja atrás las criaturas marinas consumidas y se dirige hacia él a toda prisa. Una vez entre sus brazos, se echa a llorar.

–No me abandones, papá, no me abandones.

Él la abraza con fuerza y le seca las lágrimas.

–Pequeña –dice–, no te he perdido de vista ni un momento. Has pasado mucho rato escarbando. ¿Qué has encontrado?

–Tienes que venir conmigo, papá. ¡He encontrado muchas cosas! –exclama ella con los ojos abiertos de par en par por la fascinación. Su llanto ha cesado tan rápido como empezó–. He encontrado una rama para ti; todos los dioses necesitan un báculo. He encontrado camarones. Y papá –dice, mientras un monstruo llamado emoción devora sus palabras–, ya sé qué hacer con los muertos en nuestra religión. ¡Liberarlos en el mar!

Una noche Devi le preguntó por Dios y él propuso una alternativa. ¿Qué tal si ellos dos creaban su propia religión, con dioses y mitos de cosecha propia? De ese modo, no podrían echar la culpa más que a sí mismos. En el mundo de la hora de acostarse que han creado padre e hija, la religión es una excusa más para crear historias.

Girija Prasad asiente, esperando decir algo. Lo que le asombra no es el fervor de su hija por las fantasías, sino su sabiduría emocional. Devi ha entendido la aversión de su padre a incinerar cuerpos y enterrarlos, porque lo que se le hace a un cadáver es lo que le pasa a uno en el corazón. Cuando Girija Prasad regresó a las islas, esparció las cenizas de su mujer en el océano desde todos los rincones y decidió no marcharse nunca.

La tragedia de Girija Prasad no ha pasado desapercibida en el continente. Puede que haya transcurrido una década, pero sigue siendo tema de conversación, un cuento con moraleja, una advertencia contra los dañinos efectos de probar la carne de vaca. La gente dice que él perdió la cabeza al perder a su mujer y que ya no puede enfrentarse al mundo civilizado.

–Esa pobre niña –suspiran los familiares lejanos mientras toman té– crecerá entre indígenas y acabará casándose con uno de ellos.

Los padres de Chanda Devi se interesan lo bastante por Devi como para escribir cartas en las que le preguntan cómo está.

LAS LATITUDES DEL DESEO

Temen que si muestran más entusiasmo, el padre les endose a la niña y vuelva a casarse. Con la muerte de su madre, el último puente con el continente de Girija Prasad se rompe. Su hermano es el único que los va a ver, preocupado por ese hermano fantasmagórico que de niño le enseñó a ir en bicicleta y a prestar atención a las babosas y los caracoles que avanzaban por el suelo, para evitar aplastarlos. Cada vez que los visita sus miedos se agudizan.

Recuerda a Girija Prasad como un hombre fiel a la causa de vestir de manera apropiada, que lucía un conjunto distinto para desayunar, cenar, ir al trabajo, a la selva, a jugar al golf o los domingos. Pero ahora su ropa lo envuelve como las hebras desgastadas que la gente ata alrededor de los banianos para recibir bendiciones. El hermano de Girija Prasad lo da por perdido el día que lo encuentra hojeando los periódicos matutinos con las gafas de leer puestas del revés.

En cuanto a su sobrina, el angelito al que había acunado al nacer, ahora es como Mowgli. Lleva el pelo castaño enredado y tiene trozos de piel quemada por el sol. A la hora de las comidas se sienta sobre la mesa con las piernas cruzadas en lugar de en la silla. Se pasa las mañanas evitando la escuela y la ropa. Como su padre, garabatea en los márgenes de los artículos de investigación.

El tío de Devi ha conseguido que la admitan en un internado en Nainital, un pueblo en las estribaciones del Himalaya. La directora, una mujer inglesa, fue compañera de clase de Girija Prasad en Oxford y está dispuesta a hacer concesiones por la niña huérfana de madre.

—¿Qué necesidad hay? —pregunta Girija Prasad.

—Tú fuiste a Oxford. Disfrutaste con la poesía inglesa. Pero tu hija piensa que «los bosques son encantadores, oscuros y profundos» es una oda que has escrito al padauk de las Andamán.

Girija Prasad ríe afectuosamente.

—Su manera de percibir las cosas es única.

—Aunque sea así, me temo que nunca se marchará de las islas si no lo hace ahora. ¿Qué pasará con su educación superior? ¿Quién se casará con ella? Si Chanda Bhabbi estuviera viva... —No termina la frase.

El silencio de Girija Prasad revela su resignación

—¿Por qué no vienes con ella? —pregunta su hermano.

—Si me voy de las islas, nunca sabré por qué vine aquí.

G irija Prasad no sabe que los continuos consejos son la forma que tienen los padres de mostrar su preocupación. No sabe que la época previa a la partida de Devi debería dedicarse a confeccionarle ropa, remendar zapatos, pegar etiquetas, empaquetar y volver a empaquetar. Porque la mejor manera de ignorar el momento de la separación es negar el silencio que la precede.

Así que en lugar de eso la lleva en un bote de remos a cuevas y bahías resguardadas.

–El mundo submarino es un mapa indocumentado del mundo que hay sobre el mar –le dice a menudo–. Limitarnos a habitar la tierra restringe nuestra comprensión. Todos los terrenos y todas las formas de vida, todos los ciclos de la naturaleza y las emociones que se hallan en tierra incrementan su variedad bajo el agua.

Nadar es lo más cerca que ha estado de rezar. Los pinchazos y los dolores desaparecen. No hay nada que pueda hundirlo con su peso, ni siquiera las penas y los miedos. Quizás haya momentos de tensión en compañía de los cocodrilos, los tiburones y las rayas manta, pero en el agua el miedo se experimenta de manera distinta que en la tierra. Es una profunda manifestación de temor reverencial.

Girija Prasad y Devi han identificado zonas con corales, rocas y algas que les recuerdan continentes y animales. En la topografía del submundo, Italia es una cicatriz en el caparazón de una tortuga y la Antártida, un banco de arena que emerge con la marea baja.

Contemplan el amanecer por encima de la Antártida, frente a la costa de las Andamán del Medio, y la puesta de sol sobre el mar Muerto, que es el nombre que le han puesto a las llanuras de sal. El rastro de un elefante conecta los dos extremos del día, el último de Devi en las islas. La niña se muestra entusiasmada por seguir a un elefante en su recorrido entre el campamento maderero y la zona del bosque. Los trabajadores le cuentan a Devi que su madre era una vidente que salvó a esa misma criatura de la locura. Siguiendo sus huellas, acariciando su trompa y sujetándose a sus orejas para subirse a su lomo, Devi busca señales de reconocimiento en esos ojos.

Al llegar la tarde, el calor los ha dejado exhaustos. Girija Prasad ve cómo la chispa líquida se evapora de los ojos de Devi y ve a su hija abrir la boca por la sed. Pero se han quedado sin agua, incluso sin limones. Girija Prasad deja que el elefante se adelante y se detiene junto a una huella que ha dejado. Tarda un poco en asentarse. La profunda impronta contiene agua limpia, escurrida de la tierra blanda y húmeda. La recoge en la palma de la mano y le moja la cara y la garganta a Devi. Durante una fracción de segundo, Devi vislumbra el reflejo de su padre y el suyo en el agua. Eso la hace sonreír. Con qué comodidad descansa su mundo en la huella de un elefante. Igual que las islas, no es más que un reflejo pasajero en el océano del tiempo.

Agotada por el día y asustada ante la perspectiva de irse, Devi le pregunta a su padre:

–¿Estás enfadado conmigo porque mato insectos y porque rompí la muñeca de porcelana de la vitrina?

–No –contesta él–. ¿Te parezco enfadado?

–Es que me mandas muy lejos.

Él le acaricia el pelo y la besa en la frente. A diferencia de sus padres, Devi tiene unos rizos enmarañados. Un recordatorio de que es más que la síntesis de ambos.

—Yo soy un científico que se está haciendo ya mayor. Las islas son lo bastante grandes para mis investigaciones, pero demasiado pequeñas para satisfacer la curiosidad de una prometedora científica en ciernes como tú. Debes marcharte para poder volver con los últimos descubrimientos y teorías y enseñármelos... Tienes que experimentar una nevada por ti misma.

Girija Prasad le habla como lo hacen los adultos con los niños, no de científico a científica. Devi no insiste. Hasta el silencio tiene sus limitaciones. Aunque sea posible predecir patrones de separación mediante el estudio del pasado, el momento actual siempre llega como una sacudida.

Al dar su primer paso en el continente, la vida de Devi cambia de manera irrevocable. La visión de una tierra tan interminable y caótica como esta resulta sobrecogedora. Sentada junto a la ventana del tren durante tres días enteros, descubre que el paisaje casi nunca se ve interrumpido por ríos o lagos. Si Devi no supiera la verdad, sentiría la tentación de creer que tres cuartas partes del mundo son tierra. Pero sabe la verdad. Sabe de islas como las suyas, ondulantes, fragmentadas y rodeadas por el océano. Esconden verdades mayores que los continentes.

En cuanto su autobús sale de la estación de tren y empieza a subir lentamente las altas montañas, a Devi se le hace un nudo en el estómago. Resulta imposible ver los pies de las estribaciones de las que acaban de partir. Acostumbrada a enfrentarse a la vacuidad que reina en el océano, que se extiende a lo largo y a lo ancho hasta el horizonte, nunca se ha enfrentado a la misma vacuidad desde tal altura. Siente náuseas.

En el dormitorio, las estudiantes se apresuran a marcar su territorio con retratos familiares, fotografías de mascotas y otros artículos nostálgicos portátiles, como juguetes y tarjetas de felicitación. Devi no tiene nada. Aparte de la concha que le dio su padre, en sus bolsas no hay nada con valor sentimental. Girija Prasad insistió en que dejara en casa los tesoros que había recogido en la isla de Ross, el trozo de coral que había desprendido de una exposición en el museo o su álbum de plumas, hojas y flores, hasta el retrato en sepia de sus padres. Un equipaje de tal naturaleza no haría más que añadir peso al alma, según cree él.

—¿Y tu familia? —pregunta con curiosidad la ocupante de una cama cercana.

Devi le habla de Girija Prasad y de Mary.

—¿Es tu madre? —pregunta la niña.

—No.

—¿Dónde está tu madre?

Devi no sabe muy bien cómo contestar esa pregunta. Su madre es una urna de cenizas esparcidas desde todos los rincones de las Andamán. Su padre tardó alrededor de un año en viajar a los diversos extremos del archipiélago. Técnicamente, ahí es donde está su madre, o donde estuvo la última vez que se sepa.

Esa noche, oye los murmullos que corren por el dormitorio, como las corrientes turbulentas de un remolino. Los rumores luchan entre sí hasta que una niña tiene el valor de preguntárselo a Devi.

—¿Tu madre se escapó? ¿O tu criada es tu madre?

La respuesta de Devi es sucinta: una bofetada en el rostro de la niña.

Durante su primera semana en la escuela, Devi abofetea a dos estudiantes en ocasiones distintas por llamarla «huérfana». A pesar de su constitución delgada, nadie le devuelve el golpe. Es por su mirada penetrante. La mirada de su madre. Puede frenar en seco a un animal y obligar a un humano a someterse. A Devi le ponen un mote: la India Roja. No solo porque su piel quemada sea roja, sino también porque su comportamiento es tosco como el de las tribus que viven desnudas en su isla. Hay quien asegura que el padre de Devi es un jefe tribal con tantas esposas que nadie sabe cuál es su madre.

Un día, al entrar en el refectorio, un grupo de chicas mayores sentadas cerca de Devi provocan su hostilidad.

–Eh, niña, ¿nos darás una bofetada a todas si te llamamos India Roja? –le grita una.

No consiguen respuesta alguna.

–¿Nos darás una bofetada si te llamamos huérfana?

–No nos importa que una de las pequeñas nos dé una torta –interviene una tercera–. Mejor eso que los castigos de las profesoras con la vara.

Toda la mesa se echa a reír.

Al cabo de unos días, antes de la pausa para comer que precede a una tarde en el patio, Devi se escabulle de clase y se cuela en el refectorio. Vierte medio bote de kétchup en el borde oculto del banco de las mayores. Para cuando se dan cuenta, ya es demasiado tarde. Las alumnas se dirigen al patio con lo que parecen manchas de menstruación en la falda.

Devi es inmune a la disciplina. Para ella, que la azoten con la vara o la obliguen a quedarse después de clase no supone un castigo. En los momentos de dolor, huye a las islas. Se agarra a la concha –una caracola pulida de manera natural– que le regaló su padre. La caracola llena su ser del sonido lejano de las olas, transformando las montañas en las más altas e impetuosas. Las ramas desnudas parecen trozos de madera a la deriva y cada lágrima trae consigo la sal del océano.

Cuando los monzones se convierten en un trueno distante y el otoño se retira de los árboles, llegan los temblores del cambio para alterar el rumbo de Devi. La niña se despierta sangrando por la nariz un gélido día de otoño, que señalará la brusca llegada del invierno. De camino a la pila, nota un movimiento en el aire. «Qué raro», piensa mientras mira por la ventana. Es algo que se niega a identificarse.

–¿Quién eres? –pregunta.

El aire está lleno de granos hinchados de sal. Se burlan de la gravedad y flotan cada vez más alto en lugar de caer al suelo. Desafían la gravedad ganando fuerza y volumen. Lo que le sigue durante el resto del día es una mezcla de granizo, nieve y todo lo que queda entre ambos. Para Devi, la nieve siempre se parecerá a partículas de polvo, granos de polen, sal, arena o pedacitos de nubes; algo que solo puede entenderse mediante analogías. Para un animal tropical amamantado bajo lluvias iracundas y el vaivén incesante de las olas, será como un sudario que cubre la tierra de silencio.

Pronto, las enemigas se convierten en compañeras de juego. Las estudiantes se cogen de la mano para evitar resbalarse, incluso cuando se deslizan a propósito. Algunas se tragan las bolas de granizo y se las ofrecen a las demás como si fueran caramelos gratis.

Esa noche, Devi descubre que la nieve refleja la luz sobre los árboles, los muros, las farolas e incluso la luna y el cielo vacío. Entiende a qué se refería su padre cuando hablaba del brillo de la tierra. Del mismo modo que las luciérnagas y el plancton generan luz, también la tierra está bañada en su propia luz. Su padre lo llama geoluminiscencia. «El lecho del océano acoge luz en su profundo seno, y la nieve también», le había dicho.

Al día siguiente, un intenso sol obliga a la escarcha a retroceder hasta las sombras de los árboles y los bordes de los muros. Mientras la escarcha sustituye al rocío sobre la hierba, Devi espera con impaciencia el invierno.

Su primera visión de la nieve es una imagen a la que se aferrará toda su vida, igual que la concha en espiral. Su mera presencia en sus recuerdos teñirá de ternura todos los momentos que la precedieron y los que aún están por llegar.

G irija Prasad abandona la mecedora por una silla fija tras darse cuenta de que la tierra es tan inquieta y temperamental como un viejo senil. El suelo que él daba por supuesto es una corteza superficial que flota sobre un fluido interior.

A los científicos les resulta difícil afrontar la cantidad de descubrimientos que se realizan en la década de 1960. Aunque un submarino atestigua la existencia de nuevas tierras que se elevan de las cordilleras en pleno océano, sigue pareciendo imposible. El núcleo de la Tierra continúa siendo un misterio y, con él, las razones que nos llevan a vagar a la deriva, hundirnos y salir a la superficie. Son las fallas geológicas, y no los rígidos continentes, los polos rectores o los vastos océanos, las que lo mantienen todo unido. Por cada centímetro de tierra nueva creada en algún lugar de una cordillera, un centímetro más antiguo de tierra se hunde en una grieta. Son las grietas las que lo equilibran todo. Son los rotos, no los mansos, quienes heredarán la Tierra.

Cuando Girija Prasad aplica las nuevas y radicales teorías geológicas a las islas, las conclusiones son obvias. La geología de las islas es una historia de conflictos. Las islas Andamán forman parte de una zona de subducción, igual que Indonesia al sureste y Birmania, Nepal, el Himalaya y el Karakoram en el norte. Aquí es donde la placa índica se hunde bajo la asiática.

Seguramente esa sea la razón por la que las islas son el lugar más encantado que Chanda Devi visitara jamás. Igual que los continentes, la vida se niega a rendirse. Las personas siguen viviendo en forma de fantasmas, rechazando la muerte como un detalle poético para que los sentimentales hagan una montaña de ella.

Girija Prasad está sentado en su sillón con los ojos muy abiertos. La tarde anterior encontró por casualidad un artículo titulado «Fluctuación de la fuerza de la gravedad en las zonas de subducción: una hipótesis». Aunque carecía de respaldo científico riguroso, la investigación preliminar planteaba demasiadas preguntas como para ignorarla. Esta noche Girija Prasad no ha dormido. Chanda Devi lo ha mantenido despierto.

Durante los primeros meses de su matrimonio, Chanda Devi no afirmó abiertamente, ni siquiera confió en secreto a Girija Prasad, que podía hablar con los árboles. Se limitaba a hacerlo. En sus paseos juntos, a menudo se quedaba de pie junto a uno, en ocasiones riendo, en ocasiones sorprendida o con una mirada solemne. A Girija Prasad le intrigaba. La posibilidad de que un botánico se comunicara con los árboles era tan emocionante como la de que un sacerdote charlara con Dios.

En una breve caminata que hicieron juntos, Chanda Devi se paró para saludar a un viejo baniano y Girija Prasad le pidió la opinión del árbol, si es que la tenía, acerca de sus proyectos y tesis forestales. Uno a uno, explicó sus proyectos personales y sus ideas, y el árbol contestó a través de ella. El baniano consideraba que sus actos y sus conocimientos eran lógicos en gran medida, pero echó por tierra sus sueños de introducir teca, una especie foránea, en las islas. La madera de teca era la más rentable del mundo. Si fuera capaz de plantar árboles de teca en las islas Andamán, cuyo suelo y clima eran los ideales para su crecimiento, el Departamento Forestal se haría de oro.

Pero el baniano auguró que la teca resultaría vulnerable a los hongos contra los que la flora local ya se había vuelto inmune. A Girija Prasad la opinión del baniano le resultó extraña. Regresó a su invernadero y analizó todas las formas locales de hongos sobre plántulas de teca. Estas conservaron su salud. Había una razón para considerar que la teca era la madera más resistente del mundo, exportada para construir vías de tren en Alaska y viviendas elevadas en el Congo: era inmune a las infecciones. Respaldado por la ciencia, Girija Prasad siguió adelante y pidió cuatrocientas plántulas de teca de Birmania para realizar el mismo ejercicio. El experimento tuvo éxito, para gran alivio del científico.

Pasarían cinco años, hasta que Devi cumplió los tres y las plántulas de teca entraron en la adolescencia, antes de que una enfermedad misteriosa arrasara con toda la remesa, convirtiendo las hojas en un mosaico y la corteza en esquirlas de un día para otro. El responsable resultó ser un hongo que hasta entonces nadie había descubierto. Muy a su pesar, Girija Prasad aparecería en los anales botánicos como el descubridor de dicho hongo.

Con la ayuda de Chanda Devi, el rosal de rosas fucsias había hablado también con él. Como un brote tierno arrancado de su hogar en las colinas azules, había renunciado a la vida, ahogado y malnutrido dentro de una caja de madera. Pero al llegar a la isla y después de que se abriera la caja, lo que vio fue la expresión de preocupación en el rostro de Girija Prasad. Este alimentó al brote con la tenacidad de la madre naturaleza. Las rosas florecieron gracias a él.

Girija Prasad estaba sobrecogido.

–¿Por qué tú puedes hablar con las plantas y yo no? –le preguntó a su mujer.

–En espíritu, somos almas gemelas.

–Pero también hablas con los fantasmas.

Chanda Devi se rio.

–Las plantas son los espíritus más sensibles en la red de la creación. Unen la tierra con el agua y el aire, también mundos diversos entre sí. Hacen posible la vida. Razón por la cual pueden ver, sentir y oír más que otras especies, sobre todo la humana.

–Pero tú también eres humana.

–Pero ¿con quién te crees que te has casado?

Girija Prasad, aplicado científico y observador de la naturaleza, no le encontraba el sentido. Chanda Devi desafiaba todo aquello que él había aprendido.

–¿Quién soy yo? –le preguntó a ella.

–No puedo decírtelo.

–Pero eres mi esposa. Sin duda el hecho de que me ayudes no cuenta como un engaño.

–Llevamos ya varias vidas siendo almas gemelas. Pero en cada una, nuestra búsqueda del amor y nuestra lucha por hallar sentido es nueva. Por eso dispuse mi cama sobre el suelo durante todas esas noches. Tenías que ganarte tu sitio en mi corazón.

–Por cosas como esta prefiero la física a la metafísica –suspiró él–. Nadie habla con acertijos, tan solo con ecuaciones.

–Ahora mismo no tengo tiempo para ocuparme de la física –dijo Chanda Devi al tiempo que se levantaba de los escalones del porche–. Tengo el *dal** en el fuego y, si no le echo un ojo, se quemará gracias al aumento de la gravedad que hay hoy. Hace que el agua hierva en cuanto enciendes el fogón.

–¿Gravedad? –pregunta él, con la esperanza de haber oído mal.

–Las islas son muy impredecibles. La gravedad no para de cambiar. El otro día, cuando notamos los temblores, ¿te acuerdas?

---

* Sopa preparada a base de legumbres secas y divididas.

–Sí, cuando hubo un terremoto en Papua.

–Sí, sí. Esa tarde me arruinó el *dal*. Me llevó casi media hora calentar el agua... ¡y luego se puso a hervir, así sin más!

Girija Prasad era un explorador con una curiosidad lo bastante amplia y honda como para tragarse el mundo entero si se le presentaba la oportunidad. Había pasado su juventud realizando caminatas por los Alpes y el Himalaya, nadando en el Mediterráneo y ansiando deslizar los dedos sobre las arenas arábigas cuando su barco atravesó el canal de Suez.

Pero las islas... las islas fueron su primer amor. Con tan solo ocho elefantes y dos baúles llenos de libros y artículos para ofrecer como dote a la novia, las instó a sucumbir a su curiosidad. Las islas se negaron.

Al final lo dejó correr, consumido por su mujer. Sus contornos albergaban en su interior un universo totalmente distinto, aunque vinculado al de él. La mirada de ella no era de otro mundo. Era el otro mundo en sí.

Sin haber cumplido aún los cincuenta, Girija Prasad vuelve a encontrarse solo. Corteja a las islas para que estas sucumban una vez más a su curiosidad. Para que le revelen los misterios de la gravedad, que le expliquen cómo ha ocurrido todo y, una vez conseguido, por qué él fue creado como un pico solitario.

Con las carreteras y los canales nuevos, Girija Prasad dedica su tiempo a conducir, caminar y nadar sin rumbo alrededor de las islas. La Cárcel Celular es ahora objeto de mofa y la isla de Ross está en ruinas. Los arrozales y las chozas han invadido la selva. Los caminos de barro son ahora carreteras asfaltadas. Hay tiendas. Hay extranjeros. Hay basura. Le genera dolor ver sufrir así a las islas. Puede que Girija Prasad –que se cuelga de un día y luego de otro como si estos fueran las ramas de un árbol– haya seguido adelante, pero tan solo para enfrentarse a la mayor ironía de la vida: lo que uno consideraba que eran amores del pasado resultan ser las aventuras amorosas más largas de la vida.

Durante todas sus exploraciones, las islas le devuelven su mirada expectante. «¿Dónde has estado todos estos años?», parecen decirle. Por debajo del tono acusatorio hay un afecto tenaz, porque las islas nunca abandonaron a Girija Prasad y en realidad este tampoco las abandonó nunca.

En la isla de Ross, pese a que los fantasmas se tapaban la nariz y fingían indiferencia ante la presencia de Chanda Devi, todo era puro teatro. Así que cuando vieron que Girija Prasad regresaba solo, se alarmaron.

Tras descifrar la tragedia, se reunieron para rezar por Chanda Devi en la iglesia sin techo. «Su fallecimiento –declaró el pastor– supone el fin de una era. Los fantasmas viven en la medida en que viven los clarividentes.»

El fantasma de un boticario empatizó con el dolor de Girija Prasad. Su propia tumba descansaba rota en el cementerio, junto a las de su mujer y su hija. Aunque había dedicado toda su vida adulta a preparar medicamentos, cuando le llegó el turno de salvar la vida de su mujer y de su hija de tres meses se había mostrado impotente. El agua de la isla de Ross era veneno para los débiles. En un solo año se había llevado a su joven familia. Con gran desesperación, el boticario descubrió que ni siquiera la muerte podía hacer que se reuniera con ellas. Sus almas se habían marchado a otras vidas, mientras que la de él permanecía en la isla de Ross. Fue él quien se enteró de la tragedia de los Varma e informó a los demás, del mismo modo que Girija Prasad había reconstruido la historia del boticario leyendo las lápidas.

Han pasado dos décadas y el boticario conserva el hábito de seguir a Girija Prasad. Un atardecer, camina detrás de él y se detiene cada vez que él lo hace. Girija Prasad se da la vuelta y se dirige hacia él. Avanza con tanta determinación que el boticario se pregunta si puede verlo. ¿Es posible que el científico con el corazón roto haya inventado una manera de ver a los fantasmas?

Los dos permanecen de pie, frente a frente. Girija Prasad clava la mirada en los ojos apagados del boticario. Este nota como la vida alarga las manos hacia él. Nota una humedad cálida sobre los pies. Se da cuenta en ese momento de que se halla de pie entre un hombre que se está aliviando y un árbol.

Durante un largo y solitario paseo, Girija Prasad se sorprende al encontrar los versos de un poema garabateados en la arena blanda, justo donde rompen las olas. Alguien está escribiendo versos. Escrita en una cursiva arcaica se halla la epopeya del océano. Son los renglones medio borrados y los huecos llenos de arena los que desatan su imaginación, atrapándolo en su torbellino.

Busca al Poeta. Recorre a la carrera toda la orilla, incluso el camino situado tras la curva. Trepa por el acantilado del otro extremo y otea el horizonte. Reflexiona sobre todo ello: el océano, el cielo, los versos.

> Benditos los que lloran
> porque la sal de ella brota de sus ojos.
> El océano sigue viviendo en sus historias
> mientras ellos vagan y fluyen en el reflujo de ella...

Girija Prasad no ha llorado desde que ella murió. Las lágrimas tardarán años, si no décadas, en llegar. Aunque sin duda un día lo harán. El océano brotará de sus ojos.

Mary abandona la casa del monte Harriet al recibir una carta de Rangún instándola a regresar. Su hijo, el niño al que dejó atrás hace veintitrés años, la ha mandado buscar.

–Tú no tienes familia, Mary –implora Girija Prasad cuando ella se lo cuenta. Teme que también Mary se haya evadido hacia el pasado, como él.

–El futuro de Devi está en el continente –le responde Mary–. En cuanto termine sus estudios, cásela con alguien.

–¿Y qué me dices de tu futuro?

Ella aparta la mirada. Empieza a pasar el trapo por la vajilla que ha puesto a secar en la mesa del comedor. Ha mantenido el elaborado ritual de poner la mesa en cada comida. Es su forma de arrastrar a Girija Prasad fuera de su estudio, de recordarle la existencia práctica de tenedores y cucharas.

–Tenía un hijo –dice en un tono más elevado–. Lo he tenido durante todos estos años y ahora vuelvo a tener un hijo. Es estudiante, pero el dictador lo ha metido en la cárcel... Como a los presos de la Cárcel Celular... No sabe si algún día lo soltarán.

Él la ayuda a despejar la mesa antes de sumergirse de nuevo en sus horas de soledad. Perdido entre las estanterías, se pregunta qué habría hecho Chanda Devi, la compasiva, en esta situación.

Ese mismo día, Girija Prasad le entrega a Mary un morral.

–Dentro hay dinero suficiente para el viaje –dice–. También un par de pendientes de la señora y un collar. Vende los pendientes cuando llegues. Contrata a un abogado para luchar por tu hijo. Si los principios de derecho no existen, reza. Vende el collar cuando liberen a tu hijo. Asegúrate de comprarle un billete para salir de Birmania... y otro para ti. Son tiempos violentos en tu país.

»El bote que va a Birmania atraviesa aguas abiertas. No comas nada para tener el estómago vacío, y si te mareas chupa un limón.

Cuando llega el momento de partir, Girija Prasad la acompaña a la puerta de salida. Mary se agacha para tocarle los pies a su señor. A su vez, él le acaricia la frente.

–Gracias –dice él.

–Gracias –contesta ella.

La vida en soledad, después de la partida de Mary, resulta ser más fácil de lo que él había pensado. La casa del monte Harriet no se ha desmoronado, aunque se ha instalado en ella un aire de decrepitud.

Ahora que está solo, no siente la necesidad de llevar ropa. Girija Prasad aprecia la sabiduría nativa que se esconde tras la desnudez. La ropa recargada, y una cultura que la crea con recargadas nociones de modestia, es el paraíso de los necios, no el paraíso tropical. También empieza a bañarse y a hacer pis en la naturaleza, alimentando el suelo con su propia gratitud. Sin embargo, la hora del té sigue siendo sacrosanta. El té siempre se toma en el porche, servido con una tetera de cerámica y acompañado de galletas, puesto que resulta difícil conseguir tartas en esta parte del mundo.

Ha dejado por completo de leer libros. En su lugar los hojea, notando el pulso de las páginas entre sus dedos. Apasionado artista desde la infancia, Girija Prasad era demasiado tímido para entregarse a su arte en público. Ahora que está solo, se pone a hacer bosquejos allí donde el corazón lo lleva, y deja a su paso un rastro de virutas de lápiz y papeles arrugados. Teme que el rostro pueda desaparecer de sus recuerdos si no medita sobre él a diario.

Los ojos son imposibles de reproducir sobre papel. Chanda Devi abandonó el mundo con los ojos abiertos y él se negó a permitir que cualquier gurú o familiar se los cerrara a la fuerza. Su mirada permanece enfocada, para siempre inquebrantable. En ocasiones, el padre se topa de nuevo con la mirada de la madre en los ojos de su hija.

Cada retrato supone un descubrimiento. Es un fósil, recuperado de entre la grava de recuerdos y obsesiones. Toda creación, se siente tentado a extrapolar, es una forma de autodescubrimiento. El rostro que busca no puede desvincularse del lienzo de la historia natural. Nacido de una imaginación que precede a la división de la vida en animales, plantas y setas, el rostro está incompleto. Pertenece a una época en la que la vida podía comulgar con todas sus posibles formas, porque toda vida era una sola.

Se ha sometido al curso de la naturaleza: el sendero le atraviesa el corazón de manera literal. Una noche se despierta con un extraño picor en el pecho. Es una escolopendra de treinta centímetros que se arrastra sobre él. Contiene la respiración. El movimiento de cien patas es semejante al de una ola que rompe en la orilla, mientras la espuma se despliega de un extremo al otro.

Como un insecto atrapado en la red de su propia creación, Girija Prasad ha sufrido toda su vida. Solitario por naturaleza, temía la soledad. Ahora, desnudo y solo, Girija Prasad cruza a trompicones una línea invisible. Una línea que no separa este mundo de los demás, sino que los incluye a todos.

En el monte Harriet, Girija Prasad experimenta la soledad de un archipiélago.

Devi se sorprende al ver el estado en que se encuentra su padre. A diferencia de otros adolescentes, que se rebelan marchándose de casa, lo que ella hace es amenazar con volver.

Ha regresado a casa para las vacaciones de mitad del trimestre. Y ahora que está aquí, el padre y la hija recuperan sus días de salir a explorar, siguiendo elefantes y flotando en su mar Muerto. Pero Devi no se adentra en el agua más allá de la cintura. Ha renunciado a nadar tras un incidente en un pícnic hace unos meses. Había ido a una cascada con sus amigos un domingo. Confiada, había nadado más lejos que nadie. Los demás la siguieron. Nadie era consciente del remolino que acechaba bajo las olas. De pronto, notó una mano que la agarraba del pie y tiraba de ella hacia abajo con pánico. Cuanto más se esforzaba Devi, más se hundía. Pateó y pateó hasta que la mano la soltó.

Girija Prasad lleva a su hija a dar largos paseos en coche, no solo a pie. La lleva a su más reciente hallazgo: un hueco en la piedra que queda sobre las aguas de un verde jade, reconfortantes y transparentes como una pecera. Permanecen juntos en el acantilado, contemplando alternativamente el cielo nítido por encima y el mar aún más nítido abajo.

—Salta conmigo —dice él al tiempo que le tiende la mano.

—¿Vestida?

Con veinte años, no cabe esperar que Devi se bañe ya desnuda.

–Hija, la ropa se seca con el sol. Es un hecho de la vida.

Devi vacila. No es capaz de hacerlo. Girija Prasad la coge de la mano. Le hace una seña para que dé un paso adelante. Antes de que las lágrimas puedan asomar a sus ojos, Devi ha alcanzado el agua allí abajo. No le hace falta nadar. La mano de su padre tira de ella hacia la superficie y la lleva hasta las rocas.

En el largo y mojado camino de vuelta a casa, ella habla sin rodeos.

–Mientras me ahogaba, contuve la respiración. Podrían haberme explotado los oídos con el sonido del latido de mi corazón.

–Cuando estabas en el útero de tu madre, yo apoyaba la oreja en su tensa barriga para oír tus latidos. Sonaban tan fuerte que incluso yo temía que me explotaran los oídos.

–Tuve miedo –dice ella–. Tenía los ojos abiertos pero lo veía todo negro. Lo único que oía era mi corazón... Mi compañero de clase... ¿lo maté?

–No. Por muy buena nadadora que seas, no estás entrenada para rescatar a alguien que se ahoga.

Devi se queda callada. El sol ha empezado a descender.

–Papá –pregunta ella–, ¿fui yo la que provocó la muerte de mamá?

Girija Prasad está molesto con los profesores de Devi. ¿Hasta qué punto deben de ser pobres sus enseñanzas, cuán insensible debe de ser su actitud hacia los alumnos, como para que ella vuelva a casa con preguntas semejantes? Está molesto con Mary por haberlos abandonado. Está molesto consigo mismo, porque le resulta imposible encontrar una respuesta.

La carretera atraviesa una selva. En lugar de palabras, lo único que encuentra son árboles, imponentes, antiguos, impenetrables bajo la luz menguante.

–Sucedió hace mucho tiempo, antes de concebirte –dice él al cabo–. Paseábamos por la selva que rodea los volcanes en miniatura en las Andamán del Medio. Encontré a tu madre acariciando el tronco de una palmera. Era una *Corypha macropoda* en las últimas etapas de su vida. En cuanto florece, muere. Ella me preguntó por qué. Así era cómo habían evolucionado los árboles, le expliqué. Algunos habían pasado de producir cientos de semillas con una probabilidad de sobrevivir cada vez menor a florecer una sola vez, pero asegurándose de que las semillas sobrevivían dándoles lo mejor de sí mismos... Ahora me doy cuenta de por qué me hizo esa pregunta. Como ser humano, no puedo ver más allá de la vida y la muerte. Pero como botánico, entiendo lo limitantes que pueden resultar para nuestra comprensión los ciclos vitales individuales. La naturaleza es un continuo. Así es como prospera.

Girija Prasad quiere decir algo más. Pero es incapaz. Toda su vida, por lo visto, es un salto de un mundo a otro, de un día a otro, de un paisaje a otro. Está fragmentada y dislocada como las islas. Con el tiempo, ha aprendido a dragar significado, a veces incluso fe, del océano de vacuidad que lo rodea.

Devi lo entiende. Ella misma ha crecido al borde de ese océano y se ha sumergido a lo largo, a lo ancho y a lo hondo en esa misma búsqueda.

Al final de las vacaciones regresa a la facultad.

En la facultad, en lugar de los libros Devi prefiere estudiar las flores y las nuevas sensaciones que trae consigo la juventud. Se mira a menudo en el espejo y evita el sol de la tarde. En su visita anual al monte Harriet un año después, todas las noches Devi coloca bajo su almohada un hibisco conservado de manera impecable. Su padre le pregunta el motivo.

–Es de un amigo –dice ella.

–¿Cómo se llama?

–Vishnu.

–¿De dónde es?

–De las montañas. En la frontera entre Sikkim y Nepal.

Esa misma noche, Girija Prasad reflexiona sobre el hibisco. Los pétalos marchitos no tardarán en arrugarse. En un clima cálido como este, para cuando ella se marche no quedará más que el tallo. ¿Y qué hay de él, el coleccionista de recuerdos efímeros? ¿Esperará, o acaso sus sentimientos languidecerán, como los recuerdos con los que carga?

–¿Por qué no invitas un día a Vishnu a tomar el té en el monte Harriet? –le pregunta a su hija durante el desayuno a la mañana siguiente.

–Vive a seis días de distancia –responde ella–. Tres días en barco, dos en tren y un día por carretera montaña arriba.

Al percibir sus dudas, él dice:

–Te has educado en las montañas. Te gusta la nieve.

–Las islas son nuestro hogar.

Girija Prasad se queda callado.

–Papá, esta vez tus árboles y tú no podréis convencerme.

Pero allí donde los árboles fracasan, las flores triunfan. Devi se derrumba con la fragancia de la magnolia que Vishnu ha arrancado de su jardín y ha conservado como retoño. Vishnu quiere que Devi la huela como planta viva. Quiere que su amor crezca.

Tras su graduación, Devi y Vishnu van a las islas a registrar su matrimonio, con Girija Prasad como testigo. Ha llegado el momento de que él trabaje en su último retrato, un regalo de boda para su hija. Todo se une como hizo una vez Pangea en un sueño, décadas atrás.

Chanda Devi ha experimentado el envejecimiento a través de los trazos de Girija Prasad. Si siguiera con vida, este es el aspecto que tendría en el día de la boda de su hija. El artista se ha tomado la libertad de vestirla con el sari que llevó en el día de su propia boda. El papel se ha fabricado especialmente para la ocasión. Es una mezcla de padauk de las Andamán, pétalos de rosa y azafrán. A Chanda Devi le encantaba hablar con las plantas. Girija Prasad alberga la esperanza de que estas le susurren sus propios pensamientos.

La vida y la muerte son un continuo. Nadie lo ha estudiado con tanto detenimiento como él.

«Todos tenemos que cargar con dos destinos hermanos: despedirnos de nuestros seres queridos y abandonar nosotros mismos a nuestros seres queridos —escribe en una carta que acompaña el regalo—. Que eso no enturbie el destino mayor que todos compartimos: los momentos fugaces que pasamos juntos.»

Es uno de esos escasos momentos en la vida de Devi en los que Teesta, su hija de cuatro meses llamada así por un río de Sikkim, no siente deseos de alimentarse, orinar o llorar. Para Devi es un alivio poder dormir. En su sueño, ve a un hombre, mayor y desnudo, flotando en el océano. Enseguida reconoce el azul. Se extiende más allá de la playa del monte Harriet, donde el cascarón de la isla se desliza y cae abruptamente.

El hombre tiene las extremidades extendidas en cuatro direcciones. Su rostro está en calma y esboza una leve sonrisa. Devi conoce a este hombre. La visitaba en sus sueños durante los largos viajes de ida y vuelta, cuando era estudiante. ¿Dónde habrá estado todos estos años?, se pregunta. ¿Por qué la abandonó cuando ella se hizo mayor? Su mera presencia, incluso en sueños, siempre la había tranquilizado, pero hoy, en el sueño, Devi grita: «¡Papá!, ¡papá!»

Teesta se pone a llorar. Vishnu consuela a su mujer y a su hija.

—Solo es un sueño —le dice a Devi—. ¿Por qué no lo llamas?

—Hija, por lo que dices yo sonreía en tu sueño —le dice Girija Prasad por teléfono—. ¿Por qué te preocupas?

Devi está alterada. Quiere ir a verlo pero debe esperar a que Teesta tenga seis meses.

–Papá –dice–. Buenos días. –Palabras que han sido un ancla en las mañanas de Girija Prasad, y que nunca le han fallado para sacarlo de un abismo de sueños, recuerdos y desesperación.

–Pero si son las tres de la madrugada –dice él–. Tendría más sentido darme las buenas noches.

–No vas a ir a dormir, lo sé. Lo más probable es que te prepares té y estudies toda la noche.

–Oigo llorar a mi nieta. Igual le gustaría acompañarme en mis investigaciones nocturnas.

Devi sonríe.

–Sería una ayudante muy obstinada. Se niega a cooperar. Te quiero –añade en el silencio.

–Yo también te quiero, ángel mío –contesta su padre.

Es la primera vez que Girija Prasad ha pronunciado esas palabras. Para él, son la abreviatura contemporánea para expresar una emoción que la gente mayor como él ha dedicado toda una vida a silenciar.

En una hora o menos, la oscuridad comenzará a menguar. Los cuervos y los pájaros despertarán a los muertos y la marea alta se retirará.

Girija Prasad sale fuera y recoge hojas de menta fresca para su té. Sentado en el porche, nota una repentina disminución de la temperatura y un cambio opaco en el cielo. Todo ello indica la llegada de un visitante inesperado. Se sirve una taza de té de antemano. Antes de apoyar los labios en el borde, se encuentra una abeja que flota en el interior. Está en las últimas etapas de su lucha. Aún bate las alas, pero ha dejado de mover el torso. Girija Prasad la retira con una cuchara y la deja en una maceta cercana.

Ya no puede beberse el té. Aunque no tiene remilgos para compartir su té con insectos, esta taza se ha visto contaminada por una lucha fútil. Se levanta a preparar otra tetera, esta vez con limoncillo y jengibre. El intenso sabor es el adecuado para el recién llegado.

Cuando regresa, el invitado ha llegado. Se ha puesto a llover. Pero la lluvia es poco común, distinta al melodrama tropical al que está acostumbrado. Es una lluvia sin viento, sin nubes.

—¡Lluvia de montaña! —exclama.

A grandes alturas, es la niebla la que transporta la lluvia.

Se queda de pie en el jardín, en medio de la niebla. Gotas de lluvia tiesas como el bambú conectan el cielo y la tierra, mientras él sigue allí de pie. Caen en medio de un silencio total, tan silencioso que Girija Prasad oye su propia respiración. Han alimentado los ríos del Himalaya desde su nacimiento y ahora le toca a él. Las delicadas gotas le mojan la frente, los labios, las extremidades.

Con una sola llovizna, las lluvias de la montaña limpian las redes que Girija Prasad ha construido a su alrededor y lo llenan de un ansia de visitar al dios de todas las montañas: el Himalaya. Porque él es Girija, el hijo de las montañas.

Es un mes de anhelos y frustración. Un mes de desafiar a las incesantes lluvias horizontales que llegan desde lugares tan alejados como la Polinesia en el este y, cada vez más, desde Zanzíbar en el oeste. Lluvias que señalan que el sol ha muerto y, con él, el resto de las estaciones. Lluvias que son un preludio de la toma de control por parte del océano.

Es un mes de fregar de manera incesante los suelos, de abrir y cerrar ventanas en pleno delirio, de colocar cubos bajo las grietas que van cambiando de sitio en el techo, de limpiar el moho con las manos desnudas y secar pañuelos sobre el fogón. Un mes de hablar en alto con los cielos, por si los monzones sofocan tu voz interior.

Es hora de aceptar el reflejo del espejo y unir las manos con la propia sombra. Es el mes en el que Girija Prasad llevó a Chanda Devi a las islas. Es el mes de junio.

Girija Prasad atraviesa la espesura, abriéndose camino hasta la playa situada bajo el monte Harriet para nadar. Acaba de dejar atrás los búnkeres japoneses cuando lo alcanza un trueno subterráneo. Los búnkeres saltan por los aires. Igual que sus pies, antes de aterrizar al lado de la cabeza. La nariz le queda enterrada bajo la ingle cuando un árbol interrumpe su caída.

La tierra vuelve a sumergirse en su letargo tan rápidamente como se ha despertado. A su paso, una grieta ha aparecido en su camino. Delante de él, la tierra se ha abierto como una cáscara de huevo. Así que Girija Prasad dobla su *sarong* y su ropa interior y coloca encima su bastón, antes de arrastrarse a gatas al interior de la grieta. No quiere ensuciarse la ropa, pues su intención es retrasar la colada hasta que llegue el momento en que Teesta, su nieta, lo vaya a ver.

El vapor, una mezcla espontánea de humedad y barro, se eleva a su alrededor. Las escolopendras y las lombrices de tierra, dueñas del inframundo, están tan desconcertadas como él. Reptan unas por encima de otras, aferrándose a los helechos y las hojas que cuelgan de las copas. Girija Prasad se mira ansiosamente los testículos mientras contempla las sanguijuelas del monzón.

Va a la caza de fósiles o de alguna otra clase de indicio, tal vez un nuevo tipo de roca. Pasa la mano por los estratos expuestos. Busca la huella fantástica de una especie aún por descubrir. Aunque todavía no se ha documentado, sospecha que el lecho marino se ha abierto en el este del mar de Andamán. Tiene que ser así. Es el empujón que completa la pendiente. No obstante, lo único que parecen conocer los científicos es la zona de subducción que queda hacia el sur.

Se rinde. Sale arrastrándose. Los árboles han caído a su alrededor. Siguen cayendo, utilizándose mutuamente como soporte para amortiguar la caída. Percibe el olor de la marea baja en la distancia. Deja atrás el chillido colectivo de los pájaros a medida que se acerca a la playa.

Se detiene de golpe, conmocionado.

El océano se ha retirado dentro de su caparazón. Las algas y el coral relucen bajo el sol de la tarde, mientras los peces varados saltan arriba y abajo, boqueando. Incapaces de gritar, parecen embargados por unas ansias irrefrenables de bailar bajo el sol.

Se acerca al agua. Sigue las huellas que el agua ha dejado:

charcos poco profundos entre el lecho de rocas. La fuerza de las corrientes que reculan ha creado un universo extraño. Ha empujado a un pulpo, un pez aguja, un langostino tigre y un erizo de mar hasta unirlos en un abrazo inextricable. Depredador y presa permanecen irremediablemente entrelazados. Girija Prasad se queda maravillado ante la inteligencia del pulpo hembra, que va liberando sus tentáculos uno a uno.

Avanza. Lo distrae su propio reflejo, que le devuelve la mirada desde una fina sábana de algas y agua. A pocos días de cumplir cincuenta años, se ve más viejo de lo que se imaginaba. Tiene la piel quemada y arrugada debido a las excursiones tropicales. Se está quedando calvo. Tiene los hombros encorvados. La carne le cuelga de los huesos, avergonzada, ocultando la verdadera profundidad del envejecimiento interior.

Se ha encontrado varias veces con este hombre. Durante la época más dura, una visión emergía reptando del océano para calmarlo, le acariciaba la frente, lo cogía de la mano. No sabía quién era, aunque sí sabía que no era ni un dios ni un fantasma. Había quedado demostrado más allá de cualquier duda que Girija Prasad no podía comunicarse con ninguno de los dos.

Pero no está preparado.

Todavía tiene que conocer a su nieta. Todavía tiene que abrazar a su hija y a su yerno por última vez. Ni siquiera ha regado las plantas del invernadero desde hace dos días. Si no lo hace esta noche, podrían morir. Desde las espirales del tiempo, la voz de Chanda Devi regresa para resonar en las espirales del oído interno de Girija Prasad.

—Eso es hacer trampa —dice. Porque cuando llega la hora, llega la hora.

A juzgar por el volumen y la distancia del retroceso del océano, calcula que lo más probable es que un tsunami golpee la playa en diez o quince minutos.

Esto le deja dos opciones. Puede regresar a la carrera al borde de la playa, empezar a subir el monte Harriet y trepar a un árbol; una posición ventajosa. O bien puede seguir adelante. Muy cerca de la playa, la tierra cae verticalmente como un acantilado. Porque, ¿cuántas veces ha podido un hombre observar el lecho de un floreciente océano sin el océano, aunque luego no vaya a quedar documentado?

Ambas opciones implican echar a correr. Y Girija Prasad no está de humor para sudar. Este es un momento para saborearlo, hasta la última célula y el último átomo. En medio del océano, el tsunami tan solo puede experimentarse como una ondulación extraordinaria. Es en las playas en pendiente como esta donde llega en todo su esplendor: destructivo e impresionante.

Tras debatirse entre ambas opciones, se decide por la única posible. No dispone de tiempo para pasear entre los moluscos y los corales que han quedado al descubierto, distracciones líricas de la verdad que está a punto de llegar. No dispone de tiempo para pestañear, y mucho menos para darse la vuelta y lanzar una última mirada a su hogar.

Una línea se extiende de un extremo al otro del horizonte. Por lo que él sabe, se extiende más allá del horizonte: se sabe que los tsunamis dan la vuelta al mundo entero y regresan a la grieta original.

Los gritos de los pájaros se han intensificado. Han tomado los cielos empujados por el pánico, como corrientes fangosas que proclaman una inundación.

El agua golpea la placa de la isla con un silencio puro y sobrecogedor. Puede que el universo cobrara vida con un estallido, pero las posibilidades se concibieron en silencio. Con el tiempo, todo se desvanecerá. Las islas, sus civilizaciones, el coral, el océano. Lo único que quedará será el silencio.

Se yergue. Girija Prasad permanece de pie mientras se acerca. Cada vez más cerca, el bucle deja de ser una mera forma. Es tejado y suelo al mismo tiempo. Es el útero mismo del océano, que busca vida nueva a la que alimentar.

Hace muchísimo tiempo, en un día como este, Girija Prasad perdió a Chanda Devi. Hacía un calor insoportable, cuarenta y dos grados centígrados para ser exactos. Él se quedó de pie, solo, en medio de un pasillo ajeno, separado del resto del hospital. Aun así, el abrumador olor a sangre se imponía sobre todos los demás. Igual que la calidez y la ternura de la piel de su esposa, declarada muerta.

Frente a él, la ventana encuadraba un mundo completamente distinto. El viento avivaba el infierno y azotaba las raíces aéreas del baniano que crecía en el exterior. Un papagayo solitario montaba guardia en el alféizar de la ventana.

–Quizá la señora Papagayo ha puesto huevos en la cofia de la enfermera –le susurró a Devi, acurrucada entre sus brazos.

Por el bien del bebé, se había prometido no derrumbarse. Desde que Devi había llegado al mundo, Girija Prasad no había llorado nunca.

Ahí de pie, cara a cara frente al tsunami, lo distrae una rigidez juvenil. Tiene una erección: en un ángulo recto perfecto con respecto a sus piernas, señalando justo hacia delante. Se ríe. Los ojos se le humedecen. Girija Prasad derrama una lágrima.

Y el agua se lo lleva.

FALLA GEOLÓGICA

La mañana del día en que detienen a Platón, en el aire acecha la posibilidad de un ciclón. El agua se ha condensado en las paredes y gotea sobre su colchón de paja, empapando su *longyi* que siempre se le mueve. Platón se despierta en su momento preferido: un descenso inesperado de la temperatura, cielo encapotado y olor a tierra húmeda, mezclado con cidro e incienso.

Mientras se cepilla los dientes en el jardín descuidado, una lombriz de tierra le trepa por las zapatillas, suave, tierna, tan impaciente ante la llegada de la lluvia como el propio Platón. Él la salpica con agua.

—Espera —dice mientras se la sacude—. Espera un poco más.

Ese mismo día, comparte por casualidad su mesa con una desconocida en una tetería situada al borde de un camino. No intercambian una sola palabra. Platón parece estar absorto en la lectura de *El extranjero* de Camús e ignora la *samosa** y el té que hay sobre la mesa, como si no fuera él quién los hubiera pedido. Ella deja vagar la mirada mientras silba una tonada, ajena a los pensamientos de él. Como todas las mujeres birmanas, se ha pintado la cara con *thanaka*** con la esperanza de conservar la palidez de la piel. Aunque no está lo bastante cerca

---

* Empanadilla de forma triangular de harina de trigo que se sirve frita con diversos rellenos.
** Estilo de pintura en el que se presenta a una deidad budista.

como para aspirar su aroma a madera de sándalo, Platón sabe que la peculiar química de su piel lo ha alterado. No hay nada fuera de lo común en su ropa o su aspecto. Lleva una blusa rosa y un *longyi* a juego, con una flor de frangipani prendida en el pelo. Pero también lleva un reloj de pulsera y un pendiente de perla, señales, igual que el esmalte de uñas rosa, de que se trata de una chica de ciudad.

Platón nunca antes ha oído silbar a una mujer. Le resulta chocante, pues no encaja en su idea de lo que se supone que debe ser una dama. La chica tamborilea con los dedos al ritmo de la tonada, ajena a los asuntos de la mesa. «¿Y ahora qué? –se pregunta él–. ¿Tendrá la osadía de encenderse un cigarrillo?»

Hay en ella algo impredecible, algo en su forma de silbar y su indiferencia ante la presencia de él. La facilidad con la que perturba los siglos de polvo que cubren a los peatones y las plantas, los muebles de teca destartalada, la espera mientras la sirven, todo a su ritmo. Esa noche, Platón se dormirá pensando en ella, pese a que haya ignorado el temblor de sus manos al esforzarse por sostener el libro recto.

Los amigos de la universidad de Platón lo animan a abordar al objeto de su deseo. Él tiene todas las cualidades de un pretendiente digno, le aseguran: una sonrisa contagiosa, facilidad de palabra. Platón está atento a la existencia de la belleza a su alrededor. Pero le falta valor.

Horas más tarde, solo en su habitación compartida, una unidad de inteligencia militar de paisano lo detiene. Solo deja el libro a un lado cuando le ponen las esposas. Se pregunta si sus compañeros de piso ya lo sabían. ¿Por qué otra razón habrían desaparecido de escena? Incluso si lo sabían, Platón los habría perdonado por mantenerse a distancia. Tienen padres, hermanos y familias por las que temer. A diferencia de él, que es huérfano.

Todos los estudiantes del grupo de resistencia clandestino

son arrestados e introducidos en una furgoneta que sale de la ciudad antes de medianoche. En medio de la incertidumbre y la oscuridad, a Platón la ruta le resulta familiar. La furgoneta atraviesa un desvío embarrado que lleva al monasterio del bosque al que acudía con frecuencia su abuelo.

Eso le recuerda la época en la que se quedaba de pie en un extremo del monasterio y miraba. Por entonces era aún un niño que evocaba otros mundos para explicar este. La selva era un lugar en el que reinaban los tigres, los cocodrilos, los *nagas* –serpientes dragón– y los espíritus Nat. Aquel era el lugar de Platón. Su madre, que también era una *naga*, había adoptado forma humana para darlo a luz. Su padre, otro *naga*, era una serpiente marina. Los terremotos, los remolinos, los ciclones eran cosa suya, mientras se desplazaban a través de sus madrigueras de serpiente.

El abuelo de Platón falleció hace dos años, ocho meses después que su abuela. A ella la mató un ataque al corazón, pero Platón se preguntó qué era lo que había matado a su abuelo. ¿Fue la soledad? ¿O el tedio de envejecer?

Por lo que le han contado, su propio padre murió antes de nacer él. Su madre abandonó a Platón para empezar una vida nueva con otro hombre. A efectos prácticos, se convirtió en un huérfano. Puesto que no tenía más familia, ingresó en un monasterio. Se rapó el pelo e intentó meditar. Al cabo de una semana, huyó del lugar y se matriculó en la Universidad de Rangún. Los huérfanos, se había dado cuenta, necesitaban vínculos humanos, distracciones cotidianas y excusas a las que aferrarse. No el vacío metafísico postulado por un príncipe que lo tuvo todo: reino, palacio, padres, mujer e hijos, solo para renunciar a ello.

En el campus se unió al movimiento clandestino. Inspirado por el comunismo, orquestó tres huelgas en dos años. Como miembro activo del sindicato de estudiantes, escribía, editaba y distribuía panfletos con el pseudónimo de Platón, un hombre que creía que los verdaderos reyes eran los filósofos, y no los generales del ejército. No tardó en dejar de utilizar o responder a su nombre real. Sus padres, explicaba con orgullo a los demás, eran rebeldes comunistas que se ocultaban en las colinas de Shan. Aquellos orígenes revolucionarios impresionaban a las chicas.

Mientras el ejército los lleva a todos al interior de la selva, Platón no puede evitar la extraña sensación que lo embarga. El ciclón que se había formado en el mar de Andamán se ha desplazado al oeste, hacia la costa india. La chica con la que compartió su mesa ha salido de su vida tan despreocupadamente como había entrado. Nunca terminará de leer *El extranjero*. La lombriz de tierra que se le ha subido a la zapatilla esa mañana ahora le lleva ventaja: es libre.

Los soldados detienen la furgoneta y les ordenan que avancen por la densa espesura verde. Platón está nervioso y excitado. En todas sus fantasías infantiles, la selva era el lugar al que pertenecía. Bajo la tenue luz de la luna, los estudiantes esposados tropiezan y caen mientras se abren paso a través de arroyos y zanjas, junto a enredaderas que cuelgan como sogas vacías. Bromean y cantan para mantener alta la moral, pero rezan por lo bajo.

Al llegar a un claro entre los árboles, a los más ruidosos los colocan en fila. A su líder, un estudiante de Medicina, le disparan a bocajarro. Esa noche asesinan a más de veinte personas. A los que quedan vivos los mandan cavar un hoyo alargado. Los obligan a lanzar dentro los cadáveres, más pesados que los cuerpos vivos. A continuación, los mandan saltar dentro también a ellos.

Aunque los soldados no lo han tocado, Platón está sangrando. Las sanguijuelas prefieren la sangre cálida de los vivos a la de los muertos. Empapado de la sangre de los demás, mientras las sanguijuelas le chupan la suya, Platón tiene una visión. Ve a una mujer, sentada sobre un saco de arroz, que se balancea mientras reza. Está en una pagoda y le da la espalda. Él sabe de quién se trata, aunque nunca antes la ha visto. Su mera presencia le provoca temblores internos. Temblores violentos e incontrolables que lo devuelven a la vida. Sabe que aún no ha terminado. Una historia sin resolver lo mantendrá con vida.

Antes del alba, los soldados sacan a los vivos del hoyo. Los llevan a la cárcel de Insein, en Rangún, para interrogarlos. Platón se sienta en la furgoneta con más de cuarenta sanguijuelas colgándole del cuerpo. Le succionan la sangre de las nalgas, le reptan hasta los lóbulos y el cuero cabelludo. Dos sanguijuelas le chupan sangre en el ombligo.

La furgoneta hace un alto en el camino. Los oficiales y los soldados bajan para desayunar. Solo uno se queda atrás para vigilar a los prisioneros. Por su aspecto, debe de tener veintitantos años, un poco mayor que Platón. Una vez solo, el soldado es incapaz de soportar por más rato lo que ve. Enciende un puro y se pone a quemar las sanguijuelas del cuerpo de Platón. Le frota las heridas abiertas con agua que huele a tabaco.

—El olor del tabaco espanta a todos los insectos salvo a los humanos —bromea.

Arranca pedazos de un periódico y los dispone sobre las heridas de Platón en un intento de contener la hemorragia. No sirve de nada. El soldado le dedica una sonrisa de disculpa cada vez que un fragmento empapado cae al suelo.

El sol ha salido, pero Platón está sentado en la oscuridad. Lo único que ven sus ojos es la sombra de una conciencia menguante antes de desmayarse.

Al cabo de diez días, alguien va a verlo a la cárcel. Ha tenido que pagar un soborno para poder entrar, puesto que tan solo los familiares, y no los conocidos, tienen derecho a visita. Es Thapa, un *ghorka** del que Platón se había hecho amigo en una tetería.

Ambos compartían comidas a menudo, y a veces incluso días enteros. Thapa, un contrabandista de poca monta que ha prosperado en un régimen corrupto, resultó estar tan solo como Platón. Este le hablaba de política y filosofía. Thapa, que no había estudiado, formaba a su vez a Platón en el mundo de los negocios. Lo mantenían al día del precio de las cosas: marfil, teca, jade, perlas, maría, pistolas, incluso mujeres. Con el dinero suficiente, aseguraba Thapa, podía comprarse un hogar, una mujer y respeto.

Cuando se quedaban sin temas de conversación, se hacían compañía el uno al otro en silencio. Se liaban un porro y paseaban por las zonas históricas de Rangún, haciendo rebotar guijarros en cualquier superficie de agua que encontraban. Si existiera una medalla de oro para un deporte así, Thapa la habría ganado. Podía hacer que un guijarro planeara sobre el agua como un pato. Él atribuía aquel talento a la manera en que lo habían criado. Había nacido en uno de los pueblos montañeses más pobres de Nepal, donde no había electricidad, escuela, carretera ni estructuras de hormigón. Tan solo piedras y guijarros en abundancia.

–Mientras haya piedras, sobreviviremos –le decía a menudo a Platón.

En la cárcel, Platón le pregunta cuánto costaría pasar de contrabando una carta a las Andamán.

–Usar el correo sería más sencillo –contesta Thapa.

Pero Platón no tiene una dirección. Lo único que sabe es que su madre vive con otro hombre en las islas, que se llama Rose Mary y que es una *karen* originaria de un pueblo llamado Webi.

---

* Los *ghorkas* son un pueblo originario de Nepal.

–Significa escondido, no perdido –explica Platón. Es todo lo que le contó su abuela.

La noche de su detención, la junta militar lo dejó con vida en el hoyo por una razón. Querían que se derrumbara sin tener que recurrir a sofisticados métodos de tortura. Lo habían logrado. Tendido en el hoyo, temblando mientras lloraba, Platón había tenido una visión de su madre. Nunca antes se le había presentado con semejante anhelo.

En cuanto llega a las Andamán, a Thapa no le resulta muy difícil localizar a Rose Mary, que ahora se hace llamar Mary, en un barrio de Port Blair. La comunidad *karen* de las islas es pequeña. Rodeados por mares hostiles, la capital del archipiélago es el lugar más lejano al que pudieron llegar. En el bullicioso mercado, una mujer se la señala a Thapa mientras Mary espera su turno frente a la tienda de un molinero.

Su hijo lo ha enviado allí a buscarla, le explica Thapa.

–No es un delincuente –dice–. Es un estudiante universitario que orquestó las protestas contra los gobernantes.

De la muela escapan espectros de color blanco, que los cubren mientras los contemplan. Las lágrimas de Mary fluyen como ríos a través del blanco para mezclarse con el sudor de la tarde.

–¿Va a la universidad? –pregunta.

–Iba. Ahora ha dejado los estudios por la enseñanza. Esté donde esté, enseña a los demás cómo sublevarse.

–¿Saca buenas notas?

–No lo sé.

–¿Tú estudias con él?

–No. Apenas fui a la escuela.

–¿Dónde lo conociste?

–En el lago Inle, haciendo rebotar guijarros. Vio que el mío rebotaba más de cinco veces sobre el agua y me pidió que le enseñara. El truco es no pensar, solo apuntar. Pero su hijo es incapaz de dejar de pensar.

Thapa ayuda a Mary a recoger la harina en un recipiente de latón. Paga al molinero al percatarse de que ella se ha marchado sin hacerlo. La encuentra de nuevo, vagando entre los árboles al final del mercado.

—¿Tienes un *bidi*? —le pregunta ella a Thapa mientras se sienta en una roca.

Él enciende uno y se lo ofrece. Mary se lo fuma en silencio. Thapa escudriña la espesura que los rodea en busca de las legendarias escolopendras gigantes de las islas. Aún no las ha visto.

—¿Cuándo lo detuvieron? —le pregunta ella antes de aplastar el *bidi* con la zapatilla.

—Hace seis meses.

Mary trata de recordar cómo era su mundo hace seis meses.

—¿Qué día?

—No me acuerdo, pero fue en julio.

En julio Devi estaba en casa. Sus visitas eran el momento culminante de la vida en el monte Harriet. Igual que los granos de trigo en el molino de harina, Mary se siente aplastada por la culpa. En el momento en que detenían a su hijo, ella se preocupaba por el apetito y la tez de Devi.

—¿En qué año estamos? —le pregunta a Thapa.

—Mil novecientos setenta y cinco.

—¿Cuántos años tiene él?

—Veintitrés.

—Veintitrés —repite ella, ratificando la realidad de este hombre y de su hijo—. Tiene que salir pronto de la cárcel y acabar la carrera. Su padre era pescador y su madre es criada. Hoy en día las chicas son muy caprichosas. Quieren casarse con licenciados. Mi Devi también se graduará, el año que viene. No paro de decirle a su padre que después la case. Es una chica difícil. Hay que ir con cuidado.

Mary se yergue, como si de pronto hubiera recordado algo. Thapa está a punto de decirle que ha pagado al molinero cuando ella se le adelanta.

–¿Cómo te llamas?

–Sharan Thapa.

–¿Y él?

–Platón.

–No es un nombre budista.

–Se hace llamar Platón.

–Mi hijo no puede llamarse así.

–Es un nombre extraño, pero le gusta. Se lo puso él mismo.

–¿Qué significa?

–Es el nombre de uno de los padres de la filosofía.

–¿Qué es la filosofía?

–Es el arte de pensar; pensar y no hacer nada.

–Me recuerda a su padre.

La última vez que lo había visto, él tenía tan solo ocho meses. Ella había albergado la esperanza de que cada nuevo día se lo trajera de vuelta. Había albergado la esperanza de que cada nueva hora le trajera noticias de él. Si hubiera sabido que tardarían tanto, habría renunciado a la vida hace mucho. Pero ¿cómo iba a hacerlo sin volver a verlo?

Thapa mira a su alrededor. Quiere consolarla, pero no sabe cómo. Y entonces la ve, la bestia de cien pies, mayor que cualquier otra que haya visto. Es la primera vez que vislumbra la escolopendra de las Andamán. Suelta un chillido.

Mary la ataca con su zapatilla. La ataca con una furia tan ciega que a él le perturba. Ella no se detiene ni siquiera cuando las patas con aspecto de garras dejan de retorcerse y el cuerpo del animal queda aplastado contra una roca. Thapa no sabe quién es el agresor y quién el agredido.

Ella tiene tantas ganas de creer a ese desconocido, que la desesperación le ha producido el efecto contrario.

Se derrumba, incrédula.

–Me estás mintiendo... Mis hermanos te han mandado aquí para llevarme de vuelta al pueblo. Quieren castigarme por haberme fugado –dice.

Al cabo de cuatro días, Mary se marcha a Rangún con Thapa.

Mary abandona el archipiélago índico en un bote. Las lágrimas, tan ancianas como la vida y tan jóvenes como la lluvia, empujan el bote hacia el delta del Irrawaddy, a un lugar donde el río se aferra al mar con nueve extremidades, creando bancos de arena para cogerse con más fuerza. Hace veintitrés años, Mary dejó a tiempo a un bebé de ocho meses en uno de esos bancos de arena.

El bote tiene un motor y tres barqueros, todo un lujo para un trayecto que apenas dura más de ocho horas a mar abierto.

Los gitanos del mar controlan estas aguas que conectan las Andamán con Birmania. Tradicionalmente, los gitanos eligen a los barqueros de esta ruta por su invulnerabilidad emocional. Una canción marinera glorifica al barquero capaz de atravesar esta franja de mar, impermeable como la arcilla, flotante como la goma, resistente como el oro. Porque un día transcurrido en las agitadas aguas puede convertirse con facilidad en toda una vida cruzando la falla geológica. Nadie, ni siquiera las nubles ciclónicas y las corrientes profundas, puede escapar a su atracción elemental. Se corre el riesgo de caer en la hendidura terrestre. Esta une Birmania con las islas, como un ojo lloroso con cada lágrima derramada. No todos los dolores, sin duda no todos los anhelos, puede barrerlos el océano Índico.

Birmania, que en su día fue un orgulloso continente, quedó aplastada entre la India y Asia. La India lo empujó hacia el norte con su desplazamiento, Asia lo apretujó hacia el este, desafiante. Un ojo lloroso fue todo lo que quedó de su rostro, enterrado bajo los escombros. Los bordes aguileños de Birmania se ranuraron en picos y cañones inconquistables. Su complexión enraizó en la selva húmeda y el seco desierto. La desesperación resultaba evidente en las onduladas sierras y las islas tropicales, un recordatorio de la belleza que una vez existió. Las fallas geológicas la recorren entera, desde el borde hasta el centro; la mayor en forma del inmenso Irrawaddy que recorre la columna vertebral de Birmania, conectando las islas por abajo con el Himalaya por arriba. Por intensa que fuera la presión, Birmania nunca podría fundirse con las masas que la rodeaban. Tan solo podía desintegrarse.

El propio bote está construido a partir de un solo tronco. No se despedazará, aunque todo a su alrededor se desmorone. No se hundirá. La madera de deriva nunca se hunde. Puede que el agua la sacuda como a una hoja en un remolino, pero, al final, se rendirá y la lanzará de vuelta a la orilla.

Años después, el bote quedará varado en un banco de arena creado por la marea. Las enmarañadas raíces de los árboles, las conchas abandonadas y las anguilas atrapadas en las redes de plástico le harán compañía. Durante la marea baja, los lugareños desesperados se acercarán para cortar su esqueleto con un hacha y usarlo como leña. Sus olvidados huesos irán de nuevo a la deriva de vuelta al mar. Nadie aparte de un perro curioso se percatará de las formas de la corteza. Los agujeros, los nudos, triángulos y líneas que Mary, años atrás, había transformado con su imaginación en montañas, remolinos y ríos.

Mientras está atrapada en el bote, las lágrimas de Mary la llevan de vuelta a su infancia, a los días en que, en un ataque de llanto, se daba cabezazos contra el suelo y golpeaba a cualquiera que se le acercara. Nadie entendía hasta qué punto era hondo su dolor, y mucho menos la profunda sensación de traición que acarreaba. Fantasmas hambrientos la poseían, aseguraba su abuela en medio de sus intentos de alimentarla. Han pasado muchas décadas desde que Mary era una niña. Dejó de serlo el día en que se reconcilió con el hambre.

Abrumada por la locura en el bote, se apacigua con una historia, como hacía su abuela en el pasado. El triángulo borroso que se ve en la madera, ¿es una montaña o un techo de paja? ¿Es la caseta de un pescador, de las que se construyen en la playa para mantener a resguardo los barcos? Los círculos, ¿son remolinos, el sol o la luna? ¿Es posible que haya más de un sol o una luna? ¿Podría haber más de un solo amante?

Empapada de agua del mar, la madera del bote es lo bastante blanda y tierna como para que Mary grabe cosas con las uñas. Traza un barco simbólico, curvado como su uña. Debajo del barco simbólico, traza un mar simbólico. Dibuja un círculo con extremidades a su alrededor. Dentro, graba cuadrados, como los de la concha de una tortuga. Le dibuja una cabeza y dos cortes a modo de ojos. Recuerda esos ojos apenados procedentes de otra vida, cuando preparaba sopa de tortuga para una semana. La bautiza con el nombre de Tortuga de Luto.

En cuanto a las líneas, podrían ser cualquier cosa: serpientes, árboles, regueros de un chaparrón o fantasmas sin cuerpo. Son espíritus inquietos que buscan pasar página.

Impertérrita ante el viento que le agita el pelo, Mary se quita el pasador para grabar sus fantasías. Dibuja caras, manos y piernas alrededor de las líneas. Ahora tiene el dibujo de una familia. Desde el borde del bote, un hombre, una mujer y un niño contemplan inexpresivamente a aquellos que están sentados en él. ¿O son tres árboles? ¿O tres pájaros? Le parece reconocerlos, pero no está segura. La realidad rara vez se doblega ante la fantasía.

La figuras calman a Mary con su cuento, como ocurre a menudo.

–¡Levántate!

Un oficial empuja con el pie el cuerpo postrado de Platón.

–No –replica Platón–. No me levantaré.

Durante toda una semana, a Platón y a sus camaradas los obligan a permanecer de pie en distintas posturas bajo la luz directa del sol. Los obligan a imitar a un aeroplano, apoyándose en una sola pierna y con ambos brazos extendidos como si fueran alas. Los hacen sentarse en una moto invisible, mientras les pegan en los muslos con un palo. Los hacen adoptar posturas de la danza tradicional, el *semigwa*. Aquellos que se caen, incapaces de ejecutar su actuación en este circo de la tortura, son golpeados.

Hasta el momento, Platón se ha librado de los golpes. Pero no le cabe duda de que le llegará el turno. Es inevitable. Lo único que puede hacer uno es posponerlo o adelantarse. Los idealistas llaman a esto libertad. Incapaz de soportar más la angustia de la espera, le dice al oficial:

–Que me siente, esté de pie o corra no cambia nada. Me pegarás igualmente.

Al terminar, Platón no puede regresar andando él solo. Dos presos lo sostienen, agradecidos porque ha hecho enfadar tanto al oficial que este se ha olvidado de los demás.

Platón tiene los párpados cosidos por el dolor. Agacha la cabeza al recordar las botas del oficial. El sabor salado de la sangre le llena la boca. Aún percibe el perfume a aceite de coco del pelo del oficial y el olor a nuez de betel que despedía su aliento. Aún oye el tic tac de los segundos al pasar. La mano que le abofeteaba la cara llevaba puesto un reloj de pulsera, que apestaba a sudor mezclado con metal; el acre hedor del tiempo en descomposición, diez años para ser exactos. A Platón lo han sentenciado a diez años de cárcel por participar en tres huelgas.

Comparte una celda de tres metros por tres y medio con otros veintidós hombres. Solo cuatro pueden estirarse al mismo tiempo y dos han sacrificado su sueño para que él pueda recuperarse. La orina se eleva del orinal con el calor del día y se condensa, junto con el sudor y la saliva, en el techo, desde donde después desciende como un reconfortante rocío.

Por la noche, un hombre seca las gotas de rocío de la cara de Platón mientras intenta darle de comer arroz. Con la cabeza palpitante y los párpados unidos, Platón no puede identificarlo. A juzgar por la peste, son todos iguales, tanto los estudiantes como los criminales.

–¡Vaya, te han roto los dientes! –exclama el hombre cuando Platón abre la boca. Este se pasa la lengua por los bordes serrados.

–Parece la capota del coche de un embajador –comenta alguien.

–O la concha de una ostra –dice una voz chillona.

La sonrisa de Platón despierta la inspiración poética en la celda.

Cuando se recupera, piensa que ojalá no le hubiera enviado esa carta a su madre. No está dispuesto a encontrarse con ella en este estado, más feo que nunca.

La pagoda Shwedago es más grande que cualquier iglesia o templo que Mary haya visitado nunca. Es más grande que todos ellos juntos. Desde el centro de la cúpula, un santuario se eleva en todas direcciones. Cientos de Budas bendicen las ocho esquinas del mundo.

Mary camina en círculos, sin acabar de decidirse. Apenas ha pasado un mes desde que desembarcó en Birmania. Lo hizo en un lugar desconocido para ella, un pueblo de pescadores en el delta del Irrawaddy, el mismo día que le rompieron los dientes a Platón. Thapa la dejó instalada con una familia *karen* en Rangún mientras esperaba a descubrir el paradero de Platón.

Si se examinan bien, cada Buda es distinto. Mil vidas, mil caras, mil estados de ánimo. Solo Buda tiene el privilegio de ser muchos, mientras que las criaturas como Mary se ven obligadas a aferrarse a la única opción que tienen.

Mary ve una estatua que se parece a ella. El Buda en cuestión tiene una pequeña barbilla afilada y una mandíbula un tanto prominente. En lugar de esbozar una sonrisa, bajo la plácida frente se oculta un ceño fruncido. Mary lo distingue en los ojos. Se siente aliviada. Aislados los unos de los otros por su propia y única tristeza, en esta tierra todo el mundo sonríe. Con la salvedad de esta estatua y de ella.

Se queda de pie junto a la columna, insegura. ¿Dónde encaja ella en este mar de personas sentadas que entonan cánticos?

Un anciano la mira. Señala algo. Ella se pone nerviosa. Sigue la dirección del dedo hacia la columna frente a la que ella permanece de pie. Ve esterillas que cuelgan de un clavo. Coge una y se sienta en el borde. Las voces –viejas, seguras, jóvenes, temblorosas– entonan conjuros extranjeros. Influyen y, a su vez, son influidas por las otras.

Como el resto, Mary se sienta con las piernas cruzadas. La zona lumbar aún le duele debido al viaje en el bote. El paseo para llegar aquí le ha lacerado la piel de las plantas de los pies. Tiene la camisa bordada con hebras de sudor. También le faltan varios corchetes.

El sol emprende su ascenso sobre la aguja de la pagoda. Aunque lleva casi media hora sentada, no puede quitarse de la cabeza la imagen del gato que se ha cruzado en su camino. Llevaba una paloma en la boca, con el cuello torcido y las plumas cubiertas de sangre.

Mary ha caminado durante dos horas y media para llegar aquí. El trayecto hasta la pagoda era como el camino al infierno. Comenzaba en los abarrotados barrios infestados de inmigrantes donde vivía Mary; bloques de pisos de hasta cuatro plantas. Tan solo las escolopendras, las cucarachas y las serpientes podrían vivir apiladas de esa forma. La ciudad era más inmunda que el mercado de Port Blair. Mary había andado en la oscuridad sin conocer el camino y con los perros como única compañía. Había recorrido bulevares bordeados de margosas, banianos y quinos resinosos plantados en las estrechas aceras. En las calles sin salidas, lo que la asaltaba no era el miedo sino la suciedad. La visión y el hedor de la suciedad pendiente.

Al amanecer, había llegado al pueblo de la pagoda. El camino atravesaba el recinto del monasterio y los mercados en los que se vendía de todo, desde nueces de betel hasta huevos de codorniz, escobas y estatuas de Buda. Ojalá hubieran vendido fe. Ojalá Mary hubiera podido donar todos sus secretos a los monjes, calvos y descalzos, que se paseaban con cuencos, y entrar vacía en la pagoda.

Había visto a un hombre que vendía minás en la monumental escalera que llevaba a la pagoda. Liberar uno de los pájaros de esas jaulas de tres pisos le daría buen karma, le dijeron. Ya había oído hablar de esta práctica. Las aves estaban entrenadas para regresar con su dueño. Estaban entrenadas para experimentar la libertad mientras volaban. En cuanto le dieron el pájaro, Mary lo soltó. Aquel ser diminuto temblaba entre sus manos como si estuviera a punto de explotar.

Sentada ante Buda, Mary reza por la paloma y el miná. Mantenlos a salvo, invoca. Mantenlos a salvo.

Thapa había ido a su casa el día anterior para darle la noticia: Platón estaba en una celda de aislamiento. Podía pasarse días allí. Podía pasarse meses.

«Tan solo hay un lugar para las personas solitarias. Es posible que acabe allí antes de lo que pensaba. Si no me rindo, me meterán en aislamiento», había escrito Platón en la carta que Thapa le entregó a Mary en el mercado de Port Blair.

Ella no sabía si la letra era realmente la suya, la de su hijo. Desde entonces la llevaba en la blusa. Había empezado a romperse en los bordes, pero todas las frases seguían intactas.

«Crecí huérfano, criado por mis abuelos –había escrito–. Mi padre se ahogó en el mar, me contaron, y mi madre huyó con otro hombre. ¿Tan feo era, me pregunto, como para que mi madre me abandonara?»

En medio del canturreo en lengua extranjera, Mary se plantea la posibilidad de recurrir a las únicas oraciones que conoce: versos de la Biblia. Pero tiene la mente en blanco... Ha venido aquí, al santuario más sagrado del lugar, para rezar por algo tan corriente que la mayoría de las madres lo dan por sentado. Mary teme que en el momento de encontrarse con él, no lo reconozca. Teme tenerlo delante y pasar de largo...

El mes de mayo quedará registrado en la historia del asentamiento *karen* en las Andamán. Nadie recordará la fecha exacta, tan solo que la mañana en que Rose Mary nació hacía un calor sofocante. Era la última de nueve hermanos, y también la primera en nacer en los pueblos *karen*. El pastor anunció:

–Esta niña ha convertido este asentamiento en un hogar. El Señor nos habla a través de la gloria de su nacimiento.

Rose Mary, la de los buenos auspicios, pasó su infancia trabajando en granjas, yendo a la escuela en el cobertizo de la iglesia, encargándose de las aves de corral, limpiando la casa y lavando los platos. Los *karen* se hallaban en el frente de la guerra contra la naturaleza y ella era una niña soldado.

El padre de Rose Mary la llevaba de pesca para hacer acopio de lombrices de mar que usarían como cebo. Le inculcaba la paciencia, la habilidad y la intuición necesarias para apreciar la compañía de uno mismo. Ella pronto descubrió el modo más eficaz de consumir la soledad concedida a todas las formas de vida. Comenzó con las ciénagas durante la marea baja, atrapando saltarines del fango con la falda para que su madre los escabechara. Se cortó el pelo bien corto para evitar que se le enganchara con las conchas y las espinas cuando se sumergía para coger moluscos comestibles. El hecho de llevar a casa algo que comer le daba un sentido a su vida. Cuando su padre no lograba atrapar piezas grandes, su madre no podía conseguir comida y sus hermanos corrían persiguiendo la suave brisa, los saltarines del fango acudían al rescate. A los diez años, Rose Mary había empezado ya a robarle a su padre la caña de pescar y los *bidis* por la noche, mientras el resto de la familia dormía. Con la única compañía de los murciélagos, los búhos y el reflejo ondulante de la luna en el agua, Rose Mary esperaba pacientemente el sutil tirón del sedal, mientras fumaba de vez en cuando un *bidi* igual que su padre. A los once, ya había pescado su primera barracuda y aprendido a fumar sin toser.

Por muy prometedoras que fueran sus habilidades, Rose Mary solamente podía pescar desde la orilla. Las aguas profundas en las que nadaban presas mayores eran territorio de los hombres. Tan solo podía soñar con surcar las aguas dentro de un *khlee* –su propia canoa– y clavar su arpón en el corazón de un pez más grande que ella.

Las palabras le daban dolor de cabeza, así que abandonó la escuela y se dedicó a cazar y pescar. Para cuando los ángulos de su cuerpo comenzaron a suavizarse, las escolopendras, heraldos locales del infortunio, ya la habían mordido tres veces.

–Cuando un animal te muerde, duele –la consolaba su madre mientras Rose Mary se doblaba en dos, abrazándose las rodillas para soportar la tormenta de dolor.

–¿Y los humanos? –preguntaba la niña–. ¿Qué pasa cuando muerden?

–Los humanos no muerden. No si creen en Jesucristo.

Las palabras de su madre le habían molestado más que las escolopendras. Las serpientes venenosas, los cocodrilos que machacaban los huesos y las enredaderas que estrangulaban, ¿acaso no eran también criaturas de Dios? En el beso incondicional de una sanguijuela, en los moratones del color de la noche que le dejaban en la piel la selva y las espinas de los erizos marinos, vivía la voluntad de un dios muy distinto al Cristo del relicario de su madre. Un dios cuyos devotos disfrutaban de la libertad de morder y hacer daño sin sentir culpa.

A medida que el trabajo aumentaba, lo mismo sucedía con la mano de obra. Con el fin de alimentar la empresa de convertir unos bosques rebeldes en cabañas sofisticadas, el Imperio envió barcos repletos de desempleados procedentes de Birmania y la India

Rose Mary tenía trece años cuando el chico birmano llegó a sus orillas, como un madero que la marea hubiera dejado tras de sí. El pueblo era una familia floreciente de miembros sin relación de parentesco y relaciones no reconocidas. Pasaría casi un año antes de que ambos se hablaran.

El birmano, junto con cinco hombres más, había atrapado un mero del tamaño de un ser humano. Como pesaba demasiado para levantarlo, dejaron que el pez coleteara en la parte trasera del bote, dentro de la red, hasta que alcanzaron la orilla. Mientras el grupo victorioso arrastraba el gigante hacia el pueblo, el paseo se convirtió en una procesión. Los borrachos gritaban consignas para que les subieran los salarios y las mujeres reclamaban un festín para la comunidad. El chico birmano, de apenas diecisiete años, se había convertido en una celebridad local.

El mero media más de dos metros y pesaba más de trescientos kilos. Resultaba difícil imaginar a semejante Goliat nadando rápidamente en el agua. En lugar de eso, Mary imaginaba al gigante escrutando el lecho marino con sus ojos saltones. Impasible. Inmóvil. La barriga del pez le llegaba a Mary a la cintura. Tenía la boca tan amplia como el robusto cuerpo, protegida por unos labios carnosos. Contempló sus últimas boqueadas en busca de agua, con las agallas llenas de sangre. Tendió una mano para tocarlo. Le hundió los dedos en el torso, que tenía la textura y el color del musgo. Una leve vibración recorrió la carne del pez. Ella retiró la mano de inmediato.

–Ten cuidado –le dijo el birmano–. Tu mano le cabe en la boca sin problemas.

Rose Mary se sintió desairada. No solo no se le permitía pescar en aguas profundas, sino que además la suerte parecía favorecer a los hombres, sobre todo a los chicos extranjeros sin experiencia que tan solo habían practicado en simples charcas y ríos.

–Yo puedo transportar todo lo que pesco –repuso–. No me hace falta que el pueblo entero lo cargue.

–Si yo apareciera en tu red –dijo él–, ¿también me cargarías?

–Cocino todo lo que pesco –contestó Rose Mary, sorprendiéndose a sí misma.

Los hombres vendieron el mero a un inglés que estaba de visita por una suma exorbitante: veinticinco rupias. Durante todo el mes siguiente, el chico birmano se saltó el trabajo para ahogarse en ponche. Pero lo asediaba el hambre, y no la sed. Anhelaba una comida cocinada especialmente para él. No le importaba si la preparaban con amor o con disgusto.

Una tarde, encontró a Rose Mary sola en el agua, caminando entre los corales.

–Ten cuidado –le gritó–. Te cortarás los pies.

Rose Mary continuó con su tarea de recoger algas en su cesta. Él se sentó en la playa, decidido a hablar aunque ella no quisiera. La tarde, igual que el ponche, lo había sobrepasado. Temía evaporarse como sudor en el aire y que nadie se diera cuenta. Mascullaba entre dientes para evitar desaparecer.

Rose Mary salió andando del agua con unas botas para la selva que le quedaban grandes. El birmano se quedó impresionado.

—¿De dónde las has sacado? —preguntó—. ¿Se las robaste a un *sahib* inglés?

—Yo no robo a los muertos.

Él se rio.

La playa era larga, y Rose Mary se preguntó por qué había decidido caminar hacia el chico cuando la naturaleza los rodeaba. Se enrolló el *longyi* y se quitó las botas. Se secó las piernas con las manos, ajena a la mirada del chico, que era más intensa que la del sol. Luego se puso a clasificar las algas.

—¿Sabes lo que encontré al abrir el mero? —preguntó él.

—No.

—Dentro de su estómago... —El chico birmano la miró, buscando la manera de detenerlo todo: las olas que se acercaban, su huidiza conciencia y los afanosos dedos de la chica que trenzaban las algas—. Dentro de su estómago encontré un pulpo...

Rose Mary se volvió hacia él mientras sus manos continuaban con su tarea.

—... con los tentáculos cerrados alrededor de un cangrejo.

Rose Mary dejó de pensar. Animado al ver en reposo las manos de ella, el birmano se irguió.

—¿Cómo es posible? —preguntó ella.

Rose Mary vio llenarse de lágrimas los ojos de él. También los tenía saltones, como el mero. Aunque a diferencia de los ojos de color mar profundo del mero, los del birmano eran un estallido de rojo. El viento había cambiado de dirección, trayendo consigo el hedor a cocos podridos.

—No sé cómo ocurrió —contestó él—. Pero tengo miedo de acabar yo también en la barriga de alguien.

Ella sonrió y volvió a centrarse en su cesta.

—¿Sabes cómo cazan los meros?

—No.

—Succionan a su presa con los labios. No tienen dientes.

—Y entonces, ¿cómo mastican?

173

–No lo hacen. Se la tragan entera.

Así pues, el mero era como su abuela. Rose Mary se rio al pensarlo.

–¿No me crees?

–No.

–La capacidad del mero de succionar es tan grande que cuando aspira agua con las agallas se forma un remolino en la superficie. Lo he visto con mis propios ojos. Así fue como seguimos su rastro.

Esa noche, Rose Mary soñó que la succionaban en un remolino.

Dos meses después, cuando el birmano pidió permiso a los padres de Rose Mary para casarse con ella, estos se negaron. Las razones eran obvias. No solo no pertenecía al humilde, desaprensivo y perezoso grupo de budistas, sino que además no tenía familia en las islas.

Así que ambos se fugaron a un pueblo cercano llamado Webi. Ella tan solo tenía catorce años. Demasiado joven para haber experimentado el amor o el deseo, pensaría más adelante. De hecho, se espantó al verlo desnudo por primera vez. Debajo de la ropa, los hombres no eran distintos de los perros, los elefantes y los caballos.

No es que hubiera sido infeliz en casa de sus padres. Había dejado la escuela después del quinto curso y había dedicado todo su tiempo a pescar. Al ser la primera *karen* nacida en las Andamán, también disfrutaba de un lugar especial en el corazón del pastor, el hombre más influyente entre los *karen*.

Desde el punto de vista de una mujer ya de cierta edad, los actos de una niña de catorce años no tenían ningún sentido, en el sentido lógico que sí tenía su costumbre de matar escolopendras. Las atacaba a primera vista. Se desviaba de su camino para matarlas, haciéndolas salir de sus escondrijos con humo, poniéndose en peligro. En sus intentos, a veces incluso la mordían. ¿Qué era lo que la llevaba a matarlas indiscriminadamente? Sin duda no era el miedo. El miedo hacía huir a las personas de las escolopendras, no acercarse a ellas. La venganza, se percató en sus últimos años de vida, era algo muy poderoso.

La pareja de huidos encontró un pedazo de naturaleza donde cultivar. Como refugio, construyeron un cobertizo sobre pilares con techo de paja. El birmano buscaría trabajos ocasionales y Rose Mary trabajaría en la granja.

En 1942 llegó un terremoto. Fue tan potente que el polvo que levantó convirtió el día en noche. Cuando el polvo se asentó, los japoneses habían sustituido a los gobernantes ingleses. En la medida en que los lugareños construían y cultivaban para los imperialistas, estos los dejaban en paz. Pero cuando un ciclón destruyó las cosechas, se desató el infierno. Igual que los elefantes, los japoneses vivían de la vegetación; una dieta de boniatos, bagres y caracoles los estreñía. Así pues, se obligó a todos los hombres a trabajar en el campo para aumentar los cultivos. Mientras que a los *karen* los dejaron tranquilos, a los birmanos los persiguieron después de pillar a un grupo robando de un almacén. A la chusma como el marido de Rose Mary los cogieron y azotaron al ritmo de consignas imperialistas. Les pedían que las repitieran; si no lo hacían, los azotaban de nuevo.

La isla parecía cerrarse sobre el birmano. Dejó de trabajar y empezó a beber en casa. Una noche, pidió bagre para cenar. Al no encontrar *nappi* –encurtido– en el plato, pegó a Rose Mary.

Ella se quedó perpleja. Que los hombres pegaran a las mujeres no era ninguna novedad. La valía de un hombre, decía a menudo su abuela, se medía por su capacidad de cazar, construir un techo y pegar a su mujer. Rose Mary estaba preparada para recibir un bofetón o una patada tarde o temprano. Lo que le sorprendió fue la fuerza de él. ¿De dónde salía, se preguntó, en este hombre apático que se pasaba el día ebrio?

Con cada golpe, él dejaba algo nuevo sobre el cuerpo de ella. La marca de sus dientes bajo la clavícula, como una ristra de perlas desplazada. Un moratón en la cadera, ubicado estéticamente como una flor. Arañazos en la mejilla y el cuello, como si una hoja de palma la hubiera raspado. Y las consignas japonesas: las únicas ocasiones en que él utilizaba aquel idioma con ella era cuando la azotaba, gritando consignas imperialistas.

Una mañana, mientras hacía cola para entregar los productos agrícolas al ejército japonés, la mujer de delante vio los arañazos que Rose Mary tenía en el cuello.

–¿Tu marido te pega? –le preguntó.

Rose Mary asintió.

–El mío también.

–Creía que solo lo hacían los birmanos. Vosotros sois indios.

–Todos los hombres lo hacen. Ingleses, indios, birmanos, siameses, incluso los japoneses.

–¿Y los de los pueblos desnudos? –preguntó Mary refiriéndose a las tribus nativas de las islas.

–Esos no. Pegar a una mujer es señal de civilización, como llevar ropa.

Rose Mary reflexionó al respecto mientras hacía cola.

–¿Tu marido te grita en japonés mientras te pega? –preguntó.

La mujer se rio.

–No –contestó–. Él lucha por la libertad. Me insulta en hindú.

Rose Mary sonrió. El japonés del chico birmano era tan comprensible y repetitivo que había acabado por aprenderlo. *Hakko ichiu. Hakko! Ichiu!* Podía revivir mentalmente los sonidos. Marcaban el ritmo al que se sucedían los golpes. Sin ellos, las palizas resultaban incompletas. De pie en la cola, Rose Mary canturreaba las palabras como si fueran las de una nana.

Cuando le llegó el turno, depositó vacilante una papaya y una calabaza sobre la mesa del oficial. Él alzó la vista hacia Rose Mary. Sin un lenguaje común en el que comunicarse, lo único que podía hacer él era manifestar su descontento frunciendo el ceño.

A ella le entró miedo.

—*Hakko ichiu* —susurró. Las únicas palabras que conocía en japonés. Ocho esquinas bajo un solo techo.

El oficial sonrió.

Una noche, el birmano estaba tendido inconsciente en los escalones de bambú que llevaban a su casa. Se había pasado tres días enteros atiborrándose de ponche, hasta que no le quedaron fuerzas para irse o para entrar. Permanecía en los escalones como una ofrenda a los señores de la noche: los mosquitos.

Rose Mary intentó despertarlo. Al ver que no respondía, se sentó a su lado. Cuánta inocencia reflejaba su rostro, pensó mientras admiraba sus rasgos. Albergaba la esperanza de tener un día un hijo que se pareciera a él. Apoyó la cabeza junto a la suya. Jugueteó con su barba de dos días, recién salida en sus mejillas. Cogió un largo mechón de su propio pelo y le hizo cosquillas en los agujeros de la nariz. Él no se movió. No era solo su aliento: también su ropa apestaba a ponche. Se quedó allí sentada, inhalando los vapores. Le pellizcó las mejillas, juguetona.

Entonces le dio un bofetón. El birmano abrió los ojos de golpe pero volvió a sumergirse en la inconsciencia con la misma rapidez. Qué raro, pensó Rose Mary. Aunque lo había abofeteado con fuerza, la única marca que le había dejado era una leve rojez. ¿Cuánta fuerza se necesitaba para pegar a alguien y dejarle un hematoma? Lo golpeó en la cara para saberlo. El birmano levantó la cabeza, desorientado por el dolor. Rose Mary se la empujó hacia abajo. Le pateó la cabeza.

–Regresa, oh alma errante –le cantó, como hacen las madres *karen* a los bebés que lloran.

Tras pasar dos años en la cárcel, los estudiantes se declaran en huelga de hambre para que los exoneren de los trabajos forzados. Son prisioneros políticos, no delincuentes comunes. Platón lleva cinco días sin comer nada. Es el único que no se ha dado por vencido y se bebe su propia orina para sobrevivir. El oficial de la cárcel asegura que se ha vuelto loco. El resto de estudiantes no se atreven a emularlo, y mucho menos cuando empieza a moldear muñecas con sus propios excrementos.

En la quinta noche, las autoridades entran en la abarrotada celda. Envuelven a Platón en una manta y se lo llevan. Él no opone resistencia. Sus extremidades, igual que su torso, son decorativos. Durante todo el rato los soldados sostienen una toalla empapada en sangre sobre el rostro de Platón, incluso mientras lo despojan de su *longyi* y su camisa. Él se estremece y suda profusamente mientras permanece tendido desnudo sobre el suelo de cemento. Un par de manos lo agarran con delicadeza por las esposas. Enrollan en el metal un trozo largo de alambre, antes de clavarle el otro extremo en las muñecas. Hacen lo mismo con los tobillos, la frente y los testículos. La vacilación de los dedos es palpable, así como los murmullos forzados que lo rodean.

Con cada descarga eléctrica, Platón experimenta la vida y la muerte como un espasmo involuntario. No le quedará ningún recuerdo del exagerado modo en que su cuerpo se estremece y se derrumba sobre el suelo, ni del charco de orina y mierda que lo rodea ni del hilillo de baba que le cae por las mejillas. Lo único que recordará será una voz. Un chillido tan potente y diabólico que lo despierta de su inconsciencia. Un chillido cavernoso. En pleno delirio provocado por la tortura, Platón atribuye el grito a un cerdo que están sacrificando allí cerca.

Un vigilante con un plato de arroz a medio cocer abre la puerta de la celda de Platón. Cuando el hedor lo alcanza, grita:

–Hasta los cerdos huelen mejor.

Deja el plato y sale corriendo.

Platón se enoja cada vez que tiene retortijones porque su mano izquierda, la que utiliza para limpiarse, ya no lo escucha. Paralizado por el dolor palpitante en las ingles, se mea encima a menudo. Se sorprende al ver escabullirse al hombre como si fuera un ratón. Le hace reír. No es la primera vez que la junta militar lo compara con un cerdo. Durante la huelga de hambre, uno de los oficiales le dijo que la muerte de un cerdo conllevaba más papeleo que la de un prisionero político. Al general le interesaban más las aves de corral y el ganado que el bienestar de unos estudiantes ebrios de ideologías foráneas.

«¿Y si el hombre regresa para recoger el plato vacío y encuentra un cerdo dentro de la celda?», se pregunta Platón. Uno rosa, con pedigrí, con una cola perfectamente rizada, que se revuelque en su olor y la compañía de su propia mierda. ¿Cómo actuaría? ¿Iría corriendo a ver a su superior y se lamentaría: «Le juro que no sé cómo ha sucedido, pero el prisionero se ha convertido en un cerdo»? ¿Se verían en ese caso obligados a cuidar de Platón? Si se muere, ¿abrirá el general una investigación sobre su muerte?

Tras dos semanas en aislamiento, Platón resigue con los dedos las postillas de las quemaduras que tiene en el cuerpo.

En el pecho, en el cuero cabelludo, las rodillas, los testículos, los tobillos y los omóplatos, jeroglíficos permanentes creados por el cable eléctrico.

Su reloj dejó de avanzar en el momento en que entró en la cárcel. Nunca será un licenciado. La muchacha dejó de silbar a media canción. El libro prestado se cerró a cal y canto en la página cuarenta y nueve. La lombriz de tierra que tenía sobre la zapatilla se encogió y murió. Y su madre arrugó la carta a medio leer.

«La muerte es esto», piensa. Un momento aislado de todo y de todos. Un momento magnificado y distorsionado que queda más allá de la comprensión. Un momento desprovisto de cualquier posibilidad. Un momento osificado. Como la concha que un molusco ha desechado, en el momento resuenan reverberaciones y ecos. No la vida.

Platón se pone a gatas y gruñe como un cerdo. Se echa a reír. La risa ahoga el zumbido de los insectos. Desgarra las telarañas con su fuerza. Absorbe el vacío. Rebota en las frías paredes y lo golpea como un maremoto. Agazapado a cuatro patas, Platón experimenta un impulso demencial. Bala como una cabra y bosteza como un búfalo. Ruge como un tigre y sisea como una serpiente. Restalla como una lluvia torrencial y se retuerce sobre el suelo como un pez fuera del agua. Se levanta desde el suelo como una flor que florece y se estampa contra las paredes como un gallo enjaulado. A través de los sonidos, los gestos y los movimientos, se agarra precariamente al resbaladizo mundo exterior.

Se arrastra hasta una esquina y se sienta con la espalda apoyada en la pared mojada, que llora lágrimas de humedad. Retoma su risa. La junta militar le ha enseñado lo que no pudieron enseñarle los monjes del monasterio. Una corriente, eso es él. Que atraviesa diversos cuerpos y vidas.

Hay un guarda de la cárcel en la celda de Platón. Las órdenes son muy sencillas, así que Platón no entiende a santo de qué las repite incesantemente, destruyendo el silencio. El silencio es difícil de conseguir. A veces, Platón desearía que el corazón le dejara de latir para que el cuerpo pudiera dejar de palpitar y el pecho de subir y bajar. Entonces, el silencio sería puro.

El guarda le está ordenando que abandone la celda. Pero Platón no se levanta. Aún no puede abandonar su esquina. Tan solo ha matado treinta y ocho mosquitos desde que se despertó. Según sus cálculos, debe matar al menos ochenta cada día para limitar su tasa de multiplicación. Incluso cuatro mosquitos revoloteando en la celda de Platón son una manifestación. Diez, un motín. Cien, una rebelión. Hay que silenciarlos. A todos y cada uno de ellos.

El guarda está ahí de pie como si él también fuera un insecto alado que le mordisquea el lóbulo de la oreja a Platón, distrayéndolo de sus elevadas preocupaciones. Entonces el guarda lo levanta por los hombros y lo arrastra fuera.

El sol golpea a Platón en los ojos. Durante los dos últimos meses ha sobrevivido leyendo la oscuridad como si fuera braille. Diferenciando la madera contrachapada situada sobre la rejilla de ventilación, los ladrillos que constituyen la pared y las telarañas del techo del resto de hechos de su confinamiento.

Bajo la luz le empieza a picar la piel. La piel muerta que se ha asentado sobre su cuero cabelludo y su cuerpo como si fuera permafrost se le va cayendo con cada movimiento. Platón no recuerda la última vez que se lavó. No alberga recuerdo alguno de cepillarse los dientes, peinarse el pelo, cortarse las uñas, afeitarse la cara o utilizar jabón. Su mente está vacía.

Envuelto en la oscuridad, Platón se había aferrado a los colores. Soñaba con ellos. Hablaba con ellos. Vivía en ellos. A menudo sus sueños eran rojos. Nadaba en un mar de rojo en el que pataleaba, movía las piernas como si fuera en bicicleta, agitaba las manos, tan solo para hundirse más. A veces, desgarraba el color y el color le devolvía el desgarrón. A veces, el rojo era una sensación cálida. Llevaba a Platón en su útero. Al contrario que el framboyán. Los perros que ladran. Los golpes persecutorios de un martillo. Y la familiar fragancia del padauk dorado flotando en la brisa.

Platón nunca antes había percibido una mañana de abril como un ataque. ¿Cómo es posible? De inmediato, agarra el pensamiento por el pescuezo. En la lucidez del aislamiento, había dejado de categorizar los pensamientos como amigos o adversarios. Aquello que auguraba demencia también contenía la calma de la iluminación. Había suprimido todos los recuerdos, anhelos y aversiones que lo habrían extraviado en el laberinto del tiempo, atrapándolo en el pasado o el futuro. Pese a todo, sabe que el Thingyan, el festival del agua, está al caer: lo dicen las minúsculas flores amarillas que han florecido en el padauk dorado, señal de la primera lluvia del verano.

Platón ha salido de la celda de aislamiento en el mes de abril. Lo meterán ahí en otras dos ocasiones, una por posesión de un diccionario de inglés y más adelante por desarrollar un código secreto para comunicarse a través de las paredes. Cada una de las veces, el descubrimiento le supondrá una conmoción: uno puede olvidar su propio nombre, pero no las estaciones.

Se detiene en el patio. Mira cada una de las ramas del framboyán que se yergue sobre él, las flores arracimadas, las hojas, los cuervos. Cierra los ojos para aspirar las fragancias.

El guarda le da una palmadita en el hombro. Señala los murciélagos que cuelgan de las ramas, sepultados bajo sus alas. Bostezando. Rascándose. Soñando con ecos y susurros.

De pie junto al árbol, los dos hombres sonríen.

Querido hijo:

Gracias por tu carta. Tu amable amigo, Thapa, me ha traído con él a Birmania. Rezo cada día por tu seguridad y tu liberación. Hasta que llegue ese día, trabajo de criada para una familia india en el pueblo bahan de Rangún.

Thapa revisa la carta sentado frente a Mary, en cuclillas en el último tramo de la escalera. Es el único lugar privado en su abarrotado bloque de pisos, que apesta a palmas sudorosas, paredes mohosas y conversaciones clandestinas. Ella se agarra a la barandilla, por si la realidad se derrumba.

–¿Lo ha escrito usted? –pregunta Thapa.

–No –contesta ella–. El birmano solo sé leerlo. Le he pedido a mi casera que lo hiciera.

A lo largo de dos años, nadie ha podido visitar a Platón en la cárcel de Insein. Los oficiales solo se lo permiten a la familia, y Platón no la tiene. Mary es una mujer *karen* de la India. Los *karen* son los insurgentes más antiguos de esas tierras y la India, un altavoz para la democracia. Si descubren los orígenes de su madre, podrían acusar falsamente a Platón de ser un espía y ahorcarlo de inmediato.

Pero ayer mismo, Thapa averiguó que han trasladado a Platón a Sagaing, la ciudad monástica situada cerca de Mandalay. Pasó seis meses incomunicado, y el aislamiento ha servido para agravar sus actitudes incendiarias. Hartos de las huelgas de hambre y las reivindicaciones, los oficiales lo han trasladado lejos de su camarilla.

La cárcel de Khamti en la división de Sagaing es pequeña y resulta fácil sobornar a alguien para lograr entrar. Thapa tiene planeado visitar a su amigo.

Ha venido aquí para recoger la respuesta de Mary a la carta de su hijo. ¿Esto es todo lo que quiere decirle?

LAS LATITUDES DEL DESEO

–*Daw* Mary –dice–, puede que la junta militar rinda culto a Buda, pero no son no-violentos ni compasivos.

Mary asiente como si lo entendiera.

–Un día saldrá –responde.

–Eso no lo sabemos.

–Lo liberarán –insiste ella–. He rezado para que tenga una vida larga y llena de salud desde que crecía en mi vientre. No puede ser de ninguna otra manera.

Entonces por qué lo abandonaste, quiere preguntar Thapa. En lugar de eso aparta la vista y mira la pared. Está pintada a trozos de un gris sucio y un azul pálido, y la pintura desconchada revela otros tonos que hay debajo: un blanco apagado que da paso a los ladrillos y el mortero. Igual que el mortero, Thapa se siente expuesto. Sus pensamientos quedan lo suficientemente al descubierto como para avergonzar a Mary.

«Si tuviera valor para decirte la verdad, lo haría –grita Mary en silencio, en lo más hondo de su ser–. Ni siquiera tengo fuerzas para mentir. Estoy muda.»

«Yo también tuve un hijo –confiesa Thapa–. Hace mucho tiempo, también tuve una esposa. Igual que te ocurre a ti, mi voz está silenciada. Igual que tú, me hundo cada día.»

«Pero tú no eres un asesino.»

Aterrorizado por lo que insinúa el silencio, Thapa pregunta:

–¿Ha comido algo?

–No –contesta ella–. Mi hambre murió hace años.

Los británicos y los japoneses se habían marchado de las islas. Los gobernantes indios habían introducido algo nuevo en el archipiélago. Algo que durante siglos había prosperado en el continente y que simbolizaba la nueva república de una forma que ni siquiera la bandera tricolor podía lograr. La pobreza.

Las islas eran un hervidero de refugiados que venían desde el este de Pakistán, desde el otro lado del golfo de Bengala. Cada día llegaban más personas. Sin poder ganarse el sustento, y sin potencia colonial ni ciclones a los que echar la culpa, la pobreza crecía sin trabas como la mala hierba.

Rose Mary estaba embarazada de siete meses. Trabajaba en la granja, vendía lo que podía acumular y alimentaba su barriga cada vez más prominente. El birmano bebía por anticipado. De vez en cuando, llevaba algo de comer a casa. Mangos, palometas, un ave de corral, piñas. Ella se sentía agradecida cada vez que ocurría.

Entonces el birmano desapareció durante tres días enteros. Harto de quedarse sentado en casa, había ido a la costa a pescar. Regresó a casa una mañana con un saco a la espalda. Dentro había una tortuga, aún con vida, que pesaba unos veinte kilos. Era la primera vez en un mes que traía a casa una cantidad considerable de carne.

Rose Mary estaba encantada. Un animal tan grande les duraría dos semanas si lo consumían con prudencia. Pidió prestado un cubo metálico lo bastante amplio como para acomodar la tortuga y lo dejó en una esquina. Empezó cortándole las patas, y se comieron tan solo una cada día. Estableció que había que alimentar a la tortuga y ocuparse de sus heridas. Era la única manera de que la carne se conservara fresca.

Una mañana, mientras desaguaba la sangre del cubo y lo llenaba con agua limpia, Rose Mary cometió el error de mirar a la tortuga a la cara. Había lágrimas en sus ojos.

Esa tarde, la mató. Consumieron la carne en tan solo diez días. Lo único que quedó fueron los huesos, que dejaron al aire libre para que se secaran.

A medida que se acercaba el octavo mes de embarazo, el hambre que sentía Mary alcanzó tal intensidad que la mareaba. Su columna vertebral apenas podía soportar el peso del niño hambriento. Desesperada, una mañana cogió los huesos de la tortuga y los machacó hasta obtener una pasta, la cocinó con tomates y se la comió.

Mientras arrastraba el cuerpo encorvado por la granja, el sol le provocó dolor de cabeza. Se sentó en una esquina de su dormitorio, sujetándose la frente como si fuera una bomba a punto de estallar. Esa noche, cuando el birmano llegó a casa, no se dio cuenta de que algo iba mal. La cocina estaba hecha un desastre. El dormitorio era un desorden y las hamacas no estaban puestas. Su mujer, que siempre había sido un huracán de actividad, permanecía hecha un ovillo en una esquina, sujetándose diversas partes del cuerpo como si estuvieran a punto de desprenderse. Nada de todo aquello importaba en pleno delirio inducido por el ponche. El birmano sonrió al tiempo que lanzaba su bolsa de lona en la entrada y entraba en el cuarto con pasos exagerados.

Rose Mary no alzó la vista ni lo saludó.

–Mujer, sírvele comida a tu marido que tan duro trabaja –dijo él.

–No hay comida.

–Pues yo tengo hambre. Hoy he trabajado duro.

–Entonces hazte tú la comida.

El birmano interrumpió su paseo por la habitación. Durante los seis años que llevaban casados, su mujer siempre le había preparado la comida. No importaba si lo único que había para comer eran gachas o piña.

–Sírveme –reclamó.

–No.

Como una danza folclórica cuyos movimientos ambos conocían, comenzó la paliza. Él la abofeteó. Ella giró la cabeza. Era la señal para que él incrementara la intensidad, así que le dio una patada.

Rose Mary se quedó paralizada por el dolor. Comenzaba en su útero y le recorría la vejiga, la columna vertebral, las piernas.

—No patees a tu hijo —dijo.

—No le digas a un padre cómo tiene que tratar a su hijo. A menos que no sea hijo mío.

Al birmano le daba vergüenza llamar «puta» a su mujer, y eso lo hacía enfadar. Así que lo dijo en voz alta.

—Puta —gritó.

Luego le dio una patada en la cintura. El bebé pataleó dentro de la matriz. Incapaz de soportar el dolor, Rose Mary alargó un brazo y cogió el mortero para moler arroz que estaba justo al lado. Había grabado en él figuras de peces y ranas y sus dedos conocían cada hendidura y grieta tan bien como el cuerpo de su marido.

El birmano levantó la pierna para patearla una vez más. Ella le golpeó el tobillo con el mortero.

Él, el demonio danzante de la representación, se cayó y se retorció de dolor. Rose Mary, la vencedora, se levantó del suelo. Se acercó a su cocina improvisada y examinó cuidadosamente sus armas. Cruzó la habitación, se inclinó sobre él y le cortó la vena de la garganta, la misma que cortaba para matar a cerdos, aves y perros.

La paliza se detuvo. El ritmo se detuvo. El tiempo se detuvo.

Rose Mary contempló cómo la sangre se escurría del cuerpo de él. Se tendió a su lado y le cogió la cara con las manos. Vio cómo los ojos se le ponían en blanco. Junto a él luchó, tembló y al final sucumbió. Poco a poco, la vibración dio paso a una leve calidez. Rose Mary contó sus últimas respiraciones, cuatro, muy superficiales y en rápida sucesión.

Los tres —marido, mujer y el hijo en la barriga— pasaron la noche empapados en sangre.

Al amanecer, Rose Mary limpió la sangre de su cuerpo y del suelo. Cubrió al birmano con dos sábanas. Antes de salir de la casa, vio que había una bolsa junto a la puerta. El birmano debía de haberla dejado allí. Contenía las cabezas de siete anguilas. Se decía que comerlas favorecía un parto fácil. Todavía bajo los efectos del dolor de cabeza, Rose Mary caminó durante cuatro horas hasta Nido de Saliva, el pueblo donde había nacido. Encontró al pastor y lo apremió para que lo dejara todo y se sentara con ella, los dos solos. Tenía algo que confesar. Preocupado por el estado en que se hallaba la mujer, él accedió.

–Todas las esposas fantasean a veces con matar a su marido, hija, pero no lo confundas con la realidad –le dijo el pastor.

No se creyó lo que había pasado hasta que vio el cuerpo del birmano con sus propios ojos. De no haber estado embarazada, la hubiera instado a que se entregara. Pero ¿quiénes eran ellos, meros mortales, para destruir la vida del ser que estaba en su útero? El pastor se pasó horas llorando. Las islas no hacían diferencias entre hormigas, escolopendras, serpientes y humanos. Los atrapaban a todos en una lucha primitiva por la supervivencia.

Vendó la garganta del birmano con un trapo. El hombre, según afirmaría Rose Mary, se había caído por la escalera de su casa en estado de embriaguez. Se había roto el cuello y se había rajado la garganta con una piedra. El funeral se llevó a cabo antes de que pudiera despertar sospechas.

Rose Mary vivió con el pastor y su mujer mientras duró su embarazo. La pareja la trataba como a una hija y, a su hijo, como a su nieto. Pero no le pusieron nombre. Aquello hubiera implicado mantenerse unidos a él mucho después de que se marchara. Cuando el hijo fuera lo bastante mayor como para destetarlo, el pastor iría a Rangún, encontraría a los padres del birmano y les entregaría a su nieto. Luego hallaría la manera de que Rose Mary comenzara una nueva vida.

Pérdida. Eso fue todo lo que Rose Mary se llevó consigo al hogar de los Varma. Le leía la Biblia a Devi y la llevaba a la iglesia. Poco a poco, el hábito caló en su propia vida. El sacerdote, igual que su señor, Girija Prasad, lo confundió con devoción. Mary se sintió aliviada. Sus motivaciones estaban a salvo. Cuanto más leía la Biblia y escuchaba los sermones, más crecía su simpatía por la virgen. Dios no le preguntaba a María si estaba preparada para dar a luz a su hijo ni le pedía permiso antes de sacrificarlo. Y en lo que respectaba al hijo, cuando entregó su vida para expiar los pecados de la humanidad, ¿pensó en algún momento en su madre? ¿Acaso ella no formaba parte de la misma humanidad a la que él ofrecía su corazón?

En un mundo gobernado por hombres y dioses, tan solo Mary tenía la compasión necesaria para entender el dolor de la virgen María.

Mary comenzó su historia en el escalón más alto. La termina en el suelo. Sale y se sumerge en la noche. Thapa se queda acurrucado en la escalera, anonadado ante la idea de que alguien te dé una patada en el útero.

Al cabo de unas horas, está al lado de Mary en una calle desconocida, empapado por el sonido rabioso de cascadas y rápidos. La crecida del río resuena a través de calles y callejuelas aún dormidas.

Se han perdido. El presente los ha golpeado, atraído por la fuerza de la gravedad del pasado. Permanecen de pie, incapaces de mover las extremidades, como las primeras formas de vida que se aventuraron a pisar tierra. En el agua no había nada que los hubiera preparado para ese primer paso vacilante. La fuerza de la gravedad de un planeta hecho de hierro y plomo, que giraba en el espacio como una bala de cañón, los atraía hacia el suelo.

«Podrías haber parado después de golpearle el tobillo.» Thapa no para de darle vueltas a ese pensamiento. Podría. Pero no lo hizo. Mary temía que su hijo tampoco entendiera la verdad. Su padre no era un monstruo. Ni ella es una asesina.

–Hijo, nunca comas carne de tortuga con piña –le dice a Thapa–. Enardece el cuerpo y envenena la mente.

¿Cuánto valen las cosas hoy día? –le pregunta Platón a Thapa ceceando.

Thapa se ha sorprendido al ver a su amigo. Es un saco de huesos. Ya no es un estudiante que sufre mal de amores sino un demente muerto de hambre del que uno siente lástima en las calles. Un *longyi* deshilachado, el pelo largo y apelmazado, la mugre tan profundamente incrustada en la piel que parece una enfermedad.

«Este remedo de un hombre revolucionó la cárcel de Insein», se recuerda Thapa. Los estudiantes habían conseguido que los consideraran presos políticos, no presidiarios, y su negativa a realizar trabajos forzados se había aceptado.

–Lo que valen las cosas hoy día –repite Thapa, reflexionando sobre la pregunta–. Los comunistas, los *kachines*, los *karen*: todos buscan armas con las que entrenarse. El valor de mercado de las armas de segunda mano, incluso las que están dañadas, es alto. Aunque el rey sigue siendo el opio.

Platón asiente.

–¿Cómo va todo? –pregunta.

Thapa va camino de la provincia de Shan, en la frontera con Tailandia. Se ha desviado antes de llegar a Mandalay para visitar a Platón.

–Mientras haya corrupción, todo me irá bien –contesta Thapa–. Aunque hay una fuerza que se impone a la inflación y la codicia: la superstición. Sospecho que el general está acumulando en secreto elefantes blancos, porque su precio se ha disparado de repente. Un solo elefante blanco vivo vale más en el mercado negro que el marfil de diez. El rey tailandés ha cortado el suministro. Lleva generaciones haciendo acopio de ellos.

−Para el general, un cerdo vale más que yo −dice Platón.

−Los cerdos están gordos. Tienen la piel gruesa. Así es como le gustaría que estuvieran sus compatriotas.

Platón se ríe. Thapa siente alivio. En la demencial risa del loco, capta un destello de su amigo perdido.

−Y el precio de pasar hambre durante cinco días son cuatro dientes rotos −dice Thapa.

−Mis dientes no valen nada. No son de marfil.

−Si los humanos tuvieran marfil en lugar de dientes, los elefantes serían los amos.

−Deberías haber sido filósofo, Sharan Thapa. Siempre te lo he dicho.

−¿Qué es eso que dice tu amigo Marx? ¿Que los filósofos pueden hablar del mundo de muchas formas distintas pero que ninguno puede cambiarlo?

−No. Dice que los filósofos han interpretado el mundo de muchas formas distintas; la cuestión es cambiarlo.

−Ah −dice Thapa. Le alivia que Platón no se llame Marx a sí mismo.

−¿La encontraste?

−Sí.

−¿Dónde está?

−Ya lleva dos años y medio en Rangún. Corro peligro si la traigo aquí o si le hablo de ti en una carta. Las autoridades están buscando motivos para ir a por ti. Pueden acusarte de ser un rebelde *karen* o un espía indio.

Platón mira al otro lado de la mesa. El guarda de la cárcel

está alejado, de pie junto a la puerta. Thapa lo ha sobornado para que haga la vista gorda.

–¿Qué aspecto tiene?

–Se parece a ti. Te manda esto.

A Platón le tiemblan las manos mientras inspecciona el contenido. Envueltos en un *longyi* hay una camisa, una pastilla de jabón y un cepillo de dientes.

–¿Dónde ha estado todos estos años?

–En las islas Andamán. Trabajaba de criada para una familia india.

En el sudoroso calor de la estancia, Platón se echa a temblar de forma incontrolable.

–¿Por qué me abandonó?

–Tenía miedo de que no la perdonaras.

–Entonces, ¿por qué me dejó?

–Te dejó porque mató a tu padre. Él se emborrachaba y le pegaba. La pateó cuando estaba embarazada de ocho meses. Ella quería salvarte la vida.

Thapa recuerda el rostro alterado de Mary. Recuerda sus palabras.

–Platón, tu padre no era un monstruo. Tu madre no es una asesina.

Platón contempla la mesa. Los temblores dan paso a un silencio catatónico. Apenas parece respirar.

Antes de levantarse, pregunta:

–Entonces, ¿por qué sucedió?

Thapa ha pensado mucho en ello. Teme que un hombre culto como Platón no vea la verdad, tan fehaciente y sencilla.

–¿Por qué sucedió? –repite Platón, como si pensara en voz alta.

–El hambre –contesta Thapa.

Una calurosa y sofocante noche de mayo, Platón vuelve a soñar con el rojo. Esta vez no es tan fluido como un mar sino denso, como arena. Él es una mosca atrapada en la savia de un árbol del color de la sangre. Mientras la resina le roza el pelo, esta cobra vida a través de todos sus sentidos. Tiene un sabor amargo, un olor intenso a humo y resulta viscosa al tacto. Platón no puede desprenderse de ella. Las alas le tiemblan bajo el peso del fluido y las patas se le comban bajo la presión. El rojo le invade la vista. La resina le cubre los ojos compuestos. Ojos que reflejan la luz y la descomponen en los colores del arcoíris. Patalea y se agita para evitar quedarse petrificado, pero solo es un acto reflejo. Ya ha soltado las riendas.

Platón abre los ojos con un sobresalto al oír a alguien gritar. Le ha dado un golpe a su vecino, otro prisionero. Se sienta. Mueve las manos y las piernas para deshacerse de la parálisis.

Una cucaracha le mordisquea el dedo. Debe de haberse arrastrado por encima de los presos dormidos, buscando sustento. Una mantis religiosa salta desde el conducto de ventilación. Una vez en la celda, busca vida con la que darse un banquete. Platón observa cómo la mantis ataca a la cucaracha. Al principio, esta última se resiste a la inmensidad de su muerte; luego la abraza. La mantis se marcha por donde ha venido. Por un momento se detiene entre las barras del conducto. Más allá le esperan luchas nocturnas y la libertad, pero ningún descanso.

Después de casarse, el padre de Platón mandó una foto a sus propios padres de Rose Mary y él. Heredada de sus abuelos, era la única imagen real que Platón tenía de sus padres. Una instantánea en sepia, tomada en un estudio.

Su padre llevaba el pelo engominado y con la raya al lado. Iba bien afeitado. Vestía un *longyi* y una camisa impecables, sin arrugas. Lucía una sonrisa de satisfacción. Tenía los dientes manchados de masticar nueces de betel. Hasta sus ojos parecían sonreír. Era contagioso. La sonrisa de su padre hacía sonreír a Platón. ¿Se sentía cómodo con las mujeres? ¿O se mostraba tímido en compañía de ella, su esposa? ¿Prefería el reino de los pensamientos a la esclavitud de los trabajos ocasionales? ¿Temblaba y se estremecía también él cuando menos lo esperaba?

Aquel hombre seguía siendo un desconocido. A veces parecía un tío bienintencionado; otras, un hermano mayor. A medida que Platón se fue haciendo más mayor de lo que era su padre en la foto, comenzó a verlo como un jovial compañero de facultad. Pero nunca como un padre.

Ella estaba de pie, separada de él. Con la mirada baja, fija en algún lugar entre la cámara y el suelo. Era más baja que su marido. Parecía una adolescente pero su mirada era comedida, como si tuviera más años. No sonreía. No tenía aspecto de esposa y mucho menos de madre. Platón era incapaz de comprenderla, ni siquiera en una foto.

La fotografía en sí sigue prensada entre las páginas de su libreta, que descansa, etiquetada como propaganda antipatriótica, en el almacén de algún oficial. Pero la imagen ha desaparecido. La mantis religiosa se la ha comido antes de marcharse de la celda.

En algún lugar, en las lejanas certezas del futuro, Platón es un hombre libre que recorre las selvas de Namdapha como un insurgente armado. Se enfrenta a su obsesión por la muerte al sostener un pedazo de ámbar en la temblorosa mano. Embalsamado en la resina hay un geco, inmune a la descomposición. Cuando el birmano le dio una patada a su madre, el útero se le podría haber endurecido, el líquido amniótico podría haberse escurrido y Platón se habría petrificado en forma de fósil, todo antes siquiera de abrir los ojos.

El ámbar pertenece al rebelde *kachin* que ayudó a Platón a llegar a la India, rodeando el lago Sin Retorno y cruzando el paso de Pangsau, a través de las selvas que unen las dos naciones. Durante décadas, la frontera había pertenecido al Ejército de Liberación Kachin más que a cualquier otro país. El ámbar forma parte de las reliquias familiares del *kachin*, y se extrajo de una mina en su lugar natal, el valle de Hukawgn. La burmita, o ámbar birmano, se considera más dura y antigua que cualquier otro tipo de ámbar. Aunque dichas piezas, de aspecto apagado y con imperfecciones como fisuras y suciedad, tan solo sirven a modo de curiosidad. La familia del joven *kachin* posee un abrevadero lleno de ámbares con fósiles dentro. Contienen un mundo entero conservado tal y como era en el pasado. Abejas, insectos, moscas, flores, tierra, corteza, avispas, conchas... pero nada que sea humano. Los humanos no existían, porque no era posible encontrar humanos embalsamados en ámbar.

En la época de la Segunda Guerra Mundial, las fuerzas aliadas construyeron una carretera que unía la India oriental con China a través del norte de Birmania. Esta atrajo a estadounidenses quemados por el sol a las puertas del *kachin*. Al ver el abrevadero de fósiles, un oficial rojo como una remolacha se ofreció a darle a su abuelo monedas de plata a cambio de ellos. El abuelo se lo pensó. En una época tan incierta como aquella, las monedas de plata podían asegurarle a su familia una vía de escape, si no un futuro. Accedió.

El oficial nunca regresó con las monedas. Lo decapitaron y colgaron su cabeza en un árbol junto a la carretera. Descuartizaron su cuerpo y lo lanzaron al lago Sin Retorno, según se rumoreaba. En el lago ya se habían estrellado innumerables aviones. No contento con los pedazos de metal, reclamaba sangre.

Aunque la caza de cabezas y las venganzas misteriosas no eran algo nuevo para los *kachines*, este caso en concreto afectó profundamente a su abuelo. Una vez vaciada de sangre, la cabeza de un hombre blanco era la cosa más pálida que había visto nunca. La piel quemada por el sol se había pelado, dejando al descubierto una carne translúcida y las resbaladizas venas. Es más, el cráneo, juraba su abuelo, contenía el cerebro de un cerdo. Hasta las abejas y las avispas atrapadas en el ámbar eran más afortunadas que aquella cabeza sin cuerpo, concluyó. Al menos, la muerte no había destruido su integridad física.

–Todas las guerras se libran por el derecho a morir dignamente –les diría más adelante a sus hijos.

Una noche de verano, el niño robó una pieza del abrevadero de su abuelo. Si se lo hubieran pedido, la habría devuelto de inmediato, pero no informó a nadie antes de marcharse. Fue incapaz de despedirse antes de partir para unirse a la insurgencia.

El ámbar que Platón sostiene en su palma es su preferido, le dice. Contiene en su interior una cría de geco, probablemente un recién nacido. Es la única criatura que pertenece tanto a este mundo como al de otra época. Hace que el pasado sea algo corriente y familiar, como las paredes irregulares sobre las que a los gecos les encanta caminar. De algún modo, también hace que lo que haya de deparar el futuro sea soportable.

Birmania, el país por el que luchan, está bendecido por todas las piedras preciosas y los metales del mundo. Ámbar, esmeraldas, jade, perlas, oro, platino, incluso los zafiros y rubíes más grandes del mundo.

–No es la naturaleza humana la que nos lleva a luchar –señala el joven *kachin* mientras juguetea con el ámbar–, sino la propia naturaleza. Es una lucha por los recursos.

Su ejército controla las minas de jade y el tráfico de estupefacientes a través de la frontera septentrional. Si pierden las minas, pierden la guerra.

Para Platón, todo esto no son más que excusas: comunismo, etnicidad, democracia, incluso los recursos. Excusas que cambian a medida que cambian los tiempos. Como estudiante, luchaba por el comunismo. Como exprisionero político, por la democracia. Es la única manera de que el gobierno indio apoye a los insurgentes. Tal vez, en un futuro cercano, también luchará para controlar el tráfico de estupefacientes en el Triángulo de Oro. Para él, el valor de las piedras preciosas –la consistencia del imperial jade, la maleabilidad del oro, la dureza de los diamantes y el rojo intenso como sangre de paloma que tiñe los rubíes– reside en la metáfora. Las piedras obtienen su belleza y resistencia mediante una profunda violencia. Igual que las cicatrices de su cuerpo, los dientes rotos y las hemorragias internas, también las piedras preciosas son pruebas de transformaciones que tienen lugar en el centro de las cosas. Purgadas hacia la superficie por fallas geológicas muy alejadas, ¿acaso no son las cicatrices y los coágulos de las más hondas heridas de la tierra?

Durante los cinco meses que dura el operativo conjunto, Platón dedica todo su tiempo libre a juguetear con el ámbar. Al frotar la pieza, la fragancia transporta su mente a otras vidas y tierras. En ocasiones, evoca una vida dedicada a decorar altares con flores e incienso, sobreviviendo gracias a almas y meditación. A menudo, el embriagador aroma la trae a ella, la que silbaba, de vuelta hasta él. Está de nuevo sentada a su lado, donde debería estar,

Al principio, el ámbar parece de un rojo oscuro. Pero cuando lo sostiene a contraluz, descubre franjas marrones y los tonos del sol de la mañana. Las burbujas lo enturbian. En algunas partes, lo atraviesan fracturas tan delicadas como hebras de cabello. Si lo sostiene contra un cielo despejado, el geco del interior resulta nítido e íntimo. Platón lo imagina sumergido profundamente en la hibernación. La cabeza, casi tan grande como el cuerpo. Los ojos, desproporcionadamente grandes. Los párpados dan la sensación de no haberse abierto nunca. Si lo mira con suficiente atención, Platón puede distinguir la boca de la cría. Es imposible que albergue dientes. Es demasiado minúscula. La cola es del tamaño de una pestaña humana.

La resina del árbol debió de escurrirse sobre el geco tan solo momentos después de que saliera del cascarón, y esa es la razón por la que la criatura no se resistió. El geco murió sin posibilidad de abrir los ojos o la boca. Sin gusto, vista, olfato, tacto, ni siquiera un recuerdo al que aferrarse, el geco debió de tener la vida y la muerte más dichosas sobre la tierra.

«¿Cómo era el mundo cuando nació el geco?», se pregunta Platón. Por lo que había leído, los humanos eran bastante recientes en la historia de la tierra. ¿Significa eso que los lagartos eran los dueños del planeta en la época del nacimiento del geco? ¿Estaba esa cría destinada a ser su rey filósofo? ¿Cómo será el mundo cuando por fin el rey filósofo abra los ojos, listo para gobernar sobre el futuro primigenio?

En contadas ocasiones, al cruzar una cumbre alta o un paso angosto, mientras vaga entre árboles ancianos o está quieto como una estatua, Platón se encuentra en medio de una niebla inesperada. Al verse atrapado en una nube en las montañas, o cuando las ondas se acumulan sobre él en el valle como si el bosque flotara, Platón se ve asaltado por un temblor involuntario. Todo su ser se convulsiona, porque lo que lo envuelve no es una nube errante. Platón se ha metido en un ensueño. La tierra que habita es soñadora como él.

Cegado por el resplandor, lo único que puede hacer es escuchar. Escucha los aullidos, los chillidos y los cacareos. Observa los movimientos suaves y pesados, las texturas que le rozan la piel. Se queda paralizado por las emociones de estos, incluso cuando se alejan. Platón los recrea con colores, contornos y vidas. Los reptiles voladores, los pájaros que pierden el tiempo, las plantas que caminan y las lombrices del tamaño de una pitón, los carnívoros que enseñan sus colmillos y los mamíferos gigantes que vadean y tratan de nadar. Se balancea en la turbulencia de las ondas que se escapan, deleitándose con sus agudos silbidos: canciones de amor compuestas para él y solo para él. Dentro de las voces y las sensaciones se oculta una premonición de lo que está por venir. Toda evolución se guía por un instinto primigenio. El que nos libera para explorar las inciertas geografías del anhelo, solo para tropezar con la dicha de la mortalidad. El instinto que nos lleva a todos al lago primigenio. Flotando como células individuales sin complicaciones, esperando a que la propia vida cese.

Tal vez las circunstancias de su nacimiento hayan llevado a Platón a tomar conciencia de todo ello. Tal vez dichas verdades lo hayan llevado a sus circunstancias actuales.

Va a menudo a fumar opio con su amigo, un indígena *mishmi* de la zona que cultiva amapolas en los recovecos del valle. Ambos se sientan en silencio mientras destilan e inhalan el opio sobre la chimenea. Las paredes de la cabaña son una galería de cráneos de animales coleccionados a lo largo de décadas. Aquí, Platón puede identificar todos los animales que consideran la selva su hogar: el gaur salvaje, el leopardo, la ardilla voladora, el gibón, la gineta. Entre ellos también hay cráneos de los que han desaparecido. El ciervo almizclero, el tigre y el rinoceronte, cazados ilegalmente hasta su extinción por estos lares. Un día, todos volverán.

En la prisión, a Platón lo electrocutaban dos veces al día hasta que perdió la cuenta de los días. Utilizaban una toalla manchada de sangre para cubrirle la cara y metérsela en la boca. Para él, no era una sangre cualquiera. A juzgar por su olor y su sabor, pertenecía a ellos: a todos los torturados y extinguidos.

La resina goteaba por la corteza del árbol a su propio ritmo, indiferente a la velocidad a la que se transformaba su entorno. Cuanto más rápido cambiaba el paisaje, más lento parecía, en contraste, el recorrido de la resina hasta el suelo. Como una piedra, daba la sensación de no moverse. Los insectos, las hojas, las partículas de tierra y burbujas atrapadas en su interior: deshechos magnificados del pasado en un presente siempre cambiante.

La resina encontró una tumba provisional en una capa de piedra caliza parecida a la tiza bajo el suelo. Llevaba años allí, en el extremo norte de Birmania, en aquel entonces una isla rodeada de mares poco profundos. Gradualmente, fue empujada hacia el lecho de mar en forma de ámbar. La fuerza del agua la transformó y de ser un bloque angular pasó a convertirse en un huevo traslúcido. Dentro solo quedó una cría de geco.

Las corrientes soñolientas alejaron el ámbar del cobijo de la bahía, hacia el océano, hasta una fosa común de conchas y esporas, antiguas verdades y muertos recientes. Enterrada junto al geco había una amonita envejecida, con formas espirales de óxido y oro. Creadora de su propio mundo, en su momento la amonita había flotado felizmente, atesorando la visión de un paraíso que desaparecía. Porque el camino hacia el norte de la India había empezado a cerrarse sobre los mares.

Entonces tuvo lugar la colisión. El ámbar se encontró en tierra firme de nuevo, en medio de una amalgama de lutita, arenisca y piedra caliza. A continuación se produjo una lucha entre los fantasmas de la tierra y los del mar. El mar volvió a capturarlo. La tierra volvió a hacerse con él. Al final, todos los bordes de la isla se alzaron en forma de montañas, protegiendo el ámbar en un valle de jade imperial.

La colisión también creó rubíes, zafiros, esmeraldas y diamantes. Pero el ámbar procedía de una época anterior. Atrapado en su interior, el geco fue testigo de uno de los acontecimientos más violentos de la prehistoria. Un acontecimiento que pulverizó, hizo pedazos, desintegró, rajó y en última instancia transfiguró el paisaje en algo inimaginable. Ninguna tierra ni océano se libró de las grietas que crecieron con una vida propia. Arrojado desde grandes alturas a grandes profundidades por transgresiones y regresiones tectónicas, no abrió los ojos ni una sola vez. El ámbar se quedó en un valle de fallas.

Si la evolución de la vida se guiaba por la supervivencia, al movimiento de los continentes lo guiaba una imaginación que ninguna forma de vida era capaz de comprender.

L a falla geológica de Sagaing no separó la tierra ni la hundió. Hay quien dice que la transformó, como si lo hubiera hecho tras pasarse horas sumergida en una meditación tediosa.

Encerrado en una celda de aislamiento, esta vez por colar en la cárcel un diccionario de inglés, Platón, igual que el geco atrapado en el ámbar, experimenta con los ojos cerrados las olas sísmicas que hacen que los campos de arroz suban y bajen formando ondas. La oscuridad cobra vida con un quejido subterráneo y desgarrador. La tierra da sacudidas, horrorizada mientras le aplastan los huesos y le chamuscan la carne, y lo lanza de una pared a otra.

Una parte del techo se derrumba, ofreciéndole una vía de escape. Es la tercera vez que está incomunicado. A estas alturas, Platón prefiere el silencio a la compañía ajena. Porque ha visto como todos sus miedos y toda su fe se disolvían en la oscuridad. En su ausencia, la libertad parece una complicación sin garantías.

Esta habitación es su caparazón. Creado con su sangre y sus huesos, para que se esconda en él. El terremoto lo deja allí para que repare las grietas y cuide de sus moratones.

Mary entraba a menudo en la biblioteca de Girija Prasad con la excusa de limpiar, aunque lo que hacía era revisar el libro de esbozos de su señor, lleno de intentos de devolverle la vida a Chanda Devi. Eso es todo lo que eran: intentos. Cuando clavaba la nariz, los ojos eran demasiado pequeños. Mary podía reconocer la silueta de Chanda Devi de perfil, pero no su rostro. Chanda Devi tenía un pelo muy particular. Durante los monzones se rizaba y en el resto de las estaciones era totalmente liso. Mary se dio cuenta de que Girija Prasad había ajustado la textura de su pelo al color del cielo. Pero de algún modo, los retratos nunca terminaban de encajar.

La memoria era la vida reflejada en un espejo hecho añicos. Desde la muerte del birmano, Mary se aferra a él tan solo en forma de esquirlas. Aunque en su memoria veía con nitidez los rasgos, nunca era capaz de ver la cara como un todo. La pequeña nariz afilada, los labios suaves, las zonas de piel descolorida en la espalda, las mejillas hundidas, el pelo ralo en el pecho, las uñas inmaculadamente limpias, la barriga hinchada por el ponche, la inesperada curva de la columna, la ridícula forma en que se le ponía el pelo de punta incluso a su sombra... En las esquirlas, veía su risa nerviosa y los ojos vidriosos por la tristeza. Oía su silbido, perpetuamente desacompasado de sus pasos. Veía los labios cortados y las manos despreocupadas rozando las ramas mientras paseaba. Olía la nuez de betel en su aliento y el tacto frío del sudor en su propia piel. Pero no lo veía a él.

Mary se moría de ganas de que volviera, aunque fuera solo en forma de sueño. En una ocasión el birmano le había dicho que todo lo que le quitamos a alguien se lo debemos; incluso el aliento. Antes de que él muriera, Mary había acercado su nariz a la de él y había respirado su último aliento. El birmano tenía que regresar, aunque solo fuera para reclamar el aliento que le había robado.

Mary se encuentra en la pagoda de Shwedagon más pronto de lo habitual. En la parte delantera hay un lugar vacío. Se acerca a los pies de la estatua. Cierra los ojos. Sus intentos de rezar se convierten en los desvaríos obsesivos de una loca. Los perros y los pájaros heridos se anteponen a la seguridad de su hijo. A menudo siente el impulso de coger una escoba y barrer ella misma los pasillos, incapaz de soportar las bolas errantes de pelo y polvo que flotan a su alrededor y le rozan los pies.

Ha visto montañas reducidas a polvo y mares que se alzan más altos que cumbres. Ha visto corales crecer en los árboles y árboles crecer en los corales. Ha visto cómo el mediodía se transformaba en noche cuando el terremoto azotó las islas Andamán. Ha visto a su marido desangrarse hasta morir y a su hijo marcharse de las islas en un bote para no volver jamás. Nada puede cambiar eso. Ni la fe ni la negación.

Aun así se pasa horas en Shwedagon, rodeada por personas que entonan cánticos, personas que permanecen en silencio, personas que se balancean. Todas luchan contra la desesperación. Distraída por una riña en susurros, Mary se da la vuelta y se da cuenta de que la estancia se ha llenado. Hay por lo menos doscientas personas a su espalda. Algunos tratan de escurrirse para entrar, otros permanecen pegados al suelo. Algunos cantan en armonía, algunos lo hacen desacompasadamente en actitud desafiante. Algunos tienen los ojos cerrados; algunos buscan conversación, incluso pelea. Todos están unidos en su determinación de sacudir la estructura hasta los cimientos, si eso es lo que hace falta para que los escuchen. Mary retoma sus oraciones. Contempla los numerosos Budas mientras busca el punto en que lo ha dejado. Dónde estaba, se pregunta, antes de que la distrajeran.

Una nueva vibración golpea los pilares. Como un rayo, se distribuye por la cúpula y el suelo de manera simultánea. Las estatuas tiemblan. Por un momento, Mary ve cómo el Buda se mueve. Los pliegues de la ropa se le ondulan y la mano, la que tiene alzada para bendecir, tiembla. La cabeza se le ladea, tal vez en un gesto de sumisión ante los presentes.

Los pensamientos de Mary regresan de inmediato a las islas. Está preocupada por su señor, porque lo que ella está experimentando es tan solo un temblor. Girija Prasad ha entrenado a Mary y Devi para que lo dejen todo y corran al exterior cuando llega un terremoto. Pero aquí en Shwedagon, nadie interrumpe sus plegarias. Nadie se pone en pie. Nadie reconoce siquiera un hecho que cambiará el curso de los ríos, que recorrerá con un escalofrío el eje de la Tierra y reclamará miles de vidas, alterando para siempre las geografías emocionales.

Los temblores desaparecen tan rápido como han llegado. Mary se marcha de la pagoda antes de medianoche. Para cuando llega a casa, está agotada. No come. Ni siquiera barre su esquina ni enrolla su esterilla. Se queda dormida en el balcón, contemplando la luna llena. Esa noche, la luna no es solo una roca en el espacio. Es esa parte de la tierra que fue arrojada tan lejos y con tanta violencia que el cráter que dejó nunca podrá llenarse.

Tras la muerte del birmano, Mary lo buscaba a menudo en sus sueños. Caminaba sola por una playa, lo buscaba en los campos o cocinaba en la cabaña esperando que apareciera. Pero él nunca acudía. Mary se agitaba y daba vueltas en la cama, esperando chocar contra su cálido cuerpo que vibraba al ritmo de sus ronquidos.

Sumida en un sueño profundo, un intenso dolor le atraviesa el útero, igual que aquella noche. Siente deseos de doblar el cuerpo en dos, pero la parálisis del sueño no se lo permite. En su sueño, Mary es tan vulnerable como lo era esa noche. Pero esta vez, cuando lo golpea, no hay ira. Al ir a coger el cuchillo, lo hace sin remordimientos. Mientras sostiene la cara de él entre las manos, lo único que queda es amor. Lo mira a los ojos, que ya no están inyectados en sangre. El ponche lo ha abandonado. Igual que los demonios. El birmano inspira una vez, honda, largamente. ¿O son cuatro respiraciones superficiales en rápida sucesión? Mary no lo sabe. Pero tiene la nariz bajo las narinas de él, para recibir su último aliento.

El cuerpo cálido de él pierde color velozmente. Las extremidades se le ponen rígidas. Permanecen tendidos y juntos en espíritu, como fósiles. Aunque al final ella abandonará la ciudad para comenzar una nueva vida, todo ha sido el sueño de un sonámbulo. En espíritu, ella está tendida a su lado, contemplando los ciclos de calor tropical y frío polar que experimenta el cuerpo del birmano. Pasan miles de millones de años. La vida evoluciona desde seres complicados y complejos hasta formas más sencillas y modestas. El sol que derrama su luz sobre ellos se expande. En su búsqueda por iluminar, evapora todos los océanos y mata todas las planas. La tierra, como represalia, se enfría y se encoge, se pliega hacia arriba creando montañas y envejece en forma de glaciares. Incapaz de mantenerse a sí misma en la batalla entre el calor y el frío, la vida se desplaza a otros lugares, mientras los escasos sentimentales apegados a la tierra eligen la extinción.

Mary y el birmano se quedan donde están, congelados en un momento. En el cénit de su luminosidad, el sol comienza su lenta trayectoria hacia la aniquilación. La luz que cae sobre la tierra pasa de un rojo ardiente a diversas tonalidades amarillas que pierden intensidad hasta convertirse en blanco. Al final, la oscuridad toma el poder. El vacío es todo lo que queda. El vacío en los ojos del birmano, reflejado en todo el tiempo y el espacio.

A partir del vacío, comienza. Un débil rayo de luz escapa de los ojos de cristal del birmano. Una vibración cálida se adueña de su ser. La vida le tiembla en los dedos cuando los acerca hacia ella. Se aferra a Mary una vez más. Con su contacto, ella también regresa a la vida. La sangre le corre desde el corazón a las arterias y extremidades. Ella le aprieta la mano.

Mary parpadea. El birmano también parpadea.

–Perdóname –dice él con una sonrisa nerviosa.

Ella derrama lágrimas de reconciliación.

Un monje ve a Mary dormida sobre la hierba, en un claro entre los árboles. Está tendida entre los bancos vacíos del parque, con una bolsa a modo de almohada. La reconoce: es la mujer –agotada y deliberadamente tranquila, un elemento fijo en Shwedagon– que reza a su lado.

Es el año 1980 y el monje está aquí para asistir al congreso Sangha, la mayor conferencia del mundo sobre budismo *theravada*. Su piel es más oscura que la del resto y sueña en un idioma extranjero. Viste túnicas ocres, no granates, ya que es un extranjero en Rangún. Espera que el general aprecie el regalo que ha traído, porque ese loco pone muy nerviosos a sus superiores del Sangha. Prometió reformar su monasterio el año anterior, y no pasó nada. En el monasterio están desesperados por atraer benefactores extranjeros, sobre todo ahora que se avecina una guerra civil.

El monje la bendice mentalmente. Ve algo que se mueve detrás de su silueta inerte. Una cola oscura se desliza junto a sus pies. A juzgar por las rayas blancas y negras, es una serpiente búngaro venenosa. La sombra de la mujer la protege el sol, como una modesta cadena montañosa. El monje se queda paralizado por el miedo. Si la despierta, a uno de los dos le entrará el pánico. Se queda quieto y reza por la vida de ella.

Mary se da la vuelta en sueños. Él la ve parpadear al cambiar de postura. Ahora está frente a frente con el búngaro, como una amante. Abre los ojos. Ya no parpadea. No hay ningún cambio en su mirada, ni miedo ni pánico. Es como si se hubiera despertado para reflexionar sobre un sueño recurrente. Permanece ahí tendida, despierta, y al final vuelve a sumirse en el sueño. Empieza a roncar. La serpiente se aleja, alterada por la nueva vibración.

El monje se pasa el resto del día observando a la mujer desde la distancia. La mujer se sienta justo delante del altar cuando reza. De vez en cuando se levanta para remojarse la cara, fumar un *bidi* y masticar una nuez de betel. A última hora de la tarde, se marcha. Mientras baja la escalera de la pagoda, se detiene junto al hombre que tiene la jaula para pájaros. Le paga para que libere a dos minás y se aleja con él. El monje la sigue hasta el pie de la escalera, más allá de la verja, hasta un rincón aislado. Debajo de un árbol, ella extiende el brazo para que los pájaros se posen en él. El hombre abre la jaula y los vuelve a meter.

Incapaz de contener su curiosidad por más tiempo, el monje sale de entre las sombras. El vendedor de pájaros, asustado por su repentina aparición, recoge la jaula y se marcha precipitadamente. Ella se queda.

No es la primera vez que el monje está en Birmania. Completó su educación en un monasterio birmano. Tal vez no hable el idioma con fluidez, pero puede comunicar lo que piensa. La bendice. Ella agacha la cabeza en señal de agradecimiento, aunque es lo bastante mayor para ser su madre y él, lo bastante joven para ser su hijo.

Él es un hombre silencioso que evita mirar a los demás a los ojos.

–Hija, he visto personas que liberaban pájaros por el buen karma. Nunca había visto a alguien que pagara para liberarlos y volver a capturarlos –dice.

Ella también se mira los pies, al tiempo que trata de hablar.

–No puedo liberar a mi hijo. No puedo cambiar el destino de un solo pájaro. Tan solo puedo verlos a través de la ilusión. El monje no puede dejar de pensar en sus palabras. Tampoco en la visión de Mary roncando junto a una serpiente. Ha visto cómo gira la rueda de la vida. Procede de una isla en forma de lágrima en el océano Índico: Sri Lanka. Esta comparte el destino de la tierra del ojo lloroso, Birmania. Cubiertas de heridas abiertas, las tierras sangran. Con el tiempo, hasta el sol que se pone sobre sus cabezas sangrará. En las guerras que están por llegar, los jóvenes morirán y los viejos se salvarán para poder enterrarlos.

Si alguien lo sabe, es él. Dos días antes de partir hacia Rangún, el monje ofició los últimos rituales para siete jóvenes hallados en una cuneta. Nadie se atrevió a preguntar quiénes eran ni por qué su carne estaba quemada.

El general se ha tomado unas molestias absurdas para organizar el congreso del Sangha. Ya se ha gastado en él una cuarta parte del presupuesto nacional anual. Ha invitado a monjes y profesores de lugares tan distantes como Corea, Mongolia y Estados Unidos. En la capital corren rumores de que el supersticioso general ha sucumbido a la locura. A lo largo de su vida, también ha cambiado la moneda a valores de nueve unidades, ha implementado repentinamente la conducción por el lado derecho para contrarrestar la revolución de izquierdas e incluso se ha dado un baño en sangre de delfín para conservar la juventud.

El general vive en una mansión junto al lago. Algunas mañanas, desearía que la sublime calma del agua se introdujera en su cuerpo mientras la mira desde la ventana. Padece de un sueño errático y de un corazón inquieto. Ya se ha casado dos veces y teme hacerlo otra vez. En el fondo, sabe que lo que busca no es el poder absoluto, ya sea sobre la nación o sobre sus amantes.

Antes de que el congreso dé comienzo, el general organiza una audiencia privada con los dignatarios. Necesita todas y cada una de sus bendiciones.

Un joven monje de Sri Lanka ha traído un retoño de árbol de Bhodi desde Sri Lanka para regalárselo al general. Es un descendiente del retoño original que llegó desde la India en el siglo iii a. C.

–Que el retoño traiga paz y prosperidad al suelo en el que está plantado –dice el monje.

El general se emociona. Los modales amables y reconfortantes del monje lo calman. Fantasea con renunciar a todo y unirse a los seguidores del joven monje. La renuncia ha sido siempre una fantasía recurrente para él, que aflora cada vez más a menudo a medida que envejece.

Complacido con el regalo, el general pregunta al monje qué puede darle a cambio.

–Libérelos.

–¿Por qué estás vivo? –le pregunta el oficial a Platón.

Platón lleva cinco años en la cárcel. Aunque lo sentenciaron a diez, han reducido su condena a la mitad. El general ha proclamado una amnistía para varios presos políticos y criminales con ocasión del congreso Sangha.

En la prisión corren todo tipo de teorías. ¿Es la superstición la que lo ha llevado a hacerlo? ¿O se trata de un audaz movimiento político? ¿Quiere el general ganarse las simpatías públicas, ahora que el mundo lo mira? ¿O quiere conseguir buen karma liberando humanos en lugar de pájaros?

Esta es la última tanda de interrogatorios a Platón. Por mera costumbre, no contesta.

–Estás vivo porque nosotros te hemos mantenido con vida –responde por él el oficial–. Eres demasiado mayor para volver a la universidad, pero podemos ofrecerte un trabajo si lo deseas. Con un trabajo estable, no te resultará difícil casarte, aunque seas huérfano. Tu futuro es muy importante para nosotros.

Platón se conmueve. Los huérfanos son las criaturas con más capacidad de perdonar del mundo.

–La junta cuida de todos aquellos que la apoyan. Mi mujer está paralítica y mi hijo tuvo tuberculosis hace dos años. Si no hubiera sido por mis ingresos, ¿cómo habría pagado el tratamiento?

Platón se siente intimidado al estar sentado frente al oficial como un igual, separados por una mesa repleta de expedientes, cajas, papeles y la fotografía del general. Desea sentirse a gusto con la cotidianidad, pues esta podría ser su vida tras el encarcelamiento, la vida de un informante. Hablar, compartir incluso un momento de intimidad, de aprecio o de nostalgia con los agentes de inteligencia.

–Qué días aquellos –podrían decir–. Los cerdos eran importantes.

Anticipándose a su liberación, Platón ha solicitado que los guardas de la prisión le rapen el pelo para acabar con los piojos. Su aspecto lo inquieta. Mary, su madre, estará allí para recibirlo. Se descubre mirándose los dientes en forma de media luna, reflejados en el tablero de la mesa.

–¿Sabe por qué soy huérfano? –pregunta.

–No.

–Mi padre pegaba a mi madre cuando estaba embarazada de mí. Ella tenía miedo de que yo muriera, así que lo que hizo fue asesinarlo. Luego huyó. ¿Cree que debería perdonarla?

El oficial levanta la taza para beber un sorbo de té, pero ya no queda. Pide otro. Mientras espera, sonríe a Platón. ¿Quiere uno él también? No. La taza llega. Antes de beber un sorbo, el oficial se inclina hacia delante y susurra algo, tan bajo que ni siquiera Platón lo oye. Tan solo puede descifrar las palabras leyéndole los labios.

Ambos se echan a reír. Platón ríe tanto que se le llenan los ojos de lágrimas.

Platón no verá nunca más al oficial. Un año después de que lo suelten, dará esquinazo a los agentes de inteligencia y escapará a la India. Se adiestrará en la guerra de guerrillas en las selvas del Himalaya en la frontera indobirmana. Durante doce años, operará con un nuevo nombre. Su vida como revolucionario armado llegará a su fin de manera abrupta cuando la inteligencia militar india le tienda una trampa a su facción y los meta en la cárcel con falsas acusaciones. En la India, su madre retomará su lucha por la libertad de su hijo. Las organizaciones de derechos humanos defenderán su causa.

Un abogado irá a verlo y se sentirá confuso ante el comportamiento despreocupado de Platón. Confundirá la sonrisa y la risa con la demencia. Al mismo tiempo, le sorprenderán su lucidez y su perspicacia.

–¿Cómo debo interpretar su sonrisa? –le preguntará a Platón–. Habla de muerte, tortura y de su enfado con el régimen de su país como si estuviera contando chistes.

Platón se reirá una vez más. Esa es su respuesta.

Tras pasar diez años en cárceles indias, el año de su liberación será también el año en que muera el general. Platón leerá sobre seis esposas en una de las muchas necrológicas. Eso le hará recordar la última conversación que mantuvo con el oficial de inteligencia en Sagaing.

–He oído que el general teme más a sus esposas que a los comunistas –le había dicho entonces el oficial.

Mary se acuerda del monte Harriet mientras está en el pico más alto de Sagaing. La vegetación se despliega en todas direcciones. Pero los árboles no son tan altos, los matorrales no son tan densos como en las islas. Agujas y cúpulas doradas de todas las formas y tamaños se alzan por encima de los árboles, como hormigueros sobre la hierba. Lo más cerca que estarán del océano es el Irrawaddy, que los conecta con el delta, el mar de Andamán y en último término el océano Índico. Mary ha pasado toda su vida en esta falla geológica, cuya columna es Sagaing. Los pueblos *karen* de las Andamán y Port Blair son nervaduras que se bifurcan de ella. Siempre se considerará una extranjera aquí, en la tierra de sus padres, su marido y su hijo.

Hace unas horas, sentada junto a Thapa en un pequeño bote para cruzar el Irrawaddy, ha visto a unos pescadores hundidos hasta la cintura en el agua. Algunos tenían cajas de madera al lado y se elevaban sobre el agua con zancos. Se ha preguntado para qué servía aquella extraña técnica. Tal vez fuera así como pescaba también el birmano, antes de marcharse a las islas.

En la ribera, una niña vendía flores confitadas. Intrigada por aquel manjar extranjero, Mary le ha comprado varias. Eran demasiado dulces para su gusto y le han dado sed. Poco después ha empezado a dolerle el estómago. Aunque el río estaba tan manso y calmado como un estanque, Mary se ha mareado en el barco. Ha notado dolorosos retortijones en el vientre. Una vez en tierra, ha corrido detrás de unos arbustos para aliviarse. Le ha sorprendido ver sangre en su vestido; hace casi tres años que tiene la menopausia. La menstruación ha sido como una riada del pasado, un recordatorio obsceno de lo impotente que se sentía ante la sangre. Desprevenida, ha utilizado un pañuelo como compresa y ha regresado con Thapa. Ese mismo día, ambos se encuentran en el punto más alto de Sagaing. Para cuando terminan de escalarlo, a Mary le arden la frente y las mejillas, y la fiebre la hace sudar. Se tiende en un banco y se cubre la cabeza con un periódico.

Thapa regresa con polos de hielo. Le seca la frente a Mary con las palmas de las manos y la ayuda a incorporarse. Ambos se sientan en el banco y lamen el helado de un naranja vivo. A Mary se le derrite en la mano y le gotea sobre el vestido. Si en ese momento hubiera otro terremoto, no movería un dedo. Ha gastado toda su energía para llegar hasta aquí.

Mañana soltarán a Platón. Pero hoy, Mary se siente derrotada. El breve trayecto con brisa a través del Irrawaddy ha consumido hasta su última gota de dignidad y voluntad. La ha hecho sangrar como una adolescente y padecer los sofocos de la menopausia. La ha embargado con el deseo de vivir pero le ha arrebatado toda esperanza.

Esa noche, sentada en un banco del parque, Mary experimenta mil emociones y vive mil vidas a la vez. Aplastada por novecientas noventa y nueve, le resulta imposible aferrarse a esta.

«Qué feo debía de ser para que su madre lo abandonara», le había dicho Platón en su carta. No es la fealdad de él sino la suya propia la que más teme Mary.

–¿Tiene otro *longyi* para mañana? –pregunta Thapa–. Podemos comprarle uno.

Las manchas de sangre y su aspecto desaliñado lo tienen preocupado.

–La ropa nueva no va a cambiar lo que hice –contesta ella–. Abandoné a mi hijo, antes siquiera de poder destetarlo.

El Irrawaddy se extiende ante ellos. Desde donde están, el río parece dos ríos separados por un banco de arena lo bastante grande para ser una isla. A pesar de que la corriente es escasa, Thapa ve botes que navegan contracorriente. No tienen otra opción: el río es el único camino para llegar a muchos lugares del norte. En la distancia se ven las colinas de Mandalay, bajas y ondulantes, como dunas de arena, en marcado contraste con el sobrecogedor Himalaya al oeste y el Tíbet al norte. Esas montañas son tan altas y escarpadas que allí es donde acaba el mundo para la mayoría. Nadie ha llegado a la cima de los picos y al fondo de los cañones cerca de Namche Barwa. Durante mucho tiempo, la gente creyó que el Tsangpo y el Brahmaputra eran dos ríos distintos, ya que nadie podía aventurarse a través de la gran curva para ver que en realidad son el mismo.

Thapa trata de distraerse con las vistas, hasta que le resulta imposible seguir haciéndolo. Las palabras de Mary lo han transportado de vuelta a su propio pasado.

–No todo el mundo –dice– consigue una oportunidad en esta vida para empezar de cero.

Mary asiente. Un grupo de cuervos capta su atención. Están posados uno al lado de otro en una rama pelada de un árbol muerto. Dan la impresión de ser una familia feliz. La madre cuervo le acicala las plumas al padre, mientras el adolescente deja vagar la mirada a su alrededor.

Aplastada por la culpa, Mary escapa sumergiéndose en el cuento que empezó a contarse en el bote que la llevaba de las Andamán a Birmania, mientras esperaba, con náuseas y nervios, para pisar por primera vez la tierra de su marido y de su hijo.

É rase una vez una tortuga que vivía en el mar. Era tan grande que los peces y el coral del fondo confundían su sombra con una nube de lluvia. Un día, nadó hasta la orilla más cercana y cavó un profundo hoyo en la arena. Puso dentro un centenar de huevos y los cubrió de nuevo con la arena, para que nadie pudiera sospechar lo que se ocultaba debajo. Luego volvió a sumergirse en el mar. Cuando llegara el momento de que los huevos se rompieran, ella estaría esperando a sus crías justo por debajo de la espuma de la orilla. Juntos, explorarían los siete mares del mundo y el octavo, el del cielo. Pero el destino dispuso que en lugar de eso la atrapara la red de un pescador.

Antes de que los huevos pudieran abrirse, el cuerpo de la tortuga fue despedazado, cocinado, y los huesos que quedaron se apilaron y se quemaron en el jardín del pescador. El deseo de vivir de la tortuga era tan grande que de la noche a la mañana un árbol creció sobre sus huesos. Era un árbol extraño. Aunque su madera era tan robusta como la teca, no tenía hojas y mucho menos flores o frutos. Quedó pelado debido a la tristeza.

Al no ver la utilidad de un árbol estéril, el pescador decidió construirse una barca nueva con su madera. Dicha barca podía atravesar las corrientes y surcar las olas más altas con un equilibrio inalterable. El pescador la llamó *Tortuga Doliente*, porque eso es lo que era en espíritu.

Un día, la barca divisó una tortuga que nadaba en las profundidades del mar. La *Tortuga Doliente* lo reconoció enseguida: era su hijo. Cada huevo lleva en su interior un destello del lugar del cual procede. A pesar de que la *Tortuga Doliente* había puesto un centenar de huevos, tan solo había sobrevivido uno. Mientras nadaba justo debajo de la barca, el hijo también la reconoció, porque la silueta del bote parecía la de una tortuga gigante.

Madre e hijo estaban tan exultantes de haberse encontrado que no se dieron cuenta de que el pescador lanzaba su red para atrapar la tortuga. Rápidamente, el pescador la recogió. La barca estaba consternada y, aprovechando la siguiente ola, volcó. El pescador y su red cayeron al agua. La barca liberó a su hijo. El pescador pensó que se trataba de un accidente. Nadó hasta la orilla y regresó con más hombres para arrastrar el bote de vuelta a tierra firme. Esa noche, mientras estaba en la playa, la barca contempló el mar con nostalgia. Ojalá pudiera nadar hasta aguas abiertas y estar con su hijo. Pero la barca solo podía moverse dentro del agua, no en tierra. Rezó a la luna para que utilizara todo su poder y provocara una marejada.

−¿Por qué debería ayudarte? −preguntó la luna−. Eso perturbaría mi rutina.

−La voluntad y el deber de una madre es cuidar de sus hijos. Si me ayudas a cumplir los míos, la naturaleza también te bendecirá con descendencia.

Hace mucho tiempo, cuando las horas no estaban divididas entre la noche y el día, el sol y la luna vivían en armonía. Pero a los murciélagos los cegaba el sol y los árboles necesitaban descansar en la oscuridad. Así que los instaron a pasar tiempo separados. Con el tiempo, el malestar se filtró en su matrimonio. Un día, la luna se colocó entre el sol y la tierra. Le recordó el amor que habían compartido antes de que un planeta se interpusiera entre ellos. El sol, enfadado por la osadía de la luna, comenzó a pegarle. Aún ahora, golpea a la luna y la reduce a pedazos.

En la petición de la *Tortuga Doliente,* la luna encontró esperanza. Encontró una posibilidad de ser feliz. La luna deslumbró a la noche mostrándose en todo su esplendor. El mar respondió con unas altas olas. Deslizándose sobre ellas, la barca encontró el mar abierto. A la noche siguiente, la luna puso un millar de huevos. Con el tiempo, se abrieron y se convirtieron en estrellas. Aún se pueden ver abriéndose en el cielo nocturno, cuando una estrella fugaz cae de su cascarón.

Guiada por su instinto, la barca encontró a la tortuga y juntas huyeron del mar en busca de océanos inexplorados. En un mundo en movimiento, se hicieron inseparables. Al enfrentarse a los depredadores, la barca escondía a su hijo a bordo, ya que los enemigos más feroces en el agua eran impotentes en el mundo seco de la superficie.

Un día, el hijo nadó hasta las profundidades para buscar comida en una cueva. Un tentáculo salió disparado de la oscuridad y lo atrapó. La barca lo vio todo. Diseñada para flotar, no podía bucear por más que lo intentara. En un abrir y cerrar de ojos, se obligó a desintegrarse y hundirse en forma de esquirlas y astillas. Justo cuando el pulpo se llevaba la tortuga a la boca, una astilla se le clavó en el ojo. Otra esquirla se le introdujo nadando en la boca abierta y se le atravesó en la garganta. Retorciéndose de dolor, el pulpo dejó marchar a la tortuga.

Esta huyó hacia la superficie, donde en lugar de a su madre encontró pedazos de madera a la deriva. Se echó a llorar. Se agarró a lo único que quedaba. Vagó a la deriva con cada pedazo al que pudo asirse. Al final, perdió el conocimiento y cuando abrió otra vez los ojos, vio que se hallaba en una isla. No solo el lugar era nuevo para él: él mismo también lo era. Su cuerpo se había transformado en el de un hombre joven. A su lado dormía una mujer de edad avanzada. Era su madre. Se quedó perplejo. A un lado estaba la selva; al otro, el mar. Junto a las olas había un hombre.

—¿Quién eres? —le preguntó al hombre.

Este sonrió.

—Soy tu padre. Os he traído a tu madre y a ti hasta aquí.

Era el padre, bajo la apariencia de una corriente oceánica, quien había empujado la barca hacia el mar esa noche de luna llena y había guiado a la madre hasta el hijo. Era él quien había arrastrado los trozos de madera a las profundidades del océano para rescatar a su hijo del pulpo. Los había protegido durante todo este tiempo.

Juntos, los tres vivieron en la isla durante un tiempo. Después de descansar, retomaron su viaje a través de los diversos mundos de tierra, agua y aire. A veces todavía es posible verlos, como tres olas en el mar, o tres árboles en un bosquecillo, o tres pájaros volando por el cielo...

El fotógrafo está sentado en un muro, con el *longyi* doblado y la camisa colgada a su lado. El calor del mediodía lo ha empapado en sudor y la camisa tiene que durarle todo el día. Para ser una cárcel, los muros exteriores son fáciles de escalar, observa. Le da tiempo de mirar a su alrededor. Las puertas de la cárcel de Khamti aún no se han abierto, pero el recinto ya está abarrotado. Familia, amigos, tal vez colegas e informadores también, esperan bajo el sol.

El editor del periódico del partido le ha indicado que debe encontrar una cárcel pequeña y oscura, no una grande como la Obo en Mandalay, para cubrir la noticia. El periódico necesita subrayar ante sus lectores el impacto nacional de la amnistía.

El fotógrafo tenía pensado llegar una hora antes e inspeccionar el escenario para buscar el enfoque adecuado. Pero la multitud ha frustrado sus planes. Nadie le dejará colocarse delante. Las sombrillas bloquean su campo de visión. Esta parece ser su única y mejor opción: sentarse en lo alto del muro que rodea el recinto para obtener una vista aérea.

Las puertas se abren.

Varios rostros sonrientes se apresuran a salir. Los prisioneros deben de haberse acicalado con mucho esmero para este momento. El fotógrafo capta hombres con camisas y chaquetas abotonadas, hombres con gafas de sol y el cabello meticulosamente peinado. Los capta saludando con las manos como niños pequeños, dirigiéndose apresuradamente hacia sus seres queridos.

Oye sollozos y ruidosos saludos. Saborea los dulces que se pasan. Percibe la incredulidad en los abrazos mientras observa la escena a través de su objetivo. Siente alivio. Allí, en algún lugar, hay una buena foto.

Deja que la cámara le cuelgue del cuello mientras se seca la cara. Mira distraídamente a su alrededor. Nota un movimiento a su espalda. Hay dos personas detrás del muro, al otro lado de la estrecha calle. Una mujer mayor, vestida con lo que parecen un *longyi* y una blusa nuevos, con flores en el pelo. Es evidente que está incómoda. A lo mejor no está acostumbrada a ir vestida a la moda. A lo mejor no quiere estar aquí. A lo mejor no le gusta la persona con la que está, un hombre más joven que destaca en medio del mar de *longyis* con sus vaqueros occidentales. Se pregunta por qué esperan fuera cuando toda la acción se desarrolla dentro.

Uno de los prisioneros recién liberados sale a la calle con pasos inseguros. Mira a su alrededor. Se detiene. Los saluda con la mano. Su sonrisa deja al descubierto pruebas de su encarcelamiento: dientes rotos. El hombre le devuelve el saludo. La mujer parece estar a punto de derrumbarse. Al fotógrafo se le llenan los ojos de lágrimas al ver cómo se abrazan. No intercambian ninguna palabra. Igual de frágiles, se aferran el uno al otro como si nunca se hubieran separado, como si el cordón umbilical no se hubiera cortado.

¿Qué otra cosa podrían ser, sino una madre y un hijo?

VALLE

Aquí no hay nada que le recuerde a su hogar. Thapa se ha pasado la última hora caminando por las calles de Thamel, un distrito con una entrada angosta y una vía de escape aún más angosta. Los *rickshaws* con bicicleta llegan allí donde la ley no alcanza. Los deseos inquebrantables llevan a un hombre allí donde los *rickshaws* no llegan: a azoteas con clubes nocturnos y a bares en sótanos ubicados en callejones sin salida. El centro de Katmandú, un valle sin salida al mar, está sumergido. Thamel se alza en el fondo, como una cloaca de espíritus y presagios que espera para tentarte. Los edificios se tambalean como borrachos empedernidos, con barrigas protuberantes y andares inestables. Apartados a un lado por las calles siempre bulliciosas, cubiertos con techos que amenazan con desmoronarse, las entradas son madrigueras de serpientes. Los humanos reptan por encima de los montículos de escombros como si fueran termitas. Cuando el desastre los alcance, todas las estructuras se derrumbarán sin una onda. Porque los andamiajes de bambú y las tablas de madera que lo sostienen todo –los templos inclinados y los patios hundidos, las casas ruinosas y las tiendas abarrotadas, las muletas que mantienen erguidos a los mendigos– en realidad son un mero consuelo. Cuando el desastre los alcance, el valle entero, no solo este barrio, se hundirá en los contornos y depresiones de un lecho marino, liberando los vívidos colores y las corrientes para que adopten nuevas formas y vidas.

¿Quiénes son estas personas que se reproducen como roedores en un vertedero? La semana pasada, le hablaron de un hombre que se arrojó desde el tejado de uno de estos edificios. Sobrevivió con tan solo dos fracturas para compensar su corazón roto. ¿Qué vida debe de llevar, se pregunta Thapa, para creer que una caída desde un segundo piso podría matarlo? Hace falta mucha más suerte para suicidarse que para sobrevivir.

Rodeados por extranjeros, los habitantes de Thamel han aprendido a hablar, dar caminatas y fornicar en idiomas foráneos, deleitándose con los restos de pasta y pastel. Aunque Thapa puede hacerse pasar por un lugareño en casi todas partes, es aquí, en la tierra en la que nació, donde se siente como un extranjero. No hay nada aquí que le recuerde a su hogar. Salvo por la innegable llamada de su corazón.

Kilómetros por debajo del suelo que pisan, la tierra intranquila gira febrilmente a uno y otro lado. Los sonidos del subsuelo más profundo penetran en el presente. La gente los confunde con un banco de langostas o con el rugido de un viento distante. Pero Thapa no. En el horizonte cada vez más cercano del futuro, el desastre es una certera incertidumbre, la mayor que existirá jamás. Los conecta a todos.

Desesperado por matar el tiempo, Thapa se dedica a mirar escaparates. La calidad de los artículos de imitación parece haber mejorado desde su última visita. La *pashmina* de imitación y la cachemira de imitación. Maniquíes de un rubio barato que llevan artículos North Face falsificados de día y falsas *chubas** tibetanas de noche. Pósteres del Everest y el resto de los ochomiles retocados con Photoshop. Joyas artificiales y piedras pre-

* Abrigo largo de veja hecho de lana tibetana llevado por las tribus nómadas.

ciosas falsas. *Kukris** falsos y falsos gorkhas bravucones. Falso pelo de yak y falso folclore del yeti. Mugrientas marionetas de hilos y jerséis de segunda mano. Thapa se detiene en mitad de una zancada al percibir el olor a canela, tarta de manzana recién horneada y café que inunda la calle. Una cafetería abarrotada de extranjeros y lugareños impecables ha ocupado la acera. Sentado justo frente a él hay una joven montañera que resulta atractiva por lo arreglada que va y la ropa ceñida que lleva. Está discutiendo con alguien por teléfono. Tiene las mejillas sonrojadas. Bajo las cejas meticulosamente cuidadas, se le ha corrido el *khol.*

–No se merece que derrames ni una sola lágrima por él –dice Thapa al pasar a su lado. La chica se da la vuelta, sorprendida–. Nadie lo merece.

Sin duda, no estos chicos que parecen chicas. La noche anterior, Thapa fue a un bar popular con música en directo. Aunque estaba en la primera planta, un universo paralelo se extendía desde la pequeña escalera. Cientos de personas abarrotaban el local, bebiendo, fumando y escuchando a un grupo de hombres con el pelo largo, cinturas escuálidas y vaqueros ajustados. Hombres con la voz y la actitud de chicas adolescentes.

Thapa pasa frente a un cuchitril que se autodenomina desvergonzadamente clínica dental. Las dentaduras postizas, amontonadas en el escaparate, son oráculos. Envidiables juegos de treinta y dos piezas, medias mandíbulas, muelas descoloridas y moldes de color verde menta y rosa carne parlotean como espíritus poseídos. No es un terremoto, ni un tornado, ni una inundación: es todo junto. El desastre engullirá toda la vida existente y escupirá nuevos especímenes. Sin dientes y sin mandíbulas, buscando dentaduras de sobra entre los escombros. Thapa acelera el paso.

---

* Cuchillos: término que proviene del *kopis* griego, llevado a oriente por Alejandro Magno.

–¡Cobarde! –gritan a su paso.

–Es un desdentado –se burlan.

Se siente aliviado al oír el borboteo del agua que ahoga las voces y las anula. Sigue el sonido hasta la puerta de un restaurante de *sushi*. Las relajantes cascadas de un salto de agua *feng shui* evocan visiones de estanques con lotos y volutas de oro que nadan en ellos. Hasta las flores del cerezo de plástico desprenden una sensación de calma.

Mientras admira este mundo falso, oye susurrar algo a una mujer que está un poco más allá.

–Thamel –le dice a su marido, o al menos Thapa da por hecho que es su marido. Nunca se sabe con los blancos, que tocan a los intérpretes y a los desconocidos como si fueran sus amantes. Agarrándose al brazo de él, se acerca para competir con el ruido de la multitud–. Thamel –dice en voz más alta–. Suena a perfume francés, ¿no?

Thapa se ríe.

En una ocasión, un oficial del ejército birmano le pidió un soborno. Quería comprar un perfume francés para su amante. Fue antes de que los Chanel y Dior de imitación se colaran por la frontera con China, y los únicos que había tenían que ser originales. Al cabo de seis semanas, cuando lo tuvo en sus manos, abrió la botella hecha a mano para inspirar sus caros secretos. Emanaba un perfume sofisticado, muy distinto al de las flores y los palitos de incienso.

Más tarde esa misma noche, sentado en un bar musical, los pensamientos de Thapa regresan a ella. Agarrada al brazo de otro, deambulando por el laberinto de la mente de Thapa. Está resentido con ella. Ha sido capaz de ver lo que él no ha podido ver en todo este tiempo. Thamel, con un encanto tan falso como Chanel.

Thapa llega tarde al bar musical. Últimamente ha empezado a evitarlos. Hubo una época en la que dedicaba una considerable cantidad de dinero y tiempo a la caza de entretenimiento y sexo. Una época en la que el mundo falso lo tenía hechizado. Algo se rompió de manera inesperada cuando se detuvo en un pueblo *mishmi* junto a la frontera. El jefe del pueblo era amigo suyo y fue en casa de su nieto donde encontró la foto que había dejado. Después de todos esos años de amnesia, un momento enterrado había regresado a él con la inmediatez del ayer y la certeza del hoy. Thapa dejó de beber por completo. A las drogas nunca había sido muy aficionado; no le hacía falta la química para alucinar.

Si la foto tuviera vida humana propia, ahora sería una adulta. Un huérfano que había sobrevivido bajo muchos techos, decidido a demostrar al mundo que existía más belleza y esperanza de la que éramos capaces de albergar en nuestro corazón. Thamel no ha hecho más que exacerbar el hechizo de la foto.

Mientras se sienta en bares musicales, totalmente sobrio, lo que lo embarga no es una crisis de moralidad sino de imaginación. Aunque ella baila con ganas y hace mohínes y finge mirarlo a los ojos, en realidad está comprobando su aspecto en el espejo. El humo artificial no es niebla de la montaña, y la ducha del techo no es lluvia. Las luces estroboscópicas son tan invasivas que podrían provocar convulsiones. Cuando llegue el desastre, ella estará regateando con un cliente en una de las habitaciones traseras. La pared se desplomará sobre ellos, matando al hombre con los pantalones bajados. La chica no sufrirá daños, salvada por el marco vacío de una ventana abierta.

Thapa ha venido aquí para entretener a un potencial cómplice. Dentro de dos semanas, pasará un envío de drogas recreativas a través de la frontera con la India. Llevará los paquetes dentro de carcasas de cordero. Transportar carne es una práctica habitual entre los nómadas, sobre todo antes del invierno.

Eso también disimulará el olor. Tal vez un fajo de billetes pueda comprar una habilidad, pero solo un secreto puede comprar otro. Thapa sabe lo que implican los secretos, en especial para los hombres. Una vez vio arrastrarse a un oficial hasta el escenario de un bar musical y unirse al bailarín desnudo bajo la cascada artificial. El oficial sigue estando agradecido a Thapa, incluso ahora, después de tres años, por no habérselo contado a nadie.

A su lado, su invitado recorre con los dedos los muslos de una camarera. Antes la chica ha intentado colarse en el asiento de Thapa con la excusa de tomar nota. Así que él le ha dado una propina y le ha pedido que lo deje en paz.

Delante de él una bailarina se está desabrochando el vestido encima del escenario. Si los caprichosos elementos lo permiten, en un bar musical todas las noches están predestinadas a acabar de la misma manera. Una vez han cribado a la chusma de la gente con dinero, una vez que la brigada moral está sentada en el interior del local, apaciguada por el Black Label, todo cae por su propio peso. Pieza a pieza. El top. La falda. Las botas. El vestido. El sujetador. Las mallas. Las medias. La lluvia artificial comienza a caer. Bajo la luz deslumbrante de un foco, una chica desnuda se da una de las duchas más absurdas que haya visto un hombre. Se embadurna de detergente de lavadora para que salga espuma. A pesar del efecto blanqueador, sus párpados conservan el color azul turquesa y sus labios, el rosa artificial.

Thapa se remueve en el asiento. Se siente aliviado al ver que el siguiente número es el del enano. Él es el único que aplaude y anima cuando el enano sube al escenario. En Bangkok, uno de sus amigos dirige una agencia que alquila enanos. Beben, bailan, sonríen, incluso mientras los turistas blancos les agarran la entrepierna. Los enanos, y no las estrípers, son el ingrediente perfecto de una noche loca.

—Todo el mundo se burla de los nepalíes porque son bajos, y los nepalíes se ríen de los enanos —le cuenta a su socio.

El carnicero sonríe con poco entusiasmo. Las luces se atenúan y suena una canción. Thapa la reconoce de inmediato, incongruente en esta secuencia de baile y lujuria. Es de un viejo número de Bollywood, estrenado pocos meses después de que él se marchara del pueblo. La silueta del enano hace que la letra de la canción cobre vida. Sus dedos y pasos minúsculos se recluyen en un torbellino de emociones, mientras Thapa rebusca en el pasado. Su ser se aferra a las emociones con intensas sacudidas. Thapa es incapaz de apartar la mirada de la cara. El ceño fruncido, la boca medio abierta, sepultada bajo el peso de lo que no se dice.

El bailarín cae redondo sobre el escenario y recupera el control de las extremidades una a una. Aunque le brillan los ojos, no ha derramado una sola lágrima. Thapa paga la cuenta y abandona el bar. Mientras sale por la puerta trasera, lo alcanza el hedor a vapores de gasolina mezclado con carne asada que llega desde la cocina improvisada. Siente náuseas; todos los bocados indigestos de la tarde le suben por la garganta. Tiene que hacer algo para quitarse esa canción de la cabeza. Camina sin rumbo por los callejones, bajo los balcones que unen todas las estructuras como una gigantesca cuerda de tender, sobre las callejuelas secundarias donde el futuro se agita para existir.

Bajo el manto de la oscuridad, tienen lugar transformaciones radicales.

Uno sabe que un edificio se derrumbará cuando las enredaderas que alfombran las paredes se han marchitado, las palomas han huido y los buitres que planean han ocupado su lugar. A las criaturas que viven en las paredes les encanta la mezcla de sal, cal y lentejas que se usa tradicionalmente para hacer cemento. Se la han comido desde dentro hacia fuera, como las lombrices intestinales. No dejarán de comer hasta que los huesos parezcan los arrecifes de coral que una vez fueron.

Hace unas horas, Thapa se ha encontrado en un cruce atestado en Thamel. Seis callejones distintos convergían en una plaza diminuta. Era una imagen típica en Katmandú: escombros, andamios, hoyos a medio cavar y estructuras a medio construir, todo embutido en las esquinas y escondrijos de la ciudad cenagosa. En medio de los escombros se alzaba un montículo de hierba. De pie encima de él, un hombre lanzaba granos para alimentar a las palomas. Las aves, grandes y agresivas, no estaban interesadas en las semillas muertas. Descendientes de rapaces, albergaban en su interior un hambre reptiliana de carne, de carne viva y suculenta, como la del propio hombre. Las palomas, una contracorriente en la marea de la evolución.

Thapa llega a casa, una habitación de sobra alquilada en el primer piso de un edificio ruinoso, poco después del alba. En la entrada esquiva a una mujer que lanza la basura a la calle. Hay una chica sentada en los escalones con la cabeza entre las piernas. La puerta de su vecino está abierta de par en par. La habitación está atestada de brillantes ornamentos y la televisión está encendida. Los gritos y chillidos llenan la estancia aunque no hay nadie dentro. Thapa cierra la puerta de su vecino antes de introducir la llave en la suya. La deja abierta para que la peste sintética de los fideos envasados pueda escapar mientras los cocina. Un olor que vincula su vida con Chanel y Thamel.

Antes de sentarse a comer, la pilla mirándolo desde el rellano. Debe de ser la misma chica junto a la que ha pasado antes por la escalera.

–¿Quieres unos fideos? –le pregunta, sospechando que el hambre es su tragedia matutina.

Ella asiente.

Vuelve a poner agua a hervir. Fideos, té y un paquete de galletas es lo único que puede ofrecerle. La chica debe de tener mucha hambre. Aún no ha rechazado nada.

–¿No tienes que ir al colegio? –le pregunta después, al tiempo que toma asiento.

Ella se sobresalta.

–¿Estás intentando sacar provecho? –le pregunta sosteniéndole la mirada–. ¿Como el casero que me escupe a los pies y dice que no aceptará dinero sucio y luego me sube el alquiler cada mes?

Las palabras golpean a Thapa como un bofetón en la cara. Le cuesta entender que una pregunta tan inocente pueda herir a alguien.

–¿Por qué no me dejaste entretenerte ayer por la noche? –pregunta ella.

El delirio de la oscuridad se ha esfumado. Thapa se retuerce, inquieto. Está demasiado avergonzado para decir nada. Esta chica que devora con ansia los fideos es lo contrario de la camarera a la que le pidió que lo dejara en paz. Sin rostro, sin edad, resplandeciente de vulgaridad.

–¿Por qué no dejaste que te entretuviera? –pregunta ella de nuevo, apuñalando el corazón del silencio.

–Porque soy lo bastante mayor como para ser tu padre.

Ella se ríe. Una risa regia y temeraria.

–A los bares musicales solo vienen padres –replica.

–Estaba allí para que se entretuviera mi socio, no yo.

La risa de ella se ha esfumado, como por respeto. Con gran seriedad, le pregunta:

–¿Te van los chicos? En Thamel hay muchos.

Ahora le toca reírse a él. Una risa sincera y corriente.

T hapa se resigna a dar el día por perdido. Si se pone a dormir ahora, es probable que la risa remueva el lodazal de sus emociones y lo introduzca en sus sueños. Empieza el día metiendo su ropa en remojo. Luego lava los platos, antes de ponerse de nuevo con la colada. Habiendo vivido solo la mayor parte de su vida, está acostumbrado a los rituales cotidianos de la vida doméstica. No hay tragedia, emoción o ataque lo bastante grandes para que renuncie a lavar.

Una vez ha terminado la limpieza diaria, se une a la riada de montañeros, vendedores ambulantes, mendigos, regateadores, adictos al *crack*, prostitutas menores de edad y amantes mayores de edad. Thapa es incapaz de perderse, ni siquiera en medio de semejante multitud.

La brusca caída de la temperatura parece haber salido de la nada. En esta tarde seca, el viento torrencial ha provocado remolinos de polvo, devolviendo a la gente a momentos que el cuerpo revive tan solo en forma de sensaciones y cuyo recuerdo ha perdido la mente.

Las corrientes gélidas transportan la lluvia desde los picos hasta el valle. La multitud dispone de unos meros minutos para prepararse. Para meter el mundo bajo las cornisas y los toldos, para dejarlo de lado y arrodillarse ante la tormenta eléctrica.

El suelo se reblandece por anticipado. Posos de un mar que se evaporó hace muchas eras, lleno de la espuma provocada por el aliento de aquellos que hibernan, los pocos testarudos, que, en su sabiduría, se aferraron a sus agallas, optando por la muerte del sueño en lugar de la vida de los pulmones. El viento golpea a Thapa por la espalda. Un escalofrío le recorre las extremidades y le estalla en las uñas de los dedos. Se le pone toda la piel de gallina.

Se introduce en la entrada más cercana para huir del inminente aguacero. Es una tienda de joyas, del tamaño de una cabina telefónica. En cuanto entra, recuerda su ropa que se seca en el tejado, desnuda y vulnerable a las lluvias ácidas de Katmandú.

–¿Le gustaría ver algo? –le pregunta la vendedora con acento estadounidense–. ¿Lapislázuli, plata, turquesa, coral?

Thapa cae en la cuenta de que es el único comprador.

–Nada –dice en nepalí–. No sé qué comprar.

–Oh, lo he confundido con un extranjero. ¿Para quién quiere comprar? ¿Una esposa? ¿Una hija? –pregunta ella utilizando su idioma esta vez.

–Nada de eso –responde él en tono de disculpa.

Busca algo que comprar, algo que no sea para una mujer. Observa los objetos curiosos. El suelo está cubierto de la clase de artículos que a los extranjeros les encanta comprar. Thapa observa más de cerca las figuras de bronce en miniatura. Parecen dioses. ¿O son monstruos? Es difícil de decir. Algunos están fornicando. Un hombre y una mujer están de pie uno frente al otro, unidos por la cadera como hermanos siameses. Otra figurilla reproduce a una mujer sentada sobre un hombre que la está penetrando. Él le rodea la cintura con las manos mientras ella lo estrangula. Aun así, él parece estar en éxtasis.

–¡Ridículo! –exclama Thapa.

Y entonces ve el monstruo.

Oculto en una esquina, Bhairava, la deidad tántrica, está sentado en la postura del loto, copulando con una hermosa

chica la mitad de grande que él. Bhairava es de bronce, luce
una mirada colérica en sus grandes ojos y de su boca, abierta
de par en par, sobresalen unos colmillosde lobo. El cuerpo de
ella está pintado de color turquesa, con los pezones de color
rojo sangre. Tiene los ojos cerrados y la cabeza echada hacia
atrás en señal de sumisión.

Thapa nota la mirada de la vendedora a su espalda. Los lóbulos de las orejas le arden por la vergüenza. Como quien no
quiere la cosa traslada su atención a la gran caja de pendientes
que se encuentra junto a las figuras.

–Están en venta –dice ella–. Puesto que es usted de aquí, le
haré un descuento del veinticinco por ciento. Para los extranjeros, es del diez por ciento.

Thapa coge el primer par que ve. No espera a que le dé el
cambio. Aquí está, trasteando con pendientes, mientras su ropa
lavada a mano se empapa. Abandona el local, plenamente consciente del reflejo que lo sigue desde el escaparate. Un extraño
solitario entrado en años. Un monstruo.

Los truenos estallan a su alrededor y Thapa echa a correr,
aunque nadie más lo hace. Parece un hombre con un objetivo.
En Thamel, llama la atención. El baile fantasma del enano, la
insegura mujer blanca, la núbil inocencia de la camarera: todos le han seguido hasta la calle. Incapaz de soportarlo, gira
abruptamente en un callejón.

Es una calle sin salida, rebosante de la porquería de los res-
taurantes y tiendas vecinos. No puede parar de jadear. Un antiguo sentimiento lo consume. Aquí el aire es insoportablemente
pegajoso, y el olor a coco podrido y hierba pútrida que sale de
la basura es como una ciénaga de agua salada.

Acurrucada entre la basura se encuentra una mujer. Centímetro a centímetro, su silenciosa presencia engulle a Thapa,
como unas arenas movedizas. La mujer tiene el pelo revuelto
y apelmazado. La camisa, que le va grande, no está bien aboto-

nada, y se sujeta los vaqueros con una cuerda. Su cuerpo desprende una plenitud maternal. En la mejilla derecha luce un descomunal moratón, como si algo pesado, como un ladrillo o un poste, le hubiera caído encima. Sus ojos... le recuerdan a los suyos después del corrimiento de tierras. Una mirada que no reconoce nada, ni la mugre ni la pena. Sus rasgos francos de montañesa, su piel quemada por el sol y el anillo de la nariz son todo lo que Thapa necesita para deducir sus circunstancias. Una superviviente del reciente terremoto que asoló los distritos del norte. Una madre joven en una familia de granjeros analfabetos.

Thapa maldice a los supersticiosos nepalíes por haberla abandonado. Para ellos, la chica es un mal augurio. Los terremotos y la miseria la siguen como una sombra. Thapa siente deseos de establecer contacto con ella, de alguna forma. Rebusca en sus bolsillos. Solo le quedan cincuenta rupias. Las deja a los pies de ella. Vacila y luego se quita el reloj de marca y lo coloca sobre el billete para que este no salga volando. Ella coge el reloj. Juega con la esfera, manteniéndola en equilibrio sobre la cabeza.

Al ver estas señales de vida, por infantiles que sean, Thapa se anima. Está tan ensimismado observándola que podría quedarse siglos ahí de pie. Sepultado, como un fósil, en las arenas de su pena iluminadas por la luna.

La luna llena, que se eleva vivamente por el cielo, ha engullido la tenue tarde, revelando la basura bajo una nueva luz. Son criaturas marinas, disfrazadas, escondidas a plena vista. Acurrucadas unas contra otras, aferrándose a sus extremidades y colas en busca de comodidad. Amonitas y nautilos con aspecto de tapones de botellas. Medusas que flotan como bolsas de plástico, enredadas con serpientes y anguilas que podrían pasar por pipas rotas. Lirios y estrellas de mar que imitan los colores de ramilletes desechados. Reptiles que tan solo resultan visibles en forma de textura, tendidos sobre el suelo como ruedas rotas y trozos de metal. Dormidos, parecen bebés. Inocentes. Dichosos. Vulnerables.

Ella está sentada entre ellos, indiferente al juego de explosiones y extinción que la vida juega a su alrededor. Thapa da un paso hacia ella, con la esperanza de decir algo. Asustada por su movimiento, ella le lanza el reloj. Este se estrella contra la pared. Thapa se retira.

Ya en casa, inspecciona el reloj. La esfera se ha rajado, pero por lo que parece funciona. Hay algo más en su bolsillo. Los pendientes: minúsculas ruedas de plegaria talladas en plata. Thapa pasa el rato haciéndolas rodar, acariciando las letras grabadas con el pulgar.

La llamada en la puerta llega en plena noche, cuando Thapa está en la cama, haciendo las cuentas para su inminente viaje. Nunca antes ha utilizado esta ruta y quiere llevar dinero suficiente para comprar opio si se cruza con un cultivador de amapolas.

En cuanto oye los golpes desesperados, teme que sea quien cree que es. Se hace llamar Bebo, el nombre de su estrella de cine favorita. Él es tan solo cinco centímetros más alto que ella; tienen casi la misma constitución. Aun así, al abrir la puerta, su sombra se cierne sobre ella como si fuera la de un monstruo que la dobla en tamaño, con los colmillos teñidos con la sangre roja de los pezones de ella.

Los vientos se han marchado de la ciudad, pero la lluvia se ha quedado. Ella ha rendido culto a las fuerzas de la naturaleza quedándose en la cama; no ha ido a trabajar.

Aborrece la lluvia. Más que el invierno, que le seca la piel y la convierte en pergamino. Más que el sol inclemente, el mayor enemigo de la piel de una universitaria. Con la lluvia, su piel conserva la suavidad y la blancura. Sin embargo, es su mayor enemiga.

Thapa la saluda con la cabeza sin mucho entusiasmo. Si dice algo, sospecha que eso podría darle alas, a ella y a su comportamiento. Pero entonces, ¿por qué ha abierto la puerta?

–Cuando camino bajo la lluvia, o veo llover desde una ventana, siento cosas –le cuenta ella.

Thapa se apoya en el marco, impidiéndole sutilmente la entrada. A pesar del silencio de él, ella no tiene intención de marcharse.

–¿Qué clase de cosas? –pregunta él al final.

Bebo se escurre bajo su brazo y entra en la habitación. En la oscuridad, camina de un lado a otro como si estuviera poseída. Se para junto a la ventana, admirando las vistas. Inundadas por la lluvia, las calles y las estructuras de Thamel adoptan el aire artificial de un acuario. Los bordes del valle son tan transparentes y sólidos como el hielo. Los rayos, como criaturas del cielo nocturno, brillan a través del agua iluminada por luces de neón de colores.

En el terreno sumergido de la noche, las manecillas del reloj empiezan a parpadear. Una imperceptible grieta se abre en el tiempo para que los colores y las formas huyan a través de ella. La fluorescencia de las criaturas del fondo del mar reina sobre la oscuridad. Han viajado a través de las eras para reclamar lo que les corresponde: este valle. En su tiempo fue una fosa donde la luz del sol no osaba aventurarse. Los depredadores eran ciegos, inmunes a su propia gloria eléctrica. En la medianoche oceánica, solo los ingenuos podían ver.

Ella se echa a reír de manera inesperada.

–La lluvia me hace enfadar, incluso cuando me río. Me duele. No puedo hacer nada. Me siento atrapada por ella. Al cabo de un rato, me aburre.

Thapa enciende la luz. Es la única respuesta que se le ocurre. Eso la alienta a sentarse en la silla en la que se ha sentado hace catorce horas.

–Tengo hambre –dice–. Prepárame algo.

Cuando ha oído que llamaban a la puerta, Thapa no sabía qué esperar y, más importante aún, no sabía qué esperaba ella de él. Lo alivia oír que tiene hambre. Tanto, que no se pregunta por qué se ha convertido en su cocinero de fideos preferido. La cosa con aspecto de niña ya casi se ha terminado su ración diaria. Si tiene tanta hambre como esta mañana, Thapa sabe que no tardará en quedarse sin comida. Pone en práctica un truco que le enseñaron los rebeldes clandestinos: si fríes pan duro y lo sazonas con sal, dura más. Después de este plato estrella, ella deja de pedir más.

Mira a su alrededor, preguntándose qué pedir a continuación.

–Cuéntame una historia –dice.

Thapa permanece en silencio.

–Has dicho que eras lo bastante mayor como para ser mi padre. Así pues, cuéntame una historia –repite–. Eso es lo que hacen los padres con sus hijos.

–No me sé ninguna –contesta él.

–Si no me cuentas una historia, me suicidaré.

Por primera vez, Thapa la mira directamente.

–¿Has bebido?

Ella niega con la cabeza. No

–¿Drogas?

No.

–¿Has fumado algo?

Él hace el gesto. Una vez más, no.

Ella se muestra teatralmente solemne. No permite a Thapa apartar la mirada, aunque él tampoco lo desea ya. Siente curiosidad. Mucho tiempo atrás, Thapa barajó la posibilidad de suicidarse. Pero no conseguía decidirse por el método. Cuando por fin lo hizo, la culpa le impidió dar el paso.

Medita sus opciones. Saltar desde cualquier azotea de Thamel no mata a nadie: son demasiado bajas. Los somníferos solo son letales para los europeos. Si un exceso de sueño pudiera matar a los asiáticos, a estas alturas estarían todos muertos, cree él. Cortarse las venas es melodramático y poco efectivo. Encaja con la personalidad de ella.

–¿Cómo quieres suicidarte? –pregunta él.

–No quiero saltar de un edificio ni cortarme las venas, porque eso hará que mi cadáver tenga un aspecto espantoso. Quiero estar guapa hasta el final. Tampoco quiero tomar veneno o somníferos, porque no quiero morir inconsciente. Quiero experimentarlo... ¿Puedo preguntarte una cosa? Con la condición de que no te rías.

Thapa asiente.

–¿Y si dejo de respirar? ¿Y si aguantara la respiración el tiempo suficiente para matarme?

Él suelta una risita.

–Por lo que dices, ahogarte en el Bagmati parece tu mejor opción. El agua no te dejará respirar.

Ella abre mucho los ojos. Es evidente que está molesta.

–¿Cómo sabes mi verdadero nombre? –pregunta con la voz temblorosa bajo el peso de las lágrimas.

–No lo sé –contesta él.

–Tienes que saber que me llamo Bagmati. Si no, ¿por qué ibas a sugerir que me ahogara en ese río maldito? Te estás burlando de mí.

Bebo ya no parece una niña mimada, sino una mujer traicionada.

–¿Por qué quieres suicidarte? –pregunta él.

–Porque me aburro. Me aburro tanto que no veo forma de escaparme. Nunca he salido de Katmandú. No he visto la nieve del monte Everest, aunque todos los apestosos extranjeros lo han hecho. ¿Puedes creerlo? Nada, ningún mar, ninguna catarata, solo ese río de un marrón sucio que parece un vertedero. Estaba ahorrando para marcharme, pero entonces sacaron un nuevo móvil japonés, así que me lo compré con ese dinero. Al principio era perfecto. Hacía que me brillara la cara y el pelo reluciera. Mis mohínes eran perfectos, como los de una heroína. Me hacía sentir tan sexi, que podría haberme enamorado de mí misma. Pero entonces me aburrí de él. ¿Cuántas fotos puedes hacerte? ¿Cuántas veces puedes llamar a los mismos amigos? Además, ellos también son muy aburridos. La misma rutina siempre. Ahora no me queda dinero para marcharme.

Thapa no sabe cómo puede un móvil mejorar tu aspecto, pero no quiere interrumpirla. Él también ha experimentado subidones. Lo mejor de los aparatos es que pueden comprarse y venderse.

–Puedo ayudarte a vender el móvil –le propone, y enseguida se arrepiente. Es evidente que ella no busca el consejo de un vecino.

El clamor irregular de la lluvia regresa, intensificado por la coraza de plástico y lona de Thamel. Los pensamientos de Thapa se desvían hacia la mujer desquiciada, un borrón lejano bajo la lluvia. Sigue estando donde la ha visto por última vez. Ni los violadores que merodean por ahí, ni los perros, ni siquiera un diluvio, pueden arrancarla de ese lugar. Los nepalíes, crueles y supersticiosos, han acabado por tener razón. Los supervivientes de los desastres acarrean el desastre con ellos, pues este mora permanentemente en su interior. El terremoto vive dentro de ella. Sus recuerdos son el epicentro.

Bebo carraspea de forma audible, como si quisiera recordarle que no ha salido de la habitación. Se quita las zapatillas y pone los pies sobre la mesa. Se deshace la cola de caballo y se pone a peinarse el pelo rizado con los dedos.

Por un breve instante, Thapa olvida por qué está aquí. Solo y vivo. En los días lluviosos como este, cuando la tierra se convierte en mar, los fantasmas regresan a la vida. Los recuerdos, como criaturas extinguidas mucho tiempo atrás, empiezan a adquirir carne y huesos.

–¿Por qué estás aquí? –pregunta.

–Quiero escuchar una historia.

–Oye, tengo algo de dinero. Cógelo. Es un regalo.

–¿Crees que no puedo suicidarme? ¿Es eso?

–No. Si te lo propones, puedes hacer cualquier cosa. Eres una chica lista.

–Entonces, ¿crees que no me lo merezco? ¿Que no me merezco un cuento para dormir? ¿Solo sirvo para que se me coman con los ojos y me metan mano?

–¿Por qué quieres escuchar una historia?

–De niña, me aburría y dejaba las cosas a medias. Mi padre me tentaba con sus historias. Me acababa la comida, me dormía, me peinaba, limpiaba los cubiertos... cualquier cosa para escuchar una historia. Ahora las echo de menos. Sin historias, la vida no tiene sentido.

–Es culpa mía, no tuya –dice Thapa, buscando las palabras adecuadas–. Ya no recuerdo ninguna historia. Soy un hombre de negocios. Importo y exporto mercancías. No sé contar historias.

–Entonces háblame de ti. Cuéntame tu historia.

–¿Eso les devolverá la vida?

–¿Acaso te matará?

Thapa no contesta. Tiene solo dos opciones: contarle una historia como ella desea o marcharse de esta habitación y caminar el resto de la noche. Pero también le asusta la lluvia. Multiplica los anhelos igual que la humedad multiplica los hongos.

Hay otra posibilidad. Pero le da más miedo que la figura de bronce que ha visto ese mismo día. Retuerce los dedos y hace gestos involuntarios con las manos mientras mira a su alrededor, suplicando a las paredes. Luego se alisa las arrugas de la camisa y se sacude el polvo de las rodillas. Respira hondo y empieza.

El pueblo es muy pequeño. En él viven solo doce familias que trabajan en diez granjas, y todas están emparentadas. Se producen peleas constantes por las fronteras y por el agua, pero ellos no tienen la culpa. Lo único que la naturaleza les ha dado en abundancia son seres humanos. Los hombres se marchan corriendo para luchar en las guerras de otros. Las mujeres y los niños son vendidos para huir de la pobreza.

Él es un niño. Sí, es marido, padre e hijo, pero sigue siendo un niño. Ha visto lo suficiente para aprender una cosa muy sencilla: para que su familia sobreviva, debe trabajar duro y ser inteligente. Con mucha planificación y la ayuda de su familia cercana y lejana, logra construir un canal que conecta su granja con el riachuelo gélido que fluye más arriba. Eso no hace que su vida sea cómoda o fácil. Solo posibilita la supervivencia.

Con el riego constante, ahora disfrutan de dos cosechas. Su hijo tiene dos años y el hombre se está volviendo ambicioso. Quiere vender una parte de las cosechas. La temporada de siembra ha terminado porque han empezado los monzones. En lugar de quedarse sentado dentro de casa, se marcha al pueblo más cercano. Tarda tres días a pie.

–¿Por qué lloras? –le pregunta Bebo a Thapa, quien se encorva en la silla como si le contara un secreto al suelo. Las lágrimas le mojan parte de la camisa, los pantalones e incluso los calcetines.

–¿Qué pasó después?

Esa noche una nube descarga sobre los lejanos picos que se ciernen sobre su hogar. Un corrimiento de tierras entierra su pueblo entero mientras este duerme. No queda en pie ni una sola casa. Al regresar, se queda sentado sobre los escombros durante días. No le quedan fuerzas para retirar los cascotes. No habla. No come. Una tía del pueblo de al lado le dice que llore; los hombres que no son capaces de llorar tan solo sirven para combatir en la guerra. Pero él no puede. Se marcha del pueblo para no volver jamás.

Ha dejado de prestar atención a Bebo en cuanto ha comenzado la historia. Ella no sabe cómo hacer que se fije en ella. Como una niña pequeña, se acurruca junto a sus rodillas y lo mira. El rostro de él, apoyado en sus manos, está oculto tras una marisma de lágrimas, mocos y temblores.

Ella le deja un pañuelo rosa y un caramelo de naranja sobre el regazo.

–Me he comido toda tu comida. Esto es todo lo que tengo.

Thapa aferra los regalos con la misma fuerza con la que ha hecho girar la rueda de oraciones.

–Lloramos por lo que pasó –le dice ella–. Lloramos porque no sabemos lo que pasará. A veces también lloramos por lo que está a punto de pasar. Sin embargo, no podemos evitar que pase.

–¿Cómo lo sabes?

–Me encanta llorar. Es mi pasatiempo preferido. Entiendo mejor a las personas cuando lloran.

Le coge las manos a Thapa. Las palmas de él, según descubre al pasarle los dedos, son ásperas. Las líneas del destino serpentean como lechos de río secos. La vida se evaporó hace mucho tiempo y esto fue lo único que dejó a su paso.

Nadie sabía dónde nacía el río Bagmati, sobre todo entre los sukumbasi, los habitantes de los tugurios que vivían en sus riberas. Como todos los ríos sagrados, su manantial debía de estar tan arriba que ningún ser humano –mucho menos ellos, pobres y vagabundos– podía alcanzarlo. Pero tenían fe. Creían que procedía de la tierra de los dioses: ¿por qué otra razón construirían los reyes sus reinos y sus templos en sus riberas? Veneraban al río, incluso en su versión raquítica y sucia.

Los padres de ella bautizaron a su primer vástago con el nombre de Bagmati para apaciguar al río, porque su casa fue la última que quedó en pie antes de que el agua se hiciera con el lugar. Sus vidas se sostenían sobre un suelo que se hundía. Cada año, las lluvias les costaban una pared o un tejado de hojalata. En ocasiones ambas cosas. Para ellos, el color de la sangre era el color de la herrumbre, y el sabor de la sangre era el sabor de la herrumbre.

Bagmati, su hija, buscó consuelo en su tocayo. Por la noche, según creía ella, a los peces les crecían patas y andaban por ahí como renacuajos. Los veía practicar durante el día, saltando cada vez más alto. Poco sabía que en realidad era al revés. En la oscuridad, las criaturas con patas soñaban con aletas y timones. Calculaban el valor de las agallas y los pulmones en términos de supervivencia. Cuando llegue el desastre, será más inteligente nadar que correr.

El río se cobró la primera mascota de Bagmati, un perro extraviado que la siguió dentro del agua. No fue la única tragedia que el río le infligió. Los constantes anegamientos hacían que sus padres prestaran más atención a la chabola que a sus hijos. Al ser la mayor, la vendieron como criada doméstica. Su señor le pegaba y la manoseaba a la mínima ocasión, con la misma diligencia con la que su señora mantenía cerrada la puerta del comedor. La mirada de los hambrientos, si se posaba sobre la comida, la infectaba con maldiciones irrevocables. A los quince años, decidió que la lógica de la supervivencia era odiosa. Para sus padres, el sacrificio de un hijo por el bien de otros tres era un cálculo humano. Pero ella, la sacrificada, se negaba a limpiar la sangre menstrual, la lujuria diaria y los platos sucios de otros.

Así que se escapó. Durmió en las calles de Thamel hasta que encontró trabajo en un club de baile. Sería camarera, no prostituta ni bailarina, dijo el encargado: aquellos puestos suponían un ascenso.

Él fue uno de los primeros clientes que reparó en ella. Aunque al local acudían muchos extranjeros, él destacaba entre todos. Era un estadounidense gordo y el único que hablaba con ellas, deseoso de que se sentaran con él, de que coquetearan y se rieran.

La timidez de ella despertó su interés. A diferencia de las demás, apartaba la vista cuando lo pillaba mirándola. Fue él quien sostuvo un espejo frente a su rostro, para mostrarle el atractivo que desprendía. Su áspero pelo rizado, los pómulos altos, la nariz respingona y la mirada reticente la hacían adorable. Le compraba regalos. Una cámara digital, un bolso, maquillaje. Una noche, él le dijo que quería invertir en ella. Era la única cosa pura que había en Asia.

Ella lo rechazó y entonces él le ofreció más. Le mostró la docena de tarjetas de crédito que llevaba encima. Le podía pagar en cualquier moneda que ella quisiera. Rupias, dólares, bahts, yuanes. Solo tenía que decirlo. Poner el precio.

Él empezó con doscientos dólares y cada día incrementaba un poco la cantidad, hasta que al final se hartó y dijo que dos mil. Esa noche estaba muy borracho y durmió en un sofá del local. Nadie pudo levantarlo de allí. Pesaba demasiado.

Esa noche ella lloró. No se había dedicado a regatear. Así que se acostó con un bailarín. Uno de esos extras que trataban de despertar la admiración de la estrella sobre el escenario. Cayó rendida ante su piel suave, su cuerpo flexible y sus falsas promesas de matrimonio. Al cabo de cinco meses lo dejó. Tenía suerte de tener el aspecto de una universitaria, dijo él, el aspecto que deseaban los clientes, que codiciaban chicas de lujo que pasaban el rato en centros comerciales y se paseaban por las cafeterías. Eso le daría más suerte como puta que como esposa.

Fue al renunciar a cualquier relación cuando se dio cuenta de que había malinterpretado al estadounidense. El dinero era la muestra de respeto más elevada del mundo. Mientras todo el resto se apartaba de ella, él era el único que quería invertir.

A partir de entonces, Bebo se aferró a esa filosofía igual que Bagmati se había aferrado a los cuentos que le contaba su padre, cuentos que la hacían dormir y soñar. En esta vida todo tenía un precio. El reto consistía en poder permitírselo todo.

Una noche, lo bastante tarde para ser casi de día, Bebo se quitó el maquillaje mientras lavaba los platos. Aunque le dolían las piernas debido a los tacones altos, era incapaz de descansar a la vista de una vajilla grasienta. Un fregadero atestado, esa era la materia de la que estaban hechas sus pesadillas.

Mientras frotaba una sartén, la familiar fragancia del detergente la llevó de vuelta a la época en que era una esclava que trabajaba duro en la cocina. No faltaba mucho para que su señora llevara toda la comida al comedor y cerrara la puerta a su espalda, mientras ella se quedaba fuera preguntándose qué clase de maldiciones infligían los sobrealimentados a los hambrientos.

Bagmati había nacido en medio de una pobreza simple y sencilla. La más mínima cantidad de dinero bastaba para hacerles sonreír. Pero al cerrar esa puerta, la señora la desterraba a un lugar donde ninguna riqueza –ni siquiera las nuevas experiencias, los juguetes o las adicciones que esta pudiera comprar– le proporcionaba felicidad. Tras comenzar a trabajar en el local de baile, la pobreza abandonaría el estilo de vida de Bebo y se metería en su cabeza. Tan solo tres años separaban estos momentos. En este breve periodo, Bebo había acabado por ser más pobre que la familia que había dejado atrás. Sí, había experimentado momentos de éxtasis, tristeza, ira y risa, pero nunca la satisfacción de un río que corre libremente. Porque se había infectado de la insaciabilidad: se había propagado de su cabeza a su cuerpo, y de su cuerpo a su corazón.

Se limpió la cara y se peinó haciéndose unas trenzas. En la cama, decidió ahorrar y abandonar el mundo de las salas de baile antes de sucumbir al falso amor de un proxeneta e imponer cálculos inhumanos a sus propios hijos.

Pero la enfermedad de la insaciabilidad se despertó con toda su virulencia al ver la última versión del iPhone en las manos de un cliente que fotografiaba su trasero a escondidas.

–Enséñame la foto –le pidió, y admiró las deslumbrantes aplicaciones de la nueva cámara y el cuerpo de metal aún más deslumbrante. Para sentirse más guapa, más atractiva y más feliz, tendría que invertir en un teléfono mejor.

Tres meses después de adquirirlo, volvió a embargarla la inquietud. Suicidarse no era tan mala idea. Era un pensamiento tan reconfortante y placentero como un plato de fideos cocinados por un desconocido que no quería mantener relaciones sexuales con ella. Hasta que él había pronunciado la palabra «padre» y le había hecho recordar una inocencia que creía haber perdido hacía mucho, mucho tiempo. Antes de que se materializaran los ríos, las montañas, los valles y los glaciares, cuando la tierra aún era plana. Tan plana y pura como una hoja de papel en blanco.

A la noche siguiente, cuando le dijo a Thapa que odiaba las lluvias, mintió. De pie en su puerta, no tuvo el valor de decirle que era él y no las lluvias lo que despertaba sentimientos que había dedicado toda una vida a olvidar.

L a estupa Boudhanath se alza en medio del árido paisaje. Una cúpula blanca más alta que las catacumbas y edificios circundantes, más alta aún que los rascacielos que se ven en la distancia. Se alza como un huevo gigante medio hundido en el suelo. En el pináculo de la estupa, un artista ha dibujado los ojos y la nariz de Buda. Unos ojos pintados con pinceladas azules y rojas, robados de un martín pescador que caza en las marismas de Terai. El sol ha blanqueado la ciudad, desparramado como si fuera caucho bajo un cielo despejado. Todo lo que era intenso –colores, emociones, sonidos, líos amorosos–, se ha descolorido hasta adoptar un aspecto lo más pálido posible. Sentado en un restaurante de una azotea desde la que se ve la estupa, Thapa atribuye el efecto a los ojos de Buda, que arden de color.

A lo largo de su historia, Katmandú ha visto pasar numerosos reinos prósperos en las riberas del Bagmati que estimulaban el comercio entre las llanuras y las montañas. La guerra civil terminó hace un tiempo. Alguien le pegó un tiro al rey mientras cenaba. Alguien que estaba sentado a su lado y era incapaz de digerir la tiranía absoluta de un rey que podría haber abolido la propia monarquía.

Pero la indignación bulle como hace siempre. Y obliga a los oficiales del valle a emigrar a cualquier lugar que no sea este. Hasta los desiertos y los deltas tienen más dignidad, pues siguen las leyes de la naturaleza de una forma distinta a la de estas tierras tan elevadas. Aquí, los ámbares duermen en el hielo. Thapa distingue las fisuras que atraviesan la cúpula de la estupa. Cuando llegue el desastre, los temblores harán que la cúpula se rompa en varias partes, como un huevo a punto de eclosionar. Insectos gigantes, reptiles alados y anfibios de colores tornasolados se despertarán de su profundo sopor. Se alzarán a través de la grieta, las plumas y las extremidades viscosas por el líquido amniótico, temblando debido al movimiento. No todos ellos pueden deslizarse o reptar, ni siquiera avanzar a trompicones. También están los vagos. Estrellas de mar y babosas, moluscos y crustáceos, aquellos que dependen de las corrientes. «¿Qué harán?», se pregunta Thapa. ¿Se acoplarán a otros seres? ¿O esperarán a que la avalancha arrase la cáscara de huevo? En medio de la turbulencia del desastre, los ríos cambiarán su curso y desembocarán en lagos. El valle volverá a quedar sumergido.

Al final, en lo más profundo del vientre del futuro, los lagos cederán su lugar a un glaciar y el glaciar, al mar.

Un tornado señalará el comienzo. El viento impetuoso espoleará en la dirección opuesta a las ruedas de plegaria, cientos de ellas alineadas en la base de la estupa. La muchedumbre que rodea la estupa para impulsar dichas ruedas también cambiará de dirección. Desandarán sus pasos. Revertirán todos sus intentos fallidos de evolucionar: de lago a mar a tierra a montañas. De una sola célula a demasiadas. De tener seis patas a tener cuatro a tener ocho a tener dos. Tan solo para andar en círculos y estallar por su deseo de regresar.

Desde la altura del restaurante, Thapa no ve ninguna diferencia entre el movimiento caótico de las hormigas y el desplazamiento mecánico de los peregrinos. Todos avanzan en la misma dirección, como un organismo desencaminado cuyo paso se ha ralentizado debido al agotamiento de miles de millones de años. Con esos ojos divinos que los observan, que guían a todas las rocas y todas las células hacia la muerte.

Thapa cae en la cuenta de que tanto él como Platón, el amigo birmano con el que ha venido a reunirse, son budistas, aunque ninguno de los dos lo reconoce. La fe es un tema que nunca ha salido en sus conversaciones, que abarcan unas tres décadas.

—Nuestro dios tiene los ojos azules —le dice Thapa, señalando los ojos pintados en la estupa—, pero nosotros los tenemos negros.

Thapa piensa de pronto que ese es el motivo de sus sufrimientos. Sonríe.

Platón lo complace y le devuelve la sonrisa. Está aquí en Katmandú para ayudar a Thapa a planificar su viaje a la India. En su opinión, es un riesgo que no vale la pena correr. Pero ¿quién es capaz de convencer a Thapa de que renuncie a una oportunidad de ganar dinero?

Ambos beben té de jengibre, incapaces de digerir nada más grandilocuente. Tras pasar diez años en una cárcel india, Platón disfruta del sabor del jengibre fresco. Es intenso, como la ironía de estar libre en el exilio. En total, ha pasado la mitad de su vida adulta en la cárcel; en Birmania y en la India. Hace poco que lo han exonerado de toda conducta delictiva y le han ofrecido asilo en la lejana Holanda. Es una idea extraña. Por lo visto, allí la gente no come arroz, tan solo pan. Tampoco beben té. Prefieren el café. Y ¿cómo se supone que va a continuar con su lucha contra la junta militar en su país natal? A través de la World Wide Web, le dicen sus abogados. Mientras Platón estaba en la cárcel, unas personas muy inteligentes han creado un universo paralelo, que se refleja y tiene impacto en este. Se puede acceder a él a través de un ordenador. No, gracias. Platón prefiere comunicarse con su madre mediante el pensamiento y no a través de la pantalla de un ordenador.

Un escarabajo amarillo tornasolado se posa en el plato de
Thapa, distrayendo a ambos hombres. Tiene manchas amarillas en el cuerpo, y un vello anaranjado le cubre los tres pares de patas. Fascinados por el intruso, observan al escarabajo
utilizar sus pinzas para agujerear una bolsa de té y estrujarla
para sacar el líquido.

–¿Qué insecto es? –pregunta Thapa.

–No lo sé. Hasta los insectos han cambiado mientras estaba en la cárcel.

Thapa se ríe. Interrumpido por el nuevo temblor, el escarabajo abre las alas color magenta y echa a volar. Ambos hombres
siguen la estela de colores caleidoscópicos por el aire hasta el
tejado vecino. Junto al restaurante, un anciano trepa por un
tejado en ruinas para arrancar hierbas. Al devoto no le impor-
tan las matas de hierba que caen del cielo, enteras, con raíces y
flores. Con las piernas arqueadas, se esfuerza por mantener el
equilibrio en las tejas sueltas. Bajo él se abre una caída vertical
de tres pisos que termina en el recinto de la estupa.

–Vaya con cuidado, padre –le grita Thapa.

El viejo sonríe, dejando a la vista una ristra de dientes perdidos, al tiempo que se ajusta el gorro tejido a mano.

Thapa se pregunta cómo debe de ser su vida. Andares tam-
baleantes, dientes perdidos, y aun así está dispuesto a trepar el
tejado en pendiente de un edificio de tres pisos para arrancar
hierbas por una suma de dinero inferior a lo que van a pagar
ellos en el restaurante.

–Un viejo se arrastra por el tejado, arriesgando lo único que
le queda, la vida, para alimentarse. Debajo de él, hombres mucho más jóvenes escuchan la radio, ven la tele o duermen. Han
vendido a sus mujeres y sus hijos. No soportan el calor con la
camisa puesta –dice Platón–. Ese es el contraste. Eso es lo que
convierte la vida en arte.

Por esto es por lo que a Thapa le gusta quedar con Platón.

No conoce a ningún otro hombre que hable de esta manera. En algún lugar entre el galimatías de sus mentiras se oculta la posibilidad de redención.

A pesar de todo lo que ha visto Thapa, Katmandú sigue despertándole ternura e inquietud. No puede quitarse de la cabeza a la mujer loca que encontró en el callejón. Hace varias noches, volvió a verla. Era una noche sin luna. Thapa se había aventurado detrás de los arbustos para mear. Se estaba abriendo paso para salir, guiado por las lejanas farolas, cuando vio esos ojos de loba que despedían fuego. Ella se escondía en la espesura. Totalmente desnuda, calva, anoréxica. Thapa distinguió las costillas debajo de sus pechos encogidos. Tenía arañazos en la piel y sangraba debido a la psoriasis. El hematoma de la mejilla izquierda había crecido y ahora era un continente y no tan solo una isla.

En las noches de luna llena, ella era el espíritu de un océano. En las noches sin luna como aquella, era el fantasma de un mar que se había cuajado.

Sentado en el restaurante, Thapa se enfrenta a una peculiar dificultad. Ojalá fuera capaz de hilar una historia a partir de una mirada. Ojalá pudiera ver el mundo a través de los ojos de otra persona.

–¿Por qué no puedo hacerlo? –le pregunta a Platón, esforzándose por explicar su problema–. ¿Por qué no puedo escribir poemas e historias como tú? ¿Sobre otras personas?

–No eres el único –contesta Platón cruzando los brazos sobre la mesa–. Muchos escritores dedican su vida entera a escribir y sufren de ese mismo mal. Cuando escriben, lo hacen sobre su propia vida. Esa es la mayor tragedia del arte. Somos capaces de imaginar dioses, enemigos de los dioses e ideologías por las que luchar, pero somos incapaces de contar una sola historia de la que no seamos los protagonistas. Esa es la raíz de todos los problemas del mundo, amigo mío. Pero uno no puede meterse en la piel del otro hasta que no se deshace de la propia.

En esta tarde desteñida y deshidratada, Thapa da la impresión de ser un hombre enamorado o bien colocado con hachís. Pero Platón no quiere entrometerse. Ambos han compartido siempre su compañía mutua, incluso sus demonios, en silencio.

–¿Por qué te interesan tanto las historias y los poemas? –pregunta al cabo–. Tú eras el que se burlaba de mí... El precio de un poema son cuatro dientes rotos.

–Una chica –contesta Thapa–. Quiere que le cuente una historia. Yo también quiero contársela. Pero no sé cómo. No sé qué es lo que hace que un suceso o un acontecimiento se conviertan en una historia. Ya puestos, ¿qué hace que una historia sea una historia? Mi abuela me contaba muchas. Pero ¿eran historias? ¿O tan solo...?

Thapa no termina la frase, pues lo distrae el copioso sudor que le cae por el cuero cabelludo y la espalda. No puede soportar la idea de manchar su camisa recién salida de la tintorería.

Si Platón no hubiera pasado tantos años en la cárcel, entendería el aprieto de Thapa. Pero se ha pasado la parte más prometedora de su vida en prisión. Gracias a ello, ha aprendido a leer, escuchar y abrazar el silencio que sigue a las frases a medio acabar.

–Es lo mismo que convierte la vida en muerte –contesta.

En la cárcel, Platón rechazó cualquier tipo de estímulo: bolígrafos, periódicos, té, conversaciones, esperanza. A él le negaron una vida, incluso la de una hormiga o una cucaracha. Al final, no fue el aislamiento lo que lo afectó, sino la pura pérdida de tiempo. Etiquetado erróneamente como terrorista por parte de la inteligencia india, teme convertirse de verdad en un terrorista, aunque solo sea para vengarse por todo el tiempo perdido.

–Cambio –dice Platón–. Tiene que pasar algo. Sin eso, una historia está muerta. Nosotros estamos muertos.

–Creo que no lo entiendo –señala Thapa.

–Digamos que una mujer que no está casada se queda embarazada –empieza Platón–. Disculpa: una chica. Tiene que elegir. Casarse o no, tener el hijo o no tenerlo, abandonarlo o no. Escoja lo que escoja, es imposible que eso no suponga un cambio en ella. La historia no puede terminar igual que empezó.

Thapa se recluye en el silencio rebuscando entre las palabras de Platón para rescatar algo.

–¿Tú has cambiado? –le pregunta a Platón–. ¿Tu vida es una historia?

–Es una tragedia –responde Platón.

Los dos se ríen. A Platón se le llenan los ojos de lágrimas.

–¿Y tú qué? –le pregunta a su amigo–. ¿Has cambiado?

Thapa se queda ahí sentado, mientras las lágrimas le brillan en las mejillas. Desnudo y vulnerable, como una mujer loca en una noche sin luna.

El viejo ha bajado arrastrándose del tejado y está de pie en el suelo. Le sobresalen las piernas entre las hierbas que se ha pasado una hora arrancando. No puede ver a Thapa a su espalda, contemplándolo mientras él contempla la estupa. Esboza una sonrisa rota mientras saluda nada menos que al mismísimo dios de ojos azules.

Antes de separar sus caminos, Thapa le entrega a Platón la fotografía enmarcada, como planeó hace casi dieciocho años.

L a tierra de las montañas se elevó desde el mar. Hay muchas cosas que los extranjeros no entenderán al respecto, porque no fue este suelo el que los vio nacer. No es plano ni curvado. No es amplio ni largo. Profundo, eso es lo único que es. Ese es el motivo por el que nosotros, sus descendientes, no escalamos sus montañas más altas sino que nos limitamos a adorarlas. Desde el punto más alto de la tierra, si uno mira hacia abajo a las más hondas profundidades, puede ver más allá de las capas de tierra, hielo, gravilla, arena, rocas y ámbares. Puede ver las grietas que lo conectan con el núcleo de la tierra. Y al hacerlo, deja de ser humano. Ha roto el ciclo de nacimientos. Pero la mayoría de nosotros queremos seguir viviendo. Queremos otra oportunidad.

Esta tierra es una tierra completa. Tiene su propio desierto, su mar, su glaciar, sus ríos, hasta sus propio sol y su propia lluvia, que no comparte con el resto del mundo. Los que mandan aquí son los elementos. Ellos son los dioses, los monstruos, los rebeldes, los revolucionarios, los bailarines, los contrabandistas, los generales, los reyes, los pobres, los ricos, los amantes, los hijos, los padres. Los elementos son humanos.

El aire de la montaña es manso y seco. Lo preserva todo. Preserva los esqueletos de los seres extinguidos. Preserva los cadáveres desechados por almas que se han trasladado a nuevas vidas y tierras pero que tal vez regresen un día para reclamar lo que les pertenece. También preserva la risa, que sigue vibrando mucho después de ser reída en valles y cuevas.

Lo que el resto del mundo consume en forma de respiración, en esta tierra es un instrumento musical. Las montañas utilizan el aire para tararear, tocar el tambor, aullar y cantar. Utilizan el aire para conectar nuestra alma con la suya. Porque una vez que uno respira el aire de la montaña, no hay vuelta atrás. No importa dónde viva en su historia, el resultado lo habrán decidido las montañas.

Pero también hay cosas que nosotros, los hijos del Himalaya, aún tenemos que descubrir, a pesar de vivir nuestras vidas a su luz y a su sombra. ¿Dónde descansa el corazón del Himalaya? ¿Por quién late?

Ese, querida Bagmati, es el telón de fondo de nuestra historia.

Érase una vez, hace mucho, mucho tiempo, un corrimiento de tierras que engulló su mundo. Lo dejó sentado sobre los escombros, aunque su alma estaba atrapada debajo. Permaneció en ese estado catatónico durante días, con su alma entre la muerte y el nacimiento. Hasta el día de hoy sigue sentándose así, incapaz de reclamar los cadáveres del pasado o trasladarse a un cuerpo nuevo.

Las inundaciones que provocó el corrimiento han desaparecido. Un día, sale un intenso sol que le humedece los ojos. Se echa a llorar. Se pasa días llorando, tantos días que acaba por confundirlos unos con otros, porque él está igual en todos ellos, llorando en la misma postura, sentado sobre los escombros. Las lágrimas le corren por las mejillas hasta crear un estanque.

Y junto al estanque camina una niña pequeña. Una niña nacida de sus lágrimas. Él es su padre. Ella se sienta en su regazo. Al hacerlo, el alma del hombre sale arrastrándose de entre los escombros y se reúne con su cuerpo. Él peina los tozudos rizos de la niña en dos trenzas. Enrolla su camisa deshilachada, hace una bola con ella y le seca el azul turquesa de los ojos, la sangre roja de los labios. También le quita el polvo dorado del cuerpo.

—Igual eres una niña diosa —le dice a la niña—, pero ahora eres humana.

El hombre reconstruye su casa a partir de sus restos rotos. Los dioses lo habían estado observando mientras lloraba. La diosa de la lluvia sintió remordimientos, porque la nube que había estallado con un entusiasmo repentino, provocando el corrimiento, era una de sus devotas. Para redimirse mandó a su hija, un río, desde el cielo.

Bagmati es un río manso. Se ofreció voluntario para bajar a la tierra a desterrar para siempre los corrimientos del Himalaya y enseñar a las nubes y las lluvias a propagar felicidad en su lugar.

Cada mañana, las nubes envuelven la casa del hombre en las montañas. Visitan a la niña antes de partir en busca de su bendición. Lo único que ella tiene que hacer es mirar hacia arriba para que llueva. Cuando parpadea, la lluvia se detiene.

—¿Significa eso que nunca ha visto el sol? —pregunta Bebo.

Thapa piensa al respecto, impresionado por la capacidad de Bebo para sumergirse en el mundo de fantasía, mientras que él se limita a flotar encima de ese mundo.

—No —contesta.

Con ella allí, el pueblo dispone de agua suficiente para dos cosechas, no solo una.

Bagmati crece y se convierte en una hermosa joven. Cada día, su padre le quita el azul turquesa de los ojos, el rojo de los labios y el polvo de oro que se posa de manera natural sobre ella. Porque ahora vive en el mundo de los humanos, y su padre la protege. Gracias a su gracia divina, no le hace falta trabajar. Así que dedica su tiempo a contarle cuentos.

Un día, un joven nómada se acerca a su puerta, vendiendo las típicas baratijas que venden los nómadas.

Bebo mira a Thapa, confundida.

–¿Qué venden? –pregunta.

Todavía no se ha cruzado con ningún nómada. No suelen visitar los bares de baile en Thamel.

De niño, Thapa se pasaba los veranos persiguiendo a esos visitantes, obsesionado por esos forasteros quemados por el sol que traen cuentos y mercancías del Tíbet. Joyas hechas con hueso de yak y dulces elaborados con leche de yak. Las piedras preciosas y los huesos ancianos que recogían mientras apacentaban su ganado. El recuerdo lo hace sonreír.

Sonrojado por la emoción, Thapa se acerca a Bebo.

–Chanel –susurra al tiempo que la coge del brazo–. Los nómadas venden perfumes franceses.

Los dos se echan a reír. Muy lejos, en el campo base del Everest, una mujer blanca sonríe en sueños.

El nómada tiene los ojos cristalinos y azules. De pie en el umbral de la puerta, una parte de su ser se inclina ante los poderes divinos de Bagmati. Su piel es de un rosa dorado, igual que el atardecer. Su pelo es un río de un negro furioso, que le cae en cascadas hasta la cintura. Y sin embargo, no tiene un solo mechón fuera de sitio. El viento, igual que el agua, no se atreve a tocarlo.

El arete que luce en la nariz es un simple hilo de oro. Aun así, brilla con más intensidad que cualquier cosa que haya visto Bagmati. Es más brillante incluso que los colores de su collar, una ristra de corales, huesos, turquesas, lapislázuli y cauris.

–¿Qué es el coral? –pregunta Bebo, cortando el hilo de la historia de Thapa. Un hilo que él mismo está descubriendo, centímetro a centímetro.

–Son árboles que crecen en el mar –contesta, y vuelve a excavar lo que ocurre a continuación.

–¿Los has visto?

–Sí.

Ha buceado en los arrecifes de coral, los ha robado y ha traficado con ellos. En los arrecifes ha visto tiburones, tortugas, delfines y también el poco común manatí. Es demasiado mayor para esto. Contar una historia lo ha devuelto al tormento de mantener relaciones sexuales por primera vez. Algunas cosas mejoran con la experiencia. Y Thapa no es un cuentacuentos ni tampoco se le da bien escuchar. Tan solo es un contrabandista hastiado que prefiere pasar desapercibido. Es un pez piedra que se escabulle por el suelo del arrecife, todo ojos saltones y piel de percebe.

Se rinde. No sabe qué pasa a continuación.

Thapa baja la vista hacia ella para decirle que la historia se ha acabado y se la encuentra mirándolo con ansias, aferrada a su silencio.

–¿Dónde estaba? –pregunta él.

–Los colores del collar del nómada son más brillantes que nada de lo que ha visto Bagmati hasta entonces. El arete de su nariz resplandece como el sol, creo.

–Sí. Así es

Le coge la mano a Bebo y se lanza de nuevo al mar de la fantasía.

Cuando Bagmati mira al nómada a los ojos, ocurre algo extraño. Los ojos de ella se humedecen y se le mojan las pestañas. El aire de la montaña se impregna con la esperanza de la lluvia. Nunca antes había pasado. Su padre se da cuenta. Invita al nómada a pasar la noche en su casa. Por la mañana, le ofrece la mano de su hija en matrimonio. Bagmati, que es una niña amable, se resiste.

–¿Por qué me mandas lejos, padre? –pregunta–. No quiero abandonarte. Quiero cuidar de ti.

Pero el padre ha aprendido mucho de su hija. Ella le ha proporcionado la sabiduría de varias vidas en tan solo unos años. Ahora entiende por qué la gente venera la naturaleza. Lo que quita con una mano, lo da con la otra. Una nueva vida nació de sus lágrimas.

–Puede que no sea un dios, pero sé que vosotros dos estáis destinados a estar juntos –le dice–. Ve con él; deja que sea tu guía. Busca el corazón del Himalaya. Y cuando lo encuentres, piensa en mí. Este es el regalo que te ofrezco.

Bagmati cumple obedientemente los deseos de su padre. Y así comienza el viaje a la casa de su marido.

Está muy lejos de las abarrotadas planicies de Katmandú. Tan lejos, que la distancia no puede medirse en kilómetros ni tampoco se puede calcular el tiempo que se tarda en llegar. Hay que dejar atrás a las hormigas en sus hormigueros, a los tigres y los elefantes en sus selvas. Hay que atravesar prados, mesetas, valles y crestas, hasta que se alcanzan los picos. Aquí no crece casi nada aparte de musgo y líquenes. La única compañía es la que te ofrecen cuervos y buitres. Lo has dejado todo atrás. La niebla lo oculta todo. Por eso creías que no había nada más allá de estos picos salvo el paraíso. Aquí el aire es escaso. El corazón late más rápido. Las respiraciones son más cortas. No quieres comer, porque las náuseas te tienen agarrada por la garganta.

Pero el cielo se encuentra aún más arriba. En cuanto aprendes a ver a través de la niebla, te das cuenta de que tan solo te encuentras en las rodillas de los dioses de la montaña. A partir de aquí, la respiración se convierte en niebla y la niebla se congela y se vuelve hielo. La piel se convierte en pergamino.

Los dedos se quedan insensibles. La mayoría de la gente se detiene aquí, pero el nómada no. Cuanto más alto escala, más se enamora de él su novia.

Ambos entran en el reino de la vida congelada. Desafían las ventiscas que soplan como sábanas de hielo. Pasan las noches en cuevas. Los humanos no pueden ver estas cuevas, disfrazadas para parecer paredes de hielo, el comienzo de un glaciar o el resquicio de una grieta helada.

Es él quien siempre enciende el fuego y funde el hielo, se lava los pies y las manos, alternando el agua caliente y la fría para salvarlos de la muerte azul. Una noche, mientras funde el hielo que se aferra al pelo de ella, la chica le pregunta:

–¿Cómo es tu casa?

El nómada se quita el collar de su fornido y atractivo cuello y lo cuelga en torno al de ella.

–Este collar está hecho con las cosas que recogía de niño –le explica–. Cuando te duermas esta noche, soñarás con tu nuevo hogar.

Esa noche, en sueños, ella se encuentra de pie en el centro de una tierra blanca y plana, rodeada por los picos de las montañas. Aunque no puede verlos, sabe que existen. Son más altos que los picos más altos que conocen los hombres. Porque son las montañas de los dioses, veneradas por el terrenal monte Everest, el Nanda Devi, el Kanchenjunga y los demás picos que los extranjeros pagan millones por escalar.

Un intenso sol confiere a la tierra un blanco cegador. Sin embargo, aquí nada arde. Nota la piel caliente, como cuando su marido enciende un fuego.

La niña da un paso. La blancura sobre la que se sostiene se desintegra en polvo. Mezclados con la arena hay trozos de coral, conchas y huesos, exactamente igual que en el collar que lleva.

Para Thapa, la Tierra es plana. Así que, ¿qué más le da que los humanos volaran a la luna, miraran hacia atrás y concluyeran que era una esfera?

–¿Has visto con tus propios ojos alguna prueba de que la Tierra sea redonda? –le pregunto a Platón hace décadas, mientras ambos estaban sentados bajo un baniano en el recinto de la Universidad de Rangún.

–Sí. ¿Por qué si no desaparecería un barco en el horizonte?

–Porque la vista de los humanos es limitada. No tenemos el don de los leopardos o los búhos. En una tarde abrasadora, si te colocas en un extremo del barrio, no ves el otro extremo. Es tu vista la que falla, no la carretera la que se curva.

–Tampoco hay pruebas de que la reencarnación exista y aun así tú crees en ella, ¿no? –dijo Platón, esperando hacer mella en la debilidad de todos los budistas.

–No –repuso Thapa–. Si no trabajo, Dios no me alimentará. Si me muero, Dios no me resucitará.

–Hace mucho tiempo, en Europa, la gente que adoraba a Dios encarceló a un hombre que decía que el mundo es redondo y que el sol, no la tierra, es el centro del universo. Lo torturaron hasta que se retractó. Pero tú no eres ninguna de las dos cosas. No crees en Dios ni crees que la tierra sea redonda. ¿Qué pasa con el sol? –preguntó Platón.

Thapa, que en el fondo de su corazón es un honrado hombre de campo, no se percató de que Platón tan solo le tomaba el pelo. Así que pensó en ello, en el sol. Al caminar sobre la arena ardiente de las islas tropicales, uno sospecha que cerca del océano es donde más calienta. Pero es en las grandes alturas donde es más potente. Si pasas una hora en un pico nevado te quemas la piel y te salen sabañones al mismo tiempo.

–¿Qué opinas del sol? –le devolvió la pregunta a Platón, sin acabar de entenderla del todo.

–¿Crees que es el centro del universo? –repitió Platón.

–No.

–¿Has visto alguna vez una puesta de sol que te embarga de una sensación de paz y belleza, aunque el resto de tu vida diste mucho de ser así?

–Todavía no –contestó Thapa. El sol, igual que el resto de estrellas, exacerbaba los remordimientos. Un cielo lleno de remordimientos.

–Si todavía no has visto ninguna –dijo Platón–, aún hay esperanza para ti. Aún te queda algo por descubrir.

Esperanza. A Thapa le gustó cómo sonaba. Ese sería su regalo para la chica de la historia, la chica por la que esta había cobrado vida.

La mañana después del sueño, Bagmati le dice a su marido que es el lugar más mágico que ha visto nunca. Era como si el sol se hallara frente a ella, y aun así no quemaba la tierra.

–Y la arena, ¿de dónde salía? –pregunta.

Así que el nómada le cuenta la historia de su hogar.

En el principio toda la tierra era un lecho oceánico, oculto del sol, oculto del aire. Entonces, un día, un grano de arena tuvo un sueño. En él, estaba tomando el sol en el punto más alto de la tierra. Ese único sueño de la cosa más sencilla cambió la faz de la tierra. El grano se puso a saltar. Con cada salto llegaba más y más arriba, y así se crearon diversas tierras.

El hogar del nómada fue un lecho oceánico hace mucho tiempo. Pero ahora que toda el agua se ha drenado, es un desierto. Es la tierra del brillo blanco. En verano, recoge piedras de sal, gemas, huesos, conchas y corales. En verano, baja a comerciar con ellas. Los habitantes del pueblo, como el resto de los humanos, los consideran objetos de fantasía. Al nómada le encanta tejer historias acerca de ellos para todos los niños con los que se cruza.

Para el nómada, estos objetos son su familia. Como él, forman parte de un mundo sin tiempo. No tienen recuerdos, deseos ni reproches. Son ellos los que crean todo esto. Son los soles y las lunas de su propia existencia.

Un enorme glaciar los espera en la jornada que van a emprender. Durante una infinidad de días, lo único que encuentran es hielo, nieve y ventiscas. En la tierra de la vida congelada, Bagmati también se habría congelado si no hubiera sido por las tiendas que levantaba su marido, el fuego que encendía dentro y la calidez de la piel de él. Su mirada se posa en su mujer como si fueran los rayos de sol. Su calor silencioso es, para ella, una fuente de alimento.

Una mañana, de pie sobre un descomunal bloque de hielo del color del jade, él le cuenta un secreto. En algún lugar por debajo está el corazón del Himalaya: un grano de arena oculto en el bloque de hielo bajo sus pies. Los océanos temían que la Tierra entera se convirtiera en tierra, así que el mar de jade dio un salto para capturar el grano y se congeló al instante.

Bagmati le coge la mano a su marido y mira hacia abajo, a las profundidades vítreas. Numerosas fracturas, fisuras y fallas geológicas las recorren. Apoya la oreja contra el pecho del glaciar, que se eleva y desciende. Un tenue ritmo recorre el hielo. Del hielo, pasa a su cuerpo. Fluye en sus oídos y se propaga por ella para ahogar el latido de su propio corazón. Igual que el océano, el cuerpo de Bagmati explota con los latidos de un millón de criaturas marinas.

Se le humedecen los ojos al recordar las palabras de su padre. Nacida de los dioses, ha recibido el regalo más preciado de un simple humano.

–¿Qué aspecto tienen un millón de criaturas marinas? –pregunta Bebo.

«Mira a tu alrededor –siente deseos de decir Thapa–. Están por todas partes, saliendo a rastras de las tuberías, los vertederos y las paredes agrietadas, aferrándose a los andamios y los tablones, cayendo de los árboles y nadando en los depósitos de agua, comiéndose las estructuras desde dentro. Cegando la oscuridad con sus colores tornasolados.» Pero tiene miedo. Igual Bebo piensa que está loco y se marcha, dejándolo solo con las paredes agrietadas y las telarañas de las esquinas.

–No lo sé –contesta–. No sé qué aspecto tienen.

–¿Alguna vez has cogido un grano de arena? –pregunta ella, perdida en las contracorrientes del cuento.

–Es más pequeño que el polvo –dice él–, y resbaladizo como el agua. Nadie ha cogido uno nunca.

Permanecen el resto de la noche en silencio, sentados sobre el suelo. Él le pasa los dedos por el pelo rizado, retirando la arena y el polvo que se le han posado durante la noche.

–Si un grano de arena es el corazón –dice él poco antes de romper el alba–, ¿será un terremoto el tormento del corazón?

–Supongo que sí –contesta ella, distraída por los castillos de arena que está construyendo en una playa imaginaria, muy parecida a la de las fotos de las postales. Se pregunta lo pequeño que es un grano y lo grande que debe de ser ella.

–¿Qué pasa con el corrimiento? –pregunta él. Puede que la sonrisa de su rostro haya menguado, pero no se ha esfumado.

El sol de la mañana se ha colado por la única ventana, envolviendo a Thapa en un halo temporal. Bebo perturba el aura sagrada. Le susurra algo al oído, aunque lo único que él siente es su cálido aliento mientras ella se traga sus palabras con entusiasmo.

En el aire inmóvil del amanecer, los compases de la risa de ambos se funden como cuerpos, obteniendo vida en su abrazo mutuo.

s viernes por la noche. Bebo se dirige al encargado y le dice que quiere bailar. Le ordena que encienda la ducha. Bebo no es una de las mayores atracciones del bar. Es una extra que llena el escenario durante los bailes grupales. Pero bailar bajo la ducha implica desnudarse. Casi por completo. El encargado de este local en concreto es humano: deja que las bailarinas conserven la ropa interior, si así lo desean.

La canción que va a sonar a continuación es su preferida, y Bebo sube al escenario. Es una canción de seducción, dedicada a su estrella favorita, Bebo. Su fantasía es tan grande que el estribillo canta su nombre.

–Toma mi corazón –dice ella–. Por eso estoy aquí.

Esta noche, Bebo domina el escenario. Mientras que sus movimientos suelen ser inquietos y torpes, esta noche afloja el ritmo. Fluye.

Se vuelve hacia su público y sonríe a un héroe invisible.

–¿Qué te has tomado hoy? –grita un amigo–. ¡Eres una estrella!

–Estoy limpia –le contesta ella también a gritos–. Estoy ayunando y rezando para encontrar un buen marido.

Esta noche, resulta tan irresistible como la Bebo de las películas. Es una diosa que se pasea por el mundo de los humanos.

La electricidad se palpa en el ambiente. Junto al escenario hay un hombre borracho que le lanza billetes. Otro se acerca tambaleándose hacia el otro lado y deja un delgado fajo que sujeta con un mechero. Bebo sale de debajo de la ducha con su minifalda y su sujetador empapados, tentando a los hombres de ambos lados. Esto es una guerra, y ella es la promesa de la liberación.

Lo único que necesitan esos hombres para enloquecer es un gesto que indique que va a desabrocharse. Mientras el fajo de billetes le roza los pies, ella se quita la falda y la lanza sobre el rostro del hombre. Este entra en éxtasis. Hasta que ella se dirige hacia el otro lado, bailando en ropa interior. La noche le ha dado otra oportunidad al hombre del otro extremo, y no piensa desaprovecharla. Saca una tarjeta de crédito y grita teatralmente a todo el bar:

–Veinte mil por tu ropa, por lo que queda de ella.

Bebo sonríe, como una reina que gobierna despóticamente en un reino de hombres solitarios, desesperados y feos. Ha practicado todos los movimientos frente al espejo por lo menos cien veces pero siempre le ha faltado la confianza para hacerlo sobre el escenario, hasta ahora.

Se da la vuelta y avanza hacia la ducha. Mantiene la boca y los ojos entreabiertos bajo el agua. No porque eso sea lo que hacen las chicas cuando están excitadas. Es lo que Bebo, la estrella de Bollywood, hace en sus películas.

Se suelta el sujetador, corchete a corchete. Luego se da la vuelta, lo mira a los ojos y niega con la cabeza. No. Veinte mil no son suficientes. Empieza a abrochárselo de nuevo.

–¡Treinta mil! –grita él.

La sonrisa de ella regresa mientras se pasea por el escenario. Hace mucho que ha acabado su canción, sustituida por un tema nuevo de *hip-hop*. No lo había oído nunca, pero no importa, porque esta noche es ella quien marca el ritmo.

–¡Treinta y cinco mil! –grita un nuevo postor, demasiado borracho para levantarse del sofá–. Quince por el sujetador. Veinte por las bragas.

Esa noche, Bebo se desnuda por primera vez. Baila desnuda y libre en beneficio de un único hombre en una pequeña y oscura habitación situada tras el escenario. Las luces de discoteca brillan sobre ellos, estrellas multicolores reconfiguradas en nuevas constelaciones. Él ha pagado siete veces más de lo que habría pagado a una prostituta que merodeara por el mismo bar esa noche. La victoria le pertenece tanto a él como a ella. Puede que ella lo haya excitado, pero lo que le provoca una mayor erección es que todo el mundo los vea entrar juntos en la habitación. La envidia es excitante, tan excitante como el dinero.

Con muchas cosas que se han quedado sin decir ni terminar, el nómada y su mujer abandonan el glaciar. Emprenden el ascenso final, hasta una altura en la que ningún humano sobrevive. La tierra del resplandor blanco es como la niebla. Hay que permanecer dentro para adquirir la percepción que te permita ver a través de ella. El nómada no pierde el tiempo en recopilar algunos de los objetos más hermosos que ha preservado la tierra. Se arranca un mechón de pelo y teje un collar para su esposa. Decora el cuerpo de ella con piezas de coral, turquesa y las espinas de un viejo pez. Ahora ella forma parte de la tierra. El nómada, según descubre Bagmati, no vive en una casa. Ninguna casa puede contener su luminosidad. Esta tierra existe tan solo para ellos dos.

Él se quita la ropa y la deja a un lado. Ella hace lo mismo. Porque la ropa es un fraude que llevan en el mundo de los humanos, no aquí. Ella ve a su marido bajo la luz de su tierra, su verdadera luz.

–Sé quién eres –le dice–. Eres hijo del sol. Fuiste a casa de mis padres a buscarme a mí, la hija de la lluvia.

SHUBHANGI SWARUP

Bagmati tiene ahora una vida plena. Vuelve a estar entre los suyos, los dioses. Eso la alegra al tiempo que la entristece. La alegra que el sol sea su marido. La apena haber abandonado a su padre, el causante de que ella bajara a la tierra.

Después de esto, Thapa se sume en el silencio.

Dentro de tres días alquilarán su casa a otra persona. Cae en la cuenta de que la realidad es la peor historia que se ha escrito jamás. Carece de ritmo y no muestra ningún respeto por sus personajes. Probablemente ese sea el motivo de que lo veneremos, a él, el de los ojos azules, un mortal que alcanzó un estatus divino ayudando a otras personas a ver más allá del final.

Apoyada en su regazo, Bebo ladea la cabeza para mirarlo. Está cansada. Ha trabajado duro en el bar. Se ha desnudado por primera vez y ha ganado más en una sola noche que con las propinas de todo un mes. Pero fluir es un arte que cansa incluso a los ríos. El final la ha dejado insatisfecha. Es justo lo contrario de lo que debería ser una historia.

–¿Por qué iban a vivir el sol y la lluvia en un desierto? –le pregunta–. No tiene sentido. Si viven allí, ¿cómo es posible que sea un desierto?

Thapa conoce la respuesta gracias a su vida anterior como granjero.

–Todo es el resultado de la tierra –le explica–. La naturaleza del suelo, incluso la naturaleza humana. La diferencia entre un desierto, una selva y un pantano es la tierra. La diferencia entre nosotros y los blancos reside en las diferentes tierras de las que procedemos.

–Entonces, ¿por qué elegir un desierto? –Su pregunta sigue estando justificada.

Porque esta es la idea que él tiene del paraíso. Este es el aspecto que debe tener el paraíso. De todos los paisajes que ha atravesado, tan solo en el desierto se desvanecen todos los pensamientos y visiones, las vidas y los espíritus. En el cielo, todos somos intrascendentes. ¿Acaso existe mayor bendición? Se trata de un lugar que no es posible experimentar en una fotografía o una película. Hay que vivirlo.

–¿Por qué no vas a ver el desierto con tus propios ojos? –le pregunta Thapa. Si se desvía un poco en su camino a la India, pasará por el desierto–. Ven conmigo.

Se siente aliviado. Parece un final mejor.

–Puedes comenzar una nueva vida en la India y acabar con esta, tal como deseas –añade.

Ella se da la vuelta para mirar hacia la noche que muere, resucitada por las luces de neón del exterior.

–No ha llovido desde que nos conocimos –dice–. Lo echo de menos.

–Creía que odiabas la lluvia.

–Soy la hija de la lluvia. ¿Cómo iba a odiarla?

Ella percibe su sonrisa.

–Pero ¿quién eres tú? –pregunta–. ¿Eres el padre del nómada?

Thapa ha pensado mucho en ello últimamente.

–No lo sé y... ¿acaso importa? Sigo aquí, a tu lado.

Ella le dice que se lo pensará mientras desayuna pan frito y fideos. En el final, en eso pensará.

Thapa pasa las dos noches siguientes solo. Ahí está él, un hombre de casi sesenta años, perdidamente enamorado de una chica tan joven que podría ser su nieta. Es blanco del ridículo, como el enano danzarín.

Mientras tanto, los marxistas se han alzado con el poder, tras derrotar tanto a la tambaleante monarquía como a la incipiente democracia. El viejo ya no arranca hierbas de tejados decrépitos, sino que ha encontrado un trabajo que implica bajar a las alcantarillas y retirar el ganado muerto que atasca las cloacas de la ciudad. No se sabe cómo, pero cuanto más arriesga su vida, más tiempo vive. Las palomas del valle ahora son carroñeras, y se dan buenos banquetes con los cadáveres medio quemados de los lugares donde se llevan a cabo incineraciones. La mujer blanca ha escalado con éxito el Everest, con el apoyo de una cuadrilla de cuarenta personas. Es todo un logro, y ahora compra perfumes caros en el *duty-free* del aeropuerto para acordarse del reino de las montañas: una excursión al punto más alto del mundo y un paseo por Thamel, cogidos del brazo. Sabía que todo acabaría. Se había despedido de la aventura amorosa desde la cumbre. La propia cumbre se está preparando para el desastre. Los lirios marinos y las estrellas de pluma –fósiles encastrados en sus rocas– han empezado a despertarse de su sueño.

Pero las criaturas del fondo del mar no han salido arrastrándose de la oscuridad. Ahora que se acerca el momento, los seres extinguidos quieren reflexionar sobre lo que significa volver a estar vivos. Porque kilómetros por debajo del suelo del valle, una capa de sedimento ha cedido. La tierra ha dejado su lugar al mar.

La tercera noche, Bebo llama a su puerta. Ya sabe cuál es el final, grita.

En la historia, Bagmati pregunta al nómada:

–¿Por qué me has traído al desierto? Tú eres el hijo del sol y yo, la hija de la lluvia. Ni siquiera nosotros podemos transformar este sitio.

–Y esa es precisamente la razón por la que estamos aquí –contesta el nómada–. Es el único lugar en el mundo en el que podemos vivir y amar sin que nos molesten. Si la tierra se vuelve fértil, a continuación vendrán los humanos y ya nunca estaremos solos.

Los seres humanos truncan casi todas las historias de amor,

le dice el nómada a su mujer. Bagmati asiente. Ha visto suficientes películas hindúes en casa de su padre como para saberlo. Thapa se ríe.

–¿Qué pasa con la India?

–He ahorrado un poco –dice Bebo–. Dentro de un mes, tendré bastante para marcharme contigo.

–Yo puedo ayudarte –dice Thapa–. Tengo más del doble de lo que nos hace falta. Podemos comprar motos y teléfonos nuevos para los dos cuando lleguemos a la India. –Hace una pausa–. Puedo enseñarte a llevar la moto.

Bebo sonríe.

–En mi nueva vida, quiero tener al menos una relación en la que no haya dinero de por medio.

Él se marcha a la tarde siguiente, prometiéndole que volverá. Le regala paquetes de pan, fideos instantáneos, galletas, chocolate y un par de pendientes de plata en forma de ruedas de plegaria.

–Hazlas girar en tu tiempo libre –le dice Thapa–. Así fue como mis oraciones recibieron respuesta.

Poco después, Thapa abandona Katmandú. Platón lo acompaña durante dos días, hasta el último puesto de control oficial.

Un niño de cuatro años no tarda en llamar a la puerta de Bebo para pedirle chocolate y una pelota para jugar. La chica tiene vecinos nuevos.

El viaje de Thapa por la India transcurre sin incidentes. Tan solo los refugiados y los terroristas usan los pasos no vigilados para cruzar a otro país, arriesgándose a recibir los disparos del ejército. Los contrabandistas toman la ruta más popular. Se detienen en los puestos de control como todos los demás, y allí les dan la bienvenida como si fueran invitados especiales. Unas botellas de whisky siempre funcionan en la república independiente de las fronteras.

Al cabo de cuatro días de viaje, todo se desarrolla según lo planeado. O casi. Sobre el mapa, Thapa está donde debería estar. Pero solo. Animados por la desolación, sus colaboradores lo han drogado y se han quedado con todo el contrabando, dejándole tan solo la mochila y un mulo.

Por suerte ha encontrado una zona de un verde inmaculado a través de la visión amplificada de sus prismáticos. Por lo que él sabe, no hay ningún pueblo en esta tierra de nadie, atrapada entre las escarpadas elevaciones del Tíbet al norte y la abrupta caída del Indo al sur.

Los campos, descubre, pertenecen al pueblo *drakpo*. Hay quien cree que son el ejército olvidado de Alejandro Magno. La mayoría los consideran cosa del pasado, igual que al propio Alejandro. Thapa se ríe al ver sus gorros, decorados con claveles secos y joyas hechas con monedas británicas. Una raza extraña con costumbres más extrañas aún. Un hombre se ofrece a alojar a Thapa tanto tiempo como desee a cambio de sus gafas de sol.

Thapa pondera su situación. No está demasiado preocupado por los artículos y los porteadores desaparecidos. Sabe que no tardarán en ir a buscarlo, porque son novatos. Así que en su lugar prefiere escarbar en los secretos de este pueblo: relatos fantásticos de faquires perdidos y maleantes mongoles, de turistas alemanas que buscan *drakpos* para convertirlos en padres de su descendencia aria. Es mucho mejor que se dedique a acumular inspiración para las noches iluminadas por los neones de Thamel.

A la mañana siguiente de su llegada, recibe una invitación de Apo, el patriarca de la aldea. El viejo quiere reunirse con él de inmediato. Apo, que es el bisabuelo de todos, tiene como norma interrogar a todo lugareño que regrese del mundo exterior y todo extranjero que visite el pueblo. Son pocos, casi ninguno, y llegan con cuentagotas.

LAS LATITUDES DEL DESEO

Sentado en una silla en su huerto, el anciano decrépito no se anda con rodeos.

–¡Extranjero! ¿Has conocido a un comerciante que vende máquinas a los aldeanos, de camino hacia aquí? –le pregunta a Thapa con una voz inusualmente alta, que delata sus menguadas facultades–. Vaga por ahí con su abuela. Ella cocina y limpia para el mimado de su hijo.

–No –contesta Thapa al tiempo que se acomoda a los pies de Apo.

–¿Has visto a una anciana cachemira que fuma *bidis* y bebe *chhaang** y ron? Ella también es abuela. Pero es ágil. Puede caminar sin bastón y habla con delicadeza, como si recitara un poema.

–No.

–¿Visitarás pronto el valle de Cachemira?

–No.

Apo está inquieto.

–¿Por qué lo pregunta, Apo? –quiere saber Thapa, decepcionado por su incapacidad de ayudar.

–Quiero casarme con esa mujer. Su familia no puede rechazar una dote de tres yaks y siete ovejas. Es lo que darían por una princesa persa, no por una vieja arpía. –Hace una pausa antes de añadir–: No le digas que la he llamado «vieja arpía».

Thapa se ríe.

–Apo, ahora es el momento de casar a sus nietos, no de casarse usted.

–Ojalá mi corazón hubiera dejado de latir antes de que llegara ella –suspira él–. Vino aquí con ese nieto suyo que no vale para nada. El hombre va de pueblo en pueblo, vendiendo monstruosidades en nombre del demonio. Y ella lo cuida. «Eres vieja, Ghazala», le dije. «A tu edad, es mejor asentarse. El paraíso

* Bebida alcohólica nepalesa y tibetana.

279

no es como te lo cuenta el Corán. Es una puesta de sol en este mismo huerto, en compañía de árboles viejos como nosotros...»

Al anciano se le llenan los ojos de lágrimas.

–Tan viejos como nuestro amor –susurra, como si hablara para sí mismo–. Sí, Ghazala. Es cierto. El anhelo envejece. Se hace viejo con nosotros. Pero no muere. En la muerte, origina vidas que transcurren en islas como esta. Islas de luz solar en un huerto solitario.

Thapa se queda callado. Siglos de soledad le pesan sobre los hombros, como un mar de sedimentos sobre un fósil.

–¿Por qué estás triste? –le pregunta Apo–. Soy yo quien tiene el corazón roto.

–Hace tanto tiempo que vivo con el corazón roto, que me he olvidado de lo que significa...

–Hijo, el corazón roto no me ha matado. La edad no me matará. Los huesos frágiles y la indigestión no me matarán. Rezo para que Buda se me lleve.

–Después de encontrar a Ghazala, *inshallah* –dice Thapa, recordando la hermosa frase que sus amigos musulmanes utilizan a menudo. Entonces se da cuenta de una cosa y sonríe–. Cuando la encuentre –dice en voz alta mientras pone en orden sus ideas–, puedo darle unas pastillas para su noche de bodas. Tengo toda clase de pastillas. Comercio con ellas. Pastillas para hacer feliz, pastillas para hacer bailar y cantar que eliminan cualquier dolor. También pastillas que ayudan a mantener relaciones. Funcionan tanto con los hombres como con las mujeres.

–¿Eres hechicero?

–El mejor que existe.

Thapa saca una bolsa de su mochila.

–Aquí tiene dos pastillas blancas. Tiene que tomarse una y darle la otra a su emperatriz la noche de bodas. Hay un poco de polvo blanco en un paquete pequeño. Debe aspirarlo por la nariz si quiere pasárselo bien. No le hace falta nada ni nadie más. También hay una pastilla amarilla... –Se interrumpe para buscar las palabras adecuadas. Al ver que no le vienen, farfulla–: Es la droga más nueva del mercado. Hace revivir a los muertos. Nunca me he atrevido a probarla. Si todo lo demás falla, esto le consolará.

–Dame una más para Angkung, nuestro *lhaba** –le pide Apo–. Perdió a su madre siendo un bebé y desde entonces ha intentado elaborar pociones y polvos para encontrarla.

–De acuerdo. Pero ¿se acordará usted de todo? –pregunta Thapa–. Las pastillas blancas son para el sexo. El polvo blanco es para pasar un buen rato. Y la pastilla amarilla hace revivir a los muertos.

Desde que tiene uso de memoria, Thapa ha poseído un conocimiento indeleble del futuro. En el fondo, sabía que no importaba lo duro que trabajara su padre: las cosechas se malograrían una y otra vez, y no por culpa de él. De niño, experimentó la muerte en forma de una hinchazón en su garganta que no podía tragarse ni vomitar, expresar ni ignorar. Sabía que la bola del vientre de su madre no sobreviviría. Su madre, asustada por sus dotes adivinatorias, lo llevó a un hechicero para que lo curara. Poco a poco, las premoniciones se esfumaron.

De adulto, Thapa no pudo limitarse a hacer desaparecer lo que vio cuando se marchó de su casa para negociar el precio de las cosechas. Por primera vez, la premonición adoptó la forma de una visión, no un mero sentimiento de desazón o un pitido en el oído interno. Como siempre, su familia no paró de despedirse agitando los brazos hasta que Thapa se convirtió en un lejano punto negro, y su bebé siguió haciéndolo incluso después. Antes de que el camino se curvara, Thapa se dio la

* Chamán del pueblo.

vuelta para mirarlos. Lo único que vio fueron cascotes. Un río de escombros que bajaba por la ladera y se dispersaba como un lago sobre el pueblo. Notó cómo los espíritus atrapados debajo alzaban las manos hacia él, a pesar de las inciertas certezas. No tenía sentido. ¿Cómo podía todo el pueblo ser barrido sin más? No una cuarta parte de las casas sino todas, las cuarenta. Tan solo los viejos, los niños y las madres se tomaban en serio las señales de otro mundo. Thapa apartó el pensamiento y siguió andando. Como un joven emprendedor de diecinueve años, tenía más motivos para la esperanza que para la superstición.

En los últimos tiempos, las premoniciones habían empezado a resurgir: lo llamaban en sueños, aparecían de la nada, le tiraban del cuello de la camisa mientras andaba por las calles, llamaban a su puerta.

El día que la dejó entrar en su habitación, no sabía qué esperar. Cuando ella le habló de acabar con su propia vida, él se rio de manera inesperada. Cuando ella le pidió fideos, la soledad lo consumió. Cuando ella le pidió una historia, él se derrumbó.

Entonces ella le cogió las manos temblorosas y húmedas y lo miró con la inocencia de un niño. En ese momento, Thapa comprendió que el final de su historia no radicaba en la muerte, pues incluso la muerte abandona a aquellos que viven sumidos en la desesperación.

Dieciocho años atrás, cuando Thapa se encontró con la fotografía en un periódico, se sintió aliviado de que no hubieran usado la página para envolver algo pegajoso o frágil, como panelas o huevos, sino coco seco. Sonrió al leer el pie de foto: «Prisioneros liberados de la cárcel de Khamti, en la división de Sagaing, como parte de la amnistía política a nivel nacional anunciada para conmemorar el día del congreso Sangha». La fotografía mostraba un mar de rostros que abarrotaban la acera frente a las puertas de la cárcel. En algún lugar, flotando en la oleada, estaba Mary cogiendo a su hijo de la mano. Oculto a todo el mundo, fuera del tiro de cámara, estaba Thapa. De pie en una esquina, mirándolos con las mejillas húmedas.

La metió entre su ropa, bien apretada para alisar las arrugas de la imagen. Pero estas permanecieron y al final se desintegraron bajo el peso del tiempo. Tres años después de encontrarla, fue necesario utilizar dos largas tiras de cinta adhesiva para mantenerla unida. El deterioro no era simétrico. En un intento desesperado, Thapa enmarcó la fotografía bajo teca sólida y cristal; el marco era un ataúd hermético para el momento que captaba.

Sin un hogar permanente, sin pared o mesa donde colocar la foto, Thapa la enterró en su maleta. Con los años, algunas cosas se perdieron y otras quedaron atrás. Las maletas fueron y vinieron. Las rutas, como las corrientes a las que se enfrentaba, cambiaron a un ritmo tan rápido que le resultaba imposible seguirle el paso. Pero el marco siguió ahí.

Tras su liberación, Platón sobrevivió convirtiéndose en un insurgente armado en la frontera indobirmana. También aprovisionaba a Thapa con opio puro del Himalaya oriental. Juntos, conectaban el cultivo tradicional del opio con un nexo internacional más amplio.

A pesar de que quedaban con regularidad, Thapa no le comunicó la existencia de la foto a Platón. No era nada extraordinario. Una aburrida instantánea en blanco negro en la época de las fotografías en color. Que captaba en su mayor parte caras desconocidas en un momento familiar.

A menudo se preguntaba por qué le daba miedo separarse de ella. Las emociones, en su opinión, eran puramente superficiales. No tenían ningún valor frente a la transacción comercial que la mayoría de la gente llamaba vida. Aun así, era incapaz de limpiarse el potingue superficial de sí mismo. Era él quien había convencido a Platón para que buscara a su madre cuando este se lo pensó mejor. Era él quien había pasado dos semanas en las islas buscando a Mary.

–No a todo el mundo se le concede la oportunidad de empezar de cero en esta vida –le había dicho Thapa a Mary cuando esta se derrumbó el día antes de que soltaran a su hijo. No eran palabras de advertencia o de sabiduría. Le estaba contando el secreto de su propio destino.

Tras pasarse diez años viviendo en la sombra, traficando con opio al tiempo que afirmaba librar una guerra contra la junta militar, Platón decidió dejarlo. En una muestra poco habitual de solidaridad y ambición, insurgentes de ejércitos de diversas etnias –los *karen*, los *arakkan*, los *kachin* y los birmanos– habían unido sus fuerzas para lanzar un ataque desde el mar. Platón se uniría a un operativo colectivo en la isla Landfall, la última isla india del mar de Andamán, antes de entrar en territorio birmano.

Como gesto de despedida, Thapa se planteó la posibilidad de entregarle la foto a su amigo. Esta viajó con él todo el camino desde Rangún hasta una cabaña tribal en el extremo más elevado del valle del Namdapha. El refugio rectangular pertenecía a un jefe *mishmi*, el mayor cultivador individual de amapolas. La cabaña era la única del pueblo, que consistía en cuatro huertos de naranjales, doce campos de amapolas y un bosquecillo chamuscado. Los amigos se sentaron junto a una chimenea. El hollín colgaba en forma de estalactitas del tejado inclinado de paja. Una galería de cráneos cubría las paredes. En un lado estaban los que veneraban, sus dioses; en el otro, los que cazaban.

—Son como la junta militar y los revolucionarios —comentó Platón señalándolos—. No hay ninguna diferencia.

Puede que Platón hubiera dejado atrás su época de idealismo y pobreza, pero la costumbre de filosofar se aferraba a él como una garrapata. Hacía tamborilear los dedos al ritmo del reloj de pulsera de Thapa, una explosión de tictacs en el silencio de la tarde. Tenía tres esferas adicionales, para mostrar la hora en Nueva York, París y Tokio al mismo tiempo.

De vez en cuando, Platón cogía el reloj de Thapa y se lo acercaba a la oreja. Como una caracola que transportaba en su interior los sonidos del mar, el reloj rebosaba con el ritmo discordante del tiempo.

—Si hubiera podido colar una sola cosa en la celda de aislamiento —dijo—, habría sido un reloj. No hay nada más aterrador que una extensión de tiempo sin dividir.

Thapa se quitó el reloj.

—Quédatelo —dijo. De algún modo, era más sencillo separarse de un reloj fabricado en Taiwán que de una foto hecha jirones–. Cógelo –insistió–. A las mujeres les encanta. Es una pieza de joyería masculina.

La pipa de opio estaba lista. Tras compartir varias rondas en silencio, el jefe los dejó solos. Como anfitrión, tenía que degollar él mismo al bisonte para preparar la comida.

El dolor que arrastraba Platón en su interior había menguado. Las tenazas de la migraña habían aflojado la presión. Masticar comida con el lado izquierdo de la mandíbula volvía a ser una posibilidad. Tenía los huesos en reposo, incluso los desfigurados y fracturados. El opio era la única cura que había encontrado Platón para el dolor palpitante de las ingles. Bajo su efecto, el tiempo perdía su cualidad opresiva. El presente parecía relucir. O bien eso o bien a Platón le crecían alas, como a los mosquitos en su celda de soledad.

–Puedo perdonárselo todo –dijo, rompiendo años de silencio en un segundo–. Los dientes rotos, los huesos dislocados, las hemorragias internas. Pero eso no.

Platón no estaba seguro de que sus caminos volvieran a cruzarse. Espoleado por los vapores, continuó:

–Me quitaron la dignidad... Nunca podré estar con una mujer. Nunca sabré lo que se siente.

Thapa meditó en el humo que le salía por los agujeros de la nariz y que se unía con el que expulsaba por la boca. Tres corrientes distintas que se elevaban como si fueran una sola.

Si hubiera tenido una palabra de consuelo o una solución que compartir, lo habría hecho. Pero lo único que podía ofrecer eran mentiras. La charla de Thapa sobre burdeles y amantes, las bromas despreocupadas sobre el sexo débil, incluso su obsesión con la ropa y los artículos caros no eran más que una distracción.

La negrura de la noche había caído prematuramente sobre la estancia. El hollín negro que había cubierto las paredes durante generaciones desapareció bajo aquella sombra más oscura. Si Thapa mantenía los ojos abiertos el rato suficiente, podía identificar los remolinos de color morado y marrón oscuro que se formaban en el humo.

–¿Lo ves? –preguntó a Platón–. ¿Ves los colores?

–Sí.

Thapa se sintió aliviado. Eso confería realidad a la ilusión.

–Y a ellos, ¿también los ves?

Las amonitas y los nautilos, a la deriva con el humo, huyendo del fuego. La estrella de mar y los lirios de mar que trepaban por las esquinas agrietadas de la cabaña, como si la tierra fuera un lecho marino.

–Sí –contestó Platón–. También los veo.

Thapa se echó a reír. Plató se le unió. Como recién nacidos que habían abierto los ojos por primera vez, viendo lo que los humanos jamás podrían ver, disfrutaron los dos de la magia que teñía la cotidianidad.

–¿Por qué no me lo habías dicho antes? –preguntó Thapa–. Creía que era el único loco que había aquí.

La risa de Platón se intensificó, invitando a los cráneos colgados en las paredes a unirse a él. Intentó decir algo, pero las arcadas se tragaron sus palabras. Perdió el control sobre la vejiga y se meó encima. Al final, la noche se calmó en un largo y pacífico silencio.

–Los veo desde que tengo uso de memoria –dijo Thapa–. Caen de los árboles y los tejados, salen arrastrándose de las alcantarillas, los vertederos y las tuberías... Los veo en las inundaciones y los corrimientos de tierra... Los vi reptar sobre las ruinas... No quedó ni una sola casa en pie... Los perdí a todos. Mi familia...

–Las criaturas viven con nosotros –respondió Platón–. Habitan las grietas en las que vivimos. Desesperadas por escapar.

–¿Quiénes son?

–Presagios de nuestro pasado... Fantasmas de nuestro futuro... Son nosotros.

Esa noche, Thapa se olvidó por completo de la fotografía. La dejó escondida junto a la chimenea. Para cuando recobró la cordura, se hallaba ya a tres días de la cabaña. En cierto modo, se sintió aliviado. La fotografía lo volvía sentimental. Las caras de la imagen le provocaban una contagiosa mezcla de excitación y miedo. En ocasiones, lo envolvían en su arrullo y lo animaban a rendirse a los dioses del anhelo; se quedaba mirando la foto durante horas, imaginando lo distinta que podría haber sido su vida si no hubiera sido como era.

Platón y Thapa se marcharon del pueblo del jefe *mishmi* poco después del amanecer, poniendo así fin a una noche de celebración y pena bañada por el opio. Nadie se percató de que la fotografía estaba allí hasta la tarde, cuando la bisnieta del jefe, una rolliza niña de seis años con un vestido harapiento, señaló el marco metido bajo un colchón de paja junto a la chimenea.

El jefe se preocupó. Aunque estaba cansado, aún podía alcanzarlos si se daba prisa. Pero al coger el marco se dio cuenta de lo mucho que pesaba. Pesaba más que el peso físico de la teca, el cristal y el papel. El marco tenía un corazón pesado.

Basándose en las ropas y las caras de rasgos birmanos, así como en el casi ilegible pie de foto, el jefe supuso que pertenecía a Platón y no a Thapa. Estaba preocupado por él: estaba más hecho para comerciar con opio que para tenderle una emboscada a la junta militar desde el agua.

Cediendo a un capricho, decidió quedarse el marco, salvaguardándolo hasta que su amigo volviera. ¡Cómo se sorprendería Platón al encontrarlo colgado con los cráneos en su pared! Era un pensamiento alegre, el de su regreso.

El marco colgó orgullosamente junto a los cráneos durante ocho años, hasta que llegó el momento de echar abajo el refugio para dejar sitio a una estructura de cemento. El jefe había muerto y sus hijos querían seguir el ritmo de los tiempos. Contrataron a operarios para que transportaran sacos de cemento y ladrillos sobre la espalda durante dos días enteros, a través del paso de montaña y del río, hasta su pueblo.

Fue su bisnieta, la que había encontrado el marco, quien lo guardó cuidadosamente durante los quince meses que pasaron en un cobertizo. Le recordaba a su abuelo y los tiempos compartidos con él ayudándolo en sus huidas a través del opio, mascando nueces junto al fuego. Los tiempos en que a ella le rapaban el pelo cada mes para mantener a raya los piojos. Los tiempos en que nadie sabía lo que significaba el aislamiento. Después de que la familia se subiera a un vehículo, escuchara la radio y visitara el pueblo más cercano, todo por primera vez, ella supo que ya no era una niña.

Se deshicieron de los cráneos. Solo el marco regresó a la pared de cemento nuevecita, junto con el arco y las flechas del abuelo, su mantón y su pipa favorita: retazos de un estilo de vida extinguido.

Cuando llegó el momento de que también ella abandonara la casa, se llevó el marco a modo de recuerdo. Se lo llevó del pueblo a la ciudad mientras su marido, un refugiado tibetano, buscaba trabajo ocasional como manitas. Las caras en blanco y negro que tan conocidas le resultaban eran lo más parecido que tenía a una familia. La chica les había puesto nombres y había inventado para ellas historias que se adentraban hasta tal punto en el pasado, que había cruzado el puente que separaba la fantasía de la fe. Las personas de la fotografía eran los amigos de su bisabuelo. Lo visitaban a menudo y fumaban el mejor opio que él podía ofrecerles, hasta que uno se marchó a la guerra y el otro se enamoró de tres mujeres en tres lugares distintos, atrapado para siempre en un bucle interminable.

Cuando llevaba diez años casada, se encontró conversando con el marco apoyado en una pared de la chabola de un suburbio. Ella, madre de tres hijos, que no estaba segura de lo que iba a deparar cada nuevo día. Su marido le aseguraba que todo iría bien, pero por alguna razón ella no lo tenía claro. Así que se quejaba a ellos, los guardianes de su tribu, los amigos de su abuelo. ¿Y si su marido no vendía suficientes *momos** en su puesto esa semana? ¿Cómo iba a ocuparse ella de la casa? Les hacía ofrendas con incienso y pequeñas esculturas de mantequilla para apaciguarlos. Se planteó la posibilidad de decorar el altar con cráneos de animales.

Un día, en medio de sus acalorados lamentos vespertinos, se topó con su abuelo en medio de las numerosas caras. Se le iluminaron los ojos. Lo había echado mucho de menos durante todos estos años. Cuánto deseaba regresar a su regazo y aspirar su aura desbocada de humo de opio.

Pero ¿cómo era posible? Se acercó tanto el marco a la cara que casi le tocó la nariz. Entornó los ojos. Sin aviso ni provocación, la ilusión se esfumó. El hombre al que había tomado por su abuelo no se parecía en nada a él: tenía la piel más oscura y era más bajo. De hecho, ni siquiera parecía *mishmi*. Esta sencilla constatación desató una reacción en cadena que haría estallar todos los mitos.

Su marido y sus hijos eran tan desconocidos para ella como familiares le resultaban las personas de la foto. A lo largo de todos estos años, lo que había tomado erróneamente por amor conyugal y preocupación maternal no era más que una fantasía. Una fantasía del mismo calibre que las personas en blanco y negro atrapadas en el marco de madera de teca.

Sintió alivio. El profundo sentimiento de aislamiento que

---

* Masa de harina de cebada y agua rellena de carne picada o verduras. Tipo de butifarra del sur asiático.

había experimentado desde que había salido de su pueblo para subirse a la parte trasera abierta de un vehículo que circulaba tambaleándose por una carretera decente se desvaneció.

Empaquetó sus cosas y decidió regresar a su hogar ancestral, uno de los últimos lugares aislados del mundo. Tras pasar dos días en un tren, medio en un autobús y dos más caminando por las montañas, vislumbró el Dapha Bum, el pico nevado más elevado de la región. Le hizo una reverencia.

El mundo lo creó una anciana que tejió todas las cosas y les infundió vida. Era por eso por lo que todo, desde las cosas más pequeñas como las escamas de los peces hasta la piel de las serpientes y las manchas de las alas de las mariposas, seguía un patrón. Si los humanos consideraban que había algo en la naturaleza que era anómalo o una aberración, era porque carecían de la capacidad visual para reconocer el patrón.

Se perdió entre las arboledas y los valles. Vivió de la luz de la luna y los frutos. La consiguiente diarrea no le supuso un problema, porque el mundo entero volvía a ser un lavabo al aire libre.

Una mañana, al cruzar el atronador río Noa Dihing por un destartalado puente de bambú, vio una amapola que florecía. Era de un rosa relajante, con remolinos blancos. Cogió su cuchillo y realizó tres pequeñas incisiones en el tallo; a continuación, dejó que el líquido negro le cayera directamente en la boca.

Con la fuerza de diez caballos y la convicción de una demente, caminó durante dieciséis horas a través de la espesura impracticable, guiándose tan solo por su instinto, hasta que llegó al final de su trayecto: los campos salvajes de amapolas.

¿La había engañado su memoria o las amapolas eran más grandes y los campos cubrían toda la extensión de la ladera como un glaciar? Había más tonos que el rosa, el rojo y el blanco de su infancia. También vio naranja, lila y negro.

Se derrumbó cuando una niña, que se parecía mucho a ella de pequeña, apareció entre las flores y le cogió de la mano.

Era su sobrina. La llevó a su poblado, que ahora era un grupo de estructuras de cemento equipadas con lavabos de verdad, ventiladores de techo, televisión por satélite, teléfonos por satélite, sofás, fogones de gas y otros contaminantes de un mundo exterior.

–¿Cómo ha llegado esto aquí? –fue lo primero que le preguntó a su hermano. Este se había hecho mayor de una manera predecible, pero el pueblo se había desfigurado de forma impredecible.

–Por la carretera, ¿qué pensabas? –contestó su sobrina, divertida con aquella tía desquiciada que había salido de la selva.

Una calle de cemento unía ahora todas las casas entre sí y con la ciudad más cercana. Gracias al dinero del opio, todas las casas disponían de un Jeep, un teléfono y un televisor, y sus primos también preferían fumar cigarrillos y beber whisky antes que dedicarse a la tediosa preparación del opio.

Lo único reconocible que quedaba eran las montañas de los alrededores: el Dapha Bum que se cernía sobre el horizonte, los campos de amapolas, el conocido sonido de las aves de corral y los cerdos que corrían libremente y, por supuesto, la traviesa sonrisa de su sobrina, la curiosidad en sus ojos y los piojos en su pelo. Le recordaban a ella misma, tal como era tiempo atrás.

Años después Thapa visitó de nuevo la aldea y descubrió que ya no consistía en una única cabaña. El asentamiento *mishmi* era como cualquier otro. Entre las atestadas teterías, el consultorio médico, la escuela de primaria y el edificio del concejo de la aldea, se alzaban una serie de hogares desvencijados. Aunque hubieran levantado paredes de cemento, los techos seguían siendo de paja. El conductor buscó la casa del jefe de los *mishmi*. Los lugareños le indicaron un grupo de construcciones de colores vivos en el centro del poblado.

Thapa se sentó en un ornamentado sofá de terciopelo, rodeado de osos de peluche y jarrones con flores artificiales, mientras bebía a sorbos un té insoportablemente dulce. El actual jefe había resultado ser el nieto de su amigo. ¿Adónde habían ido a parar los cráneos?, se preguntó mientras contemplaba las paredes rosas. ¿Dónde estaba la chimenea? Y entonces lo vio, asomando desde la última fila en una vitrina de cristal. Entre retratos de mujeres, bebés que esbozaban sonrisas sin dientes y diplomas enmarcados estaba el marco de madera de teca que él había dejado.

La fotografía lo asaltó como el fantasma de alguien a quien hubiera enterrado con sus propias manos. Pero ahí estaba, atrayendo su mirada de nuevo con su magia negra. ¿Cómo podía haberla olvidado? ¿Por qué significaba tanto para él, para empezar? ¿Por qué seguía allí?

Según afirmó su anfitrión, la fotografía pertenecía a su hermana. Esta había huido con un tibetano para acabar volviendo hacía unos meses, desde la selva. Él creía que los extranjeros que salían en la foto eran familiares por la parte del marido. ¿Por qué otra razón sentiría su hermana tal apego por ella?

Dos horas después, Thapa compartía una taza más de té empalagoso, esta vez con la hermana de su anfitrión. La mujer tenía tendencia a desaparecer, aunque no parecía importarle a nadie. Aquello no era una gran ciudad. Aquí nadie se perdía.

–Esta fotografía es muy bonita –le dijo él.

–Gracias –contestó ella, y sonrió como si Thapa le hubiera hecho un cumplido.

–Debes de apreciarla muchísimo. ¿Cuánto hace que la tienes?

–Desde que tengo uso de memoria.

Thapa les pidió un bolígrafo a sus anfitriones. Se sacó un trozo de papel del bolsillo e hizo unos cálculos. Hacía tanto tiempo que no podía recordar adónde habían ido a parar los años.

–Dieciocho años –le dijo–. Eso es lo que hace que la tienes. Dieciocho años desde que la dejé junto a la chimenea, cuando estuve con tu abuelo por última vez.

–¿Has venido a llevártela? –preguntó ella.

–Ni siquiera sabía que aún existía –dijo él–. Mirarla es como encontrarse con alguien de otra vida.

Ella albergaba los mismos sentimientos respecto a la fotografía.

–¿Alguien que llevas en el corazón? –preguntó ella.

Él no tenía respuesta.

–Soy un hombre de comercio –fue lo único que se le ocurrió.

–¿De verdad han sido dieciocho años? Porque parecen muchos más.

–En realidad, parece que fue ayer –contestó él.

–Sí –convino ella–. Tal vez esa es la forma en que transcurre el tiempo para algunos de nosotros. No vuela. Se queda parado.

DESIERTO DE NIEVE

A po, el abuelo de toda la aldea, sospecha que está profundamente dormido incluso cuando está despierto. En ocasiones, el pasado es real y el presente, un recuerdo desteñido. En ocasiones, el pasado es una bestia incomprensible y el futuro, su sombra frustrada. En ocasiones, todo lo que Apo puede afirmar con seguridad es la capacidad de las nubes para no alejarse hacia el espacio y la tendencia del sol a salir día tras día.

A los ochenta y siete años, todo parece un sueño. Los hijos, los nietos y, ahora, los bisnietos. El huerto. El establo. El cobertizo. Las paredes de barro torcidas y el rosal. La ristra de perlas que lleva en las orejas y el coral y la turquesa que le cuelgan del cuello; símbolos de su estatus.

Tiene un nombre extraño, este pueblo. Una Madre, Un Mulo. Todos los aldeanos pueden seguir el rastro de su linaje hasta sus habitantes originarios: una familia de tres hermanos que compartían una esposa. Los hombres eran tan pobres que no solo compartían mujer, sino también mulo. Puesto que hacían falta dos animales para arar los campos, los hermanos se turnaban para compartir la carga con el animal.

La aldea se sitúa en una pronunciada pendiente en las montañas Karakoram. Geográficamente, grava negra y vertientes rocosas verticales la separan del valle de los Albaricoques Dorados, aunque nada puede explicar por completo su separación de la humanidad. La Ruta de la Seda también da sinuosos rodeos para evitarla. Solo los buenos amigos, los enemigos acérrimos y los que están verdaderamente perdidos se aventuran hasta aquí. Porque lo único que puede ofrecer la aldea es desolación.

Últimamente, Apo ha empezado a hacer rodar la rueda de oración budista de manera incesante, una práctica espiritual que no encaja con los enebros, las hadas y las cabras montesas que tanto veneran los aldeanos. Es una reliquia de otra vida, la que pasó en Changthang, la meseta que lo vio nacer. La vida allí brillaba por su ausencia. En su lugar, la meseta estaba repleta de seres y formas latentes. Espíritus sin cuerpo, demonios sin reino, océanos sin agua y estaciones tan extremas que ocupaban el lugar de las deidades en el altar. Oculta entre ellos se encontraba una terca criatura llamada amor. Sin extremidades ni ojos, sin torso, sin una sombra siquiera que pudiera considerar propia, sobrevivía en forma de hielo en los glaciares y de granos de arena en las tormentas de polvo. Ocupaba los escasos centímetros a través de los que crecían los picos y los continentes se acercaban.

Apo ya no recuerda los nombres de sus padres ni cuántos hermanos tenía. Sus rostros, en sus recuerdos, se han creado de nuevo. ¿Cómo si no es posible que su madre se parezca a su bisnieta? Sin embargo sí recuerda nítidamente la mano de su madre, haciendo rodar la rueda de plegarias y murmurando oraciones sentada en una roca en el desierto de nieve, rodeada de los yaks y las ovejas que pastaban. La nieve a medio fundir que serpenteaba por el prado, así como las arrugas de sus manos y su voz cantarina: todos ellos son detalles reales.

Tras la invasión china –la única guerra en la que ha combatido–, Apo se ha esforzado por alcanzar la amnesia. La libertad para vivir, incluso la libertad para morir, estaba vinculada a su capacidad de olvidar. Pero ahora que el olvido se ha asentado como un proceso natural, le duele. Antes, la amnesia era un acto deliberado de esperanza. Ahora es una señal de que la vida se desenreda. La carne se desprende como piel muerta. Los huesos se parten bajo el peso del alma. Los ojos parpadean en la oscuridad, buscando una imagen a la que aferrarse. Apo, que es viudo, se ha resignado a la soledad de una habitación vacía. Pegado a la silla, el único mueble que hay allí, los sonidos de la guerra le llegan uno tras otro. Nada puede atajar el ruido ni evitar que las visiones se proyecten sobre las paredes de barro desnudas. Ni su oído sordo ni la ambigua niebla de las cataratas.

Apo oye las revoluciones de los tanques que suben las escarpadas pendientes, proyectiles que estallan ahí cerca, los disparos de los cañones antiaéreos Bofor, los helicópteros que planean como abejas monstruosas. Ve campos enteros convertidos en pasto de las llamas. Dispensado de sus quehaceres matutinos, Apo permanece sentado sin moverse y se entrega a su paisaje de guerra interior. Trata de aislar la explosión de las bombonas del ruido de la munición mientras el fuego se propaga por el campamento. Con la distancia y la intimidad que solo el tiempo puede proporcionar, Apo ha encontrado similitudes entre los sonidos de la guerra y los de unos simples fuegos artificiales.

Esta mañana, los sonidos se niegan a amainar. Cuando suben de volumen, Apo se levanta y se marcha. No puede arriesgarse a dañar el oído que aún le funciona con recuerdos de sonidos.

La cosa no hace más que empeorar. La guerra relámpago, se da cuenta, pertenece al presente. Apo le sigue el rastro hasta sus propios campos. Se queda de pie al borde del mar de alforfón amarillo en flor. Se le escapa un grito ahogado al ver una máquina gigantesca que saquea su preciada cosecha.

–¿Qué es este monstruo? –chilla.

–Apo, es una máquina que siega y trilla al mismo tiempo. El vendedor cachemir, ya sabes quién es, el hombre que llegó hace tres días, nos la ha alquilado para esta temporada.

–No me gusta. Párala ahora mismo.

–Pero Apo, realiza el trabajo de diez personas. Y ya hemos pagado por ella.

–Solo los monstruos hacen el trabajo de diez personas. ¿Cómo te atreves, tú que eres sangre de mi sangre y carne de mi carne, a arruinar nuestro pueblo? Dile a ese hijo de militante que se marche con su artillería. Nosotros somos gente pacífica. ¡Nada de guerras!

¡Nada de guerras! ¡Nada de guerras! Apo se queda ahí de pie, protestando. Sus nietos tratan su senilidad con sumo respeto. Lo dejan en paz.

Al final, Apo se cansa y retoma su dificultoso camino de regreso a casa. Aquí todo sube o baja, un suplicio para las rodillas. Tampoco hay un camino en condiciones. En lugar de callejones, un complicado sistema de canales conecta todas las casas, los huertos, los campos y los lugares de reunión. En verano, hay que vadear el agua fría, glacial. En esta mañana de finales de julio, el camino es una intensa corriente.

Apo avanza dificultosamente con su bastón por el torrente helado. La abrasadora luz del sol, tamizada por las copas bajas de los albaricoqueros, los nogales y los almendros, contrasta vivamente con la fuerza gélida que le golpea los pies. El reflujo del agua que corre con fuerza se refleja en los pensamientos del anciano. Están por todas partes: culpan a los gobiernos del mundo, a la tecnología y a los cachemires cameladores de su actual estado de miseria. Ese monstruo no es un servicial salvador: es un misionero que ha llegado antes de la invasión.

–¿Qué será lo siguiente? –mascula Apo–. ¿Una máquina aventadora?

Aventar es una de las actividades más dignas de la que han

disfrutado los hombres... o más bien las mujeres. Estas lanzan por los aires las cascarillas doradas, al tiempo que silban para convocar la ayuda del viento. Hasta el sol se desvía de su camino para brillar sobre ellas. Su mujer, que hace mucho que murió, era la mejor silbadora que hubiera conocido el pueblo. El viento, se burlaban sus amigas, era su pretendiente. Perdido en sus recuerdos, Apo se detiene para arrancar un albaricoque. De inmediato escupe el fruto polvoriento. Todo es culpa de ese monstruo maldito, que propaga el polvo en kilómetros a la redonda, contaminando tanto sus almas como sus frutos. Ya basta. Como Apo de la aldea, se plantea una acción inmediata. Irá a hablar con el cachemir y le ordenará que coja su monstruo y regrese a su tierra.

Sigue avanzando penosamente con la ayuda de su bastón, hasta que el sudor le empieza a empapar la cabeza calva. Se detiene de vez en cuando y masculla insultos por lo bajo. Se quita el tocado, hecho de tela y decorado con monedas viejas y claveles rosas. El sudor le corre por los surcos del rostro. Las arrugas le relucen, como si las hubieran alcanzado gotas de lluvia. La casa del cachemir está lejos, en el punto más elevado del pueblo.

Según la tradición, a los forasteros no se les permite vivir entre los aldeanos. Apo fue la última excepción a la regla, pero nadie lo recuerda y él menos que nadie.

Para cuando llega a la casa del forastero, Apo es un babuino de cara roja que echa espuma por los huecos que hay entre sus dientes. Consumido por la ira y el esfuerzo, entra directo a la sala de estar. Le sorprende encontrar a una mujer cachemira mayor en lugar de a un hombre joven y sin escrúpulos. Está serena como en un cuadro, junto a la ventana. Los jadeos y gruñidos de Apo no la distraen.

–He venido a ver a tu hijo –anuncia Apo en indostánico, una lengua que aprendió hace muchas vidas.

La mujer habla tan bajito que una brisa podría llevarse volando sus palabras y dispersarlas por las cimas nevadas del Hindu Kush. Apo no quiere revelarle su sordera parcial. Tampoco puede darle órdenes como si fuera una niña y pedirle que se acerque y hable más claro. Aunque lleva el pelo cubierto por un pañuelo de flores rosa y el cuerpo oculto bajo un holgado caftán lila y unos pantalones de pijama, Apo percibe el paso de los años en su rostro.

Ella nota su confusión y le señala la silla que se encuentra en un rincón. Apo se da cuenta de que la silla es un esqueleto solo tras avanzar pausadamente hasta ella. Tiene enormes agujeros en lugar de respaldo y asiento. Sería una grosería quedarse de pie. No quiere faltarle al respeto a la mujer. No le queda otra posibilidad que la de intentar dejarse caer en la alfombra del suelo.

Desde que las rodillas dejaron de responderle, Apo ha sido incapaz de sentarse o levantarse del suelo sin ayuda. Si ella fuera más joven, tal vez de la edad de su hija o de su nieta, se la pediría. Pero la piel arrugada y los característicos hombros encorvados le revelan que es contemporánea suya. Pese a ser ancianos los dos, Apo no consigue obligarse a estrecharle la mano, a ella, una forastera.

Apo experimenta una caída libre, interrumpida por el suelo. En cuanto se le pasa la impresión, algo más vergonzoso aún lo contempla. Su pendiente, una ristra de perlas que le da varias vueltas en el lóbulo, se le ha enganchado en la alfombra. Ni siquiera puede levantar la cabeza.

Ella acude presta a rescatarlo. Con una mano, le levanta delicadamente la cabeza.

Con los dedos de la otra, deshace hábilmente el enredo.

Los pendientes son un símbolo de un estatus elevado, quiere decirle él. Cada una de las perlas ha pasado de generación en generación. Nadie aparte de él puede llevarlos. Pero ella está demasiado cerca para su gusto. Desde que se quedó sordo, Apo ha olvidado el arte de susurrar.

Le sorprende la fuerza con la que ella lo alza por los hombros y lo sienta con la espalda apoyada en la pared. Siente envidia. Ella le tiende su rueda de plegarias y le deja el bastón al lado. Le coloca bien el gorro y le sacude el polvo de la chaqueta. Y luego abandona la estancia. Apo se siente aliviado. Sería peor revivir la vergüenza en su presencia inventándose elaboradas excusas. Si ella fuera más joven, podría haberle quitado importancia al incidente y considerarlo como parte de la impredecible tragedia de envejecer. Quizá incluso habría sentido lástima por él.

Las manos inquietas de Apo cogen la rueda de plegaria. Trata de recuperar la compostura entornando los ojos e imaginándose las vistas desde la ventana. Desde aquí es posible ver el río Lion, conocido por los extranjeros como Indo, que corre por el fondo del abismo. Es posible ver cómo se despide en un meandro mientras fluye hacia Pakistán. Pero durante un breve trecho, mientras se desliza por tierra de nadie, es fiero y libre de nuevo.

La primera vez que Apo llegó a la aldea, un hombre joven le dijo que estaba en Pakistán. Pero los ancianos, que no sabían nada de la Partición y de las luchas que la precedieron, regañaron al joven por inventarse un país ficticio para burlarse del forastero.

–¿Dónde está Pakistán? –preguntó una mujer mayor–. Hemos oído hablar de China, el Tíbet, Kafiristán, Rusia, Afganistán, Irán. Pero ¿qué clase de nombre es Pakistán, por la media luna?

–Pakistán es la tierra de los puros –explicó el joven.

–Entonces debe de bordear la región de Kafiristán, la tierra de los infieles –dedujo la mujer–. Eso está más al norte y más al oeste, no aquí.

Desde la independencia del subcontinente, estas montañas han pertenecido a Pakistán. Un cartero y un policía visitaban la aldea cada tres meses, para dejar claro quién mandaba. En ausencia de cartas y de infractores, los oficiales ocupaban su tiempo colgando imágenes enmarcadas del Padre de la Nación aquí y allá, y trocando galletas, gafas de sol, botones y cerámicas extranjeras por objetos locales. Las cajas de latón que contenían las galletas acabaron siendo más populares que las propias galletas. Igual que los billetes pakistaníes eran perfectos para liar cigarrillos y las monedas británicas, ideales para hacer adornos.

Apenas habían pasado diez años desde la llegada de Apo cuando un emprendedor oficial del ejército indio llegó andando a la aldea. Sus soldados cargaban sacos de grano, jabón, azúcar y latas de gasóleo a modo de regalo.

–¡Bienvenidos al Indostán! –anunció el oficial, y luego procedió a enseñarles cómo preparar té indio, con grandes cantidades de leche y azúcar

Fue la primera vez que los aldeanos probaban el azúcar. Bajo sus efectos, no pudieron evitar sentirse inquietos, irritables y eufóricos sin motivo.

Mientras el mundo se concentraba en la creación de Bangladesh en el este de Pakistán, el ejército indio se hizo con cuatro montañas pakistaníes en el oeste. El pueblo estaba en una de esas montañas. Al ser saludados por las tropas del ejército indio, los ancianos se sintieron resarcidos. Sus hijos se habían equivocado de cabo a rabo. Aquello era la India. La India británica, más exactamente. El mundo entero era la India británica, incluida Gran Bretaña.

Treinta años después, la guerra de Kargil cambió de nuevo su destino. La India se retiró del valle a las cimas situadas tras ellos, mientras Pakistán ocupaba las montañas del otro lado, pasado el Indo. Mientras la aldea se asentaba en tierra de nadie entre ellos, los dos bandos se observaban mutuamente desde las cumbres.

Como dos perros que gruñen y ladran pero que están demasiado asustados para apoderarse del hueso que hay entre ellos. Poco a poco, el mundo se olvidó de la aldea. El ejército indio se apresuró a marcharse a otro rincón para repeler las incursiones chinas. Y el ejército pakistaní lo siguió para disfrutar del espectáculo. Salvo por algunos comerciantes emprendedores, el pueblo permaneció aislado.

Apo conoce la configuración de este terreno como si fuera su propio cuerpo. Antes de llegar al pueblo, había pasado dos estaciones vagando sin rumbo en la tierra baldía que lo rodeaba. Vientos que susurraban, dunas que cambiaban de forma, el elocuente silencio de las piedras y el fantasma del mar eran su única compañía. A partir de las vibraciones, Apo había aprendido a percibir los miedos y los sueños de la naturaleza y a predecir la llegada de un terremoto, incluso de una avalancha y una riada.

Las invisibles fronteras políticas están en continuo movimiento. Apo percibe un cambio en su desplazamiento, igual que un ciego puede percibir la luz y la oscuridad. Desde la ventana, la frontera se ve inocua. El sol reina en un nítido cielo azul: tiñe el agua gélida del Indo del color de la lava fundida y prende las rocas y las dunas de las montañas con llamas ilusorias. Pero ni siquiera la senilidad, el mayor regalo de la vejez, le permite limitarse a maravillarse ante dicha visión. En lugar de eso, lo llena de tristeza. Atrapada en la red de fronteras, la tierra es un ser tan frágil como una polilla estacional.

La nostalgia no tarda en ocupar el lugar de la tristeza, anunciando su presencia en forma de una dulce fragancia exquisitamente especiada. La anciana ha dejado junto a él una taza de *kehwa**. Apo deja su rueda de plegaria. Contempla la taza: cerámica blanca con dibujos azules. Podrían ser flores y hojas,

---

* Preparación tradicional del té verde.

formas geométricas o seres humanos; a sus ojos nublados todo les parece igual. Mientras bebe sorbos lentos y pausados, Apo se rinde a la tierna infusión de azafrán, cardamomo, almendras y anacardos.

Como una flecha que vuela sobre la tierra y el tiempo, le atraviesa la piel, la carne y las costillas hasta clavársele en el corazón, el sabor recorre casi setenta años, hasta su antigua vida como soldado. Por entonces, Apo era el cocinero designado para su regimiento. En Srinagar, le daban una caja de *kehwa* en polvo junto con las raciones. Era un sabroso té de Cachemira que solo debía ofrecerse a los vips cuando visitaban el campo.

–Yo ya he probado esto antes –le anuncia Apo a la mujer cuando esta se dirige a la puerta–. El té especial de su tierra. Mientras todos los demás bebían alcohol, yo me escondía de mis superiores y bebía unas cuantas tazas de esto. Después de unas cuantas copas de ron.

Ella asiente como si lo entendiera. Al cabo de unos minutos, regresa junto a Apo, esta vez con una jarra llena de *kehwa*.

Apo se ríe, dejando a la visita una cadena de exquisitos dientes rotos, mientras se sirve otra taza.

–Señora –dice–, a mi edad beber una jarra de lo que sea, agua incluida, puede ser peligroso. El cuerpo es un animal. Se derrumba donde se supone que debe sentarse; orina donde le place.

Ella estalla en risas. Cohibida por su espontaneidad, se lleva el pañuelo de la cabeza a la boca para tapársela.

–Si insiste en servirme más, yo insisto en que lo compartamos –añade él.

–Pero ¿qué dirá mi nieto? –pregunta ella, desconcertada–. Aquí entreteniendo a un hombre en su ausencia...

–Le estará bien merecido por dejarla sola –contesta Apo–. ¿Acaso una mujer deja desatendidas sus joyas o un hombre su *chhang*?

Ella se ruboriza.

Se acerca a la ventana que domina la habitación y que se extiende de un extremo a otro de la pared, abriéndose a la inmensidad del exterior. Vuelve a sumergirse en el estado reflexivo en el que la ha encontrado Apo al entrar.

–¿Por qué hace eso? –le pregunta ella al tiempo que señala la rueda que ha quedado sobre el suelo–. ¿Qué significado tiene?

–La vida va girando, rápido y despacio, despacio y rápido –dice él al tiempo que la coge.

Ella cierra los ojos. El ruido del Indo se intensifica. El agua corre con una velocidad y una desesperación tan diabólicas, que aquí no hay río, solo rápidos y remolinos. Ella se queda allí de pie, como un fresco pintado en la pared de barro. Y entonces habla.

La vida me susurra en los oídos con su irresistible melodía, ofreciéndome el agua de la inmortalidad
y la tierra de la transformación.
Porque muy lejos, desde la profundidad de las oquedades del cielo,
la muerte me llama con una voz sencilla y clara.

El verso queda suspendido entre ambos como la niebla en una mañana de invierno. Al final, el sonido de unos pasos interrumpe el silencio. Ella se apresura a recoger la bandeja del suelo. El nieto de la mujer se sorprende al encontrar a Apo sentado ahí como si fuera el hombre de la casa.

–¡Aquí estás, hijo mío! –dice Apo intentando levantarse y estrecharle la mano. El vendedor se acerca rápidamente a él para ayudarlo–. Estaba esperando a conocerte en persona. En calidad de patriarca del pueblo, es mi deber darte la bienvenida y bendecirte. ¡Que traigas mucho más comercio a nuestro hogar! ¡Que tu negocio prospere!

El comerciante, aliviado por la inesperada amabilidad de esas palabras, insta a Apo a compartir la comida con ellos. Pero Apo rechaza el ofrecimiento.

–Sois nuestros invitados: nosotros somos los anfitriones –dice mientras forcejea con su bastón.

Tendido en su cama esa noche, agitado, el dolor que Apo siente en los huesos no es el único motivo de su incomodidad. Se pregunta qué aspecto tendría ella en su juventud. Tiene la nariz grande, como la mayoría de los cachemires, que se hace más grande con la edad mientras el resto de la cara se va empequeñeciendo. A pesar de los ojos hundidos y desvaídos, Apo ve en ellos corrientes de un azul glacial, del mismo modo que ve dignidad en sus arrugas. Su andar y su voz tienen tal gracia que es como si una emperatriz persa hubiera descendido al pueblo desde lejanas montañas repletas de frutos, huyendo de los maleantes. La única incongruencia de esta visión es el tozudo olor a tabaco de su ropa, que Apo atribuye a ese nieto suyo que no sirve para nada.

Cuando ella ha sonreído al oír las palabras de Apo, ha separado los finos labios y ha dejado al descubierto unas encías de un rosa melocotón y una lozana dentadura.

Aunque hablaba de la muerte, sus versos han tenido el efecto contrario. La sangre corre con fuerza por las venas de Apo y ha inundado su noche de soledad.

–¿Quién es tu dios? –pregunta ella mientras mira por la ventana.

–El tiempo –contesta él, mientras la mira a ella con descaro.

–¿Y qué pasa con la vida?

–Esta vida mía me ha dejado agotado. Cuando llegue el momento de reencarnarme, lo declinaré. Si no me hacen caso, armaré un buen escándalo hasta que me escuchen. Un hombre cansado como yo se ha ganado una pausa en la vida.

–Pero la vida es esperanza.

–¿De qué les sirve la esperanza a los muertos?

–En la muerte hallamos la esperanza a la que renunciamos al nacer.

Sus palabras conmueven a Apo. Sonríe en sueños mientras llora dormido.

Apo se despierta por la mañana con los ojos llorosos. Por suerte el otoño aún no ha llegado, de lo contrario se habría resfriado.

Ira, su bisnieta de doce años, duerme tan plácidamente a su lado que no tiene valor para despertarla para que lo ayude a levantarse. «Duerme, ángel mío –piensa–. Duerme mientras duren las guerras. Despiértate en paz. Duerme mientras dure la soledad. Despierta contigo. Duerme, ángel mío, duerme.»

Se sienta sobre la cama. Coge su bastón. Aturullado ante la idea de levantarse, se pone a pensar en su bastón. Lo heredó de su suegra. El bastón era una o dos generaciones más viejo que él. El mango era una cabeza de cabra montesa tallada en madera negra de nogal, con ojos, nariz, boca y cuernos. Apo resigue la cabeza con los dedos para avivar sus recuerdos: las grietas de los cuernos curvados, la barba triangular, las narinas vacías y los dientes al descubierto. Se pregunta si la cabra está sonriendo o si se trata de una señal de agresividad.

–¿Por qué no me has despertado, Apo? –pregunta Ira al tiempo que se incorpora sobre la cama–. Ya te lo he dicho, puedes darme una bofetada. Cuando duermo no oigo a nadie.

–Hija, hay días en que no encuentro motivos para salir de la cama –explica él.

–Si no haces pis en cuanto te levantas, después te cuesta controlarlo.

–¿Quién es el abuelo y quien es la bisnieta? –pregunta él mientras le estira la oreja en un gesto juguetón.

Más tarde, Apo la llama de nuevo a su cuarto. Tras las puertas cerradas, le propone algo. Le pide que espíe a la mujer cachemira. Será su secreto.

–¿Por qué? –pregunta ella.

–Sabe hacer magia negra. Como Apo que soy, tengo que cuidar de todos nosotros.

Ella se queda quieta con la boca abierta de par en par.

–¿Es bruja? –pregunta.

–Tú me lo dirás.

Esa noche, tendidos los dos bajo la misma manta, la chica es un hervidero de historias que quiere compartir. La abuela cachemira parece ser una mujer vieja. Pero en realidad es un hombre. Escondida entre los árboles del huerto, Ira la ha visto sacar un *bidi* y fumárselo, incluso mientras lavaba la ropa en el fregadero. Llevaba a cabo ambas actividades como si para ella fuera algo rutinario. La chica también ha encontrado una botella medio vacía de *chhang*, la cerveza local, entre las especias de la cocina. Y eso no es todo: tiene un bigote y una barba muy definidos, sobre todo si la miras a la luz del sol desde un ángulo muy concreto.

–Eso es lo que me ha convencido de que es un hombre.

–El *chhang* debe de ser de su nieto –dice Apo, intentando encontrar una explicación–. Las mujeres de su religión no beben.

–La he visto dar varios tragos antes de quedarse dormida por la tarde... Apo –lo llama Ira, al ver que él se sume en sus pensamientos–. Tenías razón: es una bruja. –Y se corrige–: Es un brujo.

–Eres demasiado pequeña para juzgar estas cosas.

–Shh –dice ella al tiempo que le pone un dedo en los labios–. Es nuestro secreto.

—Eres demasiado pequeña para juzgar estas cosas —susurra Apo de nuevo—. Ahora cuéntame todo lo que has visto.

—Limpia la casa a fondo. Exclama algo que acaba con «Alá» cada vez que atrapa un chinche. Después de bañarse, se frota las manos y los pies con aceite de nuez y se echa agua de rosas en la cara para engañar a la gente con una fragancia femenina. Se quita el pañuelo para peinarse el pelo. Con el pelo suelto como el de una bruja, lee libros. No sé qué hace, pero sujeta un bolígrafo en la mano y contempla las páginas durante mucho rato. También extiende una estera en el suelo y reza una y otra vez. Nunca he visto a nadie rezar tanto. Son unas oraciones extrañas, también. Junta las palmas de las manos como si sostuviera un libro invisible. Alguien que cree en las hadas no rezaría tanto. A los demonios hay que dedicarles más tiempo.

—¿Cómo tiene el pelo?

—Blanco y gris, como el caballo de Angkung. Y tiene las puntas secas y ralas como la cola de una rata.

Apo se pasa la mano por la calva.

—Tengo piojos —dice.

—No. No tienes pelo.

—Sí que tengo. Mi pelo es tan oscuro como la mierda del caballo de Angkung.

Los dos se echan a reír.

Apo le da un beso a la niña en las manos antes de ponérselas sobre los ojos. Con una cadencia temblorosa, a continuación le canta una canción sobre un rey y su reina perdida.

Esa noche, tiene un sueño. Es un sueño nuevo, un acontecimiento poco habitual a su edad. En su sueño, Apo ve y oye con nitidez. El paisaje es sencillo y geométrico, como las esculturas halladas en las cuevas. Las montañas son triángulos afilados, los animales tienen una silueta simbólica. Todos los colores son primarios e intensos; las sombras, de un negro uniforme. En una de esas montañas peladas y marrones, cubiertas de pedregales, brincan varias cabras montesas. Saltan tan alto que tocan el cielo azul celeste, proyectando sombras tan grandes como nubes sobre las montañas vecinas. Al principio, Apo no sabe por qué están tan inquietas las cabras. Entonces ve un leopardo de las nieves enroscado en un rincón al pie de la montaña, una hembra. Permanece completamente inmóvil, y de vez en cuando agita la cola. Para sorpresa de Apo, la cola del leopardo no es larga, majestuosa y peluda. Es corta y arrugada, como la de una rata.

A la mañana siguiente, Apo se despierta con un único deseo. Tiene que volver a verla.

A última hora de la tarde un chico llama a la puerta de la mujer, que está zurciendo la ropa de su nieto. Antes de que pueda levantarse, el chico ya está en su salita.

–Nuestro venerado patriarca –anuncia con una solemnidad ensayada–, fuente de sabiduría, amor y valentía, y de todo lo que es digno de venerar, está aquí para honrarla con su presencia.

Dicho esto, vuelve con una silla y la deja en el centro de la estancia.

Apo está fuera. Se seca la cara con las mangas. Saca de su abrigo un frasquito de cristal lleno de *attar** y se lo frota en las muñecas. Sigue teniendo un olfato tan afilado como siempre, aunque los demás sentidos lo hayan dejado en la estacada. Inspira el exótico aroma de jazmín con inhalaciones lánguidas para reunir valor.

Solo cuando ve la expresión de perplejidad de ella se da cuenta de que no ha buscado un motivo. No tiene excusa que justifique su visita, sobre todo a una hora en la que ella está sola.

* Aceite esencial de fuentes botánicas.

–Señora –comienza con su característica voz estentórea–, ¿sabe escribir?

Ella asiente.

–En ese caso, ¿podría por favor escribirme los versos que recitó el otro día?

Al percibir la confusión de ella, prosigue:

–En este pueblo, soy el más anciano. Los enebros son los únicos espíritus más viejos y apreciados que yo. Es mi deber preservar todas las cosas bellas, para educar a nuestros niños en invierno. El invierno, como seguramente sabrá, es largo y solitario aquí.

–Pero yo no soy poeta –dice ella–. Lo único que hacía era servir la comida en las reuniones en las que mi marido, que Alá bendiga su alma, o mis hijos recitaban.

–Señora, ha pasado usted su vida rodeada de bobos.

Tras decir esto, coloca su bastón junto a la silla y se prepara para sentarse.

Ella es incapaz de contener la risa.

–Nadie ha llamado nunca bobo a mi difunto esposo –dice.

Tampoco la habían llamado a ella, la abuela universal, «señora».

La risa se apaga en el silencio.

–El invierno es la época de contar cuentos –dice ella, como en una ensoñación–. Cuentos que no tienen final. Es la estación dedicada a Sherezade, no a la poesía.

–El invierno es la reina de las estaciones. Los osos y las marmotas hibernan. Nosotros, los *drakpos*, celebramos. Es la celebración mayor y más larga. Una época de matrimonios, festivales, amistades, epopeyas y cuentos.

–En mi pueblo, eso sucede en primavera.

–La primavera es la estación del corazón. Su llegada y su marcha se sienten más en el corazón que en los campos. –Apo se sorprende de su propio lirismo.

314

Ella está intrigada.

–Y el otoño, ¿qué es? –pregunta.

–Nacimiento. Es el alma que se resigna a vivir una vida más, mientras espera el nirvana.

Ella nunca ha oído describir las estaciones bajo este prisma, menos aún en las reuniones de borrachos que a su marido tanto le gustaba organizar.

–¿Eso es lo que les enseña su religión?

–No. Cuando la senilidad se asienta, la sabiduría sale a la superficie.

Ella sonríe mientras desplaza la mirada de la pared a la ventana, mirándolo de reojo por el camino. Apo está encorvado sobre su silla. Tiene la cara, en especial la nariz, seriamente quemada por el sol, lo que confiere a su tez un tono rosa remolacha. Las arrugas que le recorren la frente, escapan de los ojos y le rodean las mejillas son profundas. Por debajo del gorro, Apo tiene unas gruesas patillas, un bigote ralo y una barba canosa.

Es distinto del resto de los aldeanos, que tienen la piel más blanca y los ojos más claros que los cachemires. Nunca antes ha visto a alguien como él. Un hombre con pendientes hechos de perlas, un collar con una ristra de corales y turquesas, y numerosos anillos. Lleva más joyas que ella.

–¿Y los monzones? –prosigue ella.

Apo puede contar con los dedos de una mano las veces que ha llovido aquí. Hace veinticinco años, una nube descargó sobre la cima y provocó grandes aguaceros que inundaron el pueblo. Todas las casas del extremo oriental quedaron arrasadas. Esa noche los aldeanos corrieron para salvar la vida, al tiempo que gritaban: «¡*Aan*! ¡*Aan*!», aterrorizados. Angkung, el actual chamán, nació esa noche. De ahí le viene el nombre, del sonido del miedo.

En otra ocasión, su esposa, casada con la tarea de regar los campos por el día y los huertos por la noche, se puso contentísima al ver caer una llovizna. Esa tarde se quitó el tocado tradicional y corrió afuera para bailar bajo la lluvia.

Luego hubo una tormenta que lo derribó en los páramos, antes de que acabara en el pueblo. Las gotas eran tan voluminosas y potentes que le dejaron moratones en la piel.

–Las lluvias –dice en un tono suave y contemplativo nada propio de él–. En el Indostán, las lluvias son Dios. Aquí, son la muerte.

El paisaje confirma su opinión. La mujer ve las rocas sueltas amontonadas sobre las montañas, tan inestables como las pirámides de guijarros que los nómadas erigían en todos los pasos de montaña, mientras los vientos del desierto hacen ondear en primer plano las hileras de banderas budistas de oración: rojas, verdes, amarillas y azules. Basta una brisa juguetona para desatar una tormenta de polvo. Un espectro de polvo está cobrando fuerza al otro lado del río. La más leve lluvia puede ocasionar un corrimiento de tierras. Un chaparrón torrencial, sospecha ella, disolvería todas las casas de barro.

Mira el Indo que corre con furia a lo lejos. Durante el breve tiempo que lleva aquí, ha sido testigo de cómo se desplazaba corriente abajo una roca del tamaño de un camión. Las corrientes son tan potentes que calcula que en una semana la roca acabará en Pakistán.

–Aquí, según dice mi nieto, adoran al río.

–Todo son espíritus. El anciano bosquecillo de enebros es más viejo que la vida humana. Cada montaña tiene su propia hada. Las cabras montesas trabajan para ellas igual que las mulas lo hacen para nosotros. Por eso tallamos una cabra montesa siempre que cazamos una, para que pueda seguir viviendo. Todos los seres, ya sea una roca o una montaña, un arbusto o un árbol, una nube o el cielo, tienen un espíritu.

–¿Tiene nombre esta religión?

Apo piensa en ello.

–Los budistas y los musulmanes la llaman la religión de los espíritus. Cuando llegué aquí, los ancianos me cuidaron para curarme. En cuanto mejoré, me pidieron que me marchara. Pero yo quería casarme y echar raíces aquí. Así que les pregunté por qué no podía hacerlo. Tenían miedo de que el Buda al que veneraban los nómadas como yo molestara a sus espíritus. Así que me convertí. Sacrifiqué al Buda por mi mujer. –Suelta una carcajada–. En el comienzo del mundo, decía mi suegro, Dios dio a cada religión sus propias normas. Pero los *drakpos*, los habitantes de este lugar, bebieron demasiado esa noche y olvidaron las normas. Eso alteró de verdad a Dios, así que les dejó tan solo las hadas y los espíritus.

Espera que ella ría, pero parece estar sumida en sus pensamientos.

–¿Se siente solo sin ella? –pregunta.

A Apo se le llenan los ojos de lágrimas. Un proyectil errante de artillería mató a su mujer muchísimos años atrás. La India y Pakistán estaban enzarzados en una guerra por las vecinas montañas de Kargil. Apo había abandonado la guerra, pero la guerra no lo abandonó a él. Respira hondo y lanza un suspiro, pero las palabras no le salen de la garganta. ¿Cómo podrían hacerlo? La ausencia de ella se vuelve cada vez más pronunciada incluso a medida que los recuerdos se desvanecen.

Ghazala se siente culpable por su impertinencia y sale apresuradamente de la estancia. Apo empieza a ponerse nervioso y se pregunta qué ha ocasionado su huida inesperada.

Ella vuelve con una bandeja. Coloca una jarra con *kehwa*, anacardos salados y orejones de albaricoque en un taburete frente a él. Le sirve una taza.

–Por favor, discúlpeme –dice– mientras rezo mis oraciones de la tarde.

–¡Ah! Se me había olvidado la obsesión de los musulmanes

por rezar a todas horas –exclama, impresionado por su pronta recuperación de la memoria.

–Cinco veces al día –lo corrige ella.

Apo intenta imaginársela mientras bebe el *kehwa* en soledad. Separados tan solo por una pared, la ve doblada en dos sobre una estera. Los ojos cerrados, la cabeza agachada en un gesto de sumisión. ¿O es resignación? Nadie lo sabe. ¿Qué aspecto tendrá su cara en este momento?, se pregunta. ¿Por qué reza cinco veces al día, día sí día también?

El bisnieto de Apo regresa, dispuesto a llevarse la silla y a su bisabuelo para poder volver con sus amigos. Apo lo hace esperar fuera, como deben hacer los chicos jóvenes y los perros. Sabe que pronto tendrá que irse, pero no tiene el valor de hacerlo. Tampoco sabe cómo, sobre todo después de que ella se siente frente a él con una taza de *kehwa*.

–¿Por qué reza alguien a nuestra edad? –le pregunta él.

–Reza para que los desconocidos que ha conocido en la puesta de sol y que espera ver de nuevo al amanecer tengan una larga vida.

–Para nosotros los *drakpo* el nuevo día empieza al anochecer.

Ella sonríe. Ambos dejan pasar el tiempo en silencio. Ella lo contempla mientras él dormita, entrando y saliendo del sueño, despertándose sobresaltado. Él la mira bizqueando, e imagina la luna llena a partir de su eclipse. Intenta descifrar una epopeya que parte de la esquirla de una conversación y se extiende a lo largo de milenios, tierras y vidas. Esta no es la primera vez que dos almas reticentes se miran con anhelo, contemplando una caída libre en el abismo. Ni tampoco es la primera vez que han avanzado a trompicones, con el paso desacompasado.

Al final, él habla.

–Perdóneme por robarle el tiempo. Uno tiene que decir la verdad. He venido aquí para preguntarle algo.

LAS LATITUDES DEL DESEO

Ella asiente, dándole su consentimiento.

–¿Cómo se llama?

–Ghazala Mumatz Abdul Sheikh Begum.

–¿Cuántos nombres tiene?

–Ese es mi nombre completo –contesta ella con una sonrisa–. La gente dejó de hacerme esa pregunta cuando me casé. Las esposas, las madres y las abuelas no tienen nombre. Usted tampoco se llama Apo.

–No. Apo significa «abuelo» en nuestra lengua.

–Entonces, ¿cómo se llama?

–Después de mucho tiempo, tanto como una vida entera, ha regresado a mí hoy al amanecer. Temía haberlo olvidado para siempre, el nombre que me habían puesto mis antepasados. Mi madre me ha llamado con los primeros rayos del sol. «Tashi Yeshe», me ha susurrado al oído, «despiértate. Las ovejas están inquietas; llévatelas». Al despertarme, me he preguntado cómo te llamabas tú.

C hangthang, el desierto de nieve, no es una meseta corriente. Su terreno ondulado ha desconcertado a la humanidad desde que esta salió de África y se encontró en Asia Central, incapaz de volar como una bandada de gansos sobre las cadenas montañosas que la rodeaban. Lo que la mente humana percibe como una distancia insalvable es tan solo una cuestión de altura, porque la meseta tibetana es más alta que los picos más altos del resto de continentes, y sigue elevándose. O eso creen los nómadas, los futuros habitantes de esta meseta. El desierto de nieve no da muestras de pertenecer a esta tierra. Se cierne en algún lugar en lo alto.

En las familias nómadas sobreviven más hijos de los que mueren. Algunas almas escapan en silencio del útero antes incluso de que la madre se dé cuenta de que está embarazada. Comparada con todas las vidas que uno podría vivir, la humana es bastante tediosa.

Tashi Yeshe, por ejemplo, ha pasado varias vidas previas aquí, en el desierto de nieve. A medida que el paisaje se transformaba, él hacía lo propio. Contempló un solitario amanecer al cabo de cien años, que es lo que tardó el sol en salir después de que un asteroide golpeara la tierra. Su vida como lombriz de tierra le dio una lección de humildad. En una época en la que tres cuartas partes de todas las formas de vida habían fallecido, desde el plancton hasta los dinosaurios, él había seguido viviendo en forma de lombriz. En la Edad de Hielo se sintió profundamente apegado a la mentalidad del rebaño, pues era un mamut peludo. Durante el gran deshielo, adquirió valentía como ballena, y abandonó la tierra para sumergirse en el agua.

En su forma humana, Tashi Yeshe apenas había cumplido tres años cuando contrajo encefalitis. Su madre estaba angustiada. Temía que la fiebre se expandiera en su cerebro, se abriera paso a mordisquitos por su tierna columna vertebral como si esta fuera un ramita y saliera de un salto de ese punto mágico donde una vez estuvo la base de la cola. Ese era el motivo por el que se marchaban la mayoría de los niños. Para buscar su cola perdida.

Los nómadas habían plantado sus tiendas junto a los manantiales de azufre, seres que vomitaban vapor desde los cráteres del hielo. En el exterior de las tiendas negras de pelo de yak, los demonios de la nieve bailaban a la sombra de las cumbres circundantes, lacerados por los vientos, fascinados por el vapor del color del ámbar. En su retirada, el invierno había producido un enérgico remolino de tormentas de nieve por todo el desierto.

Desesperados, sus padres decidieron dejarlo al cuidado de aquellos en quienes más confiaban. Para los nómadas, no había prado oculto u hogar más cálido que un aprisco abarrotado. La madre del pequeño lo estrechó contra su pecho mientras su padre lo envolvía en una capa tras otra de pieles. Fuera de la tienda, la mujer desafió las inestables profundidades y las cumbres de nieve hasta llegar al aprisco, un único agujero resguardado en el que la comunidad había metido a todo su ganado para crear un nicho cálido. La mujer cavó un hoyo poco profundo en el centro del refugio, colocó mantas de pelo de yak y *pashmina* en el fondo y dejó allí a su hijo, que ardía por la fiebre. Mientras lo arropaba, rezó para que el calor colectivo del rebaño lo curara. Al chico no le quedó ningún recuerdo significativo de la fiebre ni de ese invierno, salvo uno. Mientras sudaba y tiritaba al mismo tiempo, soñó con los extraños habitantes de diversos reinos cósmicos. Al despertar se encontró rodeado de mil ojos que brillaban en la oscuridad. Ojos que no eran como los suyos. Con la forma de los de las bestias y con un mal incandescente, porque solo el mal ardía con más intensidad que el bien. Ojos sobre la cabeza, detrás de las orejas, bajo los pies, junto al hombro, el torso y las piernas. Ojos que ardían por encima de él, en el cielo, girando en espiral como constelaciones. Mirando los ojos relucientes de su propio interior, porque también habían ocupado el lugar de sus órganos.

«Los antepasados nos observan constantemente –solía decirle su abuela–. Un día, nos castigarán por todo el daño que hemos causado.» Aquí estaban, todos ellos, pensó él. Mirándolo en silencio, esperando a despedazar su cuerpo por todas las veces que le había chillado a su abuela y había cambiado las piedras de su rosario por guijarros. Llegó a la conclusión de que estaba muerto.

Los guardianes cósmicos se pusieron a murmurar y balar, empujando su manta y pisándolo con las pezuñas. Una oveja le frotó la cara, que le ardía por el calor de la piel, con el vientre. Estos antepasados no resultaban en absoluto amenazadores, sino más bien juguetones y tiernos.

Esta memoria de su primera infancia regresaría para aliviar su dolor en sus últimas estaciones, igual que la idea del cielo para un cansado budista aplastado por la tediosa búsqueda de la iluminación.

A los diecisiete años, Tashi Yeshe se cruzó con unos oficiales del ejército que ofrecían sacos de grano en el monasterio local. El ejército indio estaba reclutando gente de la frontera para proteger las fronteras. En el pasado, Tashi Yeshe había visto a su padre trocar con otros comerciantes lana de cachemira, pelo de yak, sal y mantequilla en la lejana Zanskar. Pero nadie lo había trocado a él mismo. Además de ganar un sueldo regular, al chico lo entrenarían y se ocuparían de él. En caso de que muriera, su familia recibiría más dinero. Hijo de una generación que había tenido que enfrentarse a la adversidad, el adolescente consideró que el trueque era demasiado bueno para ser cierto. Dejó atrás las desoladas pasturas de Changthang para unirse a los Ladakh Scouts en calidad de soldado. Como soldado-cocinero, su primera destinación fue Ladakh. Su regimiento tardaría veinticinco días en ir andando desde Srinagar, la frondosa capital de Cachemira, hasta el valle de los Albaricoques de Sangre, incrustado al sureste de Changthang. El paso de Zoji La, la puerta al reino de Ladakh, estaba más elevado que cualquiera de los de Cachemira, pero en Ladakh, la tierra de los pasos elevados, tan solo era uno más. Algunos soldados comenzaron a experimentar náuseas, dolores de cabeza y dificultades para respirar, lo cual obligó a su oficial a interrumpir el ascenso durante el resto del día. El regimiento plantó las tiendas junto a los pastores y los rebaños que pacían por allí cerca. Por la noche, se pegaron los unos a los otros como un rebaño humano para producir un calor colectivo que les permitiera combatir la corriente de viento gélido que descendía desde el paso.

Como cocinero oficial y carnicero no oficial, ese día Tashi Yeshe mató tres cabras para alimentar a su descompuesta y nostálgica compañía. Al principio de su entrenamiento se había ganado cierta reputación por realizar la matanza de los animales con precisión. Podían darle cualquier criatura: vacas, búfalos, conejos, gallinas, ovejas, marmotas, ciervos, patos, incluso un majestuoso yak, que él no desperdiciaba una sola pluma o fibra. Era como si pudiera ver a través de la piel y la carne el lugar exacto en el que el cartílago unía las articulaciones. Bajo su cuchillo de carnicero, los ligamentos y los tendones quedaban intactos. La piel se despegaba de la carne y dejaba al descubierto patrones ocultos. Patrones que lo mantenían todo unido. Patrones en los que todo se separaba.

Igual que le ocurría con la piel y la carne, el muchacho había visto a través del vecino valle de Cachemira, engañosamente exuberante. La profusión de bosques, lagos, personas y pasturas era, en realidad, un subterfugio. Algún día, los bosques serían un desierto y el ser quedaría expuesto una vez más para reflexionar sobre el espíritu.

Al cabo de dos años, el ejército chino aplastó el vecino reino del Tíbet y continuó su invasión hasta la India. Al ejército indio lo pilló echándose una siesta. En lugar de librar una batalla perdida, algunos soldados decidieron huir. Bajo la supervisión de su oficial, Tashi Yeshe se adentró en la espesura, donde saqueaba los cadáveres y las provisiones de los campamentos abandonados. Para pasar desapercibido, el grupo tenía que desplazarse continuamente. No había recursos ni tiempo para atender a los heridos. La muerte era el lento y doloroso final de aquellos a los que dejaban atrás. Pero Tashi Yeshe era incapaz de seguir adelante sin más como los oficiales de más antigüedad. En cuanto se marchaba todo el mundo, él cogía sus cuchillos *kukri* y rajaba la garganta a los que iban a abandonar.

Para cuando terminó la invasión solo quedaron dos supervivientes: el de más edad y el más joven. Así que hicieron un pacto. El oficial regresaría a la civilización. Declararía que el resto había muerto a manos del enemigo en valiente combate. Gracias al sacrificio oficial del soldado, su familia nómada se beneficiaría de su pensión y otras ayudas, mayores que las que se les concedían a los vivos. De manera extraoficial, el soldado se dirigiría al Tíbet, la tierra de sus antepasados. La tierra de los nómadas que migraban de pastura en pastura para cubrir todas las necesidades de la tribu.

A Tashi Yeshe no le daban miedo los chinos. Y tampoco iba a huir de los indios. El cansancio lo abrumaba, eso era todo. Estaba vacío por dentro, exhausto por fuera. Por lo que parecía, la vida aún podía salvarse, si podía encontrar un cobertizo donde dormir sin que nadie lo molestara.

–¿Sabes cómo me llamo? –le pregunta Ghazala a su nieto mientras le sirve arroz esa noche.

Empujar y operar la trilladora eléctrica suponía un trabajo extenuante. Cuando regresó a casa, el nieto era un niño agotado.

–Sé que el abuelo te llamaba «Ghazal» cuando estabais a solas. Le encantaban los ghazales. Escucharlos, recitarlos, cantarlos, memorizarlos. Es la única vez en que he oído que se dirigieran a ti por un nombre que no fuera «madre» o «abuela».

–Era como me llamaba él –dice ella, mientras se dispone a comer lo que queda en el plato.

Ghazala considera que la existencia de un canal que corre entre unos matorrales cercanos es una bendición. Escondida entre los árboles, allí es libre de fumar mientras la ropa se empapa en jabón.

En su hogar, sus vicios eran un secreto a voces. Todo el mundo en su casa sabía que fumaba y bebía. Pero nadie se lo echaba en cara, pues la consideraban digna de lástima, no de castigo. Desde la muerte de su marido, estaba reñida consigo misma. Sus hijos lo atribuían a la insoportable soledad que sigue a casi setenta años de compañía. Nadie habría sospechado que la ayudaban a cargar con un peso mucho mayor. El peso de ser libre.

Ghazala, que está en cuclillas, se sienta para darle un descanso a sus músculos sobre las rocas que impiden que el curso del agua se desvíe. Se quita el pañuelo de la cabeza para sentir la brisa al tiempo que deja que las manos se tomen un descanso en el trabajo de frotar las manchas de grasa de la ropa de su nieto.

Se enciende un *bidi*, impaciente por continuar su ilusionante conversación con el hombre de los pendientes de perlas. Porque el tiempo que pasa lavando ropa es también el tiempo que dedica a soñar despierta y rumiar.

–¿Y las nubes? –le pregunta.

–¿Qué ha pasado con ellas? –se pregunta él–. ¿Adónde se han ido esta tarde?

–¿Quiénes son? –lo sondea ella.

–Las nubes... –Él medita al respecto–. Son visiones.

–¿Y las montañas?

Ghazala nunca habría imaginado siquiera que pudieran existir unas montañas como las Karakoram. Desprovistas de vegetación, vida y cualquier rastro de esta, cada pico existe en forma de hueso fracturado o esqueleto mutilado, desprovisto de piel y carne. En su camino hasta aquí ha visto montañas de cumbres lilas, azules, naranjas, amarillas y rosas. Pocos días después de cruzar el paso de Zoji La, su nieto dio un pequeño rodeo para mostrarle el «paisaje lunar». Este valle se parecía a la superficie de la luna, le contó. Ella se quedó fascinada con los montículos gigantes, los garabatos hechos de roca, la desafiante geometría y la presión de la estética. Igual que este paisaje, también la luna, concluyó, la soñó un niño. Un derroche de colores y formas extrañas, dibujados a toda prisa.

–Las montañas son la verdad –dice Apo–. Son restos de la verdad que yace bajo la creación. En un equilibrio precario, amenazando con desmoronarse.

–¿Y el agua que ruge en el Indo y está en calma en los lagos?

–Señora, las montañas y las nubes, la verdad y las visiones se reflejan todas por igual sobre la piel del agua. Lo mismo ocurre con el pasado y el futuro. Todos son atributos del presente, como el rugido y la calma de la que hablas. El agua es un elemento lleno de posibilidades. Es el presente. A Ghazala le gusta que la llame «señora». ¿Por qué quiso saber cómo se llama?, se pregunta. ¿Y por qué le preguntó ella su nombre, teniendo en cuenta que era demasiado tímida para llamarlo de ninguna manera y se limitaba a carraspear y juguetear con el pañuelo de su cabeza para llamar su atención?

–¿Quién soy yo? –pregunta.

El hombre se sume en el silencio. Ghazala apaga el *bidi* y se pone a lavar de nuevo. La ropa flota en la corriente como si fuera maleza. Se pone en pie y se marcha con la ropa. La cuelga en las ramas bajo un sol tan intenso que podrá recogerlas en lo que tarde en fumarse otro *bidi*. Vuelve a sentarse.

–Tú no eres un ghazal ni un poema ni una canción –oye como dice la voz de él–. Ni tampoco una musa. Te conozco. Tú eres poeta.

Ghazala se olvida de encender el *bidi*. Lo deja en su regazo y se sume de nuevo en sus ensoñaciones.

A po se aferra al nogal cuando se acerca la hora del ocaso. Entre las ascuas de oscuridad y los recuerdos del Indo que arremete a lo lejos, apoya la oreja sorda sobre la corteza áspera y escucha los cuentos que descansan entre sus crestas. El árbol es un amigo. Un amigo muy viejo y querido. Muchas constelaciones atrás, los dos eran albatros que atravesaban el desierto cuando este aún era un océano. Volaron sobre mares y costas durante años y años, sin interrupciones en su soledad. Pero cuando se encontraron, se pusieron a graznar sin parar, compartiendo historias y aventuras.

Al llegar al pueblo, a Apo lo encontraron bajo este mismo árbol, quemado por el sol y en éxtasis, hablando con sus frutos. Se pasaba las noches allí, mientras los aldeanos lo rechazaban por impuro, contaminado por las creencias y las tradiciones del exterior. Este vergel era su hogar.

Entonces los terremotos se reanudaron y los aldeanos descubrieron su capacidad para predecirlos. Apo los llevaba en rebaño a las cimas, negándose a que lo ignoraran. Sobrevivieron a tres de ellos, debilitantes, en un solo mes. Apo adoptó las costumbres y tradiciones de la aldea. Con el tiempo se ganó su aceptación y se mudó a la casa del dueño del vergel. La gente no tardó en olvidar que era un forastero. Como todos los demás, llevaba un sombrero con flores, rezaba a las hadas, buscaba el consejo de los enebros y trabajaba en las granjas. Así pues, qué más daba que su aspecto fuera distinto: ojos rasgados, más bajo y de piel más oscura. Ahora era un *drakpo* más.

Apo se casó con la hija del dueño del vergel y lo heredó. En las tardes sofocantes y las noches cálidas, volvía a dormir allí. Y ahora ha regresado en el ocaso.

Mientras se ríe por la historia que acaba de contarle el nogal, se da cuenta de que alguien lo observa desde la distancia. La mirada se proyecta sobre él como la sombra de una nube de tormenta, expectante y pesada. Se da la vuelta.

–¿Eres real o eres un sueño? –pregunta–. ¿O es que has encontrado la forma de colarte en mis recuerdos?

–Los sueños solo visitan a los soñadores –contesta Ghazala, pero Apo no oye nada. Se queda mirando mientras su ensoñación se acerca a él.

Comparada con la ropa de las mujeres *drakpo*, la de Ghazala es anodina. A veces también parece un hombre.

–A esta edad, ¿qué más da? –dice en voz alta–. Sueños, recuerdos, deseos... Acércate, deja que te cuente las maravillosas historias que me cuenta este árbol. He venido hace horas y no he podido marcharme.

Ella apoya la oreja sobre la corteza, pero lo único que oye son crujidos y chirridos.

–¿Los oyes? –pregunta él.

–No.

–Acércate más, Ghazala. No seas tímida. No estamos en Indostán ni en Pakistán. Aquí todo el mundo es libre de hacer lo que le plazca. Ayer por la noche mi amigo vio al *cheemo*. Viene por los albaricoques del vergel.

–¿Quién es?

–El hombre de la barba. ¿Los cachemires no lo conocéis? Es una leyenda, mayor que Alejandro y su ejército. Los forasteros lo veneran como al yeti. Para los tibetanos es señal de suerte, y para los nepalíes, un mal augurio. Los chinos consideran el pene de *cheemo* un ingrediente indispensable del elixir de la juventud. Los alemanes creen que es el último ario puro, una raza, la de los arios, que descendió de los cielos al lugar más elevado de la tierra. Todo tipo de personas acuden a estas montañas para buscarlo. Pero nadie sabe dónde vive. Lo único que han visto son sus pisadas gigantes. Nadie lo ha visto, excepto aquí mi amigo. ¿Quieres oír su historia?

Apo no espera su respuesta.

El *cheemo* vive solo en una cueva de hielo en la Tierra de los Glaciares. Está más arriba que los picos que se ciernen sobre el pueblo. Durante el verano, medita. Durante el invierno, cuando meditan los osos, baila bajo las nevadas. Si alguien pudiera espiar al *cheemo* sin que este se diera cuenta, lo oiría silbar y tararear. Sus tonadas no guardan ninguna relación con la música humana. No hay nada en la naturaleza comparable a sus extrañas melodías. Está tan solo que ha descubierto el idioma de las estrellas.

Es tímido. Huye de todas las criaturas, a menos que las esté cazando. Come animales carnosos como marmotas, ovejas y yaks. También es tierno. A diferencia de los *cheemos* de otros lugares, no rapta a bellas doncellas ni mata a nómadas valientes. Pero desde que los indios y los pakistaníes se enzarzaron en una guerra en los glaciares, el *cheemo* empezó a bajar a los pueblos. Su hogar esta sitiado. La responsabilidad de preservar sus mitos ha recaído por completo sobre él.

–¿De dónde ha venido el *cheemo*? –pregunta Ghazala–. ¿Por qué está solo?

Para llegar a los glaciares, hay que cruzar el paso ventoso al sudoeste del valle de los Albaricoques de Sangre . Los manantiales de agua caliente son la primera de las muchas maravillas del lado inhabitado del paso. Los residuos de las aguas han dejado sobre el suelo brillantes manchas de azufre verde lima, óxido rojo, sosa blanca y urea amarilla, lo cual le otorga a uno la impresión de caminar sobre un fresco gigante pintado por monjes viajeros. Los colores atraen cabras montesas, marmotas y, desde el cielo, a las grullas estacionales de cuello negro, que han adoptado los manantiales calientes como lugar de cría. Las grullas construyen nidos tan altos e imponentes como hormigueros al borde de los manantiales.

Durante siglos, los curanderos han creído en los poderes curativos de los manantiales. Cuando un comerciante con el corazón roto se metió bajo el potente chorro de un géiser, un ciervo y un gamo salieron de este dando saltos. Sus pedazos rotos habían resucitado y se habían vuelto seres independientes, inseparables, tal como él había imaginado que serían su amada y él. Pero el agua tan solo puede transformar el dolor. No puede curar.

Una vez hubo una princesa tibetana que llegó a los manantiales para sanar su piel inflamada. A pesar de vivir en habitaciones oscuras y cerradas, no se curaba. Tras sumergirse en los manantiales, no solo se le curó la piel sino que además le creció pelo grueso y castaño por todo el cuerpo y desarrolló una capa de grasa para protegerse del sol. Ahora era una mujer oso. Antes de que alguien pudiera capturarla, escapó y desapareció en la espesura vecina. La gente dice que es la madre de nuestro actual *cheemo*. Este tiene un aire de nobleza. Evita a los plebeyos.

—¿Quién es el padre del *cheemo*?
—Solo su madre lo sabe.

Gazhala se ríe.

Apo se ha recostado en el árbol, un viejo compañero y ahora también un punto de apoyo bajo la luz menguante. Le duelen los pies y le tiemblan las manos, y aun así se resiste a ceder a la fatiga. Ella lo coge de las manos y lo ayuda a sentarse. Su nieto debe de estar en casa, cansado y hambriento, esperando a que ella vuelva. Al final él mismo se calentará el arroz. Ghazala se ajusta el pañuelo de la cabeza y se sienta junto a Apo. Ella también tiene una historia que compartir.

El pueblo donde nació se halla en una pradera alpina, por encima de los lagos de su futuro hogar. De niña, se dedicaba a vagar por los bosques vecinos durante horas, y solo regresaba cuando tenía hambre. En algún momento entre los seis y los diez años, esa edad tan difusa, Ghazala se topó con el mayor misterio de su vida, escondido entre los abetos, los abedules, los pinos y las hebras de liquen que fluían libremente. Si no hubiera sido por los empujones invisibles que le propinaban los árboles, nunca habría visto a la criatura. Sus escuálidas patas negras eran tan altas como Ghazala. Y sus alas parecían lo bastante majestuosas como para abrazar una nube. Del ramillete de plumas blancas emergía un esbelto cuello negro. La grulla lucía una curiosa marca roja en el centro de la frente, del mismo tono bermellón que el Indo. Se la veía inquieta y temerosa, y cada vez que ella intentaba acercarse, ella se apartaba. Por alguna razón, cojeaba. Ghazala no sabía qué hacer. Rezó por la grulla y regresó por donde había venido.

Al cabo de unos años, se casó con un hombre instruido y mayor que ella, aficionado a leer libros y debatir sobre cosas inteligentes. Poco a poco, a medida que él se iba ganando su confianza, ella le preguntó de dónde venían las grullas, las de cuello negro que cruzaban el cielo a finales de invierno. Del reino de Ladakh, le respondió él, un lugar lo bastante desolado como para que pudieran construir sus nidos en el suelo. Se había olvidado por completo de ellas hasta que Apo había comentado que anidaban ahí cerca.

—Al otro lado del valle de los Albaricoques —le susurra Apo por la noche—. ¿Sabes de dónde viene ese nombre?

Los albaricoques del valle tenían una mancha roja en la pulpa, cerca del hueso: un recordatorio de un sufí que se había dedicado a buscar a su amada. Había vagado desnudo y delirando por la calle y había acabado en las orillas heladas del lago de las Visiones. Fue allí donde entrevió a su verdadero yo, bailando en forma de luz solar sobre las aguas gélidas. En el mundo alquímico de los reflejos, vio un indómito rododendro crecerle entre las piernas. Las uñas se le retorcieron y adoptaron la forma de tallos de loto y la piel se le convirtió en corteza curtida. Un océano rebosaba de sus ojos sin salida al mar, atrapados por dunas corpóreas. Así que se apuñaló en el corazón, liberando el océano.

Apo hace todo lo posible por entretenerla con sus historias. Ha luchado con valentía para posponer lo inevitable. El momento de la separación.

Las nubes ocultan las estrellas. Aparte del destello ocasional de las luciérnagas, ambos permanecen sentados en la más completa oscuridad.

—Las mejores historias son las que están por llegar, Ghazala. Las que se acercan lo bastante para poder escucharlas, olerlas y admirarlas. Y que aun así están fuera de nuestro alcance.

Ghazala se queda callada. Si no se marcha pronto, su nieto acudirá a buscarla.

—¿El *cheemo* seguirá estando solo? —pregunta al fin.

En la tierra del presente inminente, hay un hombre que recorre los glaciares como un sonámbulo que persigue sus sueños. Es un hombre erudito, un hombre de conocimiento. Sin embargo, cree que la única manera de averiguar por qué está aquí, en la tierra y en su vida, es yendo a lugares en los que se supone que no debe estar. A pesar de las heridas y las desgracias, él persiste. En el punto álgido del invierno, abandona el camino del buen juicio. Flaquea y se arrastra, trepando rocas y hundiéndose en la nieve, resbalando por las grietas y las fisuras de los glaciares. Una sombra invisible lo protege del humor impredecible del hielo.

Un día se sienta, agotado. Está a punto de darse por vencido cuando oye una respiración, más larga y profunda que la suya, como una melodía que flota en el aire. Hay alguien sentado justo detrás de él, pero ninguno de los dos se da la vuelta para enfrentarse al otro. En compañía del *cheemo*, el hombre pasa de sentirse solo a estar solo. En compañía del humano, la soledad del *cheemo* se convierte en anhelo. Ambos permanecen sentados como un solo ser con dos corazones y cuatro ojos.

—Algunos sueños son tan bellos y frágiles, Ghazala, que no se cumplen.

Esa noche Ghazala no puede dormir, ni siquiera después de dos vasos de ron. Cuanto más sueña el anciano con ella, más cosas siente ella en la vigilia y el sueño, abandonada a la suerte de vagar sin rumbo en el mundo de los sueños de él.

Tendida en la cama, espera a que su nieto empiece a roncar. Luego retira la manta. Lleva su *phiran* y su tocado. Se dirige a la cocina, se llena los bolsillos y sale al exterior sin lámpara ni antorcha.

Las nubes se han esfumado, revelando la iluminación que mora en la oscuridad. Las estrellas, tan brillantes como para guiarla hasta el cielo si así lo desea, se agrupan formando un camino. Pero esta noche los cielos tendrán que esperar. Regresa al vergel y se sienta bajo el nogal.

Se enciende un cigarrillo. Uno moderno que le ha robado a

su nieto. Es una mercancía de primera, hecha en Indonesia, y tiene el sabor y el olor dulce del clavo. Inspira demasiado rápido y se pone a toser. Ni siquiera el encanto de lejanas islas tropicales es capaz distraerla.

Ghazala ha sido testigo de la posibilidad del amor en varias ocasiones. El amor la clavó a la tierra al contemplar la grulla, tan asustada de la criatura como esta de ella. También la visitaba las noches que su marido le recitaba poemas mientras ella ordenaba la habitación. Se sentaba a su lado mientras ella navegaba en un *shikara* por el lago, sola, permitiendo que las corrientes la llevaran donde quisiesen. Pero hasta que no ha escuchado las historias de Apo –colmadas de un anhelo tan intenso que no conocen principio ni final– no ha comprendido las dimensiones del amor. Porque este consiste en una revelación que se aprehende a lo largo de muchas vidas.

Un nuevo brillo en el vergel la distrae. Además de alguna que otra luciérnaga y el extremo encendido de su cigarrillo, distingue dos ojos dorados. Más grandes que los de cualquier yak, búfalo o ser humano. Los ojos arden como rayos. No parpadean, no se mueven.

Ghazala se pone en pie de inmediato. Vuelve a sentarse. Saca un puñado de orejones de albaricoque del bolsillo y tiende la mano.

La temporada de la cosecha casi ha terminado. Si existe una celebración efímera y baladí, es esta. Una pradera de flores de hielo que relucen bajo los rayos oblicuos del sol. Aparecen en las mañanas inusualmente frías de otoño. La savia congelada rezuma de los tallos en ondas y olas, y se despliega en forma de orquídeas, lirios, rosas, conchas, olas, espirales, nubes y cristales. A media mañana, lo único que quedará será una pradera fangosa.

La aparición de las flores de hielo señala la inevitable inmersión en el largo invierno. Da la sensación de que sus vidas

335

enteras son una tediosa preparación para esta estación. Pero ahora los esfuerzos cobran fuerza. Se recogen las verduras, los albaricoques y el queso puesto a secar en mantas de pelo de yak extendidas en los tejados. Todos los artículos de lana se zurcen y resucitan. Las boñigas, recogidas en prados, campos y establos, se pesan y se guardan. Aquí, las boñigas son más preciadas que las joyas. Son el combustible necesario para cocinar y calentarse. El aire se llena del sonido de los martillos y las sierras que llevan a cabo los últimos trabajos de carpintería. Cesa el esquilado de las ovejas. Las mujeres, desesperadas por moler el último grano y transformarlo en harina, dan comienzo a sus riñas en la muela comunitaria.

Uno de estos días, el nieto de Ghazala vaciará el gasóleo de la trilladora, lo verterá en un bidón y enroscará con fuerza el tapón. Será su señal para seguir su camino. Ella no estará preparada. Se esforzará por escribir un verso en el solaz de una habitación vacía. Pero le faltará valor para quedarse.

Dos días después, se marcharán a lomos de sendas mulas alquiladas antes del amanecer. Ghazala no se despedirá. Al principio, a Apo le molestará. Gradualmente, la experiencia secular lo iluminará.

Los que se marchan rara vez se despiden. Es mejor que sea así.

Con la llegada del invierno, la nieve cubre rápidamente la tierra, sumergiendo las aflicciones del alma, capa tras capa. El hielo no puede sanar las heridas ni reparar las rupturas, pero adormece el dolor.

A Apo no le queda más remedio que regresar a su yo habitual: se ríe de la desgracia, maldice el mundo, cuenta historias y pide nueces, el precio tradicional de una historia. Las historias son el remedio para varias neurosis desencadenadas por las condiciones extremas y las privaciones. Encerrados en el sótano, los nietos, familiares y vecinos son adictos a ellas.

Apo las cuenta todas: historias de nómadas, de leopardos de las nieves, de taimados conejos, de ogros, cabras montesas, hadas, osos, de crueles chinos, perezosos indios, peludos pakistaníes, de emperatrices persas y tontos enamorados. Apo también sabe qué es lo que más le gusta a su audiencia: historias de valerosos yaks y sabias ovejas. El ganado son sus hijos, pero su corazón no es lo bastante grande como para albergar a todos sus seres queridos. Sus corazones están en sus establos.

Se mantiene especialmente ocupado durante una ventisca que dura tres días enteros. Durante las crudas horas de luz solar, y a pesar de los vientos extremadamente fríos, no dejan de llegar riadas de gente. En una ocasión, se reúnen más de sesenta y cinco personas en su sótano. Se quedan todos ahí sentados, bebiendo té y tratando de imaginar las palabras de

Apo, crudamente conscientes de las decenas de vidas que perderán a manos de la tormenta.

Cuando los vientos se calman y el cielo comienza a despejarse, Apo se permite dormir. Para entonces ha acumulado sesenta y dos bolsas de nueces por las sesenta y dos historias que han hecho reír, sonreír y llorar a su público con sentimientos de impotencia y de pérdida. Duerme a través de las luces prismáticas que se reflejan en las gárgolas de carámbanos que cuelgan del tejado. Duerme a través de los ciclos del llanto, la incredulidad y el silencio.

Al final lo despierta Digri, el único chico del pueblo que tiene un título certificado del mundo exterior. Ha ido a casa de Apo con dos extranjeros. Se han visto atrapados en la súbita ventisca y han terminado aquí.

–¿De dónde vienen? –pregunta Apo.

–De la Tierra de los Glaciares.

–¿Quiénes son?

–Un oficial del ejército y un doctor en ciencias.

–¿De qué país?

–Los dos son indios.

–¿Han venido a detenerme?

–No.

–Diles que el viejo se está muriendo. No tiene tiempo para entretener a quienes se presentan sin que los hayan invitado.

Apo se da la vuelta y se sumerge de nuevo en el sueño. Al despertar al cabo de varias horas, se encuentra a los dos hombres sentados en su habitación.

–No me gusta el ejército y no me gusta la ciencia. –Apo se pasa al indostaní al hablar, antes de proceder a orinar en un orinal–. Los ejércitos libran guerras y la ciencia genera razones para librar guerras.

–Es la religión, no la ciencia –replica el científico.

–Religión y ciencia son lo mismo. –Apo está impresionado:

ha oído el comentario pronunciado de pasada, que no estaba destinado a sus oídos. La nieve siempre lo ayuda a oír mejor. Acalla los pájaros, los insectos y a los industriosos humanos–. Pero ¿cómo ibais a saberlo vosotros? –continúa Apo–. Dais la impresión de haber nacido ayer. Y la ciencia nació anteayer. La crearon las mismas personas que crearon la religión el día antes de ese. Y ¿sabéis lo que vino antes incluso de la religión y la ciencia?

–Yo lo sé –interviene Ira–. ¡La sal!

–Qué niña más inteligente. Aprended de ella, forasteros.

–Hemos aprendido mucho de ella –dice el oficial del ejército–. Es muy sabia. Ojala fuera a la escuela. El ejército indio ha construido colegios para los pueblos de las fronteras, pero esto es tierra de nadie.

–No queremos que el ejército indio les enseñe nada a nuestros niños. ¿Qué les enseñarán? ¿Cómo mirar hacia otro lado cuando ataca el enemigo? Vuestros países nos patean como si fuéramos un balón. Pakistán se sienta en nuestra cabeza y la India, en nuestros huevos. ¿Y si el ejército pakistaní volviera a ocupar mañana nuestro pueblo? Esos mismos niños quedarían marcados como traidores. ¡No, no!

Al percibir la incomodidad de los extranjeros, la niña interviene:

–Nuestro Apo solo se mete con los que le caen bien. Está muy contento de hablar con vosotros. Adelante, haced vuestras preguntas.

El nieto de Apo entra en la estancia con té humeante, galletas y fruta seca. Han utilizado expresamente azúcar y té negro para preparar el chai que tanto gusta a los indios.

–Tráeme un té de cebada –le ordena Apo–. Yo no tomo chai indio. Aquellos que lo beben se vuelven perezosos, como ellos.

A continuación, Apo moja una galleta en una taza de chai y se la acerca a la boca.

–Soy Mohammed Raza, un oficial del regimiento Gond –dice el oficial con impaciencia–. Y mi amigo es Rana. Es un geólogo, un científico que estudia la tierra.

–¿Desde cuándo ha empezado el ejército pakistaní a contratar a indios?

–El oficial Raza es indio –explica Rana.

–Todos los musulmanes son pakistaníes. Todos los comunistas son chinos. Todos los budistas son tibetanos. Pero hay algo que une a todos los indios: la vagancia. En cuanto a los bangladesíes, no lo sé. Perdí el contacto con el mundo exterior en algún momento de su creación. Eran musulmanes, que es el motivo por el que son pakistaníes del este. Pero luego también reclamaron ser bengalíes... Yo tengo cinco dedos en cada pie. Cada uno es distinto. ¿Y si el dedo pequeño se pone a pelearse con el grande por aquello que los diferencia? ¿Y si todos se agrupan para ir contra mí y aseguran que ninguno me pertenece porque todos son dedos distintos, mientras que yo ni siquiera soy un dedo? ¡Me convertiría en un leproso!

–Los aldeanos nos han dicho que es usted capaz de predecir los terremotos, y por eso estamos aquí –interrumpe Raza sus desvaríos–. Nos contaron que salvó usted la vida de los habitantes del pueblo durante los cuatro terremotos más intensos que han asolado esta región en los últimos seis años.

El oficial le hace una seña a Rana para que prosiga con la conversación.

–Sí, dime, hijo de la ciencia, ¿por qué se producen los terremotos? –le pregunta Apo, que tras terminarse las galletas y el chai dispuesto para los invitados, se ha pasado al té de cebada.

–Hay un pez gigante que vive en el mar helado –dice Ira–. Cuando mueve la cola, se produce un terremoto.

–En ese caso, la pregunta es: ¿cada cuánto mueve la cola? Y ¿por qué se muestra tan voluble últimamente? –pregunta Rana.

–El año pasado perdimos doscientos veinte hombres en avalanchas –prosigue Raza–. Los del lado pakistaní perdieron ciento cuarenta y uno hace apenas dos años. Ese es el motivo por el que hemos decidido que siempre haya científicos presentes, que investiguen y predigan los patrones de este pez gigante...

–Extranjeros –lo interrumpe Apo–. ¿Tenéis cigarrillos extranjeros?

–Nuestro Apo nunca había fumado cigarrillos –explica Ira–. Empezó a hacerlo hace cuatro meses, bajo el hechizo de una bruja cachemira.

Rana sonríe.

–Tiene mucha suerte de haber descubierto los cigarrillos a su edad –dice al tiempo que saca un paquete de su mochila.

La chica coge un cigarrillo. Lo enciende sobre las ascuas, le da una calada y se lo tiende a su abuelo. Rana se da cuenta de que el hombre se limita a jugar con el humo en la boca antes de expulsarlo, algo que le recuerda a su época universitaria.

–El Karakoram se está inclinando –dice Apo–. Se eleva y empuja hacia abajo el Himalaya. Todas las montañas del mundo tienen un nuevo rey: Kechu. Los humanos somos los únicos que nos negamos a aceptarlo.

–¿Se refiere al K2? –pregunta Rana.

C uando digo Kechu, quiero decir Kechu –replica Apo, confundido–. Es el pico más alto del Karakoram y se eleva sobre el borde del glaciar Baltoro. Él es el corazón palpitante de la Tierra de los Glaciares. No hay manera de escapar de él. Ni siquiera aunque los dioses de las máquinas y la tecnología bajen a ayudaros. –Apo hace una pausa para pensar–. Aunque la India, Pakistán y China dejaran de pelearse por el hielo y se unieran para permanecer allí, las montañas ganarían. Hijos, decidles a vuestros ejércitos y científicos que se marchen de los glaciares. Es la única manera de que se pongan a salvo.

Rana está fascinado. Con un solo aliento, Apo ha resumido una deducción que él lleva tiempo luchando por expresar, a pesar de las pruebas.

–Pero ¿cómo es posible? –le pregunta a Apo.

El Everest es el punto más alto de la tierra. Eso es un hecho de la vida, no solo de la geología.

–Cuando la sangre humana derramada se cuela en las grietas de la tierra, las costras y las heridas del suelo no pueden curarse... –El viejo reflexiona sobre sus propias palabras–. Lo único que pueden hacer es infectarse. Vuestra violencia y vuestras guerras son como una gangrena para la carne de la tierra. Tenéis artilugios que pueden llevaros a la luna, y aun así sois ciegos ante las montañas y los ríos que hay delante de vuestras narices. Hemos descuartizado el Indostán en cien islas con nuestras fronteras, nuestras sublevaciones y guerras. Se está desmoronando sobre el océano. El Kechu se eleva porque el Himalaya se hunde. El científico tiene lágrimas en los ojos. Bajo la luz fantasmal de la chimenea, Rana da la impresión de ser un hombre derrotado. Un hombre que ya sabía la verdad pero que carece de valor para aceptarla.

Durante las noches siguientes, Apo duerme bajo mantas que pesan más que su cuerpo y su alma, doloridos ambos por la gravedad de la artritis. El padre de Ira levanta las mantas para ayudarla a meterse debajo.

–¡Apo! ¡Despierta! –dice ella al tiempo que se calienta los dedos helados en las mejillas de él–. No puedes dormirte sin contarme un cuento de buenas noches.

–¿Ya es la hora de irse a la cama?

–Tú estás en la cama.

–Mi niña, la cama es un buen lugar para que la muerte te alcance. La gente sabe dónde encontrar tu cuerpo.

–Cuando te mueras yo le diré a todo el mundo dónde estás.

–Bendita seas, bisnieta mía. Eres mi ángel de la vida. –Le acaricia la frente–. Me has impresionado con tus conocimientos al contarle a los extranjeros lo del pez gigantesco que agita la cola en el mar helado. Los muy tontos lo llaman glaciar.

–¿Qué diferencia hay?

–Océano, mar, hielo, nieve, niebla: todos ellos son diferentes estados del ser. Si una niña baila, ¿puedo decir que está dormida?

Ira se ríe y le pellizca las mejillas.

–Apo, el espíritu es el mismo.

–Sí. ¿Quieres que te hable de ella?

Apo la había visto vagando por el desierto. Para él, tenía el espíritu de un recién nacido. Infinitamente perdido y vulnerable. Aunque con una paz infinita. Era esbelta y de extremidades largas, como el Avalokitesvara pintado en los monasterios: la misma expresión serena y los mismos movimientos fluidos. Lo que más destacaba en ella eran sus ojos. Revelaban su fuego interior. Apo soñaba con el océano cada vez que la veía. Así era como él, un hombre sin acceso al mar, abarcaba su inmensidad. Ella se acercó a él tal como había sido en su día, en toda su extensión, profundidad, intensidad y calma.

Nacida en forma de hielo, cobró vida como agua cuando se enamoró de lo que no era. Se elevó desde el núcleo de la tierra. Lo abrazó como un océano y calmó su fuego transformándolo en agua. La intensidad de este ardió en forma de continente inquieto. En los brazos de ella, comenzó a disgregarse. Se desplazó en cien direcciones distintas. Las tierras pisotearon las profundidades de ella, interrumpiendo sus corrientes y secándola. En su adolescencia, ella se derrumbó. Con el tiempo, cada fragmento adoptó una vida nueva, aumentando y disminuyendo a voluntad. Para sobrevivir, un miembro fantasma dio a luz a un cuerpo, a partir de un diente creció una nueva mandíbula y del corazón, amores nuevos. El espíritu de ella se retiró a una caracola, que descansaba en los huesos cavernosos de los picos más altos de la tierra.

Un día, la suegra de Apo había resbalado de una escalera de pie mientras arreglaba el tejado y se había hecho daño en la columna. No podía hablar ni moverse. El *lhaba*, el chamán del pueblo, sugirió a la familia que trajeran caracolas de los glaciares. Los fósiles, si se reducían a una pasta y se mezclaban con cúrcuma y mantequilla, constituían un potente adhesivo para unir los huesos con la carne. Un vientre sanador para las heridas, creado con los huesos de antiguas criaturas.

Fue la primera vez que Apo estuvo en los glaciares. Instintivamente se desvió hacia Nurbu en el oeste, un pequeño y peligroso glaciar ubicado entre otros dos más grandes, un río profundo de hielo agrietado que flotaba sobre una capa invisible de agua a través de un angosto desfiladero. Temeroso de andar sobre el hielo que se desplazaba, subió gateando por las lomas rocosas.

Y entonces la vio.

Mientras ella caminaba sobre el suelo, este se sacudía y se rajaba. Con un simple gesto, ella hacía que las hendiduras se expandieran hasta convertirse en fisuras y, estas, en grietas. Con una prolongada mirada conseguía que las rocas de hielo se vinieran abajo. Luego alzó muy alto las manos para convocar al agua que fluía en las profundidades del hielo. El agua, con gran asombro de Apo, salió disparada como un géiser, soldando partes del glaciar al congelarse.

Apo admiró su espíritu en ese paisaje inestable, mientras ella hacia resurgir su pasado esplendor. Las avalanchas y los temblores eran tan solo efectos secundarios de sus actos.

—¿El científico también la ha visto?

—Solo en forma de fósiles y caracolas.

—Apo, ¿por qué lloraba? ¿Estaba molesto con el Kechu?

—Hija, el chico no está molesto con las montañas. Está perdido en los glaciares.

—Entonces recemos para que las hadas lo protejan.

—Sí, mi pequeña Ira. Tu bondad es la mayor sabiduría que existe.

R ana se agarra a una caracola tan grande como la palma de su mano, mientras está tendido en la cama vestido tan solo con pantalones de pijama, calcetines y una sudadera. Está dentro de una cápsula del tamaño de una cabaña establecida en el campo base del complejo de glaciares.

El proyecto Dhruva es un experimento diseñado para eliminar el estrés. Aunque es posible enseñar al cuerpo humano a adaptarse a esas altitudes inhumanas, se ha demostrado que la mente es más resistente. A pesar del armamento y la tecnología de última generación, nada puede evitar que un soldado sucumba a sus monstruos interiores. Es un secreto a voces que la «muerte por causas naturales» es un eufemismo para la enfermedad mental.

La temperatura de la cápsula puede ajustarse hasta un máximo de veinticinco grados –aunque no es recomendable–, en brusco contraste con los cuarenta bajo cero del exterior. Asimismo, los niveles de oxígeno son más altos, lo cual posibilita respirar de forma profunda y relajante. Se puede encender una luz ambiental y poner de fondo sonidos que van desde una selva tropical hasta una playa, pasando por himnos y sermones, para aplacar los nervios.

El sonido de una isla tropical inunda la cabaña mientras Rana juguetea con la caracola. Las ansias y la emoción de estar de vuelta en el glaciar lo mantienen despierto, a pesar de la llamada de los pájaros multicolor, el susurro de las hojas de palma y una marea que lo arrastra suavemente en su corriente. Hay que ajustar la rudimentaria función de masaje de la cama. La vibración que nota Rana es como la de una ametralladora que le agujerea el cuerpo. Lo anota en la lista que está elaborando para el equipo del proyecto, que está a kilómetros de distancia, al fondo de las alturas de Chandigarh. Hay algo más que quiere proponer pero no sabe cómo articularlo en palabras. Ha encontrado un montón de revistas pornográficas escondidas bajo la cama. Aunque es una buena idea, tan solo satisface las necesidades de los heterosexuales.

Rana llegó a los glaciares poco después de que los oficiales le cambiaran el nombre. El anterior –Siachen, o el Lugar de las Rosas Salvajes– no era lo bastante patriótico parea justificar el gasto de la mitad del presupuesto de defensa de la nación, una cantidad mayor que la que se destina al sistema de salud. La presión mundial para desmilitarizar la región había aumentado tras una serie de avalanchas sin precedentes, además de convulsiones tectónicas y el derretimiento de los glaciares, lo cual no hacía más que subrayar el embrollo político en el que estaba sumida la región.

Como respuesta a la creciente polémica, el gobierno había decidido rebautizar el glaciar. El nombre de Complejo Glacial Kshirsagar estaba inspirado en una epopeya poco conocida escrita por un poeta revolucionario encarcelado en la época del Raj. El océano cósmico, con sus reinos y sus seres celestes, disponía de mitología suficiente para abastecer la vasta nomenclatura asociada a empresas patrióticas.

Rana tuvo suerte de hallarse en el momento y el lugar adecuados. Acababa de regresar de pasar una temporada en el puesto avanzado de la India en la Antártida. Aunque aquello no lo cualificaba para llevar a cabo investigaciones en glaciares de altura, era motivo suficiente para que los oficiales del

Gobierno lo incluyeran en el equipo de científicos. Como oda al poeta, Rana dedicaba su investigación geodésica al núcleo mitológico de Kshirsagar. A su artículo le había puesto el título de «En busca de Sagar Naery», el reino del hielo en el que las zanjas más profundas y las elevaciones más altas eran un todo. Cuanto más pensaba Rana en ello, más variopintas eran sus destinaciones. La Antártida, el desierto más grande, más seco y más frío del mundo. Comparados con ella, los glaciares tenían el tamaño de un mero barrio. Pero a quinientos metros de altitud, el Complejo Glacial Kshirsagar –o el tercer polo, como también se lo conocía– se hallaba a más altura que cualquier pico de la Antártida. La diferencia de altitud los convertía en dos planetas totalmente distintos.

Y sin embargo, era el verano de la Antártida el que le había hecho buscar el invierno en los glaciares. Rana se encontraba en un bar en Christchurch, de camino a Dakshin Gangotri, la base india de la Antártida, cuando conoció al investigador de aves. El hombre iba de camino a una recóndita isla del Pacífico Sur para estudiar papagayos nocturnos, incapaces de volar y con sobrepeso, que estaban al borde de la extinción. Igual que los restos de meteoritos que caen girando por el espacio, sus caminos se habían encontrado.

Los solitarios animales tenían pocas habilidades sociales, igual que el propio investigador, bromeó este. El cortejo era un fenómeno poco habitual, y el único momento en que los animales no se mordían mutuamente, pero tan solo conducía a una teatral relación de una noche. Rana pensó en aquellas aves que preferían perder el tiempo al vuelo y el galanteo.

–Debe de gustarles su espacio personal –dijo.

–En este caso, una isla –añadió el investigador–. En el tuyo, un continente

Raba se sonrojó y desvío la vista. La mirada del otro lo incomodaba. Se había puesto nervioso cuando el investigador lo había invitado a su habitación de hotel. Rana había vislumbrado un deshabitado continente de deseo en sus ojos de un azul gélido. Rana se quedó dormido en su presencia. Al despertarse, se sobresaltó al ver al investigador totalmente despierto, mientras su mirada fija los mantenía unidos.

Al cabo de unos días, Rana estaba pie en medio de los vientos cegadores de la Antártida, con los dedos de los pies congelados, un rasguño en la córnea y un entumecimiento que le desgarraba el corazón. No había nada a lo que aferrarse, ni una sombra ni un horizonte. Una única mirada lo había hecho derrumbarse.

En el Complejo Glacial Kshirsagar, un colega había contraído un edema pulmonar de altitud y habían tenido que bajarlo en helicóptero. Luego Rana se había caído en una grieta. Mientras se recuperaba de la conmoción y los rasguños, los otros dos científicos que quedaban, que habían salido de expedición, se habían visto atrapados en una avalancha. Aunque habían conseguido escaparse casi sin heridas, el trauma los había dejado en *shock*.

El Ala de Investigación Científica y Análisis le había ofrecido a Rana la posibilidad de marcharse con el resto de los científicos. Pero él había declinado la oferta. La mirada lo había seguido a través del tiempo y el espacio. Se intensificaba cada vez que se acercaba a los glaciares.

Una semana después, el oficial Raza y él se perdieron durante una excursión y se vieron obligados a descender. Había sido un golpe de suerte encontrar el pueblo y sobrevivir a esa tierra de nadie.

Y ahí estaba ahora, esperando a escalar de nuevo los glaciares.

Dentro de la cápsula del proyecto Dhruva, Rana se pone la caracola junto a la oreja. Es un regalo, que pasó de su abuelo a su madre y ahora a él. De niño, pocas cosas lo intrigaban más que la caracola que descansaba bajo la almohada de su madre. En lugar del sonido teatral de las olas que golpeaban las rocas, lo único que oía era un autoritario silencio. Ese mismo vacío ahora lo reconforta, como echarse una siesta en la cama vacía de los padres, donde se percibían sus olores característicos.

La alarma del despertador de Rana sonará en cuarenta y cinco minutos. Una vez lo haga, su obligada aclimatación y su curso de actualización habrán terminado. Algunas investigaciones demuestran que el proceso de atrofia mental se asienta al cabo de un mes en los lugares más elevados, y el curso está diseñado para mantener alerta la mente y el cuerpo.

Justo después del amanecer, Rana se dirige al Muro de Hielo, al que los oficiales han puesto el sobrenombre Pelotas de Hielo. Siente curiosidad por ver el cadáver de un soldado pakistaní que cayó en una profunda grieta cuarenta años atrás y que se preserva a la perfección, como un fósil del Eoceno. Unas recientes turbulencias lo han acercado a territorio indio, y ahora es posible verlo desde el hocico del glaciar.

Uno de los colegas de Rana propone que rastreen el cadáver del pakistaní mediante satélite para monitorizar el desplazamiento del glaciar, un método terriblemente caro, por otra parte. Los movimientos del hombre pueden proporcionarles gran cantidad de información acerca de las complejas corrientes que se deslizan dentro del hielo. Pero el Gobierno se niega. Recibir ayuda de un soldado pakistaní, aunque esté muerto, está por debajo de su dignidad.

Según afirma la sabiduría popular del ejército, el soldado se halla en una sala de espejo. El hielo magnifica su torso y distorsiona todos sus rasgos: las cejas arqueadas, los ojos cerrados, la abundante barba islámica, los labios apretados en un gesto silencioso de determinación. Hay quien afirma que si se observa al soldado durante el tiempo suficiente, este parpadea. Otros aseguran que sonríe a los musulmanes, ignora a los sijs y arruga la nariz ante los hindúes. Aunque en conjunto, es bondadoso. Aún no ha causado pesadillas ni accidentes.

«¿Encontrará el fantasma del soldado que vaga por los glaciares?», se pregunta Rana.

Hace dos semanas conoció a su difunto abuelo en la oscuridad de una grieta mientras esperaba a que lo rescataran. Un hombre al que había anhelado conocer toda su vida. Al fin y al cabo, le habían puesto el nombre de Girija en su honor.

Rana fue el último en saltarlo. Comprobó la temperatura en su reloj digital. Unos aceptables diecisiete grados bajo cero, con precipitaciones de menos de veinte milímetros. Contempló los cielos tempestuosos sin sol, la seña de identidad del Complejo Glacial. Y luego observó la grieta transversal, evaluándola. De un metro y medio de ancho y una longitud aparentemente interminable, la grieta atravesaba el cuerpo de hielo y nieve de una forma enérgica y desestructurada. Rana se preguntó si tendría una bolsa de agua al fondo, una fuente añadida de inestabilidad topográfica y miedo irracional.

–¡Científico ji! –le gritó un soldado desde el otro lado–. No hace falta un doctorado para saltar. Deje de pensar, recuerde a lord Hamunam y proceda.

Ya mientras cogía carrerilla, sabía que no lo conseguiría. El alivio de notar cómo su pie derecho alcanzaba el otro lado se esfumó al precipitarse al abismo. La cuerda que lo unía al resto del equipo se tensó alrededor de su cintura mientras él caía dando vueltas sobre sí mismo.

La tenue luz del sol desapareció casi de inmediato. El tiempo se detuvo. Su conciencia se adaptó a cada momento como si este fuera un eón y cada giro de su cuerpo, una rotación alrededor del sol. La oscuridad se propagó a medida que la grieta se ampliaba.

Rana podía mirar el sol por la abertura de la parte superior, como si se hallara en un telescopio gigante hecho de hielo. Las constelaciones, esas ilusiones ópticas creadas por el hombre, parecían reagruparse con nuevas formas y diseños. Rana tuvo la sensación de hallarse a miles de años luz, donde habitaban las estrellas. Lo que veía no era la habitual perspectiva de lo pasado, un cielo lleno de estrellas que hacía mucho que habían muerto y desaparecido. Veía el universo tal como era en el momento exacto de su caída. Veía el presente.

Tras darse un golpe por aquí y otro por allí, consiguió clavar el crampón del pie izquierdo en el hielo y la cuerda se tensó como un nudo corredizo, deteniendo su caída. Desde su llegada, había visto a varios hombres resbalar dentro de los huecos cambiantes y ser rescatados en apenas cuatro minutos. De ahí el ruido del taladro. Arriba, en el glaciar, habían empezado a blandir hachas para el hielo. Rana experimentó la mágica sensación de contemplar la escena a medida que se propagaba por los glaciares. Su espíritu se había separado de su cuerpo. Contemplaba a los soldados de rodillas y en fila, contando hacia atrás hasta cero para tirar de la cuerda.

Era como si fuera el cámara de su vida, no el protagonista. Como cámara, tenía el privilegio de darle a la pausa y observarlo todo: desde los meteoritos del espacio exterior hasta el hacha de hielo que se clavaba de forma vacilante encima de él, pasando por el impenetrable azul mucho más abajo, al fondo de la grieta. En el hielo, Rana veía vestigios de cenizas del Vesubio y el Krakatoa, restos de asteroides y fósiles no descubiertos procedentes de las diversas extinciones en masa, todo ello impecablemente preservado como si se tratara de recuerdos muy preciados.

El calor resultaba sofocante incluso mientras el sudor se le convertía en hielo en la barba. El cuerpo le temblaba violentamente. Sin embargo, experimentaba una calma injustificada en el corazón. Ingrávido, libre para flotar en una cueva opaca de azul turquesa. Rana se dio cuenta de que la gravedad, como el tiempo, en esta ocasión también lo había abandonado. Pero no del todo.

Rana sospechaba que su corazón no era lo único que palpitaba en aquel abismo. Al distinguir un ritmo extranjero, preguntó:

–¿Quién anda ahí?

–Girija –respondió una voz.

–Yo también soy Girija. Girija Rana. ¿Eso significa que hablo conmigo mismo?

–Yo soy Girija Prasad Varma.

–¡Yayo! –exclamó.

Sentía deseos de abrazar a su abuelo, pero el hecho de hallarse en la incómoda postura de estar bocabajo lo hacía imposible.

–Hijo, siento no haber vivido lo suficiente para darte la bienvenida al mundo.

–No pasa nada, yayo. La muerte no está en nuestras manos.

–¿Cómo estás? –preguntaron ambos al mismo tiempo.

–Yo estoy bien, hijo, como puedes ver.

–De hecho, no veo nada –contestó Rana.

–Tengo tanta energía como tú. Algo muy importante y útil es esta topografía y a una altitud tan grande como esta.

–¿Qué haces aquí?

–No hay mejor manera de estudiar las montañas que bajar a ellas a gatas y rascar las rocas y el hielo en busca de respuestas. Si bastara con sentarse en un sillón y beber té, no me habría marchado de las islas. Pero me moría de ganas de verificar las teorías de toda una vida con pruebas de primera mano... ¿Cómo estás, hijo? Estaba preocupado por ti. Tardaste un poco en adaptarte a la escasez de aire y al terreno, sobre todo tus intestinos. Pero ahora se te ve bien.

–Tienes razón, parece que mi cuerpo se las apaña. Ahora es la investigación la que no me deja dormir por la noche. O eso o el mal de altura. Espero que esta caída no me haya dejado malherido. Lo último que me hace falta es un hueso roto.

De pronto Rana se pone tenso.

–¿Estoy muerto, yayo? ¿Acabo de romperme el cuello al caer?

–Estás tan en forma y tan vivo como cuando te has despertado esta mañana.

–¿Traumatismo cervical?

–Tu médula está bien. Tan solo es un pequeño tirón.

–Entonces, ¿por qué estoy hablando contigo?

–Tu abuela podía hablar con los fantasmas y los árboles y casi con cualquier forma de vida. No creo que tu madre pueda hacerlo, igual que yo tampoco. Tal vez la clarividencia, como la diabetes, se salta una generación.

–Nunca me había pasado.

–Este es el punto más alto al que pueden llegar los hombres, ¿acaso esperabas ascender a esta enorme altitud y soledad y que tu espíritu permaneciera intacto?

–En ese caso, me he metido en un lío. Voy a ver a los fantasmas de muchos soldados indios y pakistaníes aquí abajo.

Su abuelo se ríe.

–Y chinos –añade.

–¡Vaya! ¿Ellos también están aquí?

–Están por todas partes. ¿Qué estás investigando, hijo?

–El periodo geodésico. El eje de la cordillera de los Transhimalaya y los Himalayas del sur, en especial el Karakoram, se están inclinando. Sospecho que toda la región es el punto de apoyo. Empezó con el terremoto de Muzaffarabad en Cachemira, donde algunas cimas experimentaron un ascenso o un descenso de hasta cuatro metros y medio. ¡Estas montañas van puestas de esteroides!

–Así es como se crean las montañas. Así fue como el Himalaya comenzó a alzarse hace cincuenta millones de años.

–Ningún Gobierno iba a permitir a un científico loco venir hasta aquí arriba a estudiar la orogénesis, por muy fascinante que resulte el proceso de generación de las montañas. Así que tuve que sazonarlo un poco. Le eché azafrán, digamos.

Rana oyó una risita de su yayo.

–Es evidente que el monte Everest no seguirá siendo el pico más alto del mundo durante los próximos mil años. Por la inclinación del eje, podemos predecir cuál será. Yo espero que sea el Kanchenjunga. Si puedo demostrar que la montaña más alta estará en la India, recibiré suficientes fondos gubernamentales para continuar con mi investigación durante una década. –Rana masculla por lo bajo, esperanzado–. Pero para que cualquier montaña se eleve por encima del Everest, debe desafiar las leyes de la isostasia. Si tal hipótesis es cierta, será imposible mantener el equilibrio de la corteza terrestre.

–El Himalaya es una excepción. La presión que generan los continentes al chocar le confiere una mayor altura.

–Eso es cierto, yayo, pero un pico más alto será gravitacionalmente imposible, ni siquiera como excepción.

–A menos que aquí la gravedad sea más baja.

Rana estaba a punto de hacer un gesto de impaciencia cuando recordó que la NASA había cartografiado la gravedad irregular de la Tierra, destacando las zonas por encima del Karakoram en color azul para señalar una fuerza más débil. Estaba impresionado.

Al notar la emoción de su nieto, Girija Prasad continuó:

–La naturaleza no se aferra a las leyes de la ciencia igual que hacen los científicos. Cuando yo era un joven ingenuo, me burlaba de tu abuela cuando ella atribuía a la fluctuación de la gravedad el hecho de que se le quemara el *dal* y el arroz en las islas. Tardé décadas en darme cuenta de que vivíamos sobre una falla geológica y que allí la gravedad era una fuerza caprichosa.

–Mamá siempre me dice que estabas muy adelantado a tu tiempo.

–Hijo, aprendí más observando a tu madre que en las revistas de ciencia. Igual que aprendí de las montañas observando las islas. Si meditas sobre el tema, verás conexiones y relaciones que iluminan las cosas más inconexas. La gravedad define el tiempo, el espacio y la moralidad. ¿Cómo no va a influir en nuestro estado interno?

–¡Es fascinante! Cuéntame más, yayo.

–Bueno, tu abuela se quejaba a menudo de que las islas eran el lugar más encantado en el que había estado, y yo me preguntaba por qué. En las islas Andamán, la fuerza de la placa india empujaba por debajo una masa terrestre más pesada, lo cual incrementaba la gravedad circunstancial. A su vez eso atraía a todas las formas de energía densa, incluyendo los fantasmas. Las zonas de subducción, como ya sabes, son intensas.

–Entonces, ¿qué haces aquí, donde se contradice tu propia teoría? –interviene su nieto.

–Tengo espíritu de científico. Un científico va a donde lo llevan sus investigaciones.

Ambos se rieron.

–¿Por qué has tardado tanto en encontrarme?

–Si hubiera venido antes, te habría asustado. Si hubiera venido después, me habrías descartado como si fuera una alucinación.

–Lo que creo es que eres mi subconsciente que me habla.

–¿Eso te convierte en mi conciencia?

–Yo mismo apenas tengo conciencia. –Rana sonrió–. A veces me da la sensación de que lo he soñado todo. El glaciar.

Las cadenas montañosas. Las placas tectónicas. Y ahora tú... A veces tengo la sensación de que el hielo y los vientos tratan de decir algo a través de mí. Solo soy una voz. Una expresión. Un reflejo, que parpadea a años luz de su fuente.

–El otro día te vi con la caracola en las manos –dijo Girija Prasad–. La que le di a tu madre.

–Sí. Me la regaló antes de que me marchara a la Antártida. En el aislamiento de la Antártida, la caracola representaba el tiempo. Rana acunaba el tiempo entre sus manos, resiguiendo con los dedos los pinchos con sus contornos blancos. Se deleitaba con el sonido hueco que emitían sus espirales

–Cada espiral tardó millones de años en crearse –dijo Girija Prasad–. La caracola pertenece a la era eocénica, cuando comenzó la colisión.

A Rana le vinieron a la memoria las páginas de un libro de su infancia.

Había un capítulo entero dedicado a los fósiles del eoceno que habían aparecido en una fosa de algún lugar de Europa. Seducidas por la fertilidad del lago de un cráter, cientos de formas de vida murieron a manos de los gases tóxicos que emanaban de sus profundidades. Un primate de grandes ojos, una yegua enana embarazada, los antecesores de las abubillas y los colibríes, escarabajos con sus colores metálicos y las alas intactas. Incluso una rana patinadora. De niño, lo que más intrigaba a Rana eran los nueve pares de tortugas osificadas mientras copulaban. El cráter del lago en las orillas de Tethyan era la Pompeya del eoceno.

Mientras pasaba las páginas de su memoria, Rana descubrió algo nuevo entre ellas. Vio los restos parciales de amores no consumados, huellas de las pausas en las migraciones, vestigios de evoluciones frustradas y, ahora, una época atrapada en una caracola.

Se vio a él mismo.

Para cuando volvió en sí, su abuelo había desaparecido. A Rana lo alzaba con brusquedad un soldado que contaba con voz de barítono.

–¡Hasta que volvamos a vernos! –le gritó a la oscuridad.

Dentro del invernadero –proyecto Kalpavriksha– Rana ha terminado de añadir fertilizantes químicos y aguas a todos los retoños cuando una ventisca acaba de pronto con el cielo despejado. No le queda más remedio que esperar. Así que se dedica a reajustar el ángulo de las lámparas solares.

De los cuatro retoños, uno ha fallecido, dos se hallan en estado crítico y solo uno ha sobrevivido. Los retoños comparten las tribulaciones de los científicos, ríe Rana. A falta de compañía, ha empezado a disfrutar de su propio sentido del humor.

Calienta un poco de nieve en su pala portátil, se prepara una taza de chocolate caliente y se come una barrita energética para desayunar. Intenta dormir un poco. Al no conseguirlo y después de dar vueltas como si fuera madera a la deriva en los mares altos, coge su cubo de Rubik. Pero la altura se ha cargado su concentración. En su lugar, Rana prefiere hablar con las plantas.

–Espero que todas las que participáis en este experimento sobreviváis –dice–. La nación entera tiene sus esperanzas puestas en vuestra supervivencia. Hasta el primer ministro pregunta por vosotras antes que por los soldados. Sí, sobre todas vosotras, no solo el tulsi –les asegura.

Planta sagrada de todos los hogares hindúes, el tulsi puede curar gargantas, mejorar la inmunidad y la circulación sanguínea, e incluso curar la homosexualidad, si uno cree lo que dicen los babas.

Después de Marte, los glaciares son el lugar más inhóspito en el que uno puede esperar ver crecer plantas. Si los experimentos tienen éxito, el gobierno utilizará las directrices de la ONU sobre territorios en disputa para reclamar la propiedad de los glaciares. La primera persona que cultive un pedazo de tierra puede reclamarlo, según afirma una de las cláusulas. La ventisca arrecia. Rana se sienta. Apoya la espalda y se pone a cantarles viejas canciones de Bollywood a los retoños. Las partes cuya letra no recuerda, las silba. Ya lleva aquí seis horas y lo más probable es que se quede más tiempo. Añade un tambor dándole la vuelta a un bidón de fertilizantes. Tarda un rato en percibir una voz adicional en el aire, como si alguien tatareara por encima de su hombro. Al principio, Rana lo atribuye al viento. Al ver que se niega a callarse, cambia el tempo de la canción de manera impredecible, acelerándolo en algunas partes y disminuyéndolo en otras. La voz sigue su ritmo, y eso lo desconcierta. Sin duda es de barítono y se parece a los cantos guturales de los mongoles.

Rana se desplaza con sigilo por el invernadero. Se sube a un estante para mirar a través del techo corredizo de cristal traslúcido. Se estremece al ver una monstruosa sombra oscura justo en el exterior, medio cubierta de nieve. Lo único que lo separa de la sombra es una pared prefabricada. Rana teme que un soldado pakistaní se haya acercado en medio de la ventisca; uno de esos peludos pastunes de metro ochenta quemado por el sol, procedente de la provincia fronteriza del noroeste. O un descendiente lejano de Gengis Khan, a juzgar por el canto gutural.

De pronto, la sombra alza la vista. Mira a Rana con unos ojos amarillos que arden a través de la nieve azotada por el viento.

Cuando los soldados encuentran a Rana, este delira debido a la fiebre después de pasar casi cincuenta horas en el invernadero. Lo evacúan por aire y lo mandan al campamento base para que se recupere. El geólogo resulta estar gravemente deshidratado y exhausto. Lo único que necesita es descanso y comida acabada de cocinar, no envasada.

El oficial Raza, que es quien está a cargo de los científicos, le sugiere que regrese a su casa. No todos consiguen sobrevivir al invierno, y este está decidido a ser más duro que otros. En concreto, la ventisca que los asola ya se ha cobrado tres vidas. La vida de un científico, bromea el oficial, es mil veces más valiosa que la de un soldado. Porque aunque hay más de un millar de soldados apostados en el Complejo Glacial Kshirsagar, tan solo hay un científico.

—Vuelve en primavera —le propone. Seguirá haciendo frío y el lugar aún será tectónicamente inestable y un infernal agujero militar, te lo prometo.

Rana no está muy convencido.

—¿Sabes en qué estado te hallabas cuando te encontramos? —le pregunta Raza—. Estabas llorando. «¿Por qué lloras?», te pregunté. «Son lágrimas de felicidad», contestaste. Yo debía mantenerte consciente hasta que llegáramos aquí, así que te pregunté: «¿Por qué eres tan feliz?». Pero tú no parabas de llorar. Casi te quedaste dormido y tuve que darte otro codazo. «¿Por qué eres tan feliz, Rana? Venga, comparte esa felicidad con tus colegas.»

»Y entonces dijiste la cosa más hermosa que he oído nunca. «Es el amor», dijiste. «Los rostros cambian e inducen a error. A veces puede que no reconozcas quién es la persona en realidad. Pero el amor es el amor. En la medida en que lo sientas, lo entregues y lo recibas, es suficiente. Te conecta con todo y con todos.»

A Rana le vuelven a correr lágrimas por las mejillas arrugadas. Es el único recuerdo que conserva del delirio. La dicha. Y las lágrimas que la acompañaban.

Tras salvarse tantas veces por los pelos, sería una estupidez por su parte persistir, le dice su hermana por teléfono. Pero él necesita más tiempo. Necesitas más pruebas geológicas para construir un caso irrefutable en favor de la desmilitarización, le ruega a las voces contradictorias de su cabeza. Ni siquiera se ha despedido de su abuelo.

¿Y qué pasa con él, el misterio que hizo arder su cuerpo?

L a noche de junio es inusualmente nebulosa. Los vientos monzónicos han alcanzado la tierra creando una vorágine de tormentas e inundaciones. A la sombra del Karakoram, la niebla es lo único que recibe el pueblo. Los árboles de los vergeles, el alforfón que se mece en los campos, las casas agrupadas y las paredes torcidas son meros espectros. El mismo Indo es un río de niebla estruendosa.

Apo se sienta en el vergel. A la sombra del nogal hay una silla que siempre está ahí para él. Su bastón está apoyado en ella. El mundo exterior se parece al rudimentario mundo interior. A los ochenta y ocho años, le resulta tedioso atrapar sus pensamientos, enfocar la vista y articular una palabra.

De pronto, los latidos de su corazón se vuelven erráticos. Un ritmo irregular se apodera de ellos. Tras todos esos encuentros con la muerte, tras todas esas décadas buscándola, ¿así es como acabará todo? ¿Con una opaca sensación de haber llegado a algún sitio? Una antigua emoción le recorre las venas.

Cuando él era un niño, su abuela había advertido a sus padres de que sería díscolo. Que su alma trataría de escapar por el trasero, en busca de la cola perdida. Han pasado ocho décadas desde entonces. Y ahora, cuando por fin ha llegado el momento, Apo experimenta una extraña sensación en todo el cuerpo. Es como si su alma se evaporara por todos los poros arrugados y las raíces muertas del pelo. Sus mermados sentidos, su conciencia menguante, los colores y los recuerdos se filtran en la niebla.

Ella también se ha rendido en silencio. La pesada respiración y los andares cansados, los pendientes y pulseras que tintinean suavemente, el color berenjena del caftán y el semblante nervioso, todo se ha perdido en la niebla.

Su presencia lo despierta cuando ella alarga la mano para coger el bastón.

–He visto al *cheemo* –dice al tiempo que se apoya en él–. Le ofrecí albaricoques y almendras.

–¿No me creías? –Apo está perplejo–. ¿Pensabas que era un vendedor ambulante de cuentos fantasiosos?

Ghazala se sonroja. Teme que su felicidad revele más de lo que ella desea.

El alborozo inicial de Apo da paso rápidamente a un dolor indeleble, alimentado en el silencio de las rocas, los fantasmas que arrastran las olas y las fracturas del corazón.

–No te despediste –dice él.

El año que han pasado separados ha conferido a su voz una inusitada suavidad.

–¿Quién eres tú para cuestionar su sabiduría? –pregunta ella.

Durante la guerra, Apo había renunciado a Dios cuando le rajó la garganta a un amigo para que pudiera morir con dignidad, mientras su oficial superior, incapaz de verlo sufrir, había seguido su camino.

–No creo en la sabiduría.

–No estaba en mis manos.

–¿Cómo?

–La separación no estaba en nuestras manos. Pero este momento sí lo está. Este momento es la prueba de la compasión de Alá.

–¿Y qué pasa con la tuya?

–Oh, Saki, sírveme una copa de veneno –dice Ghazala, sonriendo, mientras recita los versos–, *y con mucho gusto me lo tragaré. La muerte tiene más honor que la lástima y la compasión de un amante. Lo único que busca esta copa sedienta es una gota de amor celestial.*

Apo se ha vuelto más frágil. No puede llegar más allá del vergel que hay junto a su casa. Es Ghazala quien tiene que visitarlo allí, cosa que hace a diario. Ahora que Ira se ha casado y se ha marchado, es Ghazala quien le da sus medicamentos y lo ayuda a desplazarse.

Su nieto se reúne con ellos para sus comidas a media tarde. Ha visto como los jóvenes y vigorosos renuncian a sus deseos por mucho menos, a veces por nada. La compañía de su abuela y Apo es un antídoto saludable.

–El pueblo ha terminado con la cosecha –le dice a su abuela una mañana mientras ella le sirve el té–. Los campos que quedan pertenecen a personas que no están interesadas en utilizar la máquina.

Ella sabía que llegaría este momento. Cómo no iba a hacerlo.

–Te dejaré todos mis cigarrillos –dice él.

–Pero este sitio es una tierra de nadie. –A ella le entra el pánico–. ¿Cómo voy a vivir aquí? Ni siquiera viene el cartero.

–¿Qué noticias esperas?

–¿Cómo conseguiré mi ron?

Él se ríe

–Diría que te gusta el *chhang* local. Te has acabado la botella entera que me regaló Apo.

Ella suelta una risita.

–¿Y tú qué harás? –pregunta ella mientras la enormidad de las palabras de él se asienta–. Apenas eres capaz de comer con tus propias manos. Si no te despertara por las mañanas, dormirías hasta el mediodía.

—Ya maduraré.

—¿Qué dirá tu padre? ¿Y mis otros hijos e hijas?

—Le dirán a todo el mundo que has muerto. Guardarán luto durante varios meses. Luego pasarán página. Pero si regresas conmigo, ¿pasarás página tú?

Ghazala no contesta. Aquí los vientos son más rigurosos, más incluso que en Cachemira o el resto del Ladakh. Teme que, con ochenta y cuatro años, sea demasiado mayor para adaptarse a situaciones tan extremas. Entonces recuerda lo que le ha dicho Apo al encontrarse en el vergel.

Al principio, él creyó que se estaba muriendo. Su corazón se saltó un latido a modo de aviso. Luego la vio de pie frente a él y los motivos para vivir regresaron.

G hazala no sabe qué la ha despertado. Un silencio artificial inunda la habitación. Su marido no ronca. Así que tiende la mano para tomarle el pulso. Está vivo, *alhamdulillah*. En las noches de invierno como esta, la habitación más cálida del pueblo les corresponde a los recién casados. El *bukhari** está hasta arriba de carbón, el suelo y las paredes están cubiertos de alfombras, y las bolsas de agua caliente son un regalo del ejército indio.

Los hijos de Apo insistieron en que se casaran, pese a que establecía un precedente inoportuno para el resto. Hace muchos años, cuando Apo llegó al pueblo, sus habitantes no habían querido que se instalara allí.

—Y ahora que no puedo salir de la cama, queréis obligarme a casarme —se quejó.

A Ghazala costó más convencerla. Apo era un hombre difícil para vivir con él. Más difícil que el invierno desértico.

En los momentos de conciencia que salpican su sueño, el sonido regresa. Es una débil llamada de ayuda.

—¿Lo oyes? —le susurra ella en el oído bueno.

—¿A ti? Sí, te oigo.

—No, a mí no. Es el gemido de una oveja.

* Estufa.

–Las ovejas balan. Los perros ladran. Los pájaros pían. Yo ronco –contesta él–. Es la ley de la naturaleza.

–¿Por qué hay una oveja fuera bajo la nieve? ¿Se ha perdido?

–Ghazala, no dejes que el viento te engañe. Los demonios imitan a las criaturas inocentes para atraer a las mujeres y capturarlas.

–Me preocupa el niño.

–¿Y yo qué? Podría estar muerto por la mañana.

–¿Por qué tienes que hablar siempre de la muerte? Me prometiste que no lo harías.

Si hubiera sido uno de sus nietos los que se quejaran, Apo se habría dado media vuelta y habría vuelto a roncar.

–Ayúdame a incorporarme –dice en lugar de eso–. Dame mi bastón.

–¿Y si te resbalas? ¿Y si pillas un resfriado? Lleva tres días nevando sin parar –dice ella.

–Me despiertas con tus preocupaciones. Y luego me pides que me duerma de nuevo. ¿Qué se supone que debe hacer un viejo? No puedo hablar de la muerte. Entonces, ¿por qué iba a dejar de vivir?

En el exterior la noche es fantasmal, un producto de la imaginación de la nieve. Plantados de pie en la puerta, se olvidan de qué hacen allí. Vestidas de copos de nieve, infinitas posibilidades vagan a la deriva sobre la tierra, dibujando florituras oblicuas.

Ghazala sale al exterior. Se abre paso a través de la blanca amnesia sin dejar rastro. Bajo la luz de las estrellas, hasta las huellas suponen una carga demasiado pesada. Se siente transportada a su niñez, cuando se escapaba de casa y bailaba en la nieve, con gran consternación por parte de sus padres. Se balancea en la espuma de la nieve.

De pronto se queda quieta. Esto no es tan solo el pasado. Es el momento previo a su nacimiento. Una época en la que el espíritu y el paisaje eran uno. Cuando las lluvias tropicales caían gentilmente en forma de nevada y los desiertos se manifestaban como tornados de polvo sobre la superficie de la luna. Cuando los océanos dormían como lagunas en los cráteres de los volcanes, arrullados por los cuentos del viento. Cuando la libertad no era una carga y el amor no estaba en peligro. Porque todos eran única cosa.

Apo la contempla desde la entrada. Se la ve tan dichosa. Da un paso vacilante sobre la nieve reciente. El bastón resbala sobre el hielo. Permanece en silencio mientras sus extremidades vuelan por los aires. Encima de él, las constelaciones invernales están creando nuevos patrones a partir de los viejos. Debajo de él, no hay nada. Apo es ligero y libre, como una hoja.

Una mano delicada lo coge de la muñeca y lo levanta más y más arriba, y luego lo baja más y más. Al final, lo deposita en la seguridad de su porche.

Apo se encuentra sentado en el escalón de la entrada. No está solo. Lo acompaña un fantasma, desnudo y encorvado. Se sienta en equilibrio encima del bastón y contempla con avidez el rostro de Apo. Parece más joven que Apo y hay en él algo que resulta distinguido. Se comporta como alguien que ha invitado a un dignatario a una merienda-cena.

–Gracias, hijo –dice Apo–. Has salvado a un moribundo de la muerte.

–Un hombre está comprometido con su deber, tanto en la vida como en el más allá.

Apo asiente. Aunque es incapaz de captar plenamente los secretos de este hombre, no quiere ser grosero.

–Durante los primeros meses de nuestro matrimonio, mi mujer también oía una cabra que balaba en plena noche –dice el fantasma.

Esto pica la curiosidad de Apo.

–Las noches de boda son para la novia y el novio –dice–. Para llenarlas con juegos amatorios. No para pensar obsesivamente en ovejas y cabras.

El fantasma se ríe por lo bajo.

–Después de todos estos años como espíritu, le debo una confesión a un caballero como usted –dice–. Vivíamos en los trópicos, mi mujer y yo. Después de pasarnos el día trabajando duro en la selva cálida y húmeda, cada hora de descanso era tan preciada que valía su peso en oro. Pero la criatura maldita insistía en que la oyeran en plena noche... cuando un hombre está profundamente dormido, reflexionando sobre sus sueños... Disponía tan solo de media mente para salir de la cama a buscarla, por el mero placer de lanzarle una de las botas que usaba para andar por la selva. También disponía de la mitad de mente para enviarla al médico. Por lo que nos dijeron, tenía un pitido en los oídos. Pero ella, la difunta señora Varma... era tan hermosa, que me faltaba valor para mostrarme rudo con ella.

Apo se ríe.

–Para los jóvenes, estas son las tragedias del amor –dice–. A mi edad, todo es una comedia, hijo. Hay que poner en práctica cientos de números circenses para poder abrazar a tu amada.

El fantasma se ríe con él. De repente se pone en pie.

–Espere aquí –le dice a Apo, antes de servirse de la columna para trepar al tejado.

Apo se queda sentado solo. Siente deseos de contarle a Ghazala cómo ha escapado de la muerte por ella. Mientras la busca en la nieve, sus ojos con cataratas son testigos de algo extraordinario.

Cada copo de nieve ha adquirido el tamaño de una bala de cañón y ocupa por completo su visión. En un parpadeo, Apo se sienta en la base de las montañas de nieve, desde donde domina el horizonte. En un parpadeo, la nieve ha empezado a fundirse. El hielo da paso a las aguas cristalinas, y la luz de las estrellas a ondas de sol. Apo está rodeado de coral rosa, que se balancea como un campo de verano sobre un lecho marino. Se maravilla al ver una amonita de color dorado oxidado que flota encima. Su concha, enrollada e inmensa, como los cuernos del dios carnero, Argali. Y sus tentáculos, que bailan con las corrientes. Extiende la mano. La amonita se aparta precipitadamente y su tamaño y su gracia aumentan a medida que se eleva. Acaba por alejarse como una nube en el horizonte líquido. Apo se pone en pie dirigiéndose hacia donde está. Irrumpe en el cielo como una isla volcánica que hubiera cobrado vida.

Se encuentra en una cima ígnea, rodeada de bosques esmeralda y una marea azul índigo. Nunca antes había visto una puesta de sol tan bonita. Los colores del cielo definen sus seres, sus vidas, incluso sus miradas. Se vuelve hacia ella. Ella se ruboriza. En el destello de una puesta de sol, la calidez del alba.

La visión la rompe un ruido que llega desde su regazo. El gemido de la oveja alcanza sus oídos como una súplica indescifrable.

—Aquí está —anuncia Apo, emocionado.

—Estaba en el tejado —dice el fantasma, de pie en medio de la ventisca. Sonríe.

Apo lo ve desaparecer en la noche. Acuna a la cría de oveja en los brazos.

—Debe de haberse escabullido del establo —dice Ghazala al tiempo que se sienta a su lado—. Apenas tiene una estación y está deseando huir.

—Es mi antepasado —dice Apo—. Ha venido del aprisco de mi tribu para conocer a mi nueva novia.

Una vez dentro, Ghazala se calienta las manos sobre los pedazos de carbón ardiente antes de frotar las extremidades del cachorro. Acurrucada en su regazo, la oveja está a punto de quedarse dormida. Apo camina de un lado a otro, observándolas.

En la habitación hace un frío intenso, y tiene la ropa cubierta de una fina capa de hielo. Aun así, no tiene queja.

–No te duermas con la ropa mojada –dice ella.

A lo largo de todos los años de su anterior matrimonio, nunca tuvo valor para darle órdenes a su marido. Esta vez, Ghazala no es solo una nueva novia, también es una nueva persona.

–Tampoco te has tomado las medicinas de la noche –continua–. Te has dado la vuelta y has fingido dormir cuando te las he traído.

Sus palabras caen en un pozo seco. Apo está de pie en una esquina, saboreando el brillo de los ámbares sobre el rostro de ella y la elegancia con la que se sienta en el suelo. Que les den a las medicinas de la noche; lo que quiere es tomar otra cosa.

–Tengo unas pastillas –dice–. Tenemos que tomárnoslas los dos.

–¿Por qué?

Apo está nervioso. Aún no puede contarle la verdad, para que ella no lo malinterprete.

–Sirven para aliviar los dolores –contesta.

–Pero no me duele nada, *alhamdulillah*. Tómatelas tú junto con tus medicinas. ¿Dónde están?

–Te ayudarán a dormir.

–El ron me va de maravilla para eso. Me serviré un vaso antes de irme a la cama.

–Ay, ¿es que un viejo no puede ni contar una mentira? Las pastillas te ayudan a mantener relaciones sexuales –le espeta.

Aunque la coge por sorpresa, Ghazala no lo revela. No existe nada capaz de quitarle la dignidad, sobre todo las insinuaciones de un novio desesperado. Es madre de cinco hijos, abuela de trece nietos y bisabuela de muchos más. Es tan anciana y está tan evolucionada como el acto mismo de la procreación.

–¿Para qué necesitamos pastillas?

–Yo las necesito.

—Entonces tómatelas tú. Las bisabuelas no necesitan pastillas para el sexo.

—Ese Thapa no entendía ni una pizca a las mujeres —masculla Apo—. O si no, me habría dado una pastilla que las hiciera dejar de dar la lata.

Se dirige al arcón que hay junto a la pared. Es donde guarda todas sus posesiones, encajonadas entre el espacio invadido por su mujer. Aún se está haciendo a la idea de lo mucho que posee Ghazala, una antigua viuda. Puede que vaya cubierta de los pies a la cabeza y que rece una docena de veces al día, pero tiene más chales, *phirans*, botellas de aceites esenciales y ron que nadie que él conozca.

—Si te agachas demasiado rápido, te caerás de cara —le advierte ella mientras Apo se inclina para abrir el arcón.

—Me he caído de bruces cien veces. La ciento uno no me matará.

—Esforzarte tanto en invierno no te va bien.

—La nieve no durará para siempre. Y nosotros tampoco.

Saca las manos del arcón, victorioso. Apo ha localizado la bolsita amarilla en la que guardó las pastillas. Pero es incapaz de volverse a incorporar.

—Me he quedado clavado —admite al final.

Ella deja la oveja sobre la alfombra y acude presta a su lado. Le masajea la espalda con las yemas de los dedos hasta que nota que los tensos nudos ceden.

—Hablas de la fugacidad y el sexo, y ni siquiera sabes que no puedes inclinarte.

—No te burles, novia mía, no te burles. Los viejos estamos acostumbrados al coro de risas que sigue a nuestras miserias por todas partes.

Ghazala deja la oveja sobre un chal junto al *bukhari*. Luego arropa al novio en la cama bajo dos mantas.

E s la hora en que la luna y el sol son ambos visibles en el cielo y la propia noche coquetea con el amanecer. Los *drakpos* la llaman la Hora del Cortejo. El sol y la luna son los amantes más antiguos. Aunque hay más de mil lunas y satélites en el sistema solar, al sol, para hacer honor a la verdad, solo le atrae ella. El centro del universo ansia retirarse de todo y reptar en su cráter, como un océano que descansara en el vientre de una caracola.

En cuanto a la luna, el amor de él no le basta. No le bastará nunca, si no va precedido de una aceptación incondicional. La luna es una criatura defectuosa. En último término, tan solo es un pedazo de tierra lanzado al espacio. El propio universo es un testigo mudo. Los ha visto pasar eones juntos como amantes inseparables y eras como desconocidos hostiles atrapados en el mismo sistema solar. Cada quince días, las riñas entre los amantes reducen la luna a un cuarto de su tamaño. Cada quince días, el amor le proporciona fuerzas renovadas.

Pero en esta precisa hora todo está en equilibrio. Las riñas se han olvidado, el dolor se ha perdonado, los enfados y los reproches se han alejado. Es posible ver cómo la luna y el sol intercambian miradas a través de la nevada, ajenos al resto.

Es en esta hora mágica cuando un pensamiento primigenio entra en un útero anciano. Un nuevo mundo, totalmente distinto de este, es concebido. Y en este mundo nuevo no hay estrellas, satélites, planetas, constelaciones ni polvo celestial que se esparzan por el espacio. Desprovisto de movimientos tectónicos, evolución y otras transiciones inexorables, lo único que existe es el vacío. Un vacío que queda fuera del alcance de este universo en expansión y de la cruel garra del tiempo.

Y dentro de él, la posibilidad de tú y yo.

Agradecimientos

Este es el primer libro que publico, y me siento muy agradecida a todos los que me han apoyado a lo largo del camino. Familia, amigos y desconocidos me han ayudado, porque mis musas y mis supervisores a menudo eran los mismos. Esta novela es fruto de un esfuerzo colectivo. Mi familia: Sunanda, Govind, Shubhra, Shaili y Heeraz constituyen mi fuerza emocional. La felicidad es siempre una opción disponible, a pesar de los riesgos profesionales encarnados en dudas y desesperación, gracias a Nikhil, mi pareja. También estoy agradecida a todos los Swarup, Varma y Hemrajani por soportar a un miembro de la familia que o bien estaba desaparecido en acción o ajeno al mundo. Le debo mucho a la siguiente generación: mis sobrinas, Kaavya y Siva, y mi hijo, que está a punto de llegar. Gracias por formar parte de mi vida.

Que me otorgaran la beca Charles Pick supuso un punto de inflexión. Doy las gracias a Amit Chaughuri y Henry Sutton por ser mis mentores. El apoyo que he recibido de la familia Pick –Martin, Rachel y Sue– va más allá de lo que el deber obliga. También aprecio el apoyo incondicional que me han prestado Manu Jòseph, Kevin Còonroy Scott y Rick Simonson por mis palabras.

Las latitudes del deseo se desarrolla en lugares en los que nunca había estado con anterioridad. La contribución de mis anfitriones en cada uno de estos lugares es inmensa, sobre todo porque soy de las que se encuentran una y otra vez en situaciones embarazosas. Estos son: el señor y la señora Syamchoudhury, Tanaz Noble, el señor G. S. Srivastava, el señor Mudit Kumar Singh, Sumati Rao, Promi Pradhan y Sanjay Madnani, Kalika Bro-jørgensen, Col. Smanla y Tahira Smanla, Shubham Saha, Archana Tamang Lama y Sharmila Ragunathan. Las residencias Sangam House y Jayanti, y mi hogar ancestral, Shivdham, me proporcionaron la soledad que tanto necesitaba.

Esta novela requirió de una gran cantidad de documentación, y he tomado prestadas numerosas cosas de las experiencias, la guía y la compañía de las siguientes personas:

El Departamento Forestal de las islas Andamán y Nicobar, la comunidad *karen* y la biblioteca estatal de Port Blair, todos ellos en las islas Andamán.

En Myanmar, estoy en deuda con el señor Aung Htaik, el señor Ko Bo Ktii y la Asociación de Ayuda a los Prisioneros Políticos, con Moe Thway y todos los revolucionarios liberados de los juicios de Leech. Las opiniones de Letyar Tun sobre mi manuscrito lo salvaron de muchos pasos en falso, así que gracias también a él.

Me inspiraron enormemente las trabajadoras de los bares de baile con las que interactué en uno de los centros de orientación comunitaria de Shakti Samuha en Katmandú, las familias *mishmi* que viven en el parque nacional de Namdapha, los estudiantes de la escuela residencia nómada en el valle de Puga y las familias que viven en los pueblos fronterizos de Ladakh; los diversos geólogos, guardabosques, militares y exmilitares que he conocido, en especial el geólogo Mike Searle, el capitán Raghu Raman y un encuentro casual con Sharan Thapa, un hombre de Sindhupal Chowk.

La inspiración para «Desierto de nieve» procede del difunto mayor Noshir Marfatia, las historias que contaba y su cautivadora compañía. Hay también un verso inspirado por un *sher urdú* que oí de pasada en una ocasión. Así que gracias, misterioso poeta.

En la industria editorial, tengo la suerte de haber encontrado personas cuya fe en la novela va más allá de la implicación profesional, empezando por Maria Cardona y la Pontas Literary and Film Agency. Mis editores: Rahul Soni, Jon Rile y Vistory Matsui, han desempeñado un papel fundamental para perfeccionar mi trabajo hasta que ha adoptado su actual forma, guiándome al tiempo que conservaban su visión. Gracias a Nicole Counts, Rose Tomaszweska y todo el equipo de One World y Riverrun por la pasión que han puesto en publicar la novela. Y gracias también a vosotros, los que publicáis las traducciones, por llevar la novela a geografías y lectores diversos.

Luego están los amigos: Conrad Clark, Megan Bradbury y Kate Griffin, Sameera Ali, Minal Patel, Smita Khanna, Mansi Choksi, Ananya Rane, Nazia Vasi, Shivangi Shrivastava, Zasha Colah, Nupur Shah, Shirin Johari, Rhea Bhumgara, Jehangir Madon y muchos más. Daros las gracias por una sola cosa sería injusto para todas las demás con las que me enriquecéis.

La musa de esta novela es nuestro modesto planeta, un ser que alberga más belleza, magia y resiliencia de la que esta mente humana puede descifrar. Como escritora, me siento agradecida por el mismo proceso de escribir, porque este trabajo de ficción me ha acercado más a las verdades que he sentido principalmente en mi corazón.

Índice

Esta primera edición de *Las latitudes del deseo*
de Shubhangi Swarup se terminó de imprimir
en *Grafica Veneta S.p.A. di Trebaseleghe* (PD) de Italia en
abril de 2021. Para la composición del texto se ha utilizado
la tipografía Celeste diseñada por Chris Burke en 1994
para la fundición FontFont.

Duomo ediciones es una empresa comprometida con el medio
ambiente. El papel utilizado para la impresión de este libro
procede de bosques gestionados sosteniblemente.

PEFC/18-31-226

Este libro está impreso con el sol. La energía que ha hecho posible
su impresión procede exclusivamente de paneles solares.
Grafica Veneta es la primera imprenta en
el mundo que no utiliza carbón.